UNA NOCHE

ENAMORADA

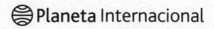 Planeta Internacional

JODI ELLEN MALPAS

ENAMORADA

Tercer volumen de la trilogía Una noche

Traducción de
Vicky Charques y Marisa Rodríguez

 Planeta

Obra editada en colaboración con Editorial Planeta – España

Título original: *One Night. Unveiled*

© 2014, Jodi Ellen Malpas
Publicado de acuerdo con Grand Central Publishing, New York, N.Y.,
EE. UU.
© 2015, Vicky Charques y Marisa Rodríguez (Traducciones Imposibles), por la traducción
© 2015, Editorial Planeta, S.A. – Barcelona, España

Derechos reservados

© 2015, Editorial Planeta Mexicana, S.A. de C.V.
Bajo el sello editorial PLANETA M.R.
Avenida Presidente Masarik núm. 111, Piso 2
Colonia Polanco V Sección
Deleg. Miguel Hidalgo
C.P. 11560, México, D.F.
www.planetadelibros.com.mx

Primera edición impresa en España: enero de 2015
ISBN: 978-84-08-13566-1

Primera edición impresa en México: marzo de 2015
ISBN: 978-607-07-2626-2

Impreso en los talleres de Litográfica Ingramex, S.A. de C.V.
Centeno núm. 162-1, colonia Granjas Esmeralda, México, D.F.
Impreso en México – *Printed in Mexico*

Para mi cómplice. Algunas personas sencillamente están hechas para formar parte de tu vida; ella siempre estará en la mía. Katie Fanny Cooke, gracias por estar ahí todos los días. Gracias por dejarme ser yo misma y por quererme por ello. Gracias por saber cuándo necesito que me dejen sola y por insistir cuando sabes que necesito desahogarme. Gracias por leerme como un libro abierto.

Gracias por... todo.

AGRADECIMIENTOS

Hace algún tiempo, plasmé mi alma en papel y la expuse para que todo el mundo pudiera leerla. El que pensara entonces que nadie leería mi primera novela, *Mi hombre. Seducción*, me parece algo absurdo ahora. Y aquí estoy, dos años después, recorriendo este maravilloso camino en el que me encuentro, preparándome para que todas ustedes se sumerjan en mi sexta novela. No voy a cuestionar a los dioses del destino. Si mi sino es trasladarlas a mi imaginación y ayudarlas a vivirla a través de mis palabras, lo haré con gusto durante el resto de mis días. A mis devotas seguidoras: gracias por permitirme causar estragos en sus emociones. Como siempre, estoy enormemente agradecida a todos los que trabajan entre bambalinas para ayudarme a trasladarles mis historias, y especialmente a mi editora en Grand Central, Leah. *Enamorada* lo ha sacado todo de mí emocionalmente hablando. Estaba agotada, y ella estuvo ahí en cada momento para ayudarme con el desenlace de la historia de Livy y Miller.

Ahora ya pueden perderse en el mundo de Miller Hart por última vez.

Nos vemos al otro lado.

JEM
XXX

PRÓLOGO

William Anderson había estado esperando más de una hora en su Lexus, en la esquina de esa calle que le resultaba tan familiar. Una maldita hora y todavía no había reunido el valor para salir del coche. Sus ojos habían permanecido fijos en la hilera de viejas casas victorianas durante cada doloroso segundo. Había evitado esta parte de la ciudad durante más de veinte años, y sólo hizo una excepción: para llevarla a casa.

Pero ahora tenía que enfrentarse a su pasado. Tenía que salir del coche. Tenía que llamar a esa puerta. Y temía el momento.

No tenía otra opción, aunque se había estado devanando los sesos para buscar una en su mente turbulenta, sin éxito.

—Ha llegado la hora de dar la cara, Will —dijo para sí mismo mientras salía del vehículo.

Cerró la puerta con suavidad y se aproximó hacia la casa, frustrado por ser incapaz de controlar los fuertes latidos de su corazón, que vibraban en su pecho y resonaban en sus oídos. A cada paso que daba, su rostro se iba volviendo más y más blanco hasta que el dolor lo obligó a cerrar los ojos.

—Maldita seas, mujer —masculló, temblando.

Se encontró frente a la casa mucho antes de lo que le habría gustado y se quedó mirando la puerta. En su pobre mente se agolpaban demasiados malos recuerdos. Se sentía débil. Y eso que William Anderson se cuidaba mucho de que aquella fuera una sensación que experimentara muy a menudo. Después de lo que había pasado con ella, se aseguraba por todos los medios de que así fuera.

Echó la cabeza hacia atrás, cerró los ojos brevemente e inhaló más profundamente que nunca. Después levantó una mano temblorosa y llamó a la puerta. Su pulso se aceleró al oír las pisadas, y casi dejó de respirar cuando la puerta se abrió.

No había cambiado nada, aunque ahora debía de tener... ¿cuántos? ¿Ochenta años? ¿Tanto tiempo había pasado? La mujer no parecía sorprendida en absoluto, y él no sabía si eso era bueno o malo. Reservaría ese juicio para cuando se marchara de allí. Tenían mucho de que hablar.

Sus cejas, ahora grises, se enarcaron con frialdad, y cuando empezó a sacudir suavemente la cabeza, William sonrió un poco. Fue una sonrisa nerviosa. Estaba empezando a temblarle todo el cuerpo.

—Vaya, mira lo que nos ha traído el gato —dijo ella, y lanzó un suspiro.

CAPÍTULO 1

Esto es perfecto. Pero sería aún más perfecto si mi mente no estuviera plagada de preocupaciones, miedo y confusión.

Me vuelvo y me pongo boca arriba en esta cama tamaño *queen*. Levanto la vista hacia el tragaluz instalado en el techo abovedado de nuestra suite de hotel y observo las nubes suaves y esponjosas que salpican el intenso cielo azul. También veo los edificios que se elevan hasta los cielos. Contengo el aliento y escucho los sonidos, ahora familiares, de las mañanas de Nueva York: los cláxones de los coches, los pitidos y el bullicio en general se distinguen perfectamente a una altura de doce plantas. Similares rascacielos nos envuelven, haciendo que parezca que este edificio se haya perdido en medio de la jungla de cristal y cemento. El entorno que nos rodea es increíble, pero no es eso lo que hace que esto sea casi perfecto, sino el hombre que tengo al lado en esta cama mullida y enorme. Estoy convencida de que las camas en Estados Unidos son más grandes. Aquí todo parece más grande: los edificios, los coches, las celebridades... mi amor por Miller Hart.

Ya llevamos aquí dos semanas, y echo muchísimo de menos a la abuela, aunque hablo con ella a diario. Dejamos que la ciudad nos absorba por completo y no hacemos nada más que enfrascarnos el uno en el otro.

Mi perfecto hombre imperfecto está relajado aquí. Conserva sus exageradas costumbres, pero puedo vivir con ello. Curiosamente, estoy empezando a encontrar adorables muchos de sus hábitos obsesivo-compulsivos; ahora puedo admitirlo. Y puedo decírselo a él, aunque sigue prefiriendo ignorar el hecho de que la obsesión influye en la mayoría de elementos de su vida. Incluida yo.

Al menos aquí en Nueva York no sufrimos intromisiones. Nadie intenta arrebatarle su bien más preciado. Yo soy su posesión más preciada. Un título que me encanta llevar, aunque también supone una carga que estoy dispuesta a soportar, porque sé que el santuario que hemos creado aquí es sólo algo temporal. Afrontar ese oscuro mundo es una batalla que planea en el horizonte de nuestra actual *casi* perfecta existencia. Y me odio a mí misma por dudar de que mi fuerza interior consiga que lo superemos; esa fuerza en la que tanto confía Miller.

Se mueve ligeramente a mi lado y me devuelve a la lujosa habitación que hemos estado llamando casa desde que llegamos a Nueva York, y sonrío al ver cómo hunde su boca en la almohada mientras murmura. Su preciosa cabeza descansa cubierta de rizos alborotados y una densa barba de varios días puebla su mandíbula. Suspira y palpa a su alrededor medio dormido hasta que su mano alcanza mi cabeza y sus dedos localizan mis rizos revueltos. Mi sonrisa se intensifica y me quedo observando su rostro muy quieta, y siento cómo sus dedos se hunden en mi pelo mientras vuelve a dormirse del todo. Esta es una nueva costumbre de mi perfecto caballero a tiempo parcial: juguetea con mi pelo durante horas, incluso dormido. Me he despertado con nudos en varias ocasiones, a veces con sus dedos todavía enredados en los mechones, pero nunca me quejo. Necesito el contacto físico con él, sea de la naturaleza que sea.

Mis párpados empiezan a cerrarse lentamente adormecidos por su tacto. Pero mi paz pronto se ve bombardeada por desagradables visiones, incluida la perturbadora visión de Gracie Taylor. Abro los ojos de golpe, me incorporo de un salto y esbozo una mueca de dolor al sentir un tirón de pelo que hace que eche la cabeza atrás.

—¡Mierda! —susurro, levantando la mano para iniciar la meticulosa tarea de desenredar los dedos de Miller de mi cabello.

Gruñe unas cuantas veces, pero no se despierta, y le coloco la mano sobre la almohada antes de acercarme con cuidado al borde de la cama. Miro por encima del hombro, veo que está profundamente dormido y espero que sus sueños sean tranquilos y apacibles. Todo lo contrario a los míos.

Tanteo con los pies la alfombra mullida, me levanto estirándome un poco y termino con un suspiro. Me quedo de pie junto a la cama, con la mirada perdida hacia la enorme ventana. ¿Es posible que haya visto a mi madre por primera vez en dieciocho años? ¿O sólo fue una alucinación provocada por el estrés?

—¿Qué es lo que preocupa a esa preciosa cabecita tuya? —Su voz grave y adormilada interrumpe mis pensamientos y, cuando me vuelvo, lo veo tumbado de lado, con las palmas de las manos unidas descansando bajo su mejilla.

Fuerzo una sonrisa que sé que no va a convencerlo, y dejo que Miller y toda su perfección me distraigan de mi conflicto interior.

—Sólo estaba soñando despierta —digo en voz baja, y paso por alto su expresión de incredulidad.

Llevo torturándome mentalmente con esto desde que embarcamos en aquel avión, y he reproducido el momento una y otra vez en mi mente. Pero a Miller no le pasó inadvertida mi actitud meditabunda. Sin embargo, no me ha presionado, y estoy convencida de que creerá que estoy reflexionando sobre la traumática situación que nos ha traído hasta Nueva York. Y en parte tendría razón. Muchos acontecimientos, revelaciones y visiones han invadido mi mente desde que llegamos aquí, y esto hace que me sienta mal por no poder apreciar del todo la compañía de Miller y su devoción a la hora de venerarme.

—Ven aquí —susurra, sin acompañar sus autoritarias palabras de gesto alguno.

—Iba a preparar café. —Soy una ingenua si creo que podré evitar sus preguntas mucho más tiempo.

—Ya te lo he dicho una vez. —Se apoya sobre un hombro y ladea la cabeza. Sus labios forman una línea recta, y sus ojos cristalinos y azules me atraviesan con la mirada—. No hagas que lo repita.

Sacudo la cabeza suavemente y suspiro. Me deslizo de nuevo entre las sábanas y me acurruco contra su pecho mientras él permanece quieto y deja que me acomode. Una vez adoptada mi posición, me rodea con los brazos y hunde la nariz en mi pelo.

—¿Mejor?

Asiento contra su pecho y me quedo observando sus músculos mientras él me acaricia por todas partes y respira hondo. Soy consciente de que está desesperado por reconfortarme e infundirme confianza. Pero no lo consigue. Me ha concedido tiempo para cavilar, y le debe de haber resultado tremendamente difícil. Sé que estoy pensando demasiado. Lo sé. Y Miller también lo sabe.

Se aparta de la calidez de mi pelo y pasa unos instantes arreglándomelo. Después se centra en mis atribulados ojos azules.

—No dejes de quererme nunca, Olivia Taylor.

—Jamás —afirmo, sintiéndome muy culpable. Deseo que sepa que mi amor por él no debería preocuparle en absoluto—. No des tantas vueltas.

Levanto la mano, le acaricio el labio inferior con el pulgar y observo cómo entorna los ojos y desliza la mano para agarrar la mía en su boca.

Me alisa la palma y me la besa en el centro.

—Lo mismo te digo, preciosa mía. Detesto verte triste.

—Te tengo a ti. Es imposible que esté triste.

Me sonríe afablemente y se inclina para besarme la punta de la nariz con delicadeza.

—Discrepo.

—Discrepa todo lo que quieras, Miller Hart.

Me levanta al instante y me coloca encima de él, atrapándome con los muslos. Me toma las mejillas con las palmas de las manos, acerca los labios y los deja a unos milímetros de los míos. Siento su aliento caliente sobre mi piel. Soy incapaz de controlar la reacción de mi cuerpo. Y no quiero hacerlo.

—Déjame saborearte —murmura mientras busca mi mirada.

Bajo la cabeza y me estrello contra sus labios. Repto por su cuerpo hasta que me quedo a horcajadas sobre sus caderas y noto su estado de ánimo, duro y erecto bajo mi trasero. Gimo contra su boca, agradecida por sus tácticas para distraerme.

—Creo que soy adicta a ti —murmuro mientras coloco las manos en su nuca y jalo de él con impaciencia hasta que se incorpora.

Envuelvo las piernas alrededor de su cintura y él posa las manos sobre mi culo para estrecharme más mientras nuestras lenguas danzan lenta y apasionadamente.

—Me alegro. —Interrumpe nuestro beso y me mueve ligeramente para agarrar un condón de la mesita—. Pronto te bajará la regla —observa.

Asiento y alargo las manos para ayudarlo. Se lo quito y lo saco del envoltorio, tan ansiosa como Miller por comenzar la veneración.

—Bien. Así podremos prescindir de esto.

Le coloco el condón, me reclama, me levanta y cierra los ojos con fuerza mientras guía su erección hacia mi húmeda abertura. Desciendo sobre él hasta absorberla entera.

Lanzo un gemido grave y entrecortado de satisfacción. Nuestra unión disipa todas mis preocupaciones y no deja espacio a nada más que a un placer implacable y un amor imperecedero. Está hundido hasta el fondo, quieto, y echo la cabeza atrás mientras clavo las uñas en sus firmes hombros para apoyarme.

—Muévete —le ruego, aferrándome a su regazo y sin apenas respirar de mi necesidad por él.

Su boca encuentra mi hombro y me hunde los dientes suavemente mientras empieza a guiarme meticulosamente.

—¿Te gusta?

—Más que nada que pueda imaginar.

—Coincido. —Eleva las caderas al tiempo que me retiene abajo, provocando oleadas de placer en nuestros cuerpos jadeantes—. Olivia Taylor, me tienes completamente fascinado.

Su ritmo controlado es más que perfecto y nos calienta a ambos lenta y perezosamente. Cada rotación nos aproxima más a la explosión. La fricción de mi clítoris contra su entrepierna cuando me baja hasta el final con cada meneo me hace sollozar y jadear. Entonces mi cuerpo continúa su movimiento circular y el delicioso placer disminuye brevemente, hasta que vuelvo a sentir ese gozoso pico de frenesí. Su mirada cómplice me indica que lo está haciendo a propósito, y sus constantes parpadeos y sus carnosos labios separados no hacen sino intensificar mi desesperación.

—Miller —gimo. Entierro el rostro en su cuello y pierdo la capacidad de mantenerme derecha sobre su regazo.

—No me prives de esa cara, Olivia —me advierte—. Muéstramela.

Jadeando, le lamo y le muerdo la garganta, y su barba raspa mi rostro sudoroso.

—No puedo. —Su experta veneración siempre me deja inservible.

—Por mí puedes hacerlo. Muéstrame la cara —me ordena con dureza, y me embiste de nuevo con un golpe de caderas.

Grito ante la repentina y profunda penetración y me pongo derecha de nuevo.

—¿Cómo? —exclamo, frustrada y extasiada al tiempo.

Me retiene en ese punto, el punto entre la tortura y un placer sobrenatural.

—Porque yo puedo.

Me coloca boca arriba y vuelve a penetrarme lanzando un grito de satisfacción. Su ritmo y su ímpetu se aceleran. Nuestra manera de hacer el amor se ha vuelto más dura las últimas semanas. Es como si se hubiera encendido una luz, y Miller se ha dado cuenta de que tomarme con un poco más de agresividad y fuerza no hace que disminuya el nivel de veneración en nuestros encuentros íntimos. Sigue haciéndome el amor. Puedo tocarlo, y besarlo, y él me responde y no para de regalarme palabras de amor, como para asegurarse y dejarme claro que posee el control. Es innecesario. Le confío mi cuerpo tanto como ahora le confío mi amor.

Me agarra de las muñecas, me las sostiene con firmeza por encima de la cabeza y se apoya sobre sus tonificados antebrazos, cegándome con los definidos músculos de su torso. Tiene los dientes apretados, pero todavía detecto ese leve aire victorioso. Está contento. Se está deleitando en mi clara desesperación por él. Pero él está igual de desesperado por mí. Elevo las caderas y empiezo a recibir su firme bombeo. Nuestros sexos colisionan, él se retira y vuelve a hundirse de nuevo en mí una y otra vez.

—Te estás aferrando a mí, mi niña —jadea.

Su rizo rebelde le rebota en la frente con cada impacto de nuestros cuerpos. Todas y cada una de mis terminaciones nerviosas empiezan a crisparse con el incontrolable placer que se acumula en mi sexo. Intento contenerlo desesperadamente, lo que sea con tal de prolongar la magnífica imagen que tengo delante de mí, empapado de sudor y con el rostro descompuesto con un placer tan intenso que podría confundirse con el dolor.

—¡Miller! —grito extasiada. Mi cabeza empieza a temblar, pero mis ojos se mantienen fijos en los suyos—. ¡Por favor!

—Por favor, ¿qué? ¿Necesitas venirte? —¡Sí! —exclamo, y aguanto la respiración cuando arremete con tanta intensidad que me empuja hacia la cabecera de la cama—. ¡No!

No sé qué quiero hacer. Necesito explotar, pero también quiero quedarme para siempre en este remoto lugar de puro abandono.

Miller gruñe y permite que su barbilla descienda hasta su pecho y que su feroz agarre libere mis muñecas, que ascienden inmediatamente hasta sus hombros. Le clavo mis uñas cortas con fuerza.

—¡Joder! —ruge, y acelera el ritmo.

Nunca me había tomado con tanta fuerza, pero en medio de este tremendo placer no hay lugar para la preocupación. No me está haciendo daño, aunque sospecho que yo a él sí. Me duelen los dedos.

Yo misma suelto unas cuantas palabrotas y recibo cada embestida hasta que, de pronto, se detiene. Siento cómo se dilata dentro de mí, y entonces retrocede ligeramente y se hunde expeliendo un gruñido largo y grave. Ambos descendemos en picada hacia un abismo de sensaciones indescriptibles y maravillosas.

La intensidad de mi clímax me deja sin sentido, y la manera en que Miller se derrumba sobre mi pecho sin preocuparse de si me está aplastando me indica que él está igual. Ambos jadeamos, ambos palpitamos, completamente extenuados. Creo que esta manera intensa y frenética de hacer el amor podría considerarse coger, y cuando siento que unas manos empiezan a acariciarme y que una boca repta por mi mejilla buscando mis labios, sé que Miller está pensando lo mismo.

—Dime que no te he hecho daño. —Dedica unos momentos a venerar mi boca, tomándola con suavidad y mordisqueándome los labios con delicadeza cada vez que tira de ellos. Siento cómo sus manos me hacen cosquillas, me recorren y me acarician por todas partes.

Cierro los ojos, suspiro de satisfacción y absorbo sus pausadas atenciones mientras sonrío y reúno las pocas fuerzas que me quedan para abrazarlo e infundirle seguridad.

—No me has hecho daño.

Siento su cuerpo pesado sobre mí, pero no tengo ningún deseo de aliviar el peso. Estamos conectados... por todas partes.

Respiro profundamente.

—Te quiero, Miller Hart.

Se levanta lentamente hasta que me mira con ojos centelleantes y con las comisuras de la boca curvadas hacia arriba.

—Acepto tu amor.

Intento en vano mirarlo con irritación, pero sólo consigo imitar su gesto alegre. Es imposible no hacerlo cuando últimamente no para de mostrar su sonrisa, antes tan cara de ver.

—Eres un cabrón.

—Y tú, Olivia Taylor, eres una bendición del cielo.

—O una posesión.

—Lo mismo da —susurra—. Al menos en mi mundo.

Me besa los dos párpados con dulzura antes de elevar las caderas para salir de mí y de sentarse sobre los talones. La satisfacción templa mis venas y la paz inunda mi mente cuando me pone encima de su regazo y coloca mis piernas alrededor de su espalda. Las sábanas se han transformado en un montón de tela arrugada que nos rodea, y a él no parece importarle lo más mínimo.

—Esta cama es un desastre —digo con una sonrisa provocadora mientras él me coloca el pelo por encima del hombro y desliza las manos por mis brazos hasta agarrar las mías.

—Mi obsesión por tenerte en la cama conmigo supera con creces la de tener las sábanas ordenadas.

Mi sonrisita se transforma en una inmensa sonrisa.

—Vaya, señor Hart, ¿acaba de admitir que tiene una obsesión?

Ladea la cabeza y yo flexiono una de mis manos hasta que me la suelta y me tomo mi tiempo en apartarle el mechón de pelo rebelde de la frente.

—Tal vez tengas razón —responde, totalmente serio y sin tintes de humor en su tono.

Mi mano vacila en sus rizos. Lo observo detenidamente esperando encontrar su precioso hoyuelo, pero no lo veo y lo miro con expresión interrogante en un intento de averiguar si por fin está admitiendo que padece un tremendo TOC (trastorno obsesivo-compulsivo).

—Tal vez —añade manteniendo el rostro inexpresivo.

Sofoco un grito de fingida indignación y lo golpeo de broma en el hombro. Mi gesto provoca que una dulce risa escape de sus labios. Nunca deja de fascinarme que Miller sea capaz de divertirse. Es sin duda la cosa más bonita del mundo; no de mi mundo, sino del mundo entero. Tiene que serlo.

—Yo diría que no hay duda —digo interrumpiendo su risa.

Sacude la cabeza embelesado.

—¿Eres consciente de lo mucho que me cuesta aceptar que estés aquí?

Mi sonrisa se transforma en confusión.

—¿En Nueva York?

Me habría ido hasta Mongolia Exterior si me lo hubiera pedido. A cualquier parte. Se ríe ligeramente y aparta la mirada. Lo agarro de la mandíbula y dirijo su perfecto rostro de nuevo hacia el mío.

—Explícate. —Enarco las cejas con autoridad y pego los labios muy seria a pesar de la tremenda necesidad que siento de compartir su felicidad.

—Me refiero a aquí —dice encogiendo sus sólidos hombros—. Conmigo.

—¿En la cama?

—En mi vida, Olivia. Transformando mi oscuridad en una luz cegadora. —Acerca el rostro y sus labios acechan los míos—. Convirtiendo mis pesadillas en bonitos sueños.

Sostiene mi mirada y guarda silencio, mientras espera a que asimile sus sentidas palabras. Como muchas de las cosas que dice ahora, lo entiendo y lo comprendo perfectamente.

—Podrías limitarte a decirme lo mucho que me amas. Eso serviría.

Aprieto los labios, desesperada por mantenerme seria. No es fácil cuando acaba de robarme el corazón de cuajo con una declaración de tanto peso. Quiero empujarlo contra la cama y demostrarle lo que siento por él con un beso de infarto, pero una minúscula parte de mí anhela que capte mi insinuación poco sutil. Nunca ha dicho nada sobre el amor. Siempre habla de fascinación, y sé perfectamente lo que quiere decir. Pero no puedo negar mi deseo de escuchar esas dos palabras tan simples.

Miller me tumba boca arriba y cubre de besos cada milímetro de mi rostro arrugado debido al escozor de su barba.

—Me tienes profundamente fascinado, Olivia Taylor. —Atrapa mis mejillas entre sus palmas—. Nunca sabrás cuánto.

Cedo ante Miller y dejo que haga conmigo lo que quiera.

—Aunque me encantaría pasarme el día entero perdido bajo estas sábanas con mi obsesión, tenemos una cita. —Me besa la nariz, me levanta de la cama y me revuelve el pelo—. Dúchate.

—¡Sí, señor! —Lo saludo, y me dirijo a la regadera mientras él pone los ojos en blanco.

CAPÍTULO 2

Estoy en la acera, fuera del hotel, contemplando el cielo. Forma parte de mi rutina diaria. Todas las mañanas bajo y dejo a Miller haciendo algo arriba y espero junto a la calzada, con la cabeza hacia atrás, mirando a lo alto, maravillada. La gente me sortea, los taxis y los todoterreno pasan por delante de mí a toda velocidad, y el caos neoyorquino satura mis oídos. Me quedo cautivada bajo el embrujo de las torres de cristal y metal que protegen la ciudad. Es... increíble.

Pocas cosas pueden sacarme de mi estado de abstracción, pero su tacto es una de ellas. Y su respiración junto a mi oreja.

—Pum —murmura, y me da la vuelta en sus brazos—. No crecen de noche, ¿sabes?

Levanto la vista de nuevo.

—Es que no entiendo cómo se mantienen en pie. —Me cierra la boca y tira de mi mandíbula. Su expresión es suave y divertida.

—Quizá deberías saciar esa fascinación.

Retraigo el cuello.

—¿Qué quieres decir?

Su mano se desliza por mi nuca y empieza a guiarme hacia la Sexta Avenida.

—Que quizá deberías plantearte estudiar ingeniería de estructuras.

Me suelto y coloco la mano en la suya. Él me lo permite y flexiona los dedos hasta que nuestras manos se acomodan.

—Prefiero la historia del edificio a cómo se construyó.

Lo miro, dejo que mis ojos desciendan por su larga figura y sonrío. Se ha puesto unos *jeans*. Unos *jeans* bonitos y cómodos y una sencilla camiseta blanca. Llevar trajes aquí sería tremendamente inapropiado; no dudé en decírselo. Él tampoco protestó y dejó que lo arrastrara por Saks durante nuestro primer día en la ciudad. No tiene ninguna necesidad de llevar trajes en Nueva York. No le hace falta fingir ser un caballero distante con nadie. No obstante, Miller Hart todavía no lleva muy bien lo de pasear sin rumbo fijo. O lo de fundirse con el resto.

—Entonces ¿no recuerdas tu desafío del día? —pregunta con las cejas enarcadas cuando nos detenemos frente a un semáforo en rojo.

Sonrío.

—Sí, y estoy preparada.

Ayer me perdí durante horas en la Biblioteca Pública de Nueva York mientras Miller hacía unas llamadas de negocios. No quería marcharme. Me torturé un poco buscando «Gracie Taylor» en Google, pero era como si jamás hubiera existido. Tras unos cuantos e infructuosos intentos más, me perdí entre decenas de libros, pero no todos eran de arquitectura histórica. También le eché un vistazo a uno sobre el TOC, y aprendí unas cuantas cosas, como su relación con la ira. Miller, sin duda, tiene mal temperamento.

—¿Y qué edificio has elegido?

—El Brill.

Me mira con extrañeza.

—¿El Brill?

—Sí.

—¿Por qué no el Empire State o el Rockefeller?

Sonrío.

—Todo el mundo conoce la historia de esos dos.

También pensaba que todo el mundo conocía la historia de la mayoría de los edificios de Londres, pero me equivocaba. Miller no sabía nada sobre el Café Royal ni sobre su historia. Puede que me haya sumido demasiado en la opulencia de Londres. Lo sé todo de ella, y no sé si eso me convierte en una persona triste, obsesionada o en una magnífica guía turística.

—¿Ah, sí?

Su duda me llena de júbilo.

—El edificio Brill es menos conocido, pero he oído hablar de él y creo que te gustará saber lo que he aprendido. —El semáforo cambia de color y empezamos a cruzar—. Tiene una historia interesante relacionada con la música.

—¿De veras?

—Sí. —Lo miro y me sonríe con dulzura. Puede que parezca sorprendido ante mis inútiles datos históricos sobre arquitectura, pero sé que disfruta de mi entusiasmo—. ¿Y tú? ¿Has recordado tu desafío? —Lo obligo a detenerse antes de cruzar otra calle.

Mi hombre, obsesivo y encantador, frunce los labios y me observa detenidamente. Sonrío. Se acuerda.

—Algo sobre comida rápida.

—*Hot-dogs*.

—Eso —confirma con turbación—. Quieres que me coma un *hot-dog*.

—Exacto —confirmo entusiasmada por dentro.

Todos los días desde que llegamos a Nueva York nos hemos estado proponiendo desafíos el uno al otro. Los que me ha propuesto Miller han sido bastante interesantes, desde preparar un discurso sobre un edificio local hasta bañarme sin tocarlo, incluso si él sí que me tocaba a mí. Ese fue una tortura y fracasé estrepitosamente; aunque no pareció importarle demasiado, me hizo perder un punto. Los que yo le he propuesto a él han sido bastante infantiles, pero totalmente apropiados para Miller, como sentarse en el césped de Central Park, comer en un restaurante sin alinear perfectamente la copa de vino y, ahora, que se coma un *hot-dog*. Mis desafíos son muy fáciles... en apariencia. Algunos los ha conseguido realizar y otros no, como lo de no mover la copa de vino. ¿Cómo vamos? Ocho a siete a favor de Olivia.

—Como desees —resopla, e intenta tirar de mí para cruzar la calle, pero yo me mantengo firme y espero a que me mire de nuevo.

Me está observando detenidamente, y está claro que no para de darle vueltas a la cabeza.

—Me vas a obligar a comerme un *hot-dog* de uno de esos carritos mugrientos, ¿verdad?

Asiento, consciente de que hay uno de esos «carritos mugrientos» a sólo unos pasos de distancia.

—Ahí tenemos uno.

—Vaya, qué oportuno —masculla, siguiéndome a regañadientes hasta el puesto.

—Dos *hot-dogs*, por favor —le digo al vendedor mientras Miller espera, nervioso e incómodo, a mi lado.

—Marchando, guapa. ¿Cebolla? ¿Ketchup? ¿Mayonesa?

Miller da un paso hacia adelante.

—¡Nada!

—¡De todo! —lo interrumpo, apartándolo y pasando por alto su grito sofocado de indignación—. Y mucho.

El vendedor se ríe mientras mete el *hot-dog* en el pan y procede a apilar cebolla antes de echar un chorro de ketchup y otro de mayonesa.

—Como quiera la señorita —dice, entregándome el producto.

Se lo paso a Miller con una sonrisa.

—Que lo disfrutes.

—Lo dudo —masculla mirando su desayuno con vacilación.

Sonrío a modo de disculpa al vendedor, tomo mi *hot-dog* y le entrego un billete de diez dólares.

—Quédese el cambio —digo. Me tomo del brazo de Miller y me lo llevo de allí rápidamente—. Eso ha sido muy grosero por tu parte.

—¿El qué? —Levanta la vista, extrañado de verdad, y yo pongo los ojos en blanco ante su falta de sensibilidad.

Hinco los dientes en un extremo del pan y le hago un gesto para que haga lo mismo. Pero él se limita a observar el perrito como si fuera la cosa más rara que ha visto en su vida. Incluso empieza a girarlo en la mano varias veces como si mirarlo desde un ángulo diferente fuera a hacerlo más apetecible. Permanezco callada, disfrutando el mío, y espero a que se lance. Cuando yo ya llevo medio, se aventura a mordisquear un extremo.

Entonces observo con horror —que casi iguala al de Miller—, cómo un montón de cebolla mezclada con una copiosa cantidad de ketchup y mayonesa se escurre por el otro extremo e impacta contra su camiseta blanca impoluta.

—Ups... —Arrugo los labios y trago saliva, preparándome para la explosión inminente.

Se mira el pecho, con la mandíbula apretada, y tira al instante el perrito al suelo. Toda tensa, me muerdo el labio inferior con fuerza para evitar decir algo que pueda avivar la clara irritación que emana de él a borbotones. Me quita mi servilleta y empieza a frotar frenéticamente la tela, extendiendo la mancha y haciéndola aún más grande. Me encojo. Miller respira hondo para tranquilizarse. Después cierra los ojos y vuelve a abrirlos lentamente, centrándose en mí.

—Perfecto. Esto es... perfecto.

Se me hinchan las mejillas, me muerdo con fuerza el labio y hago todo lo posible por contener la risa, pero no lo consigo. Tiro mi perrito en la papelera más cercana y pierdo el control.

—¡Lo siento! —exclamo—. Es que... tienes cara de que el mundo se vaya a terminar.

Con mirada fulminante, me agarra del cuello y me guía por la calle mientras yo me esfuerzo por controlarme. No lo soporta, estemos en Londres, en Nueva York o en la Conchinchina.

—Esta valdrá —declara.

Levanto la vista y veo una tienda Diesel al otro lado de la calle. Me guía rápidamente por el paso de cebra cuando tan sólo quedan unos segundos de la cuenta atrás del semáforo para los peatones. No quiere retrasar ni un minuto su misión de deshacerse de la horrible mancha de su camiseta. Estoy completamente convencida de que esta no sería una de sus tiendas de elección en circunstancias normales, pero su sucio estado no le permite buscar una tienda menos informal.

Entramos y al instante nos bombardea una música a todo volumen. Miller se quita la camiseta y revela kilómetros de firmes músculos delante de todo el mundo. Unas líneas definidas ascienden desde la cintura de sus perfectos *jeans* y se funden con unos abdominales de infarto... y ese pecho... No sé si ponerme a llorar de placer o gritarle por exponer ante todos esta magnífica visión.

Varias dependientas femeninas compiten para ser las primeras en llegar hasta nosotros.

—¿En qué puedo ayudarle? —Una asiática menuda gana la carrera y sonríe con malicia a sus compañeras antes de babear encima de Miller.

Para mi deleite, él se coloca su máscara.

—Una camiseta, por favor. La que sea. —Menea la mano hacia la tienda para despacharla.

—¡Por supuesto! —Se marcha, selecciona varias prendas por el camino y nos avisa para que la sigamos, cosa que hacemos cuando Miller me coloca la mano en la nuca. Caminamos hasta que llegamos a la parte de atrás de la tienda y la dependienta tiene un montón de ropa en los brazos—. Se las dejaré en el probador. Llámeme si necesita ayuda.

Me echo a reír. Miller me lanza una curiosa mirada de soslayo y doña ligona tuerce la boca.

—Creo que hay que medirte los bíceps. —Me acerco y le paso la mano por el muslo con las cejas enarcadas—. O la parte interna de la pierna.

—Descarada —se limita a decir antes de girar de nuevo su torso desnudo hacia la dependienta y revisar la montaña de ropa que lleva en sus brazos—. Con esto bastará.

Extrae una camisa *informal* azul y blanca de cuadros con mangas enrolladas y un bolsillo en cada pectoral. Le arranca las etiquetas sin cuidado, se la pone y se aleja, dejando a doña ligona con los ojos abiertos como platos y a mí siguiéndolo hacia la caja.

Deja las etiquetas en el mostrador junto a un billete de cien dólares y sale del establecimiento abrochándose los botones.

Veo cómo se marcha de la tienda, y la dependienta se queda a mi lado, pasmada y babeando todavía.

—Esto... gracias. —Sonrío y voy tras mi estirado y grosero caballero a tiempo parcial.

¿Cómo puedes ser tan maleducado? —exclamo cuando lo encuentro en la calle, cerrándose el último botón.

—He comprado una camisa. —Deja caer los brazos a los costados, claramente sorprendido por mi enfado. Me preocupa el hecho de que sea tan poco consciente de su comportamiento singular.

—¿Te parece normal la manera en que la has comprado? —pregunto, y miro al cielo suplicando ayuda.

—Le he dicho a la dependienta lo que quería, ella lo ha encontrado, yo me lo he probado y he pagado la prenda.

Agacho la cabeza con aire cansado y me encuentro su familiar expresión impasible.

—Te pasas.

—Me limito a relatar los hechos.

Incluso si tuviera energía como para discutir con él, que no es el caso, jamás ganaría. Las viejas costumbres nunca mueren.

—¿Estás mejor? —le pregunto.

—Esto ayudará. —Se pasa la mano por la camisa de cuadros y tira del dobladillo.

—Sí, ayudará. —Suspiro—. ¿Y ahora adónde vamos?

Coloca la mano en su lugar favorito de mi cuello y me vuelve con un movimiento de la muñeca.

—Al edificio Brillante. Es la hora de tu desafío.

—Es edificio Brill. —Me río—. Y está en esta dirección. —Me desvío rápidamente y, al hacerlo, Miller se suelta y lo tomo de la mano—. ¿Sabías que muchos músicos conocidos escribieron sus éxitos en ese edificio? Algunas de las canciones más famosas en la historia de Estados Unidos.

—Qué fascinante —dice Miller mirándome con ternura.

Sonrío y alargo la mano para acariciar su oscura mandíbula barbada.

—No tan fascinante como tú.

Tras unas cuantas horas deambulando por Manhattan y dándole a Miller una clase de historia, no sólo sobre el edificio Brill sino también sobre la iglesia de St. Thomas, nos dirigimos a Central Park. Nos tomamos nuestro tiempo, deambulamos en silencio por un camino arbolado con bancos a ambos lados y una sensación de paz nos envuelve, dejando atrás el caos del hormigón. Una vez que atravesamos la calle que divide el parque por la mitad, esquivamos a los corredores y descendemos la gigante escalera de cemento de la fuente arquitectónica, donde me levanta de la cintura y me coloca de pie en el borde.

—Eso es —dice, y me alisa la falda—. Dame la mano.

Hago lo que me ordena, sonrío ante su formalidad y dejo que me guíe alrededor de la fuente. Él sigue en el suelo, con la mano levantada para mantener el contacto mientras yo estoy por encima de él. Doy unos pasitos y observo cómo se mete la otra mano en el bolsillo de los *jeans*.

—¿Cuánto tiempo tendremos que quedarnos aquí? —le pregunto en voz baja y con la mirada al frente, sobre todo para no caerme y un poco para evitar su gesto torcido.

—No estoy seguro, Olivia.

—Echo de menos a la abuela.

—Ya lo sé. —Me aprieta la mano en un intento de infundirme confianza. No va a funcionar.

Sé que William se va a encargar de su bienestar en mi ausencia, algo que me preocupa porque aún no sé qué le ha contado a mi abuela sobre su historia con mi madre y su historia conmigo.

Levanto la vista y veo a una niña que corre hacia mí con mucha más estabilidad que yo. No hay espacio suficiente para ambas, así que me dispongo a bajarme, pero sofoco un grito cuando Miller me agarra y me da la vuelta para permitir que la niña me esquive antes de colocarme de nuevo sobre el borde elevado de la fuente. Apoyo las manos en sus hombros mientras él se toma unos momentos para alisarme la falda de nuevo.

—Perfecto —dice para sus adentros, y me coge de la mano para guiarme de nuevo—. ¿Confías en mí, Olivia?

Su pregunta me toma por sorpresa. No porque dude de la respuesta, sino porque no me la había formulado desde que llegamos aquí. No ha hablado sobre lo que dejamos en Londres, cosa que me ha parecido bien. Cerdos inmorales, mis persecuciones, la locura de Cassie con Miller, las advertencias de Sofía, cadenas, sexo por dinero...

Me sorprende lo fácil que me ha resultado enterrarlo todo en mi interior en el caos de Nueva York. Un caos que me proporciona alivio en comparación con todo con lo que podría estar torturándome. Sé que a Miller le ha extrañado un poco mi falta de insistencia, pero hay una cosa que no puedo dejar de lado tan fácilmente. Algo que soy incapaz de mencionar en voz alta, ni ante Miller ni ante mí misma. Lo único que necesitaba era saber que la abuela iba a estar bien atendida. Ahora siento que ha llegado la hora de que la silenciosa aceptación de Miller sobre mi silencio cambie.

—Sí —respondo con rotundidad, pero él no me mira ni reacciona ante mi respuesta. Continúa mirando hacia adelante, sosteniendo mi mano suavemente mientras yo sigo la curva de la fuente.

—Y yo confío en que compartas tus preocupaciones conmigo. —Se detiene y me vuelve hacia él. Me coge de las dos manos y me mira a la cara.

Cierro los labios con fuerza. Lo quiero más aún si cabe por conocerme tan bien, pero detesto el hecho de que eso signifique que nunca podré ocultarle nada. También odio que se sienta tan culpable por haberme arrastrado a este mundo.

—Cuéntamelo, Olivia. —Su tono es suave, alentador. Desesperado.

Bajo la vista hacia sus pies al ver que los aproxima.

—Es una tontería —digo sacudiendo ligeramente la cabeza—. Creo que toda aquella conmoción y tanta adrenalina me trastornó un poco.

Me agarra de la cintura y me baja para que me siente en el borde de la fuente. Después se arrodilla y atrapa mis mejillas en sus manos.

—Cuéntamelo —susurra.

Su necesidad de reconfortarme me infunde el valor de escupir lo que me ha estado atormentando desde que llegamos aquí.

—En Heathrow... me pareció ver algo, aunque sé que no fue así. Sé que es imposible y totalmente absurdo, y no podía verlo bien, y estaba tan estresada y cansada y sensible... —Inspiro sin mirar sus ojos abiertos—. Sé que no puede ser. Porque lleva muerta...

—¡Olivia! —Miller interrumpe mi vómito verbal, con los ojos abiertos como platos y con una expresión de alarma en su rostro perfecto—. ¿De qué demonios estás hablando?

—De mi madre —exhalo—. Creo que la vi.

—¿A su fantasma?

No estoy segura de si creo en los fantasmas. Puede que ahora sí. No sé qué responder, de modo que me limito a encogerme de hombros.

—¿En Heathrow? —insiste.

Asiento.

—¿Cuando estabas agotada, sensible y siendo secuestrada por un exchico de compañía irascible?

Lo miro con recelo.

—Sí —contesto con los dientes apretados.

—Ya veo —dice, y aparta la vista brevemente antes de volver a mirarme a los ojos—. ¿Por eso has estado tan callada y te has comportado de esa manera tan reservada?

—Soy consciente de lo absurdo que suena.

—Absurdo no —responde con voz tranquila—. Doloroso.

Lo miro extrañada, pero él continúa antes de que cuestione su conclusión.

—Olivia, hemos soportado muchas cosas. El pasado de ambos ha estado muy presente en las últimas semanas. Es comprensible que te sientas perdida y confundida. —Se acerca y pega los labios a los míos—. Por favor, confía en mí. No dejes que tus problemas te consuman estando yo aquí para ayudarte a soportarlos. —Se aparta, me acaricia las mejillas con los pulgares y me derrite con la sinceridad que refulge en sus magníficos ojos—. No soporto verte triste.

De repente me siento muy tonta y, sin nada más que decir, lo envuelvo con los brazos y lo acerco a mí. Tiene razón. Es normal que mi mente me juegue malas pasadas después de todo lo que hemos vivido.

—No sé qué haría sin ti.

Acepta mi abrazo feroz e inhala mi cabello. Noto cómo me toma un mechón y empieza a juguetear con él.

—Pues estarías en Londres, viviendo tranquilamente —susurra.

Su sombría afirmación me obliga a apartarme inmediatamente de la calidez de su cuerpo. No me han gustado esas palabras, y mucho menos su tono.

—Viviendo una vida vacía —respondo—. Prométeme que nunca me vas a dejar.

—Te lo prometo —dice sin vacilar ni un segundo, aunque en estos momentos no me parece suficiente.

No sé qué más puedo obligarlo a decir para que me convenza. Es similar a lo que le pasa a él con respecto a mi amor. Sé que sigue dudando, y no me gusta. Todavía vivo con el temor de que vuelva a marcharse, incluso aunque no quiera hacerlo.

—Quiero un contrato —espeto—. Algo legal que diga que no puedes dejarme. —En cuanto lo digo me doy cuenta de lo idiota que parezco, me encojo y me doy una bofetada mental por todo Central Park—. No quería decir eso.

—¡Eso espero! —Carraspea y casi se cae de culo de la impresión.

Puede que no lo haya querido decir de esa manera, pero su reacción me sienta como una patada en el estómago. No me he planteado el matrimonio, ni nada más allá del momento. Demasiadas cosas eclipsan nuestros sueños de un futuro y una felicidad en común, pero esto no ayuda. Su evidente rechazo a la idea hace que plantearse algo a largo plazo sea imposible. Quiero casarme algún día. Quiero tener hijos, y un perro, y el calor de un hogar. Quiero que la casa esté llena de trastos de los niños y me acabo de dar cuenta de que quiero compartir todo eso con Miller.

Entonces caigo de bruces de nuevo en la realidad. Está claro que el matrimonio le parece algo terrible. Detesta el desorden, con lo cual lo del hogar familiar queda totalmente descartado. Y en cuanto a los niños... Bueno, no voy a preguntarle, y no creo que sea necesario, porque recuerdo la fotografía de aquel niño perdido y desaliñado.

35

—Deberíamos irnos —digo, y me pongo de pie delante de él antes de añadir alguna estupidez más y tener que enfrentarme a otra reacción indeseada—. Estoy cansada.

—Coincido —responde claramente aliviado. Esto no acrecienta mi ánimo. Ni mis esperanzas de futuro... cuando por fin podamos centrarnos en nuestro «vivieron felices para siempre».

CAPÍTULO 3

El ambiente ha estado tenso e incómodo entre nosotros desde que salimos de Central Park. Miller me ha dejado a mi suerte al volver a la suite y se ha recluido en el espacio del despacho que da al balcón. Tiene negocios que atender. No es raro en él pasarse una hora haciendo llamadas, pero ahora lleva cuatro, y en todo este tiempo no ha asomado la cabeza, ni me ha dicho nada ni ha dado señales de vida.

Estoy en el balcón. Siento el sol en mi rostro y me reclino sobre la tumbona, deseando en silencio que Miller salga del estudio. Desde que llegamos a Nueva York nunca habíamos estado tanto tiempo sin establecer algún tipo de contacto físico, y ansío tocarlo. Estaba deseando escapar de la tensión cuando volvimos de nuestro paseo, y me sentí aliviada para mis adentros cuando masculló su intención de trabajar un poco, pero ahora me siento más perdida que nunca. He llamado a la abuela y a Gregory y he charlado ociosamente de nada en particular con ellos. También leí la mitad del libro de historia que Miller me compró ayer, aunque no recuerdo nada.

Y ahora estoy aquí tumbada (ya van casi cinco horas), jugueteando con mi anillo y dándole vueltas a la cabeza acerca de nuestra conversación en Central Park. Suspiro, me quito el anillo, vuelvo a ponérmelo, le doy unas cuantas vueltas más y me quedo paralizada cuando oigo movimiento al otro lado de las puertas del despacho. Veo que la manija gira, tomo rápidamente el libro y entierro la nariz en él, para dar la impresión de estar concentrada en mi lectura.

La puerta cruje y levanto la vista de la página por la que lo he abierto al azar. Miller se encuentra en el umbral, observándome. Está descalzo, con el botón superior de los *jeans* desabrochado y descamisado. Tiene el pelo revuelto, como si hubiera estado pasándose los dedos entre los rizos; y en cuanto lo miro a los ojos sé que eso es justo lo que ha estado haciendo. Se hallan cargados de desesperación. Intenta sonreír y, cuando lo hace, siento que un millón de dardos de culpa se me clavan en el corazón. Dejo el libro en la mesa, me incorporo, me siento con las rodillas cerca de la barbilla y me abrazo las piernas. Todavía se puede cortar la tensión con cuchillo, pero tenerlo cerca de nuevo me hace recuperar la serenidad perdida. Unos fuegos artificiales estallan bajo mi piel y se abren camino hacia el interior de mi cuerpo. La sensación me resulta familiar y reconfortante.

Pasa unos instantes en silencio, con las manos metidas ligeramente en los bolsillos y apoyado contra el marco de la puerta, pensando. Entonces suspira y, sin mediar palabra, se acerca y se sienta a horcajadas en la tumbona detrás de mí, dándome un golpecito para que me mueva hacia adelante para dejarle sitio. Desliza los brazos sobre mis hombros y me estrecha contra su pecho. Cierro los ojos y absorbo esta sensación: su tacto, sus latidos contra mi cuerpo y su respiración en mi pelo.

—Lo lamento —susurra, pegando los labios a mi cuello—. No pretendía entristecerte.

Empiezo a trazar lentos círculos sobre la tela de sus *jeans*.

—No pasa nada.

—No, sí pasa. Si me concedieran un deseo —empieza deslizando los labios lentamente hasta mi oreja— pediría ser perfecto para ti. Para nadie más, sólo para ti.

Abro los ojos y me vuelvo para mirarlo.

—Pues creo que tu deseo se ha hecho realidad.

Se ríe un poco y coloca una mano sobre mi mejilla.

—Y yo creo que eres la persona más bonita que jamás haya creado Dios. Aquí —dice recorriendo mi rostro con la mirada—. Y aquí. —Me pone la palma de la mano en el pecho. Me besa los labios con ternura, y después la nariz, las mejillas y la frente—. Hay algo para ti en la mesa.

Me aparto automáticamente.

—¿El qué?

—Ve a ver. —Me insta a levantarme, se recuesta sobre la tumbona y me hace un gesto con las manos hacia las puertas del despacho—. ¡Ve!

Mi mirada oscila entre las puertas y Miller varias veces, hasta que enarca una ceja expectante y voy. Atravieso el balcón con recelo y llena de curiosidad mientras siento sus ojos azules clavados en mi espalda, y cuando llego a la puerta, miro por encima del hombro. En su rostro perfecto atisbo una leve sonrisa.

—Ve —me dice. Toma mi libro de la mesa y empieza a pasar las páginas.

Junto los labios con firmeza, me dirijo a la lujosa mesa y exhalo al sentarme en la silla verde de piel. Pero el corazón casi se me sale del pecho cuando veo un sobre en el centro, perfectamente colocado con la parte inferior paralela al borde del escritorio. Busco mi anillo y empiezo a girarlo en el dedo, preocupada, cautelosa, curiosa... Lo único que veo al mirar este sobre es otro sobre, el que me dejó en la mesa del Ice, el que contenía la carta que me escribió cuando me abandonó. No estoy segura de querer leerlo, pero Miller lo ha dejado aquí. Miller ha escrito lo que sea que contenga, y esas dos combinaciones hacen que Olivia Taylor sienta una curiosidad tremenda.

Lo tomo, lo abro y noto que el pegamento todavía está húmedo. Saco el papel y lo despliego lentamente. Respiro hondo y me preparo para leer las palabras que me ha escrito.

Mi dulce niña:

Emplearé cada segundo de mi vida en venerarte. Cada vez que te toque, a ti o a tu alma, se te grabará en esa maravillosa mente que tienes para toda la eternidad. Ya te lo he dicho: no hay palabras en el mundo que describan lo que siento por ti. Me he pasado horas buscando alguna en el diccionario, sin éxito. Cuando intento transmitírtelo, ninguna me parece adecuada. Y sé lo profundos que son tus sentimientos por mí, lo cual hace que apenas sea capaz de comprender mi realidad.

No necesito jurar nada ante ningún cura en la casa de Dios para demostrar lo que siento por ti. Además, Dios nunca anticipó lo nuestro cuando creó el amor. No hay ni habrá nunca nada que se pueda comparar.

Si aceptas esta carta como mi promesa oficial de que nunca te dejaré, la enmarcaré y la colgaré sobre nuestra cama. Si quieres que diga estas palabras en voz alta, lo haré de rodillas ante ti. Tú eres mi alma, Olivia Taylor. Eres mi luz. Eres mi razón para vivir. No lo dudes nunca.

Te ruego que seas mía para toda la eternidad. Porque te juro que yo soy tuyo.

Nunca dejes de amarme.

Eternamente tuyo,

MILLER HART

x

La leo de nuevo, y esta vez un torrente de lágrimas empapa mis mejillas. Sus elegantes palabras me golpean con fuerza y me transmiten por completo el amor que Miller Hart siente por mí. De modo que las releo una y otra vez, y cada vez que lo hago mi corazón se enternece y mi amor por él se intensifica hasta tal punto que estallo de emoción y rompo a llorar sobre el lujoso escritorio. Tengo el rostro hinchado y dolorido por las incesantes lágrimas. Miller Hart se expresa perfectamente bien. Sé lo que siente por mí. Y ahora me siento tonta y culpable por haber dudado... por haber hecho una montaña de ello, incluso a pesar de que me lo he guardado para mí. Pero él ha notado mi debate interno y se ha hecho cargo de él.

—¿Olivia?

Levanto la vista y lo veo en la puerta, preocupado.

—¿He hecho que te pongas triste?

Todos mis músculos doloridos se deshacen y mi cuerpo exhausto se hunde en la silla.

—No... es sólo que... —Levanto el papel y lo meneo en el aire mientras me seco los ojos—. No puedo... —Reúno las fuerzas suficientes como para expresar algo comprensible y lo suelto—: Lo siento tantísimo...

Me levanto de la silla y obligo a mis piernas a mantener el equilibrio y a acercarme hasta él. La cabeza me tiembla ligeramente, estoy enfadada conmigo misma por infundirle la necesidad de explicarse cuando sé perfectamente lo que siente.

Cuando me encuentro a tan sólo unos centímetros de distancia, extiende los brazos para recibirme y prácticamente me abalanzo contra él. Mis pies abandonan el suelo y su nariz se entierra inmediatamente en su lugar favorito.

—No llores —me consuela, estrechándome con fuerza—. No llores, por favor.

Estoy tan emocionada que no soy capaz de hablar, de modo que le devuelvo el abrazo con la misma intensidad y me deleito al sentir cada borde afilado de su cuerpo contra el mío. Permanecemos entrelazados durante una eternidad; yo, tratando de recuperar la compostura, y él, aguardando pacientemente a que lo haga. Cuando por fin intenta separarme de su cuerpo, se lo permito. Se postra de rodillas y jala de mí para que me reúna en el suelo con él. Me recibe con su preciosa y tierna sonrisa, me aparta el pelo de la cara y sus pulgares recogen las lágrimas que escapan de mis ojos.

41

Se dispone a hablar pero, en lugar de hacerlo, frunce los labios y veo su lucha interna para expresar lo que quiere decir. De modo que decido hablar yo en su lugar.

—Nunca he dudado de tu amor por mí. No me importa cómo elijas expresarlo.

—Me alegro.

—No pretendía que te sintieras mal.

Su sonrisa se intensifica y sus ojos brillan.

—Estaba preocupado.

—¿Por qué?

—Porque... —Baja la vista y suspira—. Todas las mujeres de mi lista de clientas están casadas, Olivia. Un anillo y un certificado firmado por un sacerdote no significan nada para mí.

Su confesión no me sorprende. Recuerdo que William dijo algo y claro que Miller Hart tiene un problema con la moralidad. Probablemente nunca se avergonzó de acostarse con mujeres casadas a cambio de dinero, hasta que me conoció a mí. Poso las puntas de los dedos sobre su oscura mandíbula y acerco su rostro al mío.

—Te quiero —le digo, y él sonríe con una sonrisa a medio camino entre la tristeza y la felicidad. Alegre y oscura—. Y sé la fascinación que sientes por mí.

—Es imposible que sepas hasta qué punto.

—Discrepo —susurro, y coloco su carta entre nuestros cuerpos.

Mira el escrito y calla unos instantes. Después levanta los ojos lentamente hasta los míos.

—Emplearé cada segundo de mi vida en venerarte.

—Lo sé.

—Cada vez que te toque, a ti o a tu alma, se te grabará en esa maravillosa mente que tienes para toda la eternidad.

Sonrío.

—Ya lo sé.

Toma la carta, la tira a un lado y atrapa mis manos y mis ojos.

—Haces que apenas sea capaz de comprender mi realidad.

De repente me doy cuenta de que está expresando de viva voz sus palabras escritas. Me dispongo a detenerlo, a decirle que no es necesario que lo haga, pero me coloca la punta de su índice en los labios para silenciarme.

—Tú eres mi alma, Olivia Taylor. Eres mi luz. Eres mi razón para vivir. No lo dudes nunca. —Su mandíbula se tensa, y aunque se trata de una versión reducida de su carta, oírlo pronunciar su declaración hace que se me quede clavada con más fuerza—. Te ruego que seas mía para toda la eternidad. —Se mete la mano en el bolsillo y extrae una cajita pequeña—. Porque te juro que yo soy tuyo.

Bajo la vista hasta la minúscula caja de regalo a pesar de mi necesidad de mantener el contacto visual con él. Tengo demasiada curiosidad. Cuando me toma la mano y coloca la caja en el centro de mi palma, aparto los ojos del misterioso objeto de piel y lo miro.

—¿Es para mí?

Asiente lentamente y se sienta sobre sus piernas, al igual que yo.

—¿Qué es?

Sonríe, y al hacerlo se insinúa en su mejilla ese hoyuelo tan caro de ver.

—Me encanta tu curiosidad.

—¿Quieres que lo abra?

Me llevo los dedos a la boca y empiezo a morderme la punta del pulgar. Un torbellino de sentimientos, pensamientos y emociones invaden mi mente.

—Puede que sea el único hombre que pueda saciar esa incesante curiosidad que tienes.

Me río un poco y mi mirada oscila entre la caja y el rostro meditabundo de Miller.

—Eres tú quien despierta esa curiosidad en mí, Miller, y mi cordura depende de que también la sacies.

Se une a mi entusiasmo y señala la caja con la mirada.

—Ábrela.

Cuando agarro la tapa, los dedos me tiemblan de la emoción. Miro a Miller un instante y veo que sus ojos azules están fijos en mí. Está tenso. Nervioso. Y eso hace que yo también me ponga nerviosa.

Levanto la tapa lentamente. Y me quedo sin aliento. Es un anillo.

—Son diamantes —susurra—. Tu piedra natal.

Trago saliva y observo la longitud del grueso aro que se eleva formando un pico sutil en el centro: un diamante ovalado flanqueado por una piedra con forma de lágrima a cada lado. Otras piedras más pequeñas rodean el aro, y todas relucen de un modo increíble. Las piezas están incrustadas en el anillo de oro blanco de tal modo que parece que se hayan desprendido directamente de los diamantes principales. Nunca había visto nada igual.

—¿Es una antigüedad? —pregunto, abandonando una belleza por otra. Lo miro. Sigue nervioso.

—Art nouveau, de 1898 para ser exactos.

Sonrío y sacudo la cabeza, asombrada. Él siempre es preciso.

—Pero es un anillo —digo, aunque sea una obviedad.

Después del momento de tensión en Central Park y de la carta de Miller, este anillo me ha dejado desconcertada.

De repente, me quita la caja y la deja a un lado. Se sienta sobre su trasero, me toma las manos y jala de mí hacia adelante. Camino de rodillas y me coloco entre sus muslos. Me siento sobre mis piernas de nuevo y espero ansiosa sus palabras. No me cabe duda de que van a calarme hondo, tan hondo como se me clavan ahora sus brillantes ojos azules. Vuelve a tomar la caja y la sostiene entre nosotros. Los centelleos de la exquisita pieza son cegadores.

—Este de aquí —dice señalando el diamante central— nos representa a nosotros.

Me cubro el rostro con las palmas de las manos para que no vea las lágrimas que se acumulan en mis ojos de nuevo, pero no me concede esta privacidad por mucho tiempo. Me aparta las manos, me las coloca sobre mi regazo y asiente con su preciosa cabeza lentamente, comprendiendo mi emoción.

—Este —señala una de las brillantes lágrimas que flanquean al diamante— soy yo. —Desliza el dedo hasta la que está al otro lado—. Y este te representa a ti.

—Miller, yo...

—Shh. —Me pone el dedo en los labios y enarca sus oscuras cejas a modo de cariñosa advertencia.

Una vez seguro de que cumpliré su deseo de dejarlo terminar, centra de nuevo la atención en el anillo, y yo no puedo hacer nada más que esperar a que concluya su interpretación de lo que la joya significa. Su índice descansa sobre el diamante con forma de lágrima que me representa a mí.

—Esta piedra es hermosa —dice, y desvía el dedo de nuevo hasta la otra lágrima—. Hace que esta brille más. La complementa. Pero esta, la que nos representa a los dos —añade tocando la gema principal, y levanta la mirada hacia mi rostro lloroso—, esta es la más brillante de todas.

Cierra pausadamente los ojos como suele hacer él, y extrae la antigüedad de la almohadilla de terciopelo azul marino mientras yo mantengo una lucha interna por mantener la compostura.

Este perfecto hombre imperfecto es más bello de lo que jamás aceptará, pero también soy consciente de que yo lo convierto en un hombre mejor, y no porque intente cambiarlo, sino porque hago que quiera ser mejor persona. Por mí.

Levanta el anillo y desliza el dedo por las decenas de minúsculas piedras que rodean la parte superior.

—Y todos estos pequeños brillantes son los efervescentes fuegos artificiales que creamos juntos.

Esperaba que sus palabras me calaran hondo, pero no que me dejaran paralizada.

—Es perfecto. —Levanto la mano, acaricio su áspera mejilla y siento cómo esos fuegos artificiales efervescentes empiezan a encenderse en mi interior.

—No —murmura, apartando mi mano de su mejilla. Observo cómo desliza lentamente el anillo en mi dedo anular izquierdo—. Ahora es perfecto.

Besa la parte superior del anillo en mi dedo, se queda así unos instantes, pega la mejilla contra mi palma y cierra los ojos.

Me he quedado sin palabras... casi. Acaba de ponerme un anillo en el dedo. En la mano izquierda. No quiero romper la perfección de este momento, pero hay una pregunta que no para de rondarme por la cabeza.

—¿Me estás pidiendo que me case contigo?

Su sonrisa, acompañada de su hoyuelo y una pícara arruga en la frente, casi provoca que me desmaye. Me ayuda a sentarme sobre mi trasero, al mismo tiempo coloca mis piernas alrededor de su espalda y me aproxima a él para que quedemos entrelazados.

—No, Olivia Taylor. No te estoy pidiendo eso. Te estoy pidiendo que seas mía para toda la eternidad.

Soy incapaz de contener la emoción que se apodera de mí. Su rostro, su sinceridad... su abrumador amor por mí. En otro vano intento de ocultar mis lágrimas, pego el rostro contra su pecho y sollozo en silencio mientras él suspira en mi pelo y me acaricia la espalda con reconfortantes círculos. No sé muy bien por qué estoy llorando cuando me siento tan feliz.

—Es un anillo de eternidad —dice antes de agarrarme la cabeza entre sus manos y exigirme en silencio que lo mire para poder continuar—. El dedo en el que lo lleves es lo de menos. Además, ya llevas otra piedra fantástica en tu otro dedo anular, y jamás se me ocurriría pedirte que reemplazaras el anillo de tu abuela.

Sonrío entre sollozos. Sé que ésa no es la única razón por la que Miller me ha puesto el anillo en la mano izquierda. Es su manera de ceder un poco ante lo que se imaginaba que yo quería.

—Me muero por tus huesos, Miller Hart.

—Y tú me tienes completamente fascinado, Olivia Taylor. —Pega los labios contra los míos y completa la perfección del momento con un beso maravilloso de veneración—. Tengo algo que pedirte —dice contra mi boca en mitad de una de las delicadas rotaciones de su suave lengua.

—Nunca dejaré de hacerlo —confirmo, y dejo que me ayude a levantarme mientras mantenemos nuestras bocas unidas y nuestros cuerpos próximos.

—Gracias.

Me toma en brazos, me asegura contra su pecho y empieza a caminar hacia la otra puerta, la que nos llevará al salón de la suite. La alfombra que está delante de la chimenea es de color crema, blanda y mullida, y es ahí adonde nos dirigimos. Interrumpe nuestro beso y me coloca boca arriba sobre ella.

—Espera —me ordena con tono suave, y sale del salón, dejándome ardiente y cargada de deseo.

Miro el anillo y me recuerdo a mí misma su magnificencia y lo mucho que significa. Mis labios se curvan y forman una sonrisa de satisfacción, pero se vuelven serios inmediatamente cuando levanto la vista y me encuentro a Miller Hart desnudo.

No dice nada mientras avanza hacia mí, con los ojos llenos de promesas de placer. Estoy a punto de ser venerada, y algo en mi interior me dice que esta sesión eclipsará a todas las anteriores. Percibo la necesidad que emana de cada poro de su cuerpo. Quiere completar sus palabras, su regalo, su promesa y su beso con una confirmación física. Cada terminación nerviosa, cada gota de sangre y cada músculo de mi cuerpo se transforman en fuego.

Deja un condón a mi lado y se pone de rodillas, con su miembro ya sólido y palpitando ante mis ojos.

—Quiero que mi adicción se desnude —dice con voz grave y áspera, avivando mis deseos y necesidades.

Se apoya sobre el codo, de manera que su largo cuerpo flanquea mi costado, y mi piel se deshace cuando desliza la mano por debajo de la tela de mi falda y recorre la corta distancia que hay hasta la parte interna de mi muslo.

Intento inspirar y espirar hondo y controlar la respiración, pero acabo conteniéndola. La suavidad de sus manos trazando tentadores círculos cerca de mi abertura es una terrible tortura, y ni siquiera hemos empezado todavía.

—¿Estás lista para ser venerada, Olivia Taylor? —Me roza con el dedo suavemente por encima de las bragas y hace que mi espalda se arquee y que expulse el aire almacenado de golpe.

—No lo hagas, por favor —le ruego con ojos suplicantes—. No me tortures.

—Dime que quieres que te venere. —Me baja la falda por las piernas lentamente y arrastra mis bragas con ella.

—Por favor, Miller.

—Dilo.

—Venérame —exhalo, y elevo la espalda ligeramente cuando desliza la mano por debajo de mi camiseta para desabrocharme el brasier.

—Como desees —dice lentamente, lo cual es muy osado por su parte, porque es evidente que él también lo desea—. Levanta un poco.

Me siento siguiendo sus órdenes, callada y obediente, mientras él se pone de rodillas de nuevo, me saca la camiseta por la cabeza y me desliza el brasier por los brazos. Los tira de manera descuidada, pasa la mano por mi espalda y se aproxima a mí, obligándome a tumbarme boca arriba de nuevo.

Está planeando encima de mí, con medio cuerpo sobre el mío y mirándome fijamente.

—Cada vez que te miro a los ojos sucede algo increíble.

—Dime qué.

—No puedo. Soy incapaz de describirlo.

—¿Como tu fascinación?

Sonríe. Es una sonrisa tímida que hace que sea irresistible y le confiere un aire infantil, algo poco frecuente en Miller Hart. Pero a pesar de su rareza, no es una cortina de humo. No es fingida ni una fachada. Es real. Ante mí, él es auténtico.

—Exacto —confirma, y desciende para capturar mis labios.

Mis manos se desplazan a sus hombros y acarician sus músculos. Ambos murmuramos nuestra felicidad cuando nuestras lenguas se entrelazan lentamente, casi sin moverse. Ladeo la cabeza para conseguir un contacto mejor y una creciente necesidad empieza a apoderarse de mí.

—Saboréalo —dice contra mi boca—. Tenemos toda la eternidad.

Es cierto, de modo que me obligo a obedecer su orden de mantener la calma. Sé que Miller está tan ansioso como yo, pero su fuerza de voluntad a la hora de mantener el control y de demostrar que puede es superior a esa desesperación. Me mordisquea el labio inferior; después, su suave lengua lame de manera relajada mi boca mientras se pone de rodillas de nuevo y me deja retorciéndome bajo una mirada cargada de intenciones. La dureza de su verga me atrapa en el momento en que me separa las rodillas y coge el condón. El ritmo pausado con el que lleva a cabo sus acciones, separarme las extremidades y extender el condón por su erección, es una tortura. Pedirle que lo acelere sería inútil, de modo que hago acopio de toda mi fuerza de voluntad y espero pacientemente.

—Miller. —Su nombre escapa de mis labios a modo de ruego, y elevo los brazos en silencio para pedirle que descienda hasta mí.

Pero él sacude la cabeza, pasa el brazo por debajo de mis rodillas y me lleva hacia adelante hasta que por fin siento la caliente punta de su erección rozando mi sexo. Lanzo un grito y cierro los ojos con fuerza. Dejo caer los brazos a los lados y me agarro al pelo de la alfombra.

—Quiero verte entera —declara, empujando hacia adelante y obligándome a estirarme con un silbido—. Abre los ojos, Olivia.

Mi cabeza empieza a temblar mientras siento cómo me penetra cada vez más. Todos mis músculos se tensan.

—Olivia, por favor, abre los ojos.

Mi oscuridad se ve bombardeada por incesantes visiones de Miller venerándome. Es como una presentación de diapositivas, y las eróticas imágenes aceleran mi placer.

—¡Maldita sea, Livy!

Abro los ojos, sobresaltada, y veo cómo me mira, fascinado, mientras termina de penetrarme del todo. Sus brazos siguen enroscados debajo de mis rodillas, y la parte inferior de mi cuerpo está elevada y perfectamente encajada en él. Su mandíbula, cubierta con una sombra de barba, está rígida; sus ojos, brillantes y salvajes; su pelo revuelto; su mechón rebelde suelto; sus labios, carnosos; su...

¡Joder! Siento cómo late en mi interior y todos mis músculos internos se aferran con fuerza a su alrededor.

—Tierra llamando a Olivia. —Su tono es totalmente sexual, cargado de pasión, y lo acompaña con una sacudida perfecta dentro de mí.

Pierdo la razón. Las imágenes se desintegran en mi mente, de modo que vuelvo a concentrarme en su rostro.

—Mantén los ojos fijos en mí —ordena.

Retrocede y su miembro sale de mi túnel lentamente. La perezosa fricción hace que me resulte difícil cumplir su orden. Pero lo consigo, incluso cuando vuelve a penetrarme dolorosamente despacio. Todos y cada uno de mis músculos se activan y se esfuerzan en imitar su ritmo controlado. Empuja con fuerza; cada embestida me deja sin aliento y hace que un leve gemido escape de mis labios. Los bordes afilados de su pecho se tensan y se inflaman y una ligera capa de sudor empieza a cubrir su suave piel. A pesar de la tortura infligida por sus habilidades de veneración y el rítmico y constante bombeo de sus caderas proporcionándome un placer indescriptible, consigo elaborar un patrón de respiración regular. Entonces empieza a triturarme con cada arremetida, con el pecho agitado y agarrándome cada vez con más fuerza. Me llevo la mano al pelo y tiro de él, desesperada por aferrarme a algo, ya que Miller está fuera de mi alcance.

—Joder, Olivia. Ver cómo te esfuerzas por contenerte me llena de macabra satisfacción. —Cierra los ojos con fuerza, y su cuerpo vibra.

Mis pezones empiezan a erizarse y comienzo a sentir cierto dolor en los músculos del vientre. Como de costumbre, me quedo atrapada en ese lugar a medias. Quiero gritarle que me lleve al límite, pero también quiero evitar lo inevitable, hacer que esto dure eternamente, a pesar de la dulce tortura y del placer enloquecedor.

—Miller... —Me retuerzo y arqueo la espalda.

—Más alto —me ordena, disparando hacia adelante ya menos controlado—. ¡Joder, dilo más alto, Olivia!

—¡Miller! —Grito su nombre cuando su última embestida me lleva justo al borde del orgasmo.

Lanza un gemido grave y ahogado mientras toma las riendas de su fuerza y vuelve a hacerme el amor a un ritmo controlado.

—Cada vez que te tomo creo que me ayudará a saciar el deseo. Pero nunca sucede. Cuando acabamos te deseo más todavía.

Me suelta las piernas, apoya los antebrazos a ambos lados de mi cabeza y me atrapa bajo su musculatura definida. Separo más los muslos para darle a su cuerpo el espacio que reclama. Su rostro se aproxima al mío y nuestros jadeos se vuelven uno. Nos quedamos mirándonos fijamente a los ojos y menea las caderas, acercándome poco a poco a ese pináculo de euforia.

Hundo las manos en su pelo y tiro de sus rizos desordenados mientras los músculos de mi sexo exprimen su verga.

—¡Joder, sí! Dilo otra vez. —Sus ojos se cristalizan y su tono primitivo me envalentona. Contraigo los músculos de nuevo cuando la punta de su sólida verga alcanza mi parte más profunda—. ¡Joddderrr!

Siento un tremendo placer al ver cómo baja la barbilla y al sentir cómo su cuerpo se estremece de gusto. Saber que puedo hacer que se vuelva tan vulnerable durante estos momentos me llena de poder. Se abre por completo a mí. Se expone. Se vuelve débil y poderoso al mismo tiempo. Elevo las caderas y disfruto al ver cómo se desmorona encima de mí. Contraigo los músculos todo lo que puedo alrededor de cada una de sus temblorosas embestidas. Su rostro perfecto empieza a tensarse y veo el salvaje abandono reflejado en sus penetrantes esferas azules.

—Me desarmas, Olivia Taylor. Joder, me desarmas. —Rueda sobre la alfombra y me coloca encima de él—. Termínalo —ordena con tono severo, lleno de ansia y desesperación—. Vamos, termínalo.

Hago una leve mueca de dolor ante el súbito cambio de postura que hace que me penetre más profundamente todavía. Coloca sus fuertes manos en mis muslos y sus dedos se aferran a mi piel. Me tiene completamente ensartada, y contengo el aliento mientras intento adaptarme a su inmenso tamaño en esta posición.

—Muévete, nena. —Eleva las caderas. Lanzo un grito y apoyo las manos contra su pecho—. ¡Venga!

Su repentino grito me pone en movimiento y empiezo a rotar las caderas encima de él, pasando por alto las punzadas de dolor y centrándome en los estallidos de placer que hay entre ellas. Miller gruñe y ayuda con mi movimiento de caderas empujando contra mis muslos. Voy a mi ritmo, y observo cómo él me observa a su vez mientras hago que ambos nos aproximemos cada vez más al borde de la explosión.

—Voy a venirme, Olivia.

—¡Sí! —grito, y me pongo de rodillas y desciendo sobre él.

Ladra un montón de groserías y acelera el ritmo, obligándome a colocarme a cuatro patas. Me agarra de las caderas y me penetra mientras lanza un gratificante grito.

—¡Joder! ¡Miller!

—Sí, ¿me sientes, Livy? Siente todo lo que tengo para darte.

Unos pocos tirones más de mi cuerpo contra el suyo me hacen estallar y desciendo en caída libre hacia la oscuridad. Mi cuerpo se derrumba sobre la alfombra y convulsiona mientras mi orgasmo se apodera de mí. Estoy flotando. Siento que Miller sale de mí y oigo sus continuas maldiciones mientras baja sobre mi espalda. Menea la entrepierna y desliza la verga por la ranura de mi trasero. Farfulla y me muerde el cuello antes de volver a penetrar mi tembloroso sexo. El placer inunda mi cerebro y en él no cabe la preocupación por haberme venido yo antes. Siento cómo la leve pulsación de su férreo miembro acaricia mis paredes y entra y sale de mí a su antojo. Y entonces Miller se transforma en un torrente de silenciosas oraciones.

Abro los ojos y lo contemplo, jadeando y respirando a duras penas. Miro más allá de la alfombra de color crema e intento recuperar el pensamiento cognitivo.

—No me has hecho daño —susurro, con la garganta dolorida y rasposa. Sé que eso será lo primero que me pregunte cuando haya recuperado el aliento. Su naturaleza animal, la que me había estado ocultando, se está volviendo adictiva. Pero sigue venerándome.

Estiro los brazos por encima de la cabeza con un suspiro de satisfacción mientras Miller sale de mí. Me mordisquea y me besa un hombro y después el otro; lame y chupa conforme desciende por mi columna. Cierro los ojos en el momento en que sus labios descienden perezosamente hasta mi trasero. Me clava los dientes, con bastante fuerza por cierto, pero estoy agotada, soy incapaz de gritar o de moverme para detenerlo. Una vez satisfecho, siento cómo se monta y se acomoda sobre mi cuerpo y desliza las manos por mis brazos hasta hallar las mías. Entrelaza nuestros dedos, pega el rostro a mi cuello y suspira también de satisfacción.

—Cierra los ojos —murmura.

Entonces, de repente, una música inunda el silencio. Una música suave con unas letras de gran profundidad.

—Reconozco esta canción —susurro, y oigo cómo Miller tararea la relajante melodía en mi cabeza.

No es en mi cabeza.

Abro los ojos y forcejeo hasta que se ve obligado a levantarse para que me vuelve para mirarlo. Deja de tararear, me sonríe con ojos brillantes y deja que la música cobre protagonismo de nuevo.

—Esta canción... —empiezo.

—Puede que te la tararee de vez en cuando —susurra, casi tímidamente—. Es Gabriella Aplin.

—*The Power of Love* —termino por él mientras su cuerpo se aproxima al mío, me empuja para colocarme boca arriba y descansa su peso sobre mí.

—Hmmm —tararea.

Sigo agitada, temblando y palpitando.

Una eternidad así no será suficiente.

CAPÍTULO 4

Tengo sueños plácidos en los que se repite la última parte del día de ayer. Mis párpados soñolientos se abren poco a poco y mi mente, a punto de despertarse, registra su presencia cerca de mí. Muy cerca. Estoy acurrucada junto a él, hecha un ovillo y abrazándolo, como a él le gusta.

Con mucho cuidado y en silencio, levanto la mano izquierda y busco mi anillo, suspirando y saboreando la insistencia de mi mente en recordarme cada una de las palabras y las acciones del día anterior.

Los sueños plácidos no sólo tienen lugar cuando estás durmiendo.

Aprovechando que Miller está sumido en un sueño profundo, dedico un poco de tiempo a solas a trazar las líneas de su pecho. Está muerto para el mundo... al menos la mayor parte de él lo está. Observo con fascinación cómo su verga empieza a endurecerse cuando deslizo la mano hacia la pronunciada V que nace en la parte inferior de su vientre, hasta que está totalmente erecta y palpitante, suplicando atenciones.

Quiero que se despierte gimiendo de placer, de modo que empiezo a descender por su cuerpo poco a poco y me acomodo entre sus muslos. Estos se abren para hacerme hueco sin necesidad de que yo los separe; ante mí tengo en primer plano su erección matutina, me lamo los labios y me preparo mentalmente para volverlo loco. Alargo la mano y desvío la mirada hacia su rostro mientras

55

agarro la base del miembro y espero alguna señal de vida, pero no encuentro ninguna. Sólo unos labios separados y unos párpados quietos. Vuelvo a centrar la atención en el pétreo apéndice muscular y sigo mi instinto. Lamo la punta en lentos círculos y recojo la gota de semen que ya se está formando. El calor de su carne, la suavidad de su piel firme y la dureza que se esconde debajo resultan tremendamente adictivos y no tardo en ponerme de rodillas y deslizo los labios hasta abajo del todo, gimiendo con indulgencia mientras vuelvo a ascender. Toda mi atención está centrada exclusivamente en lamerlo y besarlo. Me paso una eternidad disfrutando de la deliciosa sensación de tenerlo en la boca. No estoy segura de en qué momento empieza a gemir, pero sus manos en mi pelo de manera repentina me alertan de ello y sonrío entre los lentos movimientos de mi boca mientras envaino su verga una y otra vez. Empieza a elevar ligeramente las caderas para recibir cada uno de mis avances y sus manos guían mi cabeza a la perfección.

Sus murmullos soñolientos con voz rota y débil son indescifrables. Mi mano empieza a acariciarlo arriba y abajo, imitando los movimientos de mi boca y multiplicando su placer. Menea las piernas y sacude la cabeza lentamente de un lado a otro. Todos los músculos que están en contacto con mi cuerpo se han vuelto rígidos y el tamaño de su miembro en mi boca me indica que está cerca, de modo que acelero el ritmo de mis manos y de mi cabeza y siento cómo me golpea el fondo de la garganta, incrementando mi propio placer.

—Para —exhala, y continúa empujando mi cabeza contra él—. Para, por favor.

Va a venirse en cualquier momento, y saberlo me alienta a continuar.

—¡No! —Levanta la rodilla y me golpea en la mandíbula haciéndome gritar de dolor.

Me aparto mientras me agarro la cara y aplico presión para aliviar el fuerte golpetazo, y libero su erección.

—¡No me toques!

Se incorpora y retrocede por el suelo hasta que su espalda impacta contra el sofá, con una rodilla levantada y la otra pierna extendida delante de él. Sus ojos azules están abiertos como platos y cargados de temor; su cuerpo sudoroso y su pecho agitado muestran una clara aflicción.

Aparto el cuerpo como por instinto. El desconcierto y la precaución me impiden acercarme a él para reconfortarlo. No puedo ni hablar. Me quedo ahí, observando cómo mira hacia todas partes, con la mano sobre el pecho para intentar calmar las palpitaciones. Siento un dolor tremendo en la mandíbula, pero mis ojos secos no producen lágrimas. Estoy emocionalmente en *shock*. Parece un animal asustado, acorralado e indefenso y, cuando baja la vista a su entrepierna, yo lo hago también.

Sigue empalmado. Su verga empieza a dar sacudidas y él gruñe y deja caer la cabeza sobre sus hombros.

Se viene.

Y empieza a gimotear con abatimiento.

El líquido blanco se vierte sobre su estómago, sobre sus muslos, y parece que no va a parar nunca de salir.

—No —murmura para sí mismo mientras se pasa los dedos por el pelo y cierra los ojos con fuerza—. ¡No! —brama, golpeando las manos contra el suelo y haciendo que me estremezca.

No sé qué hacer. Sigo sentada lejos de él, con la mano todavía en la mandíbula, y no paro de darle vueltas a la cabeza. Un montón de *flashbacks* se agolpan en mi mente. Dejó que se la chupara una vez. Fue breve y no se acabó. Gimió de placer, me ayudó, me guio, pero no tardó en retirarse. El resto de las veces que me he acercado a esa zona con la boca me ha detenido. Una vez me dejó que lo masturbara en su despacho, y recuerdo que me dejó bien claro que sólo podía usar la mano. También recuerdo que me dijo que él no se masturba en privado.

¿Por qué?

Toma un pañuelo de la caja que está cerca de la mesa y se dispone a limpiarse como un poseso.

—¿Miller? —digo en voz baja, uniendo mi voz a los frenéticos sonidos de su respiración y sus acciones.

No puedo reducir la distancia. No hasta que sea consciente de que estoy aquí.

—Miller, mírame.

Deja caer los brazos, pero sus ojos miran todo mi cuerpo a excepción de mi rostro.

—Miller, por favor, mírame. —Me inclino un poco hacia adelante, con cautela, desesperada por reconfortarlo porque está claro que lo necesita—. Por favor. —Espero, impaciente, pero sé que tengo que ir con tiento—. Te lo ruego.

Cierra lentamente sus atormentados ojos azules y vuelve a abrirlos de nuevo, clavándolos en lo más profundo de mi corazón. Empieza a sacudir la cabeza.

—Lo siento muchísimo —dice, casi ahogándose con las palabras, y llevándose la mano a la garganta, como si le costase respirar—. Te he hecho daño.

—Estoy bien —respondo, aunque tengo la sensación de que la mandíbula se me ha salido del sitio.

Me la suelto, me aproximo a él y me acurruco lentamente sobre su regazo.

—Estoy bien —repito.

Entierro el rostro en su cuello mojado y siento un gran alivio al ver que acepta el consuelo que le ofrezco.

—¿Tú estás bien?

Resopla, casi riéndose.

—No sé muy bien qué es lo que ha pasado.

Arrugo la frente y me doy cuenta al instante de que va a evadir cualquier pregunta que le haga al respecto.

—Puedes contármelo —le pido.

De repente aparta mi pecho del suyo, me clava la mirada y me siento pequeña e inútil. Su rostro impasible tampoco ayuda.

—¿Contarte el qué?

Me encojo ligeramente de hombros.

—El porqué de esa reacción tan violenta.

Me siento incómoda bajo la intensidad de sus ojos. No entiendo la razón, ya que he sido el único centro de su penetrante mirada desde que lo conocí.

—Lo siento. —Suaviza el gesto y sus ojos se llenan de preocupación en cuanto se fijan en mi mandíbula—. Es que me has tomado por sorpresa, Olivia. Sólo es eso.

Me acaricia suavemente la mejilla con la mano.

Me está mintiendo, pero no puedo obligarlo a compartir algo que puede que le resulte demasiado doloroso expresar. Ya he aprendido eso. El oscuro pasado de Miller Hart necesita permanecer en la oscuridad, lejos de nuestra luz.

—Bien —digo, pero no lo pienso en absoluto. No estoy bien, para nada, y sé que Miller tampoco.

Lo que quiero es decirle que se explique, pero el instinto me lo impide. Ese instinto que me ha guiado desde que conocí a este hombre desconcertante. Insisto en repetirme eso a mí misma, aunque me pregunto dónde estaría ahora de no haber seguido todas las reacciones naturales que me llevaban hasta él y de no haber respondido como lo he hecho a las situaciones en las que me ha puesto. Sé dónde: muerta, sin vida, fingiendo ser feliz con mi solitaria existencia. Es posible que mi vida haya dado un giro radical, que se haya llenado de situaciones dramáticas para compensar la falta de emociones de los últimos años, pero no flaquearé en mi determinación de ayudar al hombre que amo con esta batalla. Estoy aquí para él.

He descubierto muchas cosas oscuras sobre Miller Hart, y en el fondo sé que hay más. Tengo más preguntas. Y las respuestas, sean las que sean, no cambiarán ni un ápice lo que siento por él. Sé que para él es doloroso, lo que hace que para mí también lo sea. No quiero causarle más sufrimiento, y eso es lo que conseguiré si lo obligo a contármelo. De modo que la curiosidad puede irse al carajo. Hago caso omiso de esa molesta vocecilla en mi cabeza que señala que a lo mejor lo que pasa es que no quiero saberlo.

—Me muero por tus huesos —susurro en un intento de distraernos a ambos del momento incómodo—. Me muero por tus huesos atormentados y obsesivos.

Una amplia sonrisa ilumina la seria expresión de su rostro, revelando su hoyuelo y haciendo brillar sus ojos.

—Y mis huesos atormentados y obsesivos están profundamente fascinados por ti. —Levanta la mano para tocarme la mandíbula—. ¿Te duele?

—No mucho. Estoy acostumbrada a recibir golpes en la cabeza.

Se encoge, y me doy cuenta al instante de que he fracasado en mi empeño de calmar el ambiente.

—No digas eso.

Estoy a punto de disculparme cuando el estrepitoso timbre del teléfono de Miller suena en la distancia.

Me aparta de su regazo y me coloca con cuidado a su lado. Me besa la frente, se levanta y se dirige a la mesa para cogerlo.

—Miller Hart —responde con el mismo tono frío e indiferente de costumbre mientras pasea su cuerpo desnudo por el despacho.

Ha cerrado la puerta tras de sí cada vez que recibe una llamada desde que llegamos, pero esta vez la dejó abierta. Interpreto el gesto como una señal. Me levanto y lo sigo hasta que llego al umbral y me quedo observándolo, reclinado desnudo en la silla del despacho y masajeándose la sien con la punta de los dedos. Parece irritado y estresado, pero cuando levanta la mirada y encuentra la mía toda emoción negativa desaparece y es reemplazada por una sonrisa y unos brillantes ojos azules. Levanto la mano y me vuelvo para marcharme.

—Un momento —dice de repente por el auricular, lo aparta y se lo coloca sobre el pecho desnudo—. ¿Todo está bien?

—Sí. Te dejo trabajar.

Da unas palmaditas sobre el teléfono, que ahora descansa en su pecho, y recorre mi cuerpo de arriba abajo con la mirada.

—No quiero que te vayas —dice mirándome a los ojos, y detecto un doble sentido en la frase. Ladea la cabeza, y yo me acerco con cautela a él, sorprendida por su orden, aunque no tanto por el creciente deseo que empiezo a sentir.

Miller me mira con una leve sonrisa en el rostro, me coge la mano y besa la parte superior de mi anillo nuevo.

—Siéntate. —Tira de mí hasta que aterrizo sobre su desnudo regazo, y todos mis músculos se tensan cuando su verga semierecta queda encajada entre mis nalgas. Me invita a reclinarme, de modo que pego la espalda a su pecho y acurruco la cabeza en el hueco de su cuello.

—Continúa —ordena por teléfono.

Sonrío para mis adentros ante la capacidad de Miller de ser tan tierno y dulce conmigo y tan seco y hosco con quien sea que esté al otro lado del aparato. Un brazo musculoso rodea mi cintura y la sostiene con fuerza.

—Es Livy —silba—. Podría estar hablando con la puta reina, pero si Olivia me necesita, la reina tendrá que esperar.

Mi rostro se arruga con confusión, pero al mismo tiempo se infla de satisfacción. Me giro para mirarlo. Quiero preguntarle quién es, pero algo me lo impide. Es el sonido apagado de una voz suave, familiar y muy comprensiva.

William.

—Me alegro de que haya quedado claro —resopla Miller, y me da un pico en los labios antes de pegar mi cabeza de nuevo contra su cuello y moverse un poco en la silla para estrecharme más contra su cuerpo.

Se queda callado y empieza a jugar ociosamente con un mechón de mi pelo, retorciéndolo varias veces hasta que empieza a tirarme del cuero cabelludo y le muestro mi molestia dándole un leve toque en las costillas. Oigo el tono apacible de la voz de William, pero no logro distinguir lo que están diciendo. Miller me desenreda el mechón para volver a retorcerlo de nuevo.

—¿Y has determinado algo al respecto? —pregunta Miller.

Imagino de lo que deben de estar hablando, pero encontrarme aquí en su regazo, escuchando este tono tan plano y distante, acrecienta mi curiosidad. Debería haberme quedado en el salón, sin embargo ahora no paro de darle vueltas a la cabeza y de preguntarme qué habrá descubierto William.

—Un momento —dice, y veo con el rabillo del ojo cómo el brazo que sostiene el teléfono cae sobre el brazo de la silla.

Me suelta el pelo, probablemente dejando atrás un montón de nudos. Apoya la mano en mi mejilla y me vuelve hacia él. Me mira profundamente a los ojos, presiona un botón de su teléfono y lo deja sobre la mesa sin apartar la mirada de mí. Ni siquiera interrumpe el contacto para comprobar dónde lo ha dejado ni para recolocarlo.

—William, saluda a Olivia.

Me revuelvo, nerviosa, sobre el regazo de Miller y un millón de sensaciones acaban con la serenidad que estaba sintiendo resguardada en sus brazos.

—Hola, Olivia —dice William con voz reconfortante. Aunque no quiero escuchar nada de lo que tenga que decir. Me advirtió de que me alejase de Miller desde el momento en que supo de nuestra relación.

—Hola, William. —Me vuelvo hacia Miller rápidamente y tenso los músculos, dispuesta a levantarme de su regazo—. Los dejaré trabajar en paz.

Pero no voy a ninguna parte. Miller me mira sacudiendo la cabeza lentamente y me sostiene con fuerza.

—¿Cómo estás? —La pregunta de William era fácil de responder... hace media hora.

—Bien —me apresuro a decir, y me reprendo a mí misma por sentirme incómoda y, sobre todo, por actuar como tal—. Estaba a punto de preparar el desayuno.

Intento levantarme... y de nuevo, no lo consigo.

—Olivia se queda —anuncia Miller—. Continúa.

—¿Por dónde íbamos? —pregunta William, extrañado, y eso hace que mi incomodidad se transforme en puro pánico.

—Por donde íbamos —responde Miller. Me coloca la mano en la nuca y empieza a masajear mi tensión con firmeza y determinación. Pierde el tiempo.

Se hace el silencio al otro lado de la línea. Entonces se oye una especie de movimiento. Probablemente William se esté revolviendo incómodo en su enorme silla del despacho antes de hablar.

—No sé si...

—Se queda. —Lo corta Miller, y me preparo para el contraataque de William... que no llega.

—Hart, dudo de tu moralidad a diario. —Miller se ríe, y es una risa oscura y sarcástica—. Pero siempre te había creído cuerdo, a pesar de lo poco cuerdos e insanos que hayan sido tus actos. Siempre he sabido que estabas perfectamente lúcido.

Quiero intervenir y poner a William en su sitio. No hay nada de lúcido en Miller cuando pierde los estribos. Es violento e irracional. Se vuelve, oficialmente, loco de atar. ¿O no? Me doy la vuelta lentamente para observar su rostro. Sus penetrantes ojos azules abrasan inmediatamente mi piel. Su rostro, aunque impasible, es angelical. Me devano los sesos pensando si lo que William está diciendo es cierto o no. No puedo estar de acuerdo. Quizá William no haya visto nunca a Miller alcanzar la clase de rabia que ha desencadenado desde que me conoció.

—Siempre sé exactamente lo que hago y por qué lo hago —dice Miller de manera lenta y concisa. Sabe lo que estoy pensando—. Puede que a veces pierda la razón por una milésima de segundo, pero sólo durante ese tiempo. —Susurra en voz tan baja que no creo que William lo haya oído. Y así, sin más, responde a otra pregunta que se me estaba pasando por la cabeza—. Mis acciones son siempre válidas y justificadas.

William oye esa parte. Y lo sé por que se echa a reír.

—¿En el mundo de quién, Hart?

—En el mío. —Vuelve a centrar la atención en el teléfono y me agarra con más fuerza—. Y ahora en el tuyo también, Anderson.

Sus palabras son crípticas. No las entiendo, pero el temor que asciende por mi columna y el largo y sobrecogedor silencio que las acompaña me indican que he de recelar de ellas. ¿Por qué he venido aquí? ¿Por qué no habré ido directamente a la cocina a por algo de comer? Tenía hambre cuando me he despertado. Pero ahora no. Ahora mi estómago es un vacío que se llena rápidamente de ansiedad.

—Tu mundo jamás será el mío —responde William con un tono cargado de ira—. Jamás.

Tengo que marcharme. Esta podría ser una de esas veces en las que sus dos mundos colisionan, y no quiero estar cerca cuando eso suceda. El Atlántico evitará el enfrentamiento físico, pero el tono de voz de William, sus palabras y la encolerizada vibración del cuerpo de Miller debajo de mí son claros indicativos de que la cosa se va a poner fea.

—Quiero marcharme —digo, y me esfuerzo por apartar la mano de Miller de mi vientre.

—Quédate aquí, Olivia. —Mis intentos son en vano y la irracional insistencia de Miller en que me quede a presenciar este espectáculo desagradable hace resurgir mi intrepidez.

—Suél-ta-me.

Me duele la mandíbula. Me vuelvo y atravieso sus serias facciones con la mirada. Me sorprendo al ver que me suelta de inmediato. Me pongo de pie al instante y, sin saber si debo marcharme deprisa o tranquilamente, empiezo a sacudirme la ropa inexistente mientras medito sobre mi dilema.

—Lo siento —dice Miller. Me toma una de mis ocupadas manos y me la estrecha con suavidad—. Por favor, me gustaría que te quedaras.

Se hace un breve e incómodo silencio hasta que la risa divertida y sincera de William interrumpe nuestro momento de intimidad y me recuerda que, técnicamente, sigue en la habitación con nosotros.

—Sí, ya hemos terminado —confirma—. Yo también lo siento.

—No entiendo para qué quieres que me quede —confieso—. Bastante tengo ya que procesar.

—William ha estado intentando averiguar algunas cosas, eso es todo. Por favor, quédate y escucha lo que tenga que decir.

Me alivia que quiera que lo ayude a compartir la carga, pero, al mismo tiempo, tengo miedo. Asiento levemente, vuelvo a sentarme sobre su regazo y permito que coloque mi cuerpo en la posición que más le gusta, que es de lado, con mis piernas colgando por encima del reposabrazos de la silla y con mi mejilla apoyada en su pecho.

—Bien. ¿Seguimos con lo de Sophia?

Se me hiela la sangre con tan sólo oír su nombre.

—Insiste en que jamás le pio ni una palabra a Charlie.

¿Charlie? ¿Quién es Charlie?

—Le creo —dice Miller algo reacio. Esto me sorprende, y más todavía cuando William coincide—. ¿Notaste en algún momento que fuese ella la que seguía a Olivia?

—No estoy seguro, pero todos sabemos lo que esa mujer siente por ti, Hart.

Sé perfectamente lo que Sophia siente por Miller, principalmente porque tuvo la amabilidad de decírmelo ella misma. Es una antigua cliente que se enamoró de él. O, más bien, que se obsesionó con él. Miller tenía miedo de que intentase secuestrarme. ¿Tanto lo quiere que sería capaz de deshacerse de mí?

—¿Notar con Sophia Reinhoff? —William se mofa—. Lo único que noto en su presencia es frialdad. Fuiste muy descuidado. Llevar a Livy al Ice fue una estupidez por tu parte. Y llevarla a tu departamento más todavía. Seguro que está disfrutando de lo lindo sabiendo que puede delatarte, Hart.

Me encojo, y siento cómo Miller baja la vista para mirarme. Sé lo que va a pasar.

—Tanto Olivia como yo hemos llevado nuestra relación en secreto. Sólo fui al Ice con Livy cuando el club estaba cerrado.

—¿Y cuando apareció sin advertencia previa? ¿La acompañaste hasta la salida? ¿Mantuviste las distancias con ella para disminuir el riesgo de que los relacionaran? —dice William muy serio aunque con cierta sorna. Quiero esconderme—. ¿Y bien? —insiste, aunque sabe perfectamente cuál es la respuesta.

—No —contesta Miller con la mandíbula apretada—. Sé que fui un idiota.

—De modo que lo que tenemos es un club lleno de personas que fueron testigos de varios incidentes en los que el distante y notoriamente cerrado Miller Hart perdió los estribos por una preciosa jovencita. ¿Ves adónde quiero ir a parar?

Pongo los ojos en blanco ante el impulso innecesario de William de menospreciar a Miller. También me siento tremendamente culpable. Mi desconocimiento de las consecuencias de mis actos y mi comportamiento han acelerado la situación y lo han acorralado.

—Perfectamente, Anderson.

Miller suspira y busca en mi pelo otro mechón que retorcer. Se hace el silencio. Es un silencio incómodo, que aumenta mi deseo de huir del despacho y dejar que estos dos hombres continúen solos con las conjeturas sobre su diabólica situación.

Pasa un buen rato antes de que William hable de nuevo y, cuando lo hace, no me gusta lo que dice.

—Debes de haber anticipado las repercusiones de tu dimisión, Hart. Sabes que eso no es decisión tuya.

Me hago un ovillo al costado de Miller, como si hacerme más pequeña e intentar meterme dentro de él pudiera borrar la realidad. No he dedicado demasiado espacio en mi cerebro a pensar en las cadenas invisibles de Miller ni en los cerdos inmorales que posean las llaves. El fantasma de Gracie Taylor ha monopolizado mi mente y, curiosamente, ahora eso me parece mucho mejor que esta situación. Esto es la auténtica realidad, y escuchar la voz de William, sentir el tormento de Miller y verme de repente consumida por la derrota me empujan al límite de la ansiedad. No estoy del todo segura de qué nos espera en Londres cuando volvamos, pero sé que va a ponerme a prueba, que nos pondrá a prueba a ambos, más que nunca antes.

La sensación de sus suaves labios sobre mi sien hace que regrese a la habitación.

—En su momento no me preocupaba demasiado —admite Miller.

—Pero ¿las conoces? —la pregunta de William y la brusquedad con la que la formula indican claramente que sólo hay una contestación posible.

—Ahora sólo me preocupa proteger a Olivia.

—Buena respuesta —responde William secamente.

Levanto la vista y veo a Miller sumido en sus pensamientos, con la mirada perdida.

Detesto que esté tan derrotado. He visto esta mirada demasiadas veces, y me preocupa más que ninguna otra cosa. Me siento ciega, inútil y, al no encontrar las palabras adecuadas para reconfortarlo, deslizo la mano por su cuello y tiro con fuerza hacia mí hasta pegar el rostro contra la barba que cubre su garganta.

—Te quiero.

Mi susurrada declaración escapa de mi boca de manera natural, como si mi instinto me indicara que un refuerzo constante de mi amor por él es todo lo que tengo. En el fondo, muy a mi pesar, sé que así es.

William continúa:

—No puedo creer que fueras tan estúpido como para dejarlo.

Los músculos de Miller se tensan al instante.

—¿Estúpido? —masculla, y me recoloca en su regazo. Casi puedo sentir cómo bullen sus emociones a través de nuestros cuerpos desnudos en contacto—. ¿Estás sugiriendo que debería seguir cogiendo con otras mujeres mientras tengo una relación con Olivia?

Su manera de expresarse me obliga a hacer una mueca de disgusto, al igual que las imágenes que se agolpan en mi mente, de correas y...

«¡Basta!»

—No. —William no se amilana—. Lo que sugiero es que jamás deberías haber tocado lo que no puedes tener. Pero todo esto desaparecerá si haces lo correcto.

Lo correcto. Dejarme. Volver a Londres y ser el Especial.

No puedo contener la rabia que se instala en mi interior tras escuchar las palabras de William, especialmente al ver que insiste en ser tan cabrón.

—Sí que puede tenerme —espeta mi intrepidez mientras forcejeo en brazos de Miller. Me incorporo y me acerco al teléfono lo máximo posible para que me oiga alto y claro—. ¡No te atrevas a empezar con esto, William! ¡No me obligues a clavar un cuchillo y a retorcerlo!

—¡Olivia!

Miller me estrecha de nuevo contra su pecho, pero mi resistencia inyecta fuerza a mi constitución menuda. Me libero de sus brazos y me acerco de nuevo al teléfono. Oigo su exasperación perfectamente, pero eso no va a detenerme.

—Sé que no me estás amenazando con violencia, Olivia —dice William con un ligero tono burlón.

—Gracie Taylor. —Digo su nombre con los dientes apretados y no me deleito al escuchar cómo inspira con dolor a través de la línea—. ¿La he visto? —pregunto exigiendo una respuesta.

Miller me estrecha contra su pecho inmediatamente y empiezo a forcejear con sus brazos.

—¡¿Era ella?! —grito. En mi frenesí, lanzo un codazo hacia atrás y le doy en las costillas.

—¡Joder! —ruge Miller mientras me suelta.

Me abalanzo sobre el teléfono e intento tomar aire para exigirle una respuesta, pero Miller se adelanta y corta la llamada antes de que llegue hasta él.

—¡¿Qué haces?! —le grito, apartándole las manos mientras intenta reclamarme.

Él gana. Me estrecha contra su cuerpo y atrapa mis brazos con fuerza.

—¡Cálmate!

Me estoy dejando llevar por la ira más absoluta, cegada por la determinación.

—¡No! —Una nueva fortaleza me invade. Me estiro hacia arriba y arqueo la espalda con violencia en un intento de escapar del abrazo de Miller, cada vez más preocupado.

—Cálmate, Olivia —me susurra en el oído a modo de advertencia con los dientes apretados cuando por fin consigue asegurarme contra su torso desnudo. La ira que nos invade a ambos se palpa a través del calor de nuestra piel—. No me obligues a tenerlo que repetir.

Me cuesta respirar y el pelo me cae en una maraña de rizos sobre el rostro.

—¡Suéltame! —Apenas puedo hablar claro con mi agotamiento autoinfligido.

Miller inspira hondo, pega los labios a mi pelo y me suelta. Sin perder ni un segundo, me levanto de su regazo, huyo de mi fría realidad, doy un portazo al salir y no me detengo hasta que llego al baño de la habitación principal. También cierro esa puerta de un portazo. Me meto con rabia en la bañera con forma de huevo y abro los grifos. La ira que me invade bloquea las instrucciones que envía mi mente para que me calme. Tengo que serenarme, pero mi odio por William y mi tormento mental sobre mi madre no me lo permiten. Me llevo las manos al pelo y tiro con fuerza. La rabia se transforma en frustración. En un esfuerzo por distraerme, echo un poco de dentífrico en mi cepillo de dientes y me los lavo. Es un estúpido intento de eliminar de mi boca el sabor amargo que se me ha quedado al pronunciar su nombre.

Después de pasar más tiempo del necesario cepillándome los dientes, escupo, me enjuago y me miro en el espejo. Mis pálidas mejillas están sonrosadas a causa de la ira que va menguando y del perpetuo estado de deseo en el que me hallo últimamente. Pero mis ojos azul marino reflejan angustia. Después de los horribles acontecimientos que nos obligaron a huir de Londres, enterrar mi ignorante cabeza en un foso de arena sin fondo ha sido fácil. Y ahora la cruda realidad me está castigando.

—Encierra al mundo fuera y quédate aquí conmigo para siempre —susurro, y me pierdo en el reflejo de mis propios ojos.

Todo a mi alrededor parece enlentecerse mientras me agarro a los lados del lavabo y pego la barbilla al pecho. La desesperanza se apodera de mi mente agitada. Es una sensación desagradable, pero mi mente y mi cuerpo exhaustos no consiguen hallar ni un rastro de determinación entre todas estas emociones negativas. Todo parece imposible de nuevo.

Suspiro apesadumbrada. Levanto la vista y veo que el agua de la bañera está a punto de desbordarse, pero no corro hacia ella, no tengo energías. Me vuelvo y arrastro lentamente mi cuerpo abatido por la habitación para cerrar los grifos. Me meto en la bañera y me sumerjo en el agua, resistiendo la necesidad de cerrar los ojos y hundir mi rostro. Permanezco quieta, con la mirada perdida, obligando a mi mente a desconectar. Funciona hasta cierto punto. Me concentro en los agradables tonos de la voz de Miller, en cada una de las maravillosas palabras que me ha dedicado y en cada caricia que ha regalado a mi cuerpo. En todas. Desde el principio hasta ahora. Y espero y rezo para que haya muchas más en el futuro.

Un ligero golpe en la puerta del baño atrae mi mirada y parpadeo varias veces para humedecer mis ojos de nuevo.

—¿Olivia? —dice Miller con una voz grave de preocupación que hace que me sienta como una mierda.

No espera a que conteste, sino que abre poco a poco la puerta y sostiene la manija mientras se asoma por el marco y me busca con la mirada. Se ha puesto unos bóxer negros y veo que tiene una mancha roja a la altura de las costillas, gracias a mí. Cuando sus brillantes ojos azules me encuentran, mi sentimiento de culpa se multiplica por mil. Intenta esbozar una sonrisa, pero acaba bajando la vista al suelo.

—Lo lamento.

Su disculpa me confunde.

—¿El qué?

—Todo —responde sin vacilar—. Haber dejado que te enamoraras de mí. Haber... —Me mira y toma algo de aliento—. Lamento que me fascinaras tanto que no pude dejarte en paz.

Una triste sonrisa se forma en mis labios y estiro el brazo para coger el champú antes de entregárselo a él.

—¿Me concederías el honor de lavarme el pelo?

Necesita venerarme un poco para olvidarse de todo, lo que sea con tal de estabilizar este mundo nuestro que se desmorona.

—Nada me complacería más —confirma, y sus largas piernas recorren la distancia que nos separa.

Se pone de rodillas junto a la bañera, coge la botella de champú y vierte un poco del contenido en sus manos. Me incorporo y me vuelvo de espaldas a él para facilitarle el acceso, y cierro los ojos cuando siento cómo sus fuertes dedos masajean mi cuero cabelludo. Sus lentos movimientos y sus cuidados infunden algo de paz a mis preocupados huesos. Nos quedamos callados un rato. Me masajea la cabeza, me ordena con voz suave que me enjuague y aplica acondicionador a mi cabello.

—Me encanta tu pelo —susurra, y se toma su tiempo palpándolo y peinándolo con los dedos mientras tararea algo.

—Tengo que cortarme las puntas —respondo, y sonrío cuando sus dedos diligentes se detienen de golpe.

—Sólo las puntas. —Recoge mi melena mojada y resbaladiza en una coleta y la retuerce hasta que la tiene toda alrededor de su puño—. Y quiero ir contigo. —Tira ligeramente hacia atrás y acerca el rostro al mío.

—¿Quieres controlar a mi peluquera? —pregunto, divertida, volviéndome en el agua y agradeciéndole su intención de distraerme.

—Sí. Sí quiero. —Sé que no está bromeando. Me besa suavemente en los labios y después me da una infinidad de pequeños picos hasta que su lengua caliente se adentra en mi boca y me lame con ternura. Me pierdo en su beso, cierro los ojos y mi mundo se estabiliza—. Me encanta tu sabor.

Interrumpe nuestro beso, pero mantiene el rostro pegado al mío mientras desovilla mi pelo por completo y lo deja caer sobre mi espalda. La mitad de su longitud se extiende en el agua. Lo llevo demasiado largo, casi por el culo, pero me temo que así se va a quedar.

—Vamos a aclarar el acondicionador de tus rizos rebeldes.

Me acaricia la mejilla con el pulgar durante unos instantes antes de trasladar la mano a mi cuello para animarme a sumergir la cabeza en el agua. Me hundo en la bañera y cierro los ojos mientras desaparezco bajo las profundidades y mi oído se ensordece.

Contener el aliento me resulta fácil. Lo he hecho infinidad de veces desde que conocí a Miller, cuando me lo roba con uno de sus besos de veneración o cuando me hace llegar al orgasmo tocándome ahí. Sin ver y sin apenas oír nada, lo único que puedo hacer es sentirlo. Sus firmes manos trabajan en mi pelo y eliminan el acondicionador y mi impotencia al mismo tiempo. Pero entonces, su mano abandona mi cabeza y desciende por un lado de mi rostro hasta mi garganta. De mi garganta a mi pecho, y de mi pecho a un montículo inflamado. La punta de mi pezón arde con anticipación. La rodea de manera deliciosa y entonces su tacto desciende por mi vientre hasta la parte interna del muslo. Me pongo tensa bajo el agua y me esfuerzo por permanecer quieta y contener la respiración. La oscuridad y el silencio desarrollan el resto de mis sentidos, sobre todo el del tacto. Su dedo se desliza entre mis temblorosos labios y me penetra profundamente. Saco la mano del agua al instante, me agarro al borde de la bañera y me impulso para incorporarme rápidamente. Necesito disfrutar de cada gratificante elemento de la veneración de Miller, como, por ejemplo, su rostro pleno de satisfacción.

Jadeo y lleno de aire mis pulmones. Miller empieza a meterme y a sacarme los dedos perezosamente.

—Hmmm.

Apoyo la cabeza y dejo que caiga hacia un lado para poder ver cómo me satisface con sus dedos prodigiosos.

—¿Te gusta? —pregunta con voz áspera mientras sus ojos se oscurecen.

Asiento, me muerdo el labio inferior y contraigo todos mis músculos internos con la intención de contener el cosquilleo que siento en la boca del estómago. Pero me desconcentro cuando presiona el pulgar contra mi clítoris y empieza a trazar círculos tortuosos y precisos sobre mi parte más sensible.

—Me encanta —exhalo, y empiezo a jadear.

Mi placer se intensifica cuando veo que separa los labios y cambia de posición junto a la bañera para tener mejor acceso a mí. Saca los dedos lentamente, me mira a los ojos, vuelve a hundirlos y todo su ser destila satisfacción y triunfo. Mi cuerpo empieza a temblar.

—Miller, por favor —le ruego, y comienzo a sacudir la cabeza con desesperación—. Por favor, házmelo.

Mi petición no queda desatendida. Está tan desesperado como yo por borrar la angustia de nuestro rato en el despacho. Se inclina sobre el baño sin dejar de meterme los dedos, pega la boca a la mía y me besa hasta que me vengo. Cuando alcanzo el orgasmo, le muerdo el labio inferior. Imagino que la presión de mis labios le habrá causado dolor, pero eso no detiene su determinación de arreglar lo sucedido. Intensos estallidos de placer atacan mi cuerpo sin cesar, una y otra vez. Empiezo a sacudirme violentamente, salpicando a mi alrededor hasta que pierdo las fuerzas y me quedo flotando en el agua. Ahora estoy agotada por un motivo totalmente diferente, y es mucho más agradable que el agotamiento de hace unos momentos.

—Gracias —balbuceo entre jadeos, y me obligo a abrir los párpados.

—No me des las gracias, Olivia Taylor.

Mi respiración es pesada y laboriosa mientras mi cuerpo absorbe los restos de mi satisfactoria explosión.

—Siento haberte hecho daño.

Sonríe. Es sólo una leve sonrisa, pero cualquier atisbo de esa hermosa visión es bien recibido. Y también lo voy necesitando más a cada día que pasa. Inspira, extrae los dedos de mi interior y asciende por mi piel hasta que alcanza mi mejilla. Sé lo que va a decir.

—No puedes infligirme ningún daño físico, Olivia.

Asiento y dejo que me ayude a salir de la bañera y que me envuelva con una toalla. Coge otra del estante cercano y procede a eliminar el exceso de agua de mi cabello con ella.

—Vamos a secar estos rizos incontrolables.

Me agarra de la nuca, me dirige a la cama y me ordena que me siente al final de esta con un gesto. Obedezco sin protestar, pues sé que pronto sus manos estarán tocando mi pelo mientras lo seca. Saca el secador del cajón y lo enchufa. Se sitúa detrás de mí en un santiamén, con una pierna a cada lado de mi cuerpo, de manera que me envuelve con el suyo. El ruido del aparato impide la conversación, cosa que agradezco. Me relajo, cierro los ojos y disfruto de la sensación de sus manos masajeando mi cuero cabelludo mientras golpea mi cabello con el aire del secador. También sonrío al imaginar la expresión de realización en su rostro.

Demasiado pronto para mi gusto, el ruido se apaga y Miller se aproxima a mí, entierra el rostro en mi pelo recién lavado y me envuelve con fuerza la cintura con los brazos.

—Has sido muy dura, Olivia —dice con voz tranquila, casi cautelosa.

Detesto que tenga que decirme esto, aunque esté en su derecho, pero adoro que lo haga con tanta delicadeza.

—Ya me he disculpado.

—No te has disculpado con William.

Me pongo rígida.

—¿En qué momento te has hecho admiradora de William Anderson?

Me da un toque en el muslo con la pierna. Es una advertencia silenciosa ante mi insolencia.

—Está intentando ayudarnos. Necesito información, y no puedo obtenerla yo mismo mientras estoy aquí en Nueva York.

—¿Qué información?

—No tienes que preocuparte por eso.

Aprieto la mandíbula y cierro los ojos para armarme de paciencia.

—Me preocupo por ti —me limito a decir.

Me aparto de Miller y hago como que no oigo su respiración sonora y cansada. Él también está intentando armarse de paciencia. Me da igual. Tomo mi cepillo del pelo de la mesita de noche y dejo que Miller se tumbe boca arriba refunfuñando maldiciones. Tuerzo el gesto, enfadada, me marcho airada al salón y me dejo caer sobre el sofá. Me llevo el cepillo al pelo y empiezo a tirar de los nudos, como si en un estúpido arranque de venganza quisiera dañar deliberadamente una de las cosas favoritas de Miller.

Vuelvo a caer en el abatimiento. Tiro continuamente del cepillo y obtengo una enfermiza satisfacción del dolor que esto me provoca. Los fuertes tirones absorben mi atención y evitan que piense en otras cosas. Incluso consigo ignorar el leve cosquilleo que siento bajo la piel y que se va apoderando de todo mi ser a cada segundo que pasa. Sé que está cerca, pero no lo busco y continúo arrancándome el pelo de la cabeza.

—¡Oye! —Detiene las destructivas acciones de mi mano, la sostiene en el aire y me arrebata el cepillo de los dedos—. Ya sabes que aprecio mis posesiones —gruñe.

Pasa las piernas por detrás de mí y me coloca el pelo sobre los hombros. Sus palabras, por muy arrogantes que sean, consiguen hacerme entrar en razón.

—Y esto forma parte de mi posesión. No lo maltrates. —Las suaves cerdas del cepillo acarician mi cuero cabelludo y descienden hasta las puntas de mis rizos. En ese momento empieza a sonar *God Only Knows*, de los Beach Boys.

El temperamento de Miller se niega a aparecer, y la intervención de una canción tan alegre y contundente así lo señala, de modo que me quedo sola con mi enojo. Una parte irracional de mí esperaba provocarlo un poco para tener algo contra que rebotarme.

—¿Por qué le has colgado a William?

—Porque se te ha ido la cosa de las manos, Olivia. Te estás convirtiendo en una buena competidora en cuestiones de locura. Hago que llegues al límite de tu cordura. —Detecto desesperación en su voz. Y culpabilidad.

Asiento en silencio y acepto que tiene razón. Se me ha ido de las manos. Y es cierto que me lleva al límite.

—Has mencionado a un tal Charlie. ¿Quién es?

Inspira hondo antes de empezar a hablar. Yo contengo la respiración.

—Un cerdo inmoral.

Y ya está. Eso es todo lo que dice, y mi siguiente pregunta, aunque ya sé la respuesta, escapa de mis labios al tiempo que libero el aire contenido.

—¿Respondes ante él?

Se hace un incómodo silencio y me preparo para la respuesta que sé que está a punto de darme.

—Sí, así es.

Empieza a dolerme ligeramente la cabeza a causa de todas las preguntas que me surgen y que descarto con demasiada facilidad.

Miller responde ante un hombre llamado Charlie. No es difícil imaginar de qué clase de personaje se trata si Miller lo teme.

—¿Te hará daño?

—Conmigo gana mucho dinero, Olivia. No pienses que lo temo, porque no es así.

—Y entonces ¿por qué huimos?

—Porque necesito tiempo para respirar, para pensar en cuál es la mejor manera de manejar esta situación. Ya te dije que no es tan sencillo dejarlo. Te pedí que confiaras en mí mientras intentaba solucionar esto.

—¿Y lo has hecho?

—William me ha conseguido un poco de tiempo.

—¿Cómo?

—Le ha dicho a Charlie que él y yo nos hemos enojado. Que me estaba buscando.

Frunzo el ceño.

—¿William le dijo a Charlie que tú lo habías molestado?

—Tenía que explicar qué hacía en mi departamento. William y Charlie no se llevan demasiado bien, igual que William y yo, como habrás imaginado. —Está siendo sarcástico, y resoplo mi asentimiento—. Charlie no debe enterarse de que me he asociado con William; de lo contrario, este tendrá problemas. No es santo de mi devoción, pero tampoco quiero que Charlie vaya por él, por muy capaz que sea de cuidar de sí mismo.

Mi pobre mente se colapsa de nuevo.

—¿Y eso en qué lugar nos deja? —pregunto, y mi voz apenas se oye a causa del temor a la respuesta.

—Anderson cree que es mejor que regrese a Londres, pero yo discrepo.

Me desinflo, aliviada. No pienso volver a Londres si va a tener que ocultarme y seguir entreteniendo a esas mujeres hasta que encuentre una salida.

Me abraza para infundirme seguridad, como si supiera lo que estoy pensando.

—No pienso ir a ninguna parte hasta estar seguro de que no corres ningún peligro.

¿Peligro?

—¿Sabes quién me seguía?

El breve y ensordecedor silencio que se hace como resultado de mi pregunta no apacigua mi creciente inquietud. Miller se limita a observarme mientras la gravedad de nuestra situación me atrapa entre sus terribles garras.

—¿Era Charlie?

Asiente lentamente y el suelo se hunde bajo mis pies.

—Sabe que eres la razón por la que quiero dejarlo.

Debe de percibir mi pánico, porque suelta el cepillo, me da la vuelta y me ayuda a acomodarme sobre su regazo. Estoy encerrada en «lo que más le gusta», pero hoy no hace que me sienta mejor.

—Chist. —Intenta tranquilizarme en vano—. Confía en mí. Yo me encargaré de esto.

—¿Qué otra opción tengo? —pregunto. Esto no es una pregunta de selección múltiple. Aquí sólo hay una respuesta.

No tengo elección.

CAPÍTULO 5

Miller se pasó el resto del día intentando animarme. Hemos subido al autobús turístico de techo descubierto que recorre Nueva York. Ha sonreído amablemente cuando he pasado del guía turístico y he decidido darle mi propia explicación de las vistas. Ha escuchado con interés lo que le he contado e incluso me ha hecho algunas preguntas que le he respondido al instante. Se ha mostrado relajado cuando hemos bajado para dar un paseo, y ha accedido de buena gana cuando lo he arrastrado a un típico *deli*. El ritmo acelerado de la ciudad me intimidaba un poco cuando llegamos, pero ya me estoy acostumbrando. He pedido rápido y he pagado aún más rápido. Después hemos dado un paseo y hemos comido por ahí, algo nuevo para Miller. Se sentía un poco incómodo, pero no se ha quejado. Yo estaba encantada, pero he hecho como si nada, como si nuestro día a día fuera siempre así.

El drama matutino y las horas de turismo me dejan físicamente incapaz de mantenerme en pie para cuando volvemos al ático. La idea de enfrentarme a doce tramos de escalones casi termina conmigo y Miller, en lugar de enfrentarse a su temor a utilizar el elevador, me toma en brazos y transporta mi cuerpo exhausto por la escalera. Disfruto de la cercanía, como siempre. Gasto las últimas energías que me quedan para aferrarme a él. Puedo sentirlo y olerlo, aunque mis ojos pesados se niegan a permanecer abiertos. Su firmeza contra mi cuerpo y su característico aroma me trasladan a un mundo onírico que supera al mejor de mis sueños.

—Me encantaría meterme dentro de ti en este mismo momento —murmura, y, al escuchar su timbre grave y sexual, mis párpados se abren mientras me deja sobre la cama.

—Vale —accedo rápidamente, aunque adormilada.

Me quita los Converse verdes de los pies y las coloca ordenadamente a un lado. Sé que eso es lo que hace por el tiempo que tarda en seguir desvistiéndome. Está en plan metódico, y también en plan venerador. Me desabrocha los shorts de mezclilla y me los baja por las piernas.

—Estás demasiado cansada, mi niña.

Pliega los calzoncillos y los coloca con mis zapatos. Ni siquiera soy capaz de reunir las fuerzas suficientes como para protestar, lo cual me indica que tiene toda la razón. No estoy para nada en estos momentos.

Me alza un segundo para retirar las sábanas y me pone con cuidado sobre el colchón.

—Levanta los brazos.

Me regala su sonrisa descarada por un instante y su rostro desaparece tras la tela de mi camiseta. Sólo levanto los brazos porque él los obliga a ascender al quitarme la camiseta, y en cuanto me libera de mis calzones y mi brasier, me dejo caer boca arriba con un suspiro y me doy la vuelta para ponerme boca abajo y acurrucarme. Siento el calor de su boca contra mi hombro durante un buen rato.

—Llévame a tus sueños perfectos, Olivia Taylor.

Ni siquiera puedo asentir, ni puedo asegurarle verbalmente que lo haré. El sueño me reclama y lo último que oigo es el familiar sonido de Miller tarareando.

He tenido sueños dulces, y Miller aparecía en ellos en toda su perfecta y relajada gloria. Abro los ojos, y la oscuridad me confunde inmediatamente. Tengo la sensación de haberme pasado años durmiendo. Me siento llena de energía y preparada para comerme el día... si es que es por la mañana. El colchón se hunde detrás de mí y noto que Miller se aproxima. Quiero darle los buenos días, pero creo que es un poco prematuro. De modo que me doy la vuelta, me pego a Miller y hundo el rostro en el áspero vello de su garganta. Entonces inspiro y coloco la rodilla entre sus muslos.

Él se adapta a mi demanda de intimidad y deja que me mueva y me remueva hasta que estoy cómoda y mi respiración se torna relajada de nuevo. Hay un apacible silencio, hasta que Miller empieza a tararear *The Power of Love* y me hace sonreír.

—Me tarareaste esto una de las primeras veces que estuvimos juntos.

Pego los labios contra el hueco que hay debajo de su nuez y chupo brevemente antes de deslizar la lengua hasta su barbilla.

—Es verdad —dice, y deja que le mordisquee el labio inferior—. Convertiste mi mundo perfecto en un caos absoluto.

Evita que le dé mi opinión respecto a esa afirmación apartándose y colocándome de lado antes de imitar mi nueva postura. Está oscuro, pero ahora que mis ojos se han adaptado a la penumbra puedo verle el rostro.

Y no me gusta lo que veo.

Cavilación.

Preocupación.

—¿Qué pasa? —pregunto, y mi pulso empieza a acelerarse.

—Tengo que decirte algo.

—¿Qué? —digo abruptamente.

Me vuelvo, enciendo el interruptor de la lámpara de la mesita y la habitación se inunda con una tenue luz. Parpadeo ante el repentino asalto contra mis ojos y después me vuelvo hacia Miller de nuevo. Está sentándose y parece inquieto.

—Dime —insisto.

—Prométeme que me vas a escuchar. —Toma mis manos entre las suyas y me las aprieta—. Prométeme que dejarás que termine antes de...

81

—¡Miller! ¡Dímelo ya! —El frío que se instala en mí acelera mi pánico y mi temor.

Su rostro parece desfigurado de dolor.

—Es tu abuela.

Me quedo sin aliento.

—Dios mío. ¿Qué ha pasado? ¿Está bien?

Intento quitarme a Miller de encima para ir a buscar mi teléfono, pero me sostiene en el sitio con firmeza.

—Has prometido que ibas a dejarme terminar.

—¡Pero no sabía que se trataba de la abuela! —grito, y siento cómo me abandona la cordura. Creía que me iba a golpear con algún otro obstáculo, con un fragmento de su historia o... No estoy segura de con qué, con cualquier otra cosa que no fuera esto—. ¡Cuéntame qué ha pasado!

—Ha sufrido un ataque al corazón.

Mi mundo estalla en un millón de fragmentos de devastación.

—¡No! ¿Cuándo? ¿Dónde? ¿Cómo lo...?

—¡Olivia, maldita sea, déjame hablar! —me grita con tono seco pero delicado, y arquea las cejas para respaldar su advertencia de que mantenga la calma.

¿Cómo voy a mantenerla? Me está proporcionando la información con cuentagotas. Abro la boca para espetarle unos cuantos improperios conforme aumentan mi impaciencia y mi preocupación, pero levanta la mano para silenciarme y por fin acepto que me enteraré antes si cierro la puta boca y lo escucho.

—Está bien —empieza, acariciándome el dorso de la mano en círculos, pero nada conseguirá reducir mi preocupación. Ha enfermado y yo no estoy ahí para cuidar de ella. Siempre he estado para ella. Unas lágrimas de culpabilidad hacen que me ardan los ojos—. Se encuentra en el hospital y la están cuidando.

—¿Cuándo ha sido? —pregunto ahogándome con un sollozo.

—Ayer por la mañana.

—¡¿Ayer?! —grito desconcertada.

—La encontró George. No quería llamarte para que no te preocuparas, y no tenía mis datos de contacto. Esperó a que William pasase por la casa. Anderson le dijo que me lo transmitiría.

Siento lástima por el viejo George. Seguro que se sintió perdido y desamparado.

—¿Cuándo llamó?

—Anoche a última hora. Estabas durmiendo.

—¿Y no me despertaste? —Aparto las manos y vuelvo a tumbarme, lejos de Miller y de su alcance.

—Necesitabas descansar, Olivia. —Intenta volver a tomarme las manos, pero yo lo aparto con tenacidad y me levanto de la cama.

—¡Ya podría estar a medio camino de casa!

Me dirijo al armario, iracunda y pasmada de que no pensara que el ataque al corazón de mi abuela fuera motivo suficiente como para interrumpir mi descanso. Saco la bolsa de deporte de un tirón y empiezo a meter todo lo que puedo en ella. Muchas de las cosas que he comprado desde que llegamos tendrán que quedarse aquí. Habíamos planeado comprar maletas, pero todavía no lo hemos hecho. Ahora no tengo tiempo de preocuparme por dejar atrás cientos de dólares en ropa.

Mi pánico frenético es interrumpido cuando me quita la bolsa de las manos y la tira al suelo. No podré contener mis emociones por mucho más tiempo.

—¡Eres un cabrón! —le grito a la cara, y entonces procedo a darle puñetazos en el hombro. Él no se mueve ni me reprende por ello. Permanece frío e impasible—. ¡Eres un cabrón! ¡Un cabrón! ¡Un cabrón! —Lo golpeo de nuevo, y mi frustración aumenta ante su falta de reacción—. ¡Deberías haberme despertado! —Ahora le pego con los puños dos veces en el pecho. He perdido el control de mis emociones y de mi cuerpo agitado. Sólo quiero descargarme, y Miller es lo único que tengo al alcance—. ¿Por qué? —Me desmorono contra su pecho, exhausta y llena de dolor—. ¿Por qué no me lo has dicho?

Sostiene mi cuerpo en pie, con una mano en mi nuca, estrechándome contra él, mientras con la otra me frota en círculos la zona lumbar para consolarme. Me hace callar y me besa una y otra vez la cabeza hasta que mis sollozos disminuyen y me quedo lloriqueando sobre su hombro.

Me toma de las mejillas y sostiene mi rostro desfigurado en sus manos.

—Lamento que sientas que te he traicionado... —Hace una pausa, me observa con cautela y estoy convencida de que lo hace porque sabe que no me va a gustar lo que va a decirme—. No podemos volver a Londres, Olivia. No es seguro.

—¡Ni te atrevas, Miller! —Intento reunir fuerzas, algo que le demuestre que esto no es negociable—. Llama a William y dile que volvemos a casa.

Percibo su tormento. Se refleja perfectamente en sus facciones tensas.

No logro hallar esas fuerzas.

—¡Llévame a casa! —le ruego, secándome las lágrimas que no paran de caer—. Por favor, llévame con mi abuela.

Veo cómo el derrotismo invade su rostro compasivo mientras asiente levemente. Sé que no está conforme. No está preparado para volver a casa. Se siente acorralado.

CAPÍTULO 6

Su palma en mi nuca ha sido una constante fuente de confort desde que abandonamos Nueva York: en el aeropuerto JFK, en el avión, en Heathrow... Aprovechó cada oportunidad que le ha surgido para consolarme, cosa que necesitaba y que he aceptado con gusto. Apenas fui consciente del entorno que nos rodea. Ni siquiera me he agobiado cuando nos han pedido los pasaportes. Bajo los suaves masajes en mi nuca, mi mente sólo me ha permitido pensar en la abuela.

Hemos tenido tiempo de comprar maletas. Demasiado tiempo. Le dije a Miller que fuera a comprarlas él mismo, pero no me hizo ningún caso. Tenía razón. Me habría estado arrastrando por los suelos de la habitación y subiéndome por las paredes por haberme quedado sola en la suite. Así que hemos ido a comprar juntos, y no he podido evitar apreciar sus intentos de distraerme. Me pidió mi opinión respecto al color, tamaño y estilo de maleta que deberíamos comprar, aunque, por supuesto, mi respuesta no contaba para nada. Después de decirle que me gustaba la roja de tela, he escuchado a medias sus razones de por qué deberíamos comprar una Samsonite de piel de color grafito.

Una vez recogidas nuestras maletas de la cinta de llegada, y tras oír los resoplidos de fastidio de Miller al ver unas cuantas rayas en la piel, salimos por la puerta de Llegadas y emergemos al fresco ambiente vespertino de Heathrow. Veo al chofer de William antes que Miller y me dirijo hacia el vehículo inmediatamente. Lo saludo cortés con un gesto de la cabeza y me meto en el asiento de atrás. El hombre se reúne con Miller en la parte trasera del coche para ayudarlo a guardar las maletas.

Después Miller viene conmigo a la parte de atrás y apoya la mano sobre mi rodilla.

—A mi casa, Ted —le indica.

Me inclino hacia adelante.

—Gracias, Ted, pero ¿podrías llevarme directamente al hospital? —pregunto, aunque mi tono indica claramente que no hay otra opción.

Miller me atraviesa con la mirada, pero no pienso enfrentarme a él.

—Olivia, acabas de salir de un vuelo de seis horas. La diferencia horar...

—Voy a ir a ver a la abuela —digo con los dientes apretados, sabiendo perfectamente que mi cansancio no tiene nada que ver con las protestas de Miller—. Si prefieres volver a casa, ya iré yo por mis propios medios.

Veo por el espejo cómo Ted me mira a mí y luego a la carretera. Son ojos sonrientes. Ojos de cariño.

Miller expresa su frustración lanzando un suspiro largo y exagerado.

—Al hospital, por favor, Ted.

—Sí, señor —dice este asintiendo. Él sabía que no era un asunto negociable.

Cuando atravesamos los confines del aeropuerto, mi impaciencia se acrecienta conforme el chofer de William sortea el tráfico en hora punta de la M25. Nos vemos obligados a quedarnos parados en más de una ocasión, y cada vez tengo que refrenar mi impulso de salir del coche y hacer corriendo el resto del trayecto.

Cuando por fin Ted llega al hospital ya es de noche y me encuentro fuera de mí. Salgo del vehículo antes incluso de que éste se detenga, y hago caso omiso de los gritos de Miller a mis espaldas. Llego al mostrador de recepción casi sin aliento.

—Josephine Taylor —le digo entre jadeos a la recepcionista.

La mujer me mira algo alarmada.

—¿Amiga o familiar?

—Soy su nieta. —Me revuelvo con impaciencia mientras teclea el nombre y arruga la frente mirando la pantalla—. ¿Hay algún problema?

—No aparece en nuestro sistema. No te preocupes, probaremos de otra manera. ¿Sabes su fecha de nacimiento?

—Sí, es... —Me detengo a mitad de frase cuando Miller reclama mi nuca y me aparta del mostrador.

—Llegarás antes a tu abuela si me escuchas, Olivia. Tengo los datos. Sé en qué sala está, el número de habitación y cómo llegar allí. —Su paciencia se está agotando.

Permanezco en silencio mientras me dirige por el interminable túnel blanco y mi inquietud aumenta a cada paso. Es sobrecogedor, y nuestras pisadas resuenan eternamente en el espacio vacío. Miller también guarda silencio, y me odio a mí misma por ser incapaz física y mentalmente de aliviar su evidente preocupación por mí. Nada hará que me sienta mejor hasta que vea a la abuela vivita y coleando y lanzándome alguna pullita.

—Por aquí. —Gira la mano ligeramente en mi cuello y me obliga a virar a la izquierda, donde un par de puertas se abren automáticamente y vemos un cartel que dice: BIENVENIDO A LA SALA CEDRO—. Habitación 3.

Me siento voluble y débil cuando Miller me suelta y señala la segunda puerta a la izquierda. Avanzo con paso vacilante y mi corazón se niega a disminuir sus constantes martilleos. El calor de la sala me golpea como una maza y el olor a antiséptico invade mi nariz. Un suave empujoncito en la espalda me anima a agarrar la manija de la puerta y, tras cargar mis pulmones de aire, giro el mango y entro en la habitación.

Pero está vacía.

La cama está perfectamente hecha y todas las máquinas ordenadas en un rincón. No hay ninguna señal de vida. Me estoy mareando.

—¿Dónde está?

Miller no responde. Pasa por mi lado y se detiene de golpe para observar la habitación vacía con sus propios ojos. Me quedo con la mirada perdida hacia la cama. Todo a mi alrededor se desenfoca, incluido mi oído, que apenas registra las palabras de Miller insistiendo en que es la habitación correcta.

—¿Puedo ayudarlos en algo? —pregunta una enfermera joven.

Miller se acerca.

—¿Dónde está la mujer que ocupaba esta habitación?

—¿Josephine Taylor? —pregunta.

Desvía la mirada hacia el suelo y no sé si voy a poder soportar lo que va a decirme a continuación.

Se me forma un nudo en la garganta. Me agarro al brazo de Miller y le clavo las uñas. Él responde apartándome con suavidad los dedos de su carne y estrechándome la mano antes de llevársela a la boca.

—¿Eres su nieta? ¿Olivia?

Asiento, incapaz de hablar, pero antes de que pueda responder oigo una risa familiar en el pasillo.

—¡Es ella! —exclamo. Arranco mi mano de la de Miller y casi derribo a la enfermera al pasar por su lado.

Sigo el sonido familiar, y unas vibraciones me invaden a cada zancada. Llego a una intersección y me detengo cuando el sonido desaparece. Miro a la izquierda y veo cuatro camas, todas con ancianos durmiendo.

Ahí está otra vez.

Esa risa.

La risa de la abuela.

Giro la cabeza a la derecha y veo otras cuatro camas, todas ocupadas.

Y ahí está ella, sentada en un sillón al lado de su cama de hospital, viendo la televisión. Está perfectamente peinada y lleva puesto su camisón de volantes. Me dirijo hasta ella y disfruto de la maravillosa visión hasta que llego a los pies de la cama. Aparta sus ojos azul zafiro de la pantalla y los fija en mí. Siento como si unas electrosondas me devolvieran a la vida.

—Mi niña querida. —Alarga la mano para tocarme y mis ojos estallan en lágrimas.

—¡Dios mío, abuela! —Agarro la cortina que tiene retirada junto a su cama y casi me caigo con el maldito trasto.

—¡Olivia! —Miller atrapa mi cuerpo tambaleante y me estabiliza sobre mis pies. Estoy atolondrada. Son demasiadas emociones vividas en muy poco tiempo. Comprueba de un vistazo que estoy bien y después se asoma por encima de mi hombro—. ¡Joder, menos mal! —suspira, y todos sus músculos se relajan visiblemente.

Él también lo ha pensado. Creía que había muerto.

—¡Pero bueno! —ladra ella—. ¿Cómo se les ocurre venir aquí a hacer relajo y a decir palabrotas? ¡Van a conseguir que me echen!

Se me salen los ojos de las órbitas y la sangre empieza a circular de nuevo.

—Claro, porque tú no has hecho suficiente, ¿verdad? —le espeto.

Sonríe con picardía.

—Que sepas que me he portado como toda una señora.

Oigo una risa burlona detrás de nosotros y Miller y yo nos volvemos hacia la enfermera.

—Toda una señora —masculla, y mira a la abuela con las cejas tan altas que no sé dónde terminan estas y empieza su pelo.

—He sido la alegría de este lugar —responde mi abuela a la defensiva, atrayendo nuestra atención de nuevo. Señala hacia las otras tres camas, ocupadas por débiles ancianitos, todos dormidos—. ¡Tengo más vida que esos tres juntos! No he venido aquí a morirme, eso se lo aseguro.

Sonrío y miro a Miller, que me mira a su vez con expresión divertida y los ojos centelleantes.

—Un tesoro de oro de veinticuatro quilates.

Miller me ciega con una sonrisa blanca y completa que casi me obliga a agarrarme a la cortina de nuevo.

—Lo sé. —Sonrío, y prácticamente me lanzo sobre la cama hasta los brazos de mi abuela—. Creía que habías muerto —le digo, inspirando el aroma familiar de su detergente en polvo, incrustado en la tela del camisón.

—La muerte me parece mucho más atractiva que este lugar —gruñe, y le doy un suave codazo—. ¡Huy! ¡Cuidado con mis cables!

Sofoco un grito y me aparto al instante, reprendiéndome mentalmente por ser tan descuidada. Puede que se muestre tan deslenguada como siempre, pero está aquí por algo. Observo cómo jala de un cable que tiene en el brazo y farfulla entre dientes.

—La hora de visita era hasta las ocho —interviene la enfermera, y rodea la cama para atender a la abuela—. Pueden volver mañana.

Se me cae el alma a los pies.

—Pero es que...

Miller me coloca la mano en el brazo, interrumpe mi protesta y mira a la enfermera.

—¿Le importaría? —Señala con la mano lejos de la cama y yo observo, divertida, cómo la enfermera sonríe tímidamente y se aleja, girando la esquina tras las cortinas.

Enarco las cejas, pero Miller se limita a encoger sus hombros perfectos y sigue a la enfermera. Puede que esté cansado, pero continúa siendo algo digno de contemplar. Y acaba de conseguirme un poco más de tiempo, así que no me importa en absoluto si la enfermera babea un poco mientras le informa sobre el estado de mi abuela.

Siento que unos ojos me observan, de modo que aparto la mirada de Miller y la dirijo a mi deslenguada abuela. De nuevo tiene cara de pilla.

—Ese culito parece aún más delicioso con esos *jeans*.

Pongo los ojos en blanco y me siento en la cama delante de ella.

—Creía que te gustaba que un hombre joven se arreglara.

—Miller estaría guapo hasta con un saco de papas. —Sonríe, me toma de la mano y me la aprieta con la suya. Es para reconfortarme, lo cual es absurdo teniendo en cuenta quién es la enferma aquí, pero también hace que me pregunte al instante qué sabe mi abuela—. ¿Cómo estás, cariño?

—Bien. —No sé qué más decir o qué debería decirle. Tiene que saberlo, está claro, pero... ¿de verdad tiene que saberlo? He de hablar con William.

—Hmmm... —Me mira con suspicacia y yo me revuelvo incómoda en la cama, evitando su mirada.

Tengo que cambiar el curso de la conversación.

—¿No preferías la habitación privada?

—¡No empieces! —Me suelta la mano, se recuesta de nuevo en su sillón, coge el mando y lo dirige hacia el televisor. La pantalla se apaga—. ¡Me estaba volviendo loca en esa habitación!

Miro hacia las otras camas con una leve sonrisa y pienso que probablemente la abuela esté volviendo locos a estos pobres ancianos. La enfermera desde luego tenía cara de estar hasta las narices.

—¿Cómo te encuentras? —pregunto. Me vuelvo de nuevo hacia ella y la encuentro toqueteándose los cables de nuevo—. ¡Déjalos estar!

Golpea con las palmas de las manos los brazos del sofá, enfurruñada.

—¡Estoy aburrida! —exclama—. La comida es un asco, y me obligan a hacer pipí en un orinal.

Me echo a reír, consciente de que su preciada dignidad se está viendo gravemente comprometida y está claro que no le hace ninguna gracia.

—Haz lo que te digan —le advierto—. Si estás aquí, es por algo.

—Por una pequeña taquicardia, eso es todo.

—¡Haces que suene como si hubiera tenido una cita! —Me río.

—¿Qué tal por Nueva York?

Mi risa desaparece al instante, y vuelvo a mostrarme incómoda y nerviosa mientras pienso qué decirle. No se me ocurre nada.

—Te he preguntado qué tal por Nueva York, Olivia —dice con voz dulce. Me decido a mirarla, y veo que su rostro imita su tono—. No por qué tuvieron que irse allí.

Debo de tener los labios blancos de la fuerza con la que los estoy apretando en un intento de evitar que mis emociones se desborden con un sollozo. Cuánto quiero a esta mujer...

—Te he echado mucho de menos —digo con voz entrecortada, y dejo que me estreche en un abrazo cuando alarga los brazos hacia mí.

—Cariño, yo también te he echado mucho de menos. —Suspira y me sostiene contra su cuerpo rechoncho—. Aunque he estado ocupada dando de comer a tres hombres corpulentos.

Arrugo la frente contra su pecho.

—¿Tres?

—Sí. —La abuela me libera y me aparta el pelo rubio de la cara—. George, Gregory y William.

—Aaah —exclamo, y empiezo a imaginarme a los tres reunidos alrededor de la mesa de mi abuela y disfrutando de abundantes guisos. Qué acogedor—. ¿Has dado de comer a William?

—Sí. —Menea su mano arrugada con un gesto de absoluta indiferencia—. He cuidado de todos ellos.

A pesar de mi creciente preocupación ante la noticia de que la abuela y William han estado haciéndose buena compañía, sonrío. Aunque la mente delirante de mi abuela piensa que es ella la que ha estado cuidando de todos ellos, sé que no es así. William dijo que la vigilaría, pero incluso si él no hubiera estado, sé que George y Gregory habrían hecho un buen trabajo. Entonces recuerdo dónde estamos y mi sonrisa desaparece: es un hospital. La abuela ha sufrido un ataque al corazón.

—Se acabó el tiempo. —La voz suave de Miller atrae mi atención, y observo cómo la expresión relajada y encantadora de sus ojos se torna en preocupación.

Me lanza una mirada interrogante que decido pasar por alto y sacudo la cabeza suavemente mientras me pongo de pie.

—Nos echan —digo, y me inclino para abrazar a la abuela.

Ella me abraza con fuerza y consigue que me sienta menos culpable. Sabe que estoy fatal.

—Sacadme a escondidas de aquí.

—No seas tonta. —Me quedo donde estoy, rodeada por la abuela, hasta que es ella la que interrumpe nuestro abrazo—. Por favor, pórtate bien con los médicos.

—Sí —interviene Miller. Se acerca y se arrodilla a mi lado para colocarse a la altura de la abuela—. He echado de menos el solomillo Wellington, y sé que nadie lo prepara como usted, Josephine.

La abuela se derrite en su sillón, y la felicidad me invade. Posa la mano sobre la hirsuta mejilla de Miller y se aproxima a él hasta estar casi nariz con nariz. Él no se aparta. De hecho, recibe con gusto su gesto tierno, y coloca la mano sobre la de ella mientras lo acaricia.

Observo maravillada cómo comparten un momento privado en esta sala abierta y todo a su alrededor parece insignificante mientras se transmiten un millón de palabras con la mirada.

—Gracias por cuidar de mi niña —susurra la abuela, en una voz tan baja que apenas la oigo.

Me muerdo el labio de nuevo mientras Miller le coge la mano, se la lleva a la boca y besa su dorso con ternura.

—Hasta que no me quede aire en los pulmones, señora Taylor.

CAPÍTULO 7

Me acomodo en la parte trasera del coche de William y noto como si alguien me hubiera quitado un enorme peso de encima. Un millón de cargas distintas deberían seguir aplastándome bajo su presión, pero no puedo sentir nada más que la alegría de haber visto con mis propios ojos que la abuela está bien.

—A mi casa, por favor, Ted —dice Miller, y extiende el brazo en mi dirección—. Ven aquí.

Hago como que no lo veo.

—Quiero ir a casa.

Ted arranca el coche y veo por el espejo retrovisor esa sonrisa afable en sus facciones duras pero amigables. Lo miro con suspicacia brevemente a pesar de que ya no me está mirando y me vuelvo hacia Miller, que me observa, pensativo, con la mano todavía en el aire.

—El instinto me dice que cuando dices «casa» no te refieres a la mía.

Deja caer la mano sobre el asiento.

—Tu casa no es mi hogar, Miller.

Mi hogar es la tradicional casa adosada de la abuela, llena de trastos y con ese olor tan familiar y reconfortante. Y necesito estar rodeada de las cosas típicas de mi abuela en estos momentos.

Miller golpetea el asiento de piel y me observa detenidamente. Me aparto un poco en mi asiento, recelosa.

—Quiero pedirte algo —murmura antes de volverse para reclamar mi mano, donde llevo mi nuevo anillo de diamantes, al que le doy vueltas sin parar.

—¿Qué? —pregunto lentamente. Algo me dice que no va a pedirme que nunca deje de amarlo. Sabe cómo voy a responder esa petición, y su mandíbula, ligeramente tensa, me indica que teme la respuesta que vaya a darle.

También empieza a juguetear con mi diamante, cavilando mientras observa cómo sus dedos toquetean la joya mientras yo le doy vueltas a la cabeza y me preparo para que exprese su deseo. Pasa un rato largo e incómodo antes de que inspire hondo, sus ojos azules asciendan perezosamente por mi cuerpo y esos pozos sin fondo, cargados de emoción, se claven en los míos. Me deja sin aliento... y me hace comprender al instante que lo que está a punto de pedirme significa mucho para él.

—Quiero que mi casa también sea tu hogar.

Me quedo boquiabierta, con la mente en blanco. No me viene ninguna palabra a la cabeza. Excepto una.

—No —espeto al instante sin pararme a pensar en cómo expresar mi negativa de un modo algo más considerado. Me encojo al ver la clara decepción en su rostro perfecto—. Es que... —Mi maldito cerebro no consigue cargar mi boca con nada que haga que me redima, y me siento tremendamente culpable por ser la causante de su dolor.

—No vas a quedarte sola.

—Necesito estar en mi casa.

Bajo la vista porque no soy capaz de enfrentarme a la súplica reflejada en su intensa mirada. No protesta. Se limita a suspirar y a apretar mi pequeña mano en la suya.

—A casa de Livy, por favor, Ted —le ordena con voz tranquila, y se queda en silencio.

Levanto los ojos y veo que está mirando por la ventana. Está meditabundo.

—Gracias —susurro. Me aproximo a él y me acurruco a su lado. Esta vez no me ayuda a acomodarme y mantiene la mirada fija a través de la ventana, viendo pasar el mundo exterior.

—No me las des nunca —responde con voz pausada.

—Cierra con llave —dice Miller, y atrapa mis mejillas con las manos. Inspecciona mi rostro con expresión de preocupación mientras nos despedimos en la puerta—. No le abras a nadie. Volveré en cuanto haya recogido algo de ropa limpia.

Arrugo la frente.

—¿Debería esperar visitas?

La preocupación desaparece al instante, sustituida por la exasperación. Después de nuestro intercambio de palabras en el coche sabía que había ganado, pero no imaginaba que Miller aceptara quedarse aquí. Quiero que lo haga, por supuesto, pero no pretendía poner a prueba su ya escasa paciencia. Ya lo he hecho insistiendo en que quería estar aquí y enseguida. No estaba preparada para ir hasta la otra punta de la ciudad para que Miller pudiera echar un vistazo a su departamento y recoger algo de ropa limpia. Le habría dado la oportunidad de encerrarme allí, y no me cabe duda de que lo habría hecho. Pero no soy tan ingenua como para creerme que Miller se queda en mi casa porque le preocupa mi inquietud con respecto a mi abuela.

—No seas tan insolente, Olivia.

—Te encanta que sea insolente. —Le aparto las manos de mis mejillas y se las devuelvo—. Voy a darme un regaderazo. —Me pongo de puntillas y le doy un beso en la mandíbula—. Date prisa.

—Lo haré —contesta.

Me aparto y soy muy consciente de que está agotado. Parece exhausto.

—Te quiero.

Retrocedo hasta que estoy en el recibidor y tomo la manija de la puerta.

Una sonrisa forzada curva sus labios. Se mete las manos en los bolsillos de los *jeans* y empieza a retroceder por el camino.

—Cierra con llave —repite.

Asiento, cierro lentamente la puerta, corro todos los pestillos y paso la cadena de seguridad. Sé que no se marchará hasta que oiga que los he cerrado todos. Después me paso demasiado tiempo mirando por el largo pasillo que da a la cocina esperando oír el familiar y reconfortante sonido de mi abuela trajinando en ella. Tras quedarme ahí parada durante una eternidad, por fin convenzo a mi cuerpo cansado para que me lleve hacia la escalera.

Pero me detengo de repente cuando oigo un golpe en la puerta. Extrañada, me dirijo hacia allí y me dispongo a descorrer los cerrojos, pero algo me lo impide: la voz de Miller diciéndome que no le abra a nadie. Tomo aire para preguntar quién es, pero me detengo. ¿Será mi instinto?

Me alejo en silencio de la puerta, entro en el salón y me acerco a la ventana. Todos mis sentidos están en alerta máxima. Me siento inquieta, nerviosa, y doy un brinco enorme cuando oigo golpes otra vez.

—¡Joder! —exclamo, probablemente demasiado alto. Mi corazón late a gran velocidad en mi pecho mientras me acerco de puntillas hacia la ventana y me asomo por la cortina.

De repente aparece un rostro delante de mí.

—¡Joder! —chillo, y me aparto corriendo de la ventana. Me agarro el pecho. Apenas puedo respirar del susto. Mis ojos y mi mente intentan registrar un rostro que reconozco—. ¿Ted? —Arrugo el rostro con confusión.

El hombre sonríe afablemente y hace un gesto con la cabeza hacia la puerta antes de desaparecer de mi vista. Pongo los ojos en blanco y trago saliva en un intento de evitar que el corazón se me salga por la boca.

—Me va a dar algo —mascullo, y me dirijo a la puerta. Estoy convencida de que ha estado aquí desde que Miller se ha marchado, haciendo guardia.

Descorro los cerrojos y abro la puerta. Un cuerpo entra disparado en mi dirección y apenas logro apartarme a tiempo.

—¡Mierda! —grito pegándome contra la pared del recibidor. Mi pobre corazón todavía no se ha recuperado de la impresión de ver el rostro de Ted en la ventana.

Miller pasa por mi lado con su maleta y la deja a los pies de la escalera.

—¿Estaba Ted haciendo guardia? —pregunto esperando una confirmación. ¿Esto es lo que me espera? ¿Tener mi propio guardaespaldas?

—¿De verdad creías que iba a dejarte sola? —Miller pasa por mi lado de nuevo y giro la cabeza para seguirlo hasta que veo cómo se aleja hasta llegar a Ted, que está cerrando la cajuela del Lexus—. Gracias.

Le entrega sus llaves y le da la mano.

—Un placer. —Ted sonríe, le estrecha la mano y mira en mi dirección—. Buenas noches, señorita Taylor.

—Buenas noches —mascullo, y veo cómo Miller se vuelve y regresa por el camino del jardín.

Ted se acomoda en el asiento del conductor y desaparece en un santiamén. Entonces el mundo desaparece cuando Miller cierra la puerta y corre los pestillos.

—Necesitamos aumentar la seguridad —gruñe. Se vuelve y advierte mi cara de pasmo—. ¿Estás bien?

Parpadeo sin parar. Mi mirada va de la puerta a él repetidas veces.

—Hay dos cerraduras, una cilíndrica, una de embutir y una cadena.

—Y aun así yo conseguí entrar —dice recordándome las ocasiones en las que se coló en mi casa para obtener lo que más le gusta.

—Porque miré por la ventana, he visto a Ted y abrí la puerta —respondo.

Sonríe en reconocimiento a mi insolencia, pero no responde.

—Necesito un baño.

—Me encantaría darme un regaderazo contigo —susurra con voz grave y animal aproximándose a mí. Dejo caer los brazos y siento que se me calienta la sangre. Da otro paso hacia adelante—. Me encantaría posar las manos sobre tus hombros húmedos y masajear cada centímetro de tu cuerpo hasta que en tu preciosa cabecita sólo haya sitio para mí.

Ya lo ha conseguido, y ni siquiera me ha tocado todavía, pero asiento de todos modos y me quedo callada hasta que lo tengo delante de mí y me levanta en brazos. Lo envuelvo con los brazos y hundo el rostro en su cuello. Sube la escalera, llega hasta el baño y me baja al suelo. Sonrío, me inclino para abrir el agua y empiezo a desnudarme.

—No hay mucho espacio —digo, y voy metiendo la ropa en la canasta de la ropa sucia, prenda a prenda, hasta que estoy completamente desnuda.

Asiente ligeramente, toma el dobladillo de la camiseta y se la saca por la cabeza. Los músculos de su estómago y de su vientre se contraen y se relajan como resultado del movimiento y soy incapaz de apartar la mirada de su torso. Mis ojos cansados parpadean unas pocas veces y descienden hasta sus piernas cuando se despoja de sus *jeans*. Suspiro ensoñadoramente.

—Tierra llamando a Olivia.

La suavidad de su tono atrae mi mirada hacia la suya. Sonrío y me aproximo a él para colocar la mano en el centro de su pecho. Después de un día mental y físicamente agotador, sólo necesito sentirlo y sentir el reconfortante placer de tocarlo.

Deja que recorra su pecho con la mano y mis ojos siguen el camino que traza. Mientras, Miller me observa. Noto cómo sus manos se posan en mi cintura con suavidad, con cuidado de no interrumpir mis movimientos controlados. Mi mano asciende hasta sus hombros, hasta su cuello y por su oscura mandíbula hasta llegar a sus hipnóticos labios. Los separa despacio y deslizo el dedo entre ellos. Ladeo un poco la cabeza con una diminuta sonrisa cuando veo que lo muerde ligeramente.

Entonces nuestras miradas se encuentran e intercambiamos un millón de palabras sin hablar. Amor. Adoración. Pasión. Deseo. Ansia. Necesidad...

Libero mi dedo y ambos nos aproximamos el uno al otro lentamente.

Y todas esas cosas se intensifican cuando nuestras bocas se unen. Cierro los ojos y deslizo las manos hasta su cintura. Él me agarra del cuello y me sostiene así mientras venera mi boca durante una eternidad y me traslada a un lugar en el que sólo existimos Miller y yo; un lugar que ha creado para mí, para que huya a él. Un lugar seguro. Un lugar tranquilo. Un lugar perfecto.

Me sostiene con fuerza, como siempre, y el poder que transpira es sobrecogedor, pero su ternura constante elimina cualquier posible temor. No cabe ninguna duda de que es siempre Miller quien dirige las cosas. Es él quien domina mi cuerpo y mi corazón. Sabe lo que necesito y cuándo lo necesito, y lo demuestra en cada aspecto de nuestra relación, no sólo en los momentos en que me está venerando. Como hoy, cuando he necesitado ir al hospital inmediatamente. O como cuando he necesitado venir a casa y sumergirme en la persistente presencia de la abuela. Como cuando he necesitado que saliera de su mundo perfecto y estuviera aquí conmigo.

Nuestro beso se enlentece, pero Miller sigue agarrándome con fuerza. Después de mordisquearme el labio inferior, la nariz y la mejilla, se aparta y mis ojos, divididos, se enfrentan a su típico dilema. No saben en qué centrarse, y mi mirada oscila repetidas veces entre sus cegadoras esferas azules y su boca hipnótica.

—Vamos a darte un regaderazo, mi niña preciosa.

Pasamos una media hora de dicha bajo el agua caliente. El reducido espacio hace que sea una regadera muy íntima, aunque no esperaba menos. Sería así aunque tuviéramos hectáreas de espacio.

Con las manos apoyadas sobre las baldosas de la pared, agacho la cabeza y mis ojos observan cómo el agua espumosa desaparece por el sumidero mientras las manos suaves y enjabonadas de Miller masajean todos los músculos cansados de mi cuerpo, provocándome una sensación divina. Me pone el champú y me aplica el acondicionador hasta las puntas. Permanezco quieta y callada todo el tiempo, y sólo me muevo cuando me coloca en la postura que más cómoda le resulta para llevar a cabo su tarea. Después de besar con delicadeza cada milímetro de mi rostro mojado, me ayuda a salir de la bañera y me seca antes de guiarme a mi dormitorio.

—¿Tienes hambre? —pregunta mientras me pasa el cepillo por el pelo húmedo.

Sacudo la cabeza y decido pasar por alto la ligera vacilación de sus movimientos detrás de mí, pero no insiste. Me tumba en la cama y se coloca detrás hasta que nuestros cuerpos desnudos están fuertemente entrelazados y sus labios empiezan a danzar perezosamente por mis hombros. El sueño no tarda en apoderarse de mí, asistido por el leve arrullo de Miller y por el calor de su cuerpo pegado por completo a mi espalda.

CAPÍTULO 8

Un alboroto me arranca de mis sueños y me hace descender la escalera a una velocidad absurda. Aterrizo en la cocina, aún medio dormida, desnuda y con la visión ligeramente borrosa. Parpadeo varias veces para aclararme la vista hasta que veo a Miller, que tiene el torso al aire y una caja de cereales en la mano.

—¿Qué pasa? —pregunta, y sus ojos preocupados inspeccionan mi cuerpo desnudo.

La realidad golpea de nuevo mi cerebro despierto, una realidad en la que no es la abuela quien trajina en la cocina feliz y contenta; es Miller, que parece incómodo y fuera de lugar. Una tremenda culpabilidad me consume por sentirme decepcionada.

—Me has asustado —es todo lo que se me ocurre decir y de repente, muy alerta, me doy cuenta de que estoy desnuda y empiezo a retroceder por la cocina. Señalo por encima de mi hombro—. Voy a ponerme algo de ropa.

—Está bien —asiente, y observa con detenimiento cómo desaparezco por el pasillo.

Suspiro con pesar mientras subo la escalera y me pongo unas bragas y una camiseta con desgana. De nuevo abajo, me encuentro la mesa preparada con el desayuno, y Miller parece aún más fuera de lugar, sentado con su teléfono en la oreja. Me indica que me siente y lo hago despacio mientras él prosigue con su llamada.

—Llegaré hacia la hora de comer —dice con voz cortada y al grano antes de colgar y dejar el celular.

Me mira desde el otro lado de la mesa y, tras unos segundos observándolo, veo que se está transformando en ese hombre sin emociones que repele a todo el mundo. Estamos otra vez en Londres. Lo único que le falta es el traje.

—¿Quién era? —pregunto mientras agarro la humeante tetera colocada en el centro de la mesa y me sirvo una taza de té.

—Tony. —Su respuesta es corta y seca, como el tono que estaba usando hace un momento.

Dejo la pesada tetera a mi derecha, me añado leche y remuevo la mezcla. Entonces observo con asombro cómo Miller se inclina sobre la mesa, toma la tetera y la coloca de nuevo en el centro exacto de la mesa, y la gira ligeramente.

Suspiro, bebo un sorbo de té y me encojo enseguida al percibir su sabor. Me lo trago como puedo y dejo la taza sobre la mesa.

—¿Cuántas bolsas has metido?

Arruga la frente y mira hacia la tetera.

—Dos.

—Pues no lo parece. —Sabe a leche caliente. Me acerco, quito la tapa y me asomo dentro—. Aquí no hay ninguna.

—Las he sacado.

—¿Por qué?

—Porque si no bloquearían la boca.

Sonrío.

—Miller, un millón de teteras en Inglaterra tienen bolsas de té dentro y las bocas nunca se bloquean.

Pone los ojos en blanco, se apoya de nuevo en el respaldo de su silla y se cruza de brazos sobre su pecho desnudo.

—He sido intuitivo...

—Miller Hart —lo interrumpo conteniendo una sonrisa de petulancia—. Nunca pasa.

Su expresión cansada no hace sino alimentar mi diversión. Sé que está disfrutando de mi jocosidad, aunque se niegue a seguirme el juego.

—Me atrevería a sugerir que estás insinuando que mis habilidades para preparar el té dejan mucho que desear.

—Intuyes bien.

—Eso pensaba —masculla. Toma el teléfono de la mesa y pulsa unos cuantos botones—. Sólo intentaba que te sintieras como en tu casa.

—Estoy en mi casa. —Me encojo al ver que me mira con expresión herida. No pretendía decir lo que ha parecido—. Yo...

Miller se lleva el teléfono a la oreja.

—Prepara mi coche para las nueve —ordena.

—Miller, no quería...

—Y asegúrate de que esté impoluto —continúa, pasando por completo de mis intentos de explicarme.

—Me has interpretado...

—Y eso incluye la cajuela.

Cojo mi taza sólo para poder dejarla de golpe contra la mesa de nuevo. Y lo hago. Con fuerza.

—¡Deja de ser tan infantil!

Se encoge en su silla y corta la llamada.

—¿Disculpa?

Me río un poco.

—No empieces, Miller. No pretendía ofenderte.

Apoya los antebrazos sobre la mesa y se inclina hacia mí.

—¿Por qué no te vienes conmigo?

Miro sus ojos suplicantes y suspiro.

—Porque necesito estar aquí —contesto, y al ver que no lo entiende, prosigo, con la esperanza de que lo haga—. Necesito que todo esté preparado para cuando vuelva a casa. Necesito estar aquí para cuidar de ella.

—Pues que se venga a vivir con nosotros —responde inmediatamente.

Habla en serio, y me quedo perpleja. ¿Está preparado para exponerse a la posibilidad de que haya otra persona, aparte de mí,

104

que destroce la perfección de su hogar? La abuela acabaría volviendo loco a Miller. Por muy enferma que esté, sé que intentaría hacerse con el control de la casa. Sería una anarquía, y Miller no lo soportaría.

—Créeme —le digo—. No sabes lo que estás diciendo.

—Sí lo sé —responde, y se me borra la sonrisa de la cara—. Sé lo que estás pensando.

—¿Qué? —Me encanta que confirme mis pensamientos; si lo hace, será como una especie de admisión.

—Ya sabes qué. —Me mira con ojos de advertencia—. Me sentiría mejor si te quedaras en mi casa. Es más seguro.

Reúno toda la paciencia que me queda para no mostrar mi exasperación. Debería haberlo imaginado. Me niego a tener todo el día a alguien protegiéndome. Conocer a Miller Hart y enamorarme de él puede que me haya dado libertad, que me haya despertado y haya avivado en mí el deseo de vivir y de sentir, pero también soy consciente de que mi renovada libertad podría conllevar ciertas limitaciones. No pienso dejar que eso suceda.

—Me quedo aquí —respondo con absoluta determinación, y el cuerpo de Miller se desinfla en su silla.

—Como desees —exhala cerrando los ojos y con la vista al cielo—. Insolente.

Sonrío. Me encanta ver a Miller tan exasperado, pero su rápida aceptación me encanta todavía más.

—¿Qué vas a hacer hoy?

Baja la cabeza y me mira con un ojo entrecerrado con suspicacia.

—No vas a acompañarme, ¿verdad?

Mi sonrisa se intensifica.

—No. Voy a ir a ver a mi abuela.

—Puedes venir al Ice conmigo primero.

—No.

Sacudo la cabeza lentamente. Imagino que Cassie estará allí y

105

no me apetece aguantar sus caras de desdén ni sus palabras, capaces de hacerme polvo. Tengo mejores cosas que hacer que meterme en un campo de batalla, y no pienso retrasarme ni un segundo en ir a ver a la abuela.

Se inclina hacia adelante, con la mandíbula temblorosa.

—Estás agotando mi paciencia, Olivia. Has de venir, y vas a aceptar.

¿Ah, sí? Sé que está intentando imponer sus reglas, pero con sus maneras arrogantes lo único que consigue es despertar mi insolencia en lugar de obligarme a ser razonable. Apoyo las manos en la mesa y me muevo rápido, haciendo que Miller retroceda en su silla.

—¡Si quieres conservarme como una posesión, tendrás que dejar de comportarte como un cabrón! No soy un objeto, Miller. Que aprecies tus posesiones no significa que puedas mangonearme. —Me pongo de pie y su silla chirría hacia atrás al arrastrarse contra el suelo—. Voy a darme un regaderazo.

Mis pies se apresuran a alejarme de la creciente furia que emana de Miller como resultado de mi insubordinación. No podía dejarlo estar, y no puedo contentarlo en todo.

Me tomo mi tiempo para ducharme y vestirme y me sorprendo al volver al piso de abajo y ver que Miller se ha marchado. Pero no me sorprendo tanto al ver que la cocina huele como si hubiera sufrido el ataque de un spray antibacteriano y reluce como si estuviese cubierta de purpurina. No voy a quejarme, porque eso significa que así puedo irme al hospital sin demora. Tomo mi bolso, abro la puerta y salgo corriendo mientras busco mis llaves en mi bolsa.

—¡Huy! —grito al chocar de golpe contra un pecho y rebotar hacia atrás. Aterrizo contra el marco de la puerta y me doy en el omóplato—. ¡Joder! —Me llevo la mano a la espalda y me la froto para aliviar el dolor del golpe.

—¿Tienes prisa? —Unos dedos fuertes me agarran del antebrazo y me sostienen en el sitio.

Mi mirada furiosa recorre una figura trajeada y sé lo que me voy a encontrar en cuanto pase del cuello. Y no me equivoco: William. El antiguo chulo de mi madre y mi autoproclamado ángel de la guarda.

—Sí, así que si me disculpas...

Hago ademán de esquivarlo, pero se mueve conmigo y me bloquea el paso. Mordiéndome la lengua y respirando hondo para calmarme, enderezo los hombros y levanto la barbilla. No parece nada intimidado, cosa que me sienta fatal. Me cuesta mostrarme insolente todo el tiempo. Es agotador.

—Al coche, Olivia. —Su tono me saca de quicio, pero sé que negarme no me llevará a ninguna parte.

—Te pidió él que vengas, ¿verdad? ¡No lo puedo creer! ¡Qué cabrón!

—No voy a negarlo. —William confirma mis pensamientos y señala el coche de nuevo, donde Ted aguarda con la puerta abierta y con esa sonrisa perpetua en su rostro duro pero amigable.

Le devuelvo la sonrisa y me pongo furiosa de nuevo cuando me vuelvo otra vez hacia William.

—¡Como me colmes la paciencia haré una estupidez!

—¿Una estupidez? ¿Como marcharte? —William se ríe—. «Cabrón», «colmar la paciencia», ¿qué viene después?

—Una patada en tu puto culo —le espeto, y paso delante de él para dirigirme al coche—. No sé si Miller y tú se habrán dado cuenta, ¡pero soy una persona adulta!

—Señorita Taylor. —Ted me saluda, y todo mi enfado se desvanece en un instante mientras entro en la parte trasera del coche.

—Hola, Ted —digo alegremente, y hago como que no veo la cara de incredulidad que William le lanza a su chofer. Este se encoge de hombros y le quita importancia al asunto.

No podría enfadarme con este tipo tan simpático ni aunque quisiera. Tiene un aura de calma que parece contagiárseme. Y eso que conduce como un loco.

Me apoyo en el respaldo del asiento y espero a que William se siente al otro lado mientras giro mi anillo y miro por la ventana.

—Había pensado ir a visitar a Josephine esta mañana de todos modos —dice.

Hago como que no lo oigo y saco mi celular del bolso para mandarle un mensaje a Miller.

Estoy encabronada contigo.

No necesito explicar nada. Sabe que William es la última persona a la que quiero ver. Le doy a «Enviar» y me dispongo a guardar el celular, pero William me agarra la mano. Cuando levanto la vista veo que tiene el ceño fruncido.

—¿Qué es esto? —pregunta pasando el dedo por mi anillo de diamantes.

Todos mis mecanismos de defensa se activan.

—Sólo es un anillo.

Esto promete. Aparto la mano, y me encabrono cuando lo escondo por instinto de sus ojos fisgones. No quiero esconderlo. De nadie.

—¿En el dedo izquierdo?

—Sí —le ladro, consciente de que me estoy pasando de la raya. Lo estoy liando cuando podría perfectamente decirle algo para que deje de darle vueltas a la cabeza. No pienso explicarle nada. Por mí puede pensar lo que le dé la gana.

—¿Vas a casarte con él? —insiste William. Su tono se está volviendo impaciente ante mi continua falta de respeto. Soy una chica valiente, pero también estoy furiosa. La idea de huir de Londres de nuevo cada vez se vuelve más tentadora, sólo que esta vez pienso secuestrar a la abuela del hospital y llevármela conmigo.

Sigo sin decir nada y miro mi teléfono cuando me avisa de la llegada de un mensaje.

¿Qué he hecho yo para que estés encabronada, mi niña?

Me burlo y vuelvo a meter mi teléfono en mi bolsa. No estoy dispuesta encabronarme más todavía respondiendo a su ignorancia. Sólo quiero ver a la abuela.

—Olivia Taylor —suspira William, y la sorna empieza a diluir su enfado—. Nunca dejas de decepcionarme.

—¿Y eso qué significa? —Me vuelvo para mirarlo y veo una afable sonrisa en su rostro atractivo. Sé perfectamente lo que quiere decir, y lo ha dicho para conseguir una reacción por mi parte. Para sacarme de mi furibundo silencio. Lo ha conseguido. Ahora sigo furibunda, pero estoy muy lejos de estar callada—. Ted, ¿puedes parar, por favor?

William sacude la cabeza y no se molesta en expresar su contraorden al chofer. No es necesario. Está claro que Ted no tiene las mismas agallas que yo... o, seguramente, muestra más respeto ante William Anderson. Miro al espejo y veo esa sonrisa de nuevo en su rostro. Parece que la tenga de manera permanente.

—¿Por qué está siempre tan alegre? —pregunto volviéndome hacia William, con auténtico interés.

Me está observando detenidamente, y sus dedos tamborilean la puerta sobre la que descansa su brazo.

—Es posible que le recuerdes a alguien —dice en voz baja, casi cautelosa, y yo retrocedo en mi asiento al asimilar a qué se refiere. ¿Ted conocía a mi madre?

Frunzo los labios y me pongo a pensar. ¿Debería preguntar? Abro la boca para hablar, pero la cierro al instante. ¿Querría verla si resulta que está viva? Mi respuesta me viene a la cabeza rápidamente sin apenas razonarla. Y no la cuestiono.

No, no querría.

En el hospital hace un calor sofocante, pero continúo avanzando a paso ligero por el pasillo, ansiosa por llegar hasta la abuela. William camina con paso firme a mi lado, y sus largas piernas parecen seguirme el ritmo fácilmente.

—Tu amigo —dice de repente, y hace que mis pasos vacilen por un momento. Mi mente también vacila. No sé por qué. Sé de quién está hablando—. Gregory —aclara, por si no sé a quién se está refiriendo.

Acelero el ritmo de nuevo y mantengo la vista al frente.

—¿Qué pasa con él?

—Es un buen chico.

Frunzo el ceño ante su observación. Gregory es muy buen chico, pero intuyo que William no pretende limitarse a elogiarlo.

—Sí, es muy buen «chico».

—Ambicioso, inteligente...

—¡Un momento! —Me detengo y lo miro con incredulidad. Después me echo a reír de manera incontrolada. Me desternillo. Este hombre trajeado y distinguido se queda sin habla y con los ojos como platos cuando me caigo al suelo del pasillo del hospital muerta de risa—. ¡Joder! —me río, y miro a William mientras me seco unas lágrimas que han escapado de mis ojos. Mira a nuestro alrededor, claramente incómodo—. Buen intento, William. —Continúo mi camino y dejo que me siga con vacilación. Está desesperado—. Siento decepcionarte —digo por encima del hombro—, pero Gregory es gay.

—¿En serio? —Su respuesta de asombro hace que me vuelva, sonriendo, dispuesta a ver al formidable William Anderson sorprendido. Pocas cosas lo desconciertan, pero esto lo ha logrado, para mi gran satisfacción.

—Sí, así que no malgastes saliva.

Debería estar furiosa por su insistencia en alejarme de Miller, pero esto me ha hecho tanta gracia que soy incapaz. Pero si Miller se entera de que William está intentando entrometerse entre nosotros, no se lo tomará con tanta filosofía.

Dejo que recupere la compostura, avanzo a toda prisa por la sala y me dirijo a la habitación donde está mi abuela.

—¡Buenos días! —canturreo al encontrarla sentada en su sillón, con un vestido de flores y perfectamente peinada.

Tiene una bandeja sobre el regazo y está metiendo el dedo en algo que parece un sándwich de huevo.

Sus ancianos ojos azul marino me miran y borran mi alegría de un plumazo.

—¿Son buenos? —gruñe, y empuja la bandeja sobre la mesa.

Se me cae el alma a los pies mientras me siento al borde de su cama.

—Estás donde tienes que estar, abuela.

—¡Pfff! —resopla, y se aparta sus rizos perfectos de la cara—. Sí, si estuviera muerta, ¡pero me encuentro perfectamente!

No quiero ser condescendiente, de modo que me obligo a no poner los ojos en blanco.

—Si los médicos consideraran que estás perfectamente, no te retendrían aquí.

—¿Acaso no tengo buen aspecto?

Levanta los brazos y señala con su dedo arrugado a la viejecita que está en la cama de enfrente. Aprieto los labios sin saber qué decir. No, la verdad es que la abuela no se parece en nada a la pobre mujer que dormita al otro lado con la boca abierta. Parece que está muerta.

—¡Enid! —vocifera la abuela, y doy un brinco del susto—. Enid, querida, esta es mi nieta. ¿Recuerdas que te hablé de ella?

—¡Abuela, está dormida! —la regaño justo cuando William aparece por la esquina. Está sonriendo, seguramente después de haber oído a Josephine haciendo de las suyas.

—No está dormida —responde la abuela—. ¡Enid!

Sacudo la cabeza y miro a William de nuevo con ojos suplicantes, pero él se limita a seguir sonriendo y se encoge de hombros. Ambos nos lanzamos miradas de soslayo cuando oímos toses y gruñidos que emanan de Enid, y al mirarla veo sus ojos pesados que se dirigen a todas partes, desorientada.

—¡Hola! ¡Por aquí! —La abuela menea como una posesa el brazo en el aire—. Ponte los lentes, querida. Las tienes en tu regazo.

Enid tantea sobre las sábanas durante unos instantes y se pone los lentes. Una sonrisa desdentada se materializa en su rostro macilento.

—Es muy guapa —grazna, y deja caer la cabeza hacia atrás de nuevo, cierra los ojos y abre la boca.

Me dispongo a levantarme, alarmada.

—¿Se encuentra bien?

William se ríe y se reúne conmigo en la cama delante de mi abuela.

—Es por la medicación. Está bien.

—No —interviene mi abuela—. Yo estoy bien. Ella está de camino a las puertas del cielo. ¿Cuándo me dan el alta?

—Mañana, o puede que el viernes, depende de lo que diga el cardiólogo —le dice William, y una sonrisa esperanzada se dibuja en su rostro—. Depende de lo que diga el cardiólogo —reitera mirando a mi abuela fijamente.

—Seguro que dice que sí —responde ella con demasiada confianza, y apoya las manos sobre su regazo. Entonces se hace el silencio y sus ojos azul marino oscilan entre William y yo unas cuantas veces con curiosidad—. ¿Cómo están ustedes?

—Estupendamente.

—Bien. —Mi respuesta choca con la de William y ambos nos miramos con el rabillo del ojo.

—¿Dónde está Miller? —continúa ella, atrayendo de nuevo nuestra atención hacia su absorbente presencia.

Me quedo callada creyendo que William va a volver a contestar, pero guarda silencio y me deja hablar a mí. La tensión entre nosotros es evidente, y a la abuela no le pasa desapercibida. No estamos ayudando en absoluto. No quiero que se preocupe por nada más que por recuperarse.

—Está trabajando. —Empiezo a juguetear con la jarra de agua que hay en la mesita junto a su cama, lo que sea con tal de cambiar de conversación—. ¿Quieres un poco de agua fresca?

—La enfermera la ha traído justo antes de que llegaran —se apresura a responder, de modo que desvío la atención hacia el vaso de plástico que hay junto a la jarra.

—¿Te lo lavo? —pregunto esperanzada.

—Ya lo han hecho.

Me rindo y me enfrento a su rostro de curiosidad.

—¿Necesitas que te traiga ropa o un piyama? ¿Un neceser?

—William se encargó de eso ayer por la mañana.

—¿Ah sí? —Miro a William sorprendida y él hace como que no me ve—. Qué amable por su parte.

El hombre trajeado se levanta de la cama y se inclina para besar a mi abuela en la mejilla. Ella lo recibe con una sonrisa afectuosa, levantando la mano y dándole unos toquecitos en el brazo.

—¿Todavía te queda saldo? —le pregunta.

—¡Sí! —La abuela toma el control remoto y lo dirige hacia el televisor. Este cobra vida y se reclina de nuevo sobre su silla—. ¡Un invento maravilloso! ¿Saben que puedo ver cualquier episodio de «EastEnders» del mes pasado con sólo apretar un botón?

—Increíble —dice William, y redirige su sonrisa hacia mí.

Me quedo pasmada observando en silencio cómo la abuela y el antiguo chulo de su hija conversan como si fuesen familia. William Anderson, el señor del bajo mundo, no parece estar temblando en estos momentos. Y la abuela no parece estar a punto de descargar sus pullitas contra el hombre que hizo que su hija se marchara. ¿Qué sabe? ¿O qué le ha contado William? Nadie que los viera diría que ha habido enemistad ni rencores entre ellos. Parecen cómodos y contentos con su compañía mutua. Me confunde.

—Yo me marcho ya —anuncia William con voz suave interfiriendo en mis pensamientos y devolviéndome a la realidad de la asfixiante sala del hospital—. Pórtate bien, Josephine.

—Sí, sí —farfulla la abuela, despidiéndolo con un movimiento de la mano—. Si me liberan mañana, seré un angelito.

William se ríe y sus ojos grises cristalinos brillan con afecto por mi querida abuela.

—Tu libertad depende de ello. Pasaré después. —Su alta figura se vuelve hacia mí y su sonrisa se intensifica ante mi evidente desconcierto—. Ted volverá a por ti después de dejarme en el Society. Te llevará a casa.

La mención del establecimiento de William interrumpe mi impulso de negarme cuando los recuerdos del lujoso club se agolpan en mi mente y me obligan a cerrar los ojos para refrenarlos.

—Bien —mascullo.

Me pongo de pie y ahueco la mullida almohada para no tener que enfrentarme a la severa mirada que me está dirigiendo durante más tiempo del necesario. Mi iPhone me alerta de un mensaje justo en el momento adecuado y me permite centrar la atención en buscar el celular cuando termino de juguetear con la almohada.

Es de buena educación responder cuando alguien te hace una pregunta.

Debería irme a casa y escapar al santuario de mi cama, donde nadie puede encontrarme ni sacarme de quicio.

—Olivia, cariño, ¿estás bien? —El tono de preocupación de mi abuela no me deja más remedio que forzar una sonrisa.

—Estoy bien, abuela. —Guardo el teléfono sin responder, me olvido de las posibles represalias de mis actos y me acomodo sobre la cama de nuevo—. Entonces ¿vuelves a casa el viernes?

Siento un alivio inmenso cuando la preocupación de mi abuela se desvanece y empieza a enumerarme los motivos por los que se muere de ganas de escapar de este «infierno». La escucho durante una hora entera, hasta que George llega y ella le informa de sus reclamaciones después de ofrecerme a mí una recapitulación. En estos momentos hay muchas cosas en mi vida de las que no estoy segura, pero si algo tengo por cierto es que no me gustaría ser una enfermera en la sala Cedro.

Justo antes de dejar a la abuela y a George, recibo un mensaje de texto de un número desconocido que me avisa de que mi coche me espera fuera cuando esté lista para volver a casa. Pero no lo estoy, y sé que Ted tendrá órdenes estrictas de William de no llevarme a ninguna otra parte. También sé que mis dulces palabras y mis sonrisas no conseguirán convencer al chofer de que me lleve a ningún otro lado.

—¡Nena!

Me vuelvo sobre mis Converse y prácticamente doy un alarido al ver a Gregory corriendo hacia mí. La visión familiar de mi mejor amigo con sus pantalones militares y una camiseta ceñida borra al instante los tormentosos pensamientos que plagaban mi mente.

Me levanta, me da una vuelta en el aire y lanzo otro grito agudo.

—¡Cuánto me alegro de verte!

—Y yo. —Me aferro a él con fuerza y dejo que me abrace—. ¿Vas a ver a la abuela?

—Sí, ¿tú ya la has visto?

—La he dejado con George. A lo mejor le dan el alta mañana.

Gregory se separa de mí y me sostiene por los hombros. Después me mira con recelo. No sé por qué. No he dicho ni he hecho nada para despertar sus suspicacias.

—¿Qué pasa? —pregunta.

—Nada. —Me regaño inmediatamente por haber apartado la mirada.

—Aaah —responde con tono sarcástico—. Porque ver cómo huías y después tener el placer de ver cómo unos cuantos matones registraban el departamento de Miller fue todo producto de mi imaginación. Tú no tienes nada de lo que preocuparte.

—¿Matones? —pregunto centrándome en la referencia de Gregory a lo que Miller prefiere llamar «cerdos inmorales».

—Sí, fue bastante interesante.

Me coge de la mano, me la coloca en su brazo flexionado y empieza a dirigirme hacia la salida.

—No me has dicho nada por teléfono todas estas veces que hemos hablado.

—Livy, todas las conversaciones que hemos tenido desde que se fueron a Nueva York han sido charlas superfluas. No finjas que querías que fuera de otro modo.

No puedo discutírselo, de modo que no lo hago. No tenía ningún interés en saber qué sucedió después de que Miller y yo nos marcháramos y, en el fondo, todavía no quiero saberlo, pero la mención de los matones ha despertado mi curiosidad.

—Unos hijos de puta con mala pinta. —Gregory no hace más que avivar esa curiosidad, además de aumentar enormemente mi preocupación—. Tu hombre, William, el señor del oscuro mundo de la droga, los manejó como si fueran gatitos. No sudó ni una gota cuando uno de ellos se tocó la funda de la pistola. ¡Una puta pistola!

—¿Una pistola? —repito, y el corazón casi se me sale por la garganta.

Gregory mira con cautela a nuestro alrededor y nos desvía por otro pasillo, lejos de los oídos del resto de los visitantes.

—Una pistola. ¿Quién es esa gente, Livy?

Retrocedo unos cuantos pasos.

—No lo sé.

No puedo sentirme culpable por mentir. Estoy demasiado preocupada.

—Pues yo sí.

—¿Sí? —Abro los ojos como platos, asustada. No creo que William se lo haya contado a Gregory. Por favor, ¡que no se lo haya contado!

—Sí. —Se aproxima más a mí y mira a ambos lados para comprobar que estamos solos—. Traficantes. Miller trabaja para los matones, y apuesto a que ahora está metido en un buen lío.

Estoy horrorizada, encantada, pasmada... No sé si que Gregory crea que Miller se relaciona con narcotraficantes es mejor a que conozca la verdad. No obstante, algo sí ha acertado: Miller trabaja para los matones.

—Vale —digo, y pienso desesperadamente en algo que añadir, pero no se me ocurre nada. Pero no importa, porque Gregory prosigue sin advertir mi silencio.

—Olivia, tu hombre no es sólo un psicótico con TOC, exsin techo, exprostituto/chico de compañía, ¡sino que también es un narcotraficante!

Pego la espalda contra la pared y levanto la vista hacia la intensa iluminación. No parpadeo cuando la blanca luz me quema las retinas. Me quedo mirándola, dejando que queme también mis problemas.

—Miller no es un narcotraficante —respondo con calma. Sería fácil perder los papeles en este momento.

—Y esa tal Sophia, todavía no tengo claro quién es, pero seguro que no es trigo limpio. —Se echa a reír—. ¿Secuestro?

—Está enamorada de Miller.

—Pobre abuela —continúa Gregory—. Invitó a William a su mesa como si fuesen viejos amigos.

—Lo son.

Reconozco de mala gana que debería intentar averiguar hasta qué punto se llevan bien, pero también sé que la abuela está delicada, y desenterrar viejos fantasmas sería una soberana estupidez en estos momentos. Bajo la cabeza con un suspiro, aunque no se da cuenta. Gregory sigue a lo suyo, ansioso por compartir todas sus conclusiones.

—Ha ido a verla todos los días que han estado... —Por fin se detiene, y echa el cuello hacia atrás sobre sus anchos hombros—. ¿Son amigos, dices?

—Conocía a mi madre. —Sé que esas palabras provocarán un torrente de preguntas, de modo que levanto la mano cuando veo que toma aliento—. Miller trabaja para esa gente, y no quieren que lo deje. Está intentando encontrar la manera de hacerlo.

Me mira con el ceño fruncido.

—¿Y eso qué tiene que ver con el Padrino?

No puedo evitar sonreír ante su chiste.

—Era el chulo de mi madre. Él y el jefe de Miller no se llevan bien. Está intentando ayudar.

Abre los ojos como platos.

—Jodeeer...

—Estoy cansada, Gregory. Estoy harta de sentirme tan frustrada e impotente. Tú eres mi amigo, así que te pido que no hagas que aumente esa percepción. —Suspiro y noto que todos esos sentimientos se magnifican igualmente, simplemente a causa de mi propia confesión—. Necesito que seas mi amigo. Por favor, limítate a ser mi amigo.

—Maldita sea —murmura, y agacha la cabeza avergonzado—. Ahora me siento como un mierda de primera categoría.

No quiero que se sienta culpable. Quiero decirle que no deseo que se sienta mal y que lo deje estar, pero no hallo las fuerzas para hacerlo. Me separo de la pared y me arrastro hacia la salida. Puede que esté muy encabronada con Miller, pero también sé que es el único capaz de reconfortarme.

Una palma provisional se desliza por mi hombro y sus piernas imitan mi paso. Pero no dice nada. Probablemente tema hundirme más en mi miseria. Miro a mi mejor amigo cuando me estrecha un poco más contra él, pero mantiene la mirada al frente.

—¿No vas a ver a la abuela?

Sacude la cabeza con una sonrisa de arrepentimiento.

—Hablaré con ella por Skype a través de ese televisor tan estupendo. Se pone toda contenta.

—¿Tiene internet?

—Y teléfono, pero le gusta verme.

—¿La abuela usa internet?

—Sí. Mucho. William no ha parado de recargarle el saldo. Debe de haberse gastado una fortuna en ella los últimos días. Está enganchada.

Me río.

—¿Cómo está Ben?

—Ahí estamos.

Sonrío contenta al escuchar la noticia. Sólo puede significar una cosa.

—Me alegro. ¿Has traído la camioneta?

—Sí. ¿Quieres que te acerque a alguna parte?

—Sí. —Sonrío y me acurruco contra su pecho. No pienso irme con Ted—. ¿Podemos ir a la cafetería, por favor?

CAPÍTULO 9

El teléfono de Gregory empieza a sonar en cuanto detiene el coche en la esquina de la cafetería, y levanta el culo del asiento para buscarlo en el bolsillo de sus pantalones mientras yo abro la puerta.

—Luego te llamo —digo, y me inclino hacia él para darle un beso en la mejilla.

De repente, veo que frunce el ceño mirando la pantalla.

—¿Qué pasa?

—Espera. —Levanta un dedo para indicarme que aguarde un momento mientras contesta—. ¿Diga? —Vuelvo a relajarme en mi asiento, con la mano apoyada en la manija de la puerta abierta. Observo cómo escucha atentamente durante unos segundos. Parece hacerse pequeño en el asiento—. Está conmigo.

Me encojo, hago una mueca de dolor y aprieto los dientes a la vez, y entonces, de manera instintiva, salgo de la camioneta y cierro la puerta. Mis pies se apresuran a trasladarme al otro lado de la carretera. Debería haber imaginado una partida de búsqueda después de haber dejado a Ted esperándome en el hospital y de no haber respondido a las numerosas llamadas de Miller y William.

—¡Olivia! —grita Gregory.

Me vuelvo cuando estoy a salvo al otro lado de la carretera y veo que me mira sacudiendo la cabeza. Encojo los hombros y me siento tremendamente culpable, pero sólo porque no he avisado a Gregory de que Ted me estaba esperando por órdenes de William. No lo he arrastrado de manera intencionada al centro de esta batalla.

Me despido de él meneando ligeramente la mano, le doy la espalda y desaparezco por una calle secundaria que me llevará hasta la cafetería. Pero me estremezco cuando en mi sofisticado iPhone empieza a sonar *I'm Sexy and I Know It* dentro de mi bolso.

—Mierda —mascullo. Lo extraigo, llorando por dentro por haber escogido este tono para mi mejor amigo.

—Dime, Gregory —saludo sin detenerme.

—¡Eres una zorra retorcida!

Me río y compruebo el tráfico antes de cruzar la calle.

—No soy retorcida. Simplemente no te he contado que hoy tenía chofer.

—Diablos, Olivia! William está muy encabronado, y también acaba de llamarme el otro idiota.

—¿Miller? —No sé para qué pregunto. ¿Quién si no iba a ser el otro chalado?

—Sí. ¡Diablos, nena! ¿En qué momento ser amigo tuyo se convirtió en algo peligroso? Temo por mi columna, mis huesos... ¡y mi puta cara bonita!

—Relájate, Gregory. —Doy un brinco cuando el claxon de un coche me pita y levanto una mano a modo de disculpa mientras llego a la acera—. Ahora los llamo a los dos.

—Sí, pero hazlo —gruñe.

Esto es absurdo, y ahora estoy sopesando qué es peor. Mi autoinfligida vida solitaria era un poco aburrida, pero mucho más sencilla, ya que sólo estaba yo conmigo misma para dirigirla. Nadie más. Tengo la sensación de que Miller me despertó, me liberó, tal y como él dijo, pero ahora está intentando arrebatarme esa sensación de libertad, y estoy empezando a estar resentida con él por ello. Se supone que Gregory tiene que estar de mi parte. Estaré perdida si consiguen llevarse a mi mejor amigo al lado oscuro.

—¿Eres amigo mío o suyo?

—¿Qué?

—Ya me has oído. ¿Eres amigo mío o suyo? ¿O es que acaso William y tú se han hecho hecho íntimos en este tiempo que he estado fuera?

—Muy gracioso, nena. Muy gracioso.

—No es ninguna broma. Respóndeme a la pregunta.

Hay una breve pausa seguida de una larga inspiración.

—Tuyo —responde mientras exhala.

—Me alegro de haberlo aclarado. —Frunzo el ceño, cuelgo a Gregory y miro a ambos lados antes de cruzar la calle que da a la cafetería.

Mis pies vuelan sobre el asfalto, y casi brincan conforme me aproximo a mi lugar de trabajo. También estoy sonriendo.

—¡Olivia!

El bramido, cargado de odio, hace que me detenga en medio de la carretera para volverme. Oigo varios cláxones y más gritos de horror.

—¡Olivia! ¡Apártate!

Miro a mi alrededor frenéticamente, confundida, intentando averiguar la procedencia y la razón de tanta conmoción. Entonces veo un todoterreno negro que viene en mi dirección a toda velocidad. Mi mente emite las órdenes adecuadas:

«¡Apártate! ¡Corre! ¡Sal de ahí!».

Pero mi cuerpo hace caso omiso de todas ellas. Estoy en *shock*. Inmóvil. Una presa fácil.

Las constantes órdenes de mi mente eclipsan todos los demás sonidos a mi alrededor. En lo único en que puedo centrarme es en ese coche que se acerca cada vez más.

El chirrido de unas ruedas es lo que por fin me saca de mi trance, seguido de unas fuertes pisadas sobre el asfalto. Alguien me agarra por un costado y me lanza contra el suelo. El impacto me devuelve a la vida, pero mi aterrizaje es suave. Estoy desorientada. Confundida. De repente me estoy moviendo, pero no por mi propia voluntad, y pronto me encuentro sentada con Ted aga-

122

chado delante de mí. ¿De dónde ha salido? Si lo he dejado en el hospital...

—Va a conseguir que me corran —dice mientras inspecciona rápidamente mi rostro para comprobar que no estoy herida—. ¡Maldita sea! —refunfuña ayudándome a levantarme.

—Lo... lo siento —tartamudeo al tiempo que Ted me sacude la ropa sin parar de resoplar con irritación. Me tiembla todo el cuerpo—. No he visto el coche.

—Eso es lo que pretendían —masculla en voz baja, pero lo he oído alto y claro.

—¿Han intentado atropellarme a propósito? —pregunto, perpleja y petrificada ante él.

—Puede que fuera sólo una advertencia, pero no saquemos conclusiones precipitadas. ¿Adónde iba?

Señalo sin mirar por encima de mi hombro hacia la cafetería al otro lado de la calle, incapaz de expresarlo con palabras.

—La espero aquí.

Sacude la cabeza mientras se saca el teléfono del bolsillo y me mira con severidad para advertirme que no vuelva a escabullirme.

Me vuelvo con piernas temblorosas y hago todo lo posible para que recuperen algo de estabilidad antes de presentarme ante mis compañeros de trabajo. No quiero que sospechen que algo va mal. Pero algo va muy mal. Alguien acaba de intentar atropellarme, y si tengo en cuenta la preocupación que Miller ha expresado en los últimos días, sólo puedo llegar a la conclusión de que los matones, los cerdos inmorales o como quieran llamarlos, son los responsables. Me están lanzando un mensaje.

Percibo el aroma familiar y los sonidos de la cafetería, y al hacerlo casi me resulta fácil sonreír.

—¡Dios mío! ¡Livy! —Sylvie sale corriendo por el salón y deja a un montón de clientes pasmados mientras siguen su recorrido hasta mí. Yo permanezco donde estoy por miedo a que se estrelle contra la puerta si me aparto—. ¡Cuánto me alegro de verte!

Choca contra mí y me deja sin aliento.

—Hola —digo con el poco aire que me queda, y frunzo el ceño de nuevo al ver un rostro desconocido tras el mostrador de la cafetería.

—¿Cómo estás? —Sylvie se aparta, pero mantiene las manos sobre mis hombros y aprieta los labios mientras inspecciona mi rostro.

—Bien —respondo a pesar de lo poco que lo estoy, distraída por la chica tras el mostrador que controla la cafetera como si llevase años aquí.

—Me alegro —contesta Sylvie, sonriendo—. ¿Y Miller?

—Bien, también —confirmo, y de repente me siento incómoda y empiezo a mover los pies de manera nerviosa.

Unas vacaciones sorpresa. Eso es lo que ella cree. Después de los altibajos en nuestra relación, que Miller quisiera disfrutar conmigo de un poco de tiempo de calidad era una excusa perfectamente creíble para justificar mi ausencia repentina. Del pareció sorprendido cuando lo llamé para decirle que iba a estar fuera una semana, pero me dio su bendición y me deseó buen viaje. El problema es que ha sido más de una semana.

Mi teléfono me vuelve a sonar en la mano y empiezo a evaluar de nuevo las ventajas de no tener uno. Aparto la pantalla de los ojos curiosos de Sylvie y silencio el dispositivo. Será Miller o William, y aún no quiero hablar con ninguno de los dos.

—¿Cómo van las cosas por aquí? —pregunto, usando la única técnica de distracción que tengo.

Funciona. Su brillante melenita negra se mueve de un lado a otro cuando sacude la cabeza y suspira con cansancio.

—Es una locura. Y Del tiene más encargos de catering que nunca.

—¡Livy! —Del aparece por la puerta de vaivén de la cocina, seguido de Paul—. ¿Cuándo has vuelto?

—Ayer.

Sonrío incómoda y un poco avergonzada por no haberle avisado. Pero todo ha sido muy repentino, y desde que Miller me contó lo del ataque al corazón de mi abuela no he podido pensar en nada más que no fuera en ella. Todo lo demás me parecía intrascendente, incluido mi trabajo. Sin embargo, ahora que estoy aquí, me muero de ganas de empezar otra vez, en cuanto me asegure de que la abuela se ha recuperado del todo.

—Me alegro de verte, querida. —Paul me guiña un ojo, regresa a la cocina y deja a Del secándose las manos con un trapo.

Mira de soslayo a la chica nueva, que está ahora entregándole un café a un cliente, y me mira de nuevo con una sonrisa embarazosa.

De repente me siento cohibida y fuera de lugar.

—No sabía cuándo ibas a volver —empieza—. Y no dábamos abasto. Rose vino preguntando si había algún puesto libre, y tuvimos que dárselo.

Se me cae el alma a los Converse. Me han sustituido y, por la expresión de culpabilidad de Del y por el sonido de su voz, deduzco que no piensa readmitirme.

—Lo entiendo. —Sonrío, fingiendo indiferencia.

No lo culpo. Apenas acudí las semanas anteriores a mi desaparición.

Observo a Rose cargando el filtro de la cafetera y me invade un irracional sentido de la posesión. El hecho de que esté realizando la tarea con tanta soltura y con una mano cuando alarga la otra para coger un trapo no ayuda. Me han sustituido, y lo peor de todo es que lo han hecho por alguien más competente. Me siento herida, y estoy agotando todas mis fuerzas para que no se me note.

—No te preocupes, Del. En serio. No esperaba que me guardaras el puesto. No sabía que iba a estar tanto tiempo fuera. —Miro mi teléfono en la mano y veo el nombre de Miller, pero no contesto y me obligo a mantener mi sonrisa fija en la cara—. Además, a mi abuela le darán el alta mañana, así que tendré que quedarme en casa para cuidar de ella.

Es irónico. Me pasé mucho tiempo usando a la abuela como excusa para mantenerme alejada del mundo alegando que tenía que cuidar de ella, y ahora de verdad necesita mi ayuda. Cuando quiero formar parte del mundo. Me siento tremendamente culpable por permitirme cierto resentimiento. Estoy empezando a estar enfadada con todos y por todo. La misma gente que me da la libertad es la que me la arrebata.

—¿Tu abuela está enferma? —pregunta Sylvie con cara de compasión—. No sabíamos nada.

—Vaya, Livy, cielo, lo siento mucho. —Del se aproxima a mí, pero me aparto y siento cómo mis emociones se apoderan de mí.

—Sólo ha sido un susto, nada importante. Le darán el alta mañana o el viernes.

—Bueno, me alegro. Cuida de ella.

Sonrío cuando Sylvie me frota el brazo. Tanta compasión se me hace insoportable.

Necesito huir de aquí.

—Ya nos veremos —digo, y me despido de Del con la mano antes de salir del establecimiento.

—¡Llámanos o ven de vez en cuando! —grita mi exjefe antes de volver a la cocina y continuar con su negocio como de costumbre, un negocio del que ya no formo parte.

—Cuídate, Livy. —Sylvie parece sentirse culpable. No debería. Esto no es culpa suya y, en un intento de animarla, le hago ver que estoy bien y planto una enorme sonrisa en la cara mientras hago una reverencia.

Se ríe, da media vuelta con sus botas de motociclista, regresa tras el mostrador y deja que cierre la puerta de mi viejo trabajo y de la gente a la que tanto cariño le había tomado. Me pesan los pies mientras avanzo por la acera y, cuando por fin levanto la vista, veo un coche que me espera y a Ted sosteniendo la puerta de atrás abierta. Entro sin mediar palabra. La puerta se cierra y Ted se sienta delante en un santiamén y se funde con el tráfico londinense de la tarde. Mi baja moral es evidente, tal y como esperaba, aunque parece ser que últimamente tengo tendencia a bajármela todavía más.

—Tú conociste a mi madre —digo en voz baja, pero sólo recibo un leve asentimiento con la cabeza por respuesta—. Creo que ha regresado a Londres —digo como si tal cosa, como si no fuera importante que fuera así.

—Tengo órdenes de llevarla a casa, señorita Taylor.

Hace caso omiso de mi observación, lo cual me indica que los labios de Ted están sellados, si es que hay algo que saber. El caso es que espero que no haya nada, y eso hace que me pregunte por qué intento indagar entonces. La abuela no lo soportaría.

Decido conformarme con el silencio de Ted.

—Gracias por salvarme —digo, mostrándole mi bandera blanca a modo de agradecimiento.

—Un placer, señorita Taylor. —El chofer mantiene los ojos en la carretera y evita el contacto visual a través del retrovisor.

Con la mirada perdida por la ventana, veo pasar el mundo. Una enorme nube negra desciende y envuelve mi ciudad favorita en una sombría oscuridad que armoniza con mi estado mental actual.

CAPÍTULO 10

17 de julio de 1996

> *Peter Smith,*
> *Banquero de inversiones,*
> *46 años. Nombre aburrido pero espíritu salvaje. Otra vez un hombre mayor. Casado, pero está claro que no tiene lo que necesita. Creo que ahora me necesita a mí.*
> *Primera cita: Cena en el Savoy*
> *De entrada, la mejor ensalada de langosta que he comido en mi vida, pero me reservo la opinión hasta que haya comido en el Dorchester. Como plato principal, filete y unas cuantas miradas tímidas bien dirigidas. De postre, un tiramisú rodeado de una pulsera de diamantes. Por supuesto, le he demostrado mi gratitud en la suite del ático antes de escabullirme. Creo que puede que vuelva a verlo. Hace cosas increíbles con la lengua.*

Cierro el diario de mi madre de golpe y lo lanzo al sofá que tengo al lado, encabronada conmigo misma. ¿Por qué me hago pasar por esto otra vez? Nada de lo que pueda encontrar hará que me sienta mejor.

Recuerdo que William me dijo una vez que mi madre escribió este diario para torturarlo. Y entre mi propia autocompasión, soy capaz de sentir un poco por el hombre que está contribuyendo a mi desdicha. Era una mujer muy retorcida.

Ahueco uno de los almohadones con flecos de la abuela, apoyo la cabeza en él, cierro los ojos y hago todo lo posible por dejar la mente en blanco y relajarme. Todo lo posible no es suficiente, pero me distraigo cuando oigo que alguien entra por la puerta y unos pasos urgentes se aproximan por el pasillo. Visualizo sus caros zapatos de piel y su traje hecho a medida antes incluso de abrir los ojos. Alguien se ha vuelto a colocar la armadura.

Cómo no, ahí está Miller, en toda su trajeada gloria, en el umbral del salón. Sus rizos oscuros están revueltos y, a pesar de su rostro impasible, sus penetrantes ojos azules albergan temor.

—Te has comprado más trajes —digo en voz baja, sin levantar la cabeza del sillón a pesar de que me muero por sus atenciones y su contacto.

Se pasa la mano por el pelo, se aparta el mechón rebelde de la frente y suspira con alivio.

—Sólo unos pocos.

¿Sólo unos pocos? Seguro que ha reemplazado todas y cada una de las máscaras que yo destrocé.

—Del le ha dado mi trabajo a otra persona.

Veo cómo se hunde por dentro. No le parecía adecuado que trabajase en una cafetería, pero sé que jamás me habría obligado a dejarlo.

—Lo siento.

—No es culpa tuya.

Se acerca hasta que lo tengo de pie delante de mí, con las manos metidas a medias en los bolsillos de sus pantalones.

—Estaba preocupado por ti.

—Ya soy mayorcita, Miller.

—Pero también eres mi posesión.

—Y una persona que piensa por sí misma.

No consigue evitar fruncir los labios con fastidio.

—Sí, que piensa demasiado, a veces, y no con mucha claridad en estos momentos.

Se agacha junto al sofá, a mi lado.

—Dime qué te preocupa, mi niña.

—¿Aparte del hecho de que alguien haya intentado arrollarme esta tarde?

Sus ojos reflejan peligro y su mandíbula se tensa. Por un instante creo que va a echarme en cara mi falta de atención, pero no dice nada, lo cual me cuenta todo lo que necesito saber.

—Todo. —No dudo en continuar—. Todo va mal. William, la abuela, Gregory, mi trabajo.

—Yo —exhala, alargando la mano para tocar mi mejilla. El calor de su piel sobre la mía hace que cierre los ojos y que busque su tacto con el hocico—. No pierdas la fe en mí, Olivia. Te lo ruego.

Me tiembla la barbilla, lo tomo de la mano y tiro de ella para exigirle lo que más le gusta. No me lo niega, a pesar de estar vestido de los pies a la cabeza con las ropas más delicadas que el dinero pueda comprar y de que acaba de adquirirlas. El calor de su cuerpo templa el mío y sus suaves labios encuentran mi cuello. No necesito reafirmar mi promesa con palabras, de modo que dejo que mi cuerpo hable por mí y se aferre a él por todas partes.

Hallo ese lugar.

Hallo esa serenidad.

Hallo un confort profundo y familiar que no se puede encontrar en ningún otro lugar. Miller siembra el caos en mi mente, en mi cuerpo y en mi corazón. Pero también consigue disiparlo.

Una hora más tarde seguimos en la misma posición. No hemos hablado, simplemente hemos disfrutado de la presencia del otro. Está anocheciendo. El nuevo traje de tres piezas de Miller debe de estar muy arrugado, y mi pelo debe de estar lleno de nudos después de que lo haya estado retorciendo sin parar. Se me han dormido los brazos y siento como si me clavasen un millón de agujas en la piel.

—¿Tienes hambre? —pregunta contra mi pelo. Niego con la cabeza—. ¿Has comido algo hoy?

—Sí —miento. No quiero comer nada, mi estómago no lo toleraría, y si intenta obligarme a ingerir algo le soltaré alguna de mis insolencias.

Se incorpora, se apoya sobre los antebrazos y me mira.

—Voy a ponerme algo más cómodo.

—¿Quieres decir que vas a ponerte tus calzoncillos?

Le brillan los ojos y sus labios se curvan.

—Voy a hacer que te sientas cómoda.

—Ya lo estoy.

Las imágenes de su perfecto torso desnudo de aquella noche inundan mi mente. Una noche que se ha transformado en toda una vida. La noche que pensé que sólo iba a durar veinticuatro horas, aunque esperaba que fuesen más. Incluso ahora, en medio de esta pesadilla, no me arrepiento de haber aceptado su oferta.

—Puede que tú sí, pero mi traje nuevo desde luego no lo está. —Mira su torso con una expresión de disgusto mientras separa su cuerpo del mío—. No tardaré. Y quiero que estés desnuda cuando vuelva.

Le sonrío con recato cuando se vuelve antes de salir de la habitación. Sus ojos repasan mi figura en silencio y parece arrancarme la ropa con su intensa mirada. Las chispas internas que estaba sintiendo se transforman en impresionantes rayos ardientes. Entonces desaparece y me deja excitada y sin nada más que hacer que obedecer, así que empiezo a desnudarme con calma.

Después de dejar la ropa a un lado, echarme la manta de lana por encima y encender el televisor, Miller regresa, pero no se ha puesto los shorts. No se ha puesto nada. No puedo apartar mi agradecida mirada de él, y mi cuerpo ansía sus atenciones. Se queda de pie delante de mí, con sus fuertes piernas ligeramente separadas y la mirada baja. Su hermosura desafía lo imaginable. Es una obra de arte magnífica. Es incomparable. Y es mi posesión.

—Tierra llamando a Olivia —susurra. Me enfrento a su mirada penetrante y me quedo mirándolo, totalmente embelesada. Separo los labios para respirar por la boca cuando veo que parpadea perezosamente—. He tenido un día muy estresante.

«Bienvenido al club», pienso mientras alargo la mano. Espero que se reúna conmigo en el sofá, pero, en lugar de hacerlo, tira de mí y la manta de lana cae al suelo a mis pies. Me pone mi mano en mi espalda, aplica un poco de presión y me estrecha contra su pecho. Estamos conectados. Por todas partes.

—¿Estás lista para desestresarme? —Su aliento caliente se extiende por mis mejillas, caldeándolas más todavía—. ¿Estás lista para dejar que te traslade a ese lugar en el que nada existe excepto nosotros dos?

Asiento y dejo que mis párpados se cierren cuando desliza la otra mano por la parte trasera de mi cabeza y empieza a peinarme el pelo con los dedos.

—Ven conmigo. —Me agarra de la nuca, me vuelve y me saca del salón.

Cuando estamos en mitad de la escalera, me impide seguir avanzando. Desliza las manos hasta mis caderas y tira de ellas hacia atrás ligeramente.

—Coloca las manos en un escalón.

—¿En la escalera? —Miro por encima de mi hombro y no veo nada más que deseo emanando de todos los afilados bordes de su ser.

—En la escalera —confirma, y alarga las manos para cogerme las mías y guiarlas hasta donde tienen que estar—. Cuando seamos viejos y peinemos canas, no habrá ni un solo sitio en el que no te haya venerado, Olivia Taylor. ¿Estás cómoda?

Asiento y oigo cómo abre un envoltorio de aluminio. Empleo el tiempo que tarda en colocarse el condón para intentar prepararme. Su mano acaricia ligeramente mi espalda desnuda. Mi respiración es laboriosa. Estoy empapada y temblando de anticipación. Sus mimos y atenciones borran de un plumazo todas mis preocupaciones. Él es mi huida. Soy suya. Esto es todo lo que tengo: su atención y su amor. Es lo único que me ayuda a pasar por esto.

Flexiono las manos sobre el escalón y cambio la posición de mis pies. Agacho la cabeza y veo cómo mi pelo cae sobre la moqueta, y cuando siento que la dureza de su punta roza mi abertura, contengo la respiración. Me masajea el culo durante unos momentos eternos. Después, traza la línea de mi columna, regresa a mi trasero y me separa las nalgas. Cierro los ojos con más fuerza todavía cuando desliza el dedo por mi pasaje anal. La falta de costumbre intensifica mi agitación. Estoy vibrando. Me tiembla todo el cuerpo. Su verga sigue rozando mi sexo y, con la sensación añadida de su dedo tentando mi otro agujero, me muero de ganas de que me penetre. Por donde sea.

—Miller —exhalo, y muevo las manos hasta el borde del escalón para prepararme.

Sus suaves caricias ascienden y descienden por mi ano y se detienen justo en el tenso anillo muscular. Me pongo rígida al instante, y él me calma deslizando la mano hasta mi sexo empapado. Empujo hacia atrás para intentar obtener algo de roce, pero fracaso. Retira la mano y me agarra de las caderas. Avanza lentamente y me deja sin aliento cuando su miembro duro y firme penetra en mí; silba entre dientes y me agarra con tanta fuerza que casi me hace daño. Lanzo un gemido, a medio camino entre un placer inconmensurable y un leve dolor que ilumina de estrellas mi oscuridad. Miller palpita dentro de mí y todos mis músculos internos me dominan. Soy esclava de las sensaciones. Soy esclava de Miller Hart.

—Muévete —le ordeno, y obligo a mi pesada cabeza a levantarse y a mirar al techo—. ¡Muévete!

Una súbita inspiración resuena detrás de mí. Miller flexiona los dedos sobre mis caderas.

—Te estás transformando en una amante muy exigente, ¿no?

—Permanece quieto, e intento golpear hacia atrás, pero no consigo nada. Sólo que me agarre con más fuerza para mantenerme en el sitio—. Saboréalo, Olivia. Esto vamos a hacerlo a mi manera.

—Joder —susurro con voz ronca, y busco en mi interior algo de calma y autocontrol. Me siento impotente. No hay nada que pueda hacer para generar la fricción que mi cuerpo necesita—. Siempre dices que nunca me obligas a hacer nada que sabes que no quiero hacer.

—¿Eh?

Si no estuviera tan concentrada en mi desesperación actual, me reiría de su sincera confusión.

—¿No quieres ser venerada? —pregunta.

—¡No, no quiero que me mantengas en el limbo! —No hallo la calma en ninguna parte y he dejado de intentar buscarla—. Miller, por favor, hazme sentir bien y no me hagas esperar.

—¡Joder, Olivia! —Retrocede a un ritmo dolorosamente lento y se queda ahí, ahora tan sólo una fracción dentro de mí. Permanece quieto, pero respira con tanta agitación como yo, y sé que le está costando mantener el control—. Ruégamelo.

Aprieto los dientes y doy un respingo gritando mi satisfacción cuando me embiste fuerte y profundamente.

—¡Joder, Olivia! —Sale de mí y me deja sollozando súplicas en voz baja—. No te oigo.

Me siento derrotada. Mi mente revuelta busca desesperadamente las simples palabras que necesito para poder cumplir su exigencia.

—¡Ruega! —Su grito me toma por sorpresa, e intento en vano retroceder de nuevo. Sin embargo, me siento impotente atrapada en sus manos mientras su alta y poderosa figura permanece quieta detrás de mí, esperando a que obedezca su ruda solicitud—. Ya van dos veces —explica con la respiración agitada—. Escúchame, Olivia.

—Por favor.

—¡Más alto!

—¡Por favor! —grito, y lo acompaño de un alarido cuando sus caderas disparan hacia adelante con más fuerza de lo que esperaba.

Centro la atención en acoplar mis músculos internos a su alrededor, y el placer que me proporciona la fricción cuando se retira es indescriptible. Estiro los brazos para mantener la estabilidad justo cuando se hunde de nuevo en mí, y dejo caer la barbilla contra mi pecho, sin vida.

—Estoy viendo cómo mi verga se pierde dentro de ti, mi niña.

Todo se alinea y me catapulta a ese lugar lejano de pura dicha. Tras unas cuantas embestidas más establecemos un ritmo constante; nuestros cuerpos vuelven a estar en sintonía y se deslizan sin esfuerzo. Miller no para de gruñir y de farfullar palabras incoherentes de placer mientras mantiene su meticuloso paso. Me fascina su capacidad de autocontrol, pero sé que no le está resultando fácil. Levanto la cabeza, miro por encima de mi hombro y veo esa cautivadora expresión que tanto adoro: labios húmedos y entreabiertos; sombra de barba; y, cuando aparta la vista de su erección entrando y saliendo de mí, sus brillantes ojos azules conforman el pack completo.

—¿Siempre te cuesta? —resuello al tiempo que empuja hacia adelante con suavidad.

Sabe a qué me refiero. Sacude la cabeza perezosamente y se hunde profundamente en mí.

—Contigo no.

La fuerza que necesito para mantener la cabeza girada para mirarlo me abandona y me vuelvo hacia adelante. Siento que me empiezan a temblar las piernas y apoyo una rodilla en uno de los escalones. Sus arremetidas son constantes y el placer es interminable. Flexiono los brazos y pego la frente contra el escalón. Entonces siento que el calor de su pecho cubre mi espalda y obliga a mi cuer-

135

po a tumbarse sobre la escalera. Permanecemos conectados hasta que Miller está tumbado sobre mí y continúa colapsando mis sentidos, ahora con las caderas en la posición perfecta para danzar sobre mi espalda.

—¿Lo hacemos? —pregunta justo cuando levanto el brazo y me aferro a uno de los balaustres de la escalera.

—Sí.

Aún manteniendo el control, acelera el ritmo. Cierro los ojos cuando un interruptor se enciende dentro de mí y mi orgasmo avanza de repente a pasos agigantados. Ya no hay vuelta atrás, y menos cuando Miller hinca los dientes en mi hombro y da una sacudida inesperada hacia adelante.

—¡Miller! —Mi temperatura corporal aumenta por segundos y me empieza a arder la piel.

—Eso es, Livy. —Arremete de nuevo hacia adelante y me sume en un placer indescriptible—. Grita mi nombre.

—¡Miller!

—Joder, qué bien suena. —Da un nuevo golpe controlado con las caderas—. ¡Otra vez!

Todo se nubla a mi alrededor, la visión, el oído...

—¡Miller! —Alcanzo el clímax y estallo en una difusa neblina de estrellas, centrada sólo en disfrutar de las deliciosas olas de placer que se apoderan de mí—. ¡Joder! —jadeo—. ¡Joder, joder, joder!

—Coincido —jadea él, empujando perezosamente dentro de mí—. Joder, coincido.

Quedo reducida a una masa de espasmódicas partes corporales, atrapada por su cuerpo y deleitándome con los continuos latidos de su verga todavía dentro de mí mientras él alcanza su propio orgasmo. Tengo los nudillos blancos y dormidos de aferrarme al balaustre y no paro de jadear y de resollar, y estoy empapada. Estoy perfecta.

—Olivia Taylor, creo que soy adicto a ti. —Hinca los dientes en mi hombro y me tira del pelo para obligarme a levantar la cabeza—. Deja que te saboree.

Dejo que haga lo que quiera conmigo mientras permanecemos extendidos sobre la escalera. Apenas siento la aspereza de la moqueta sobre mi húmeda piel a través de mi estado de dicha. Me chupa el labio inferior y aplica una ligera presión con los dientes antes de regalarme besitos delicados hasta llegar a mi mejilla.

Mis músculos cansados protestan e intentan aferrarse a él de manera desafiante cuando sale de mí. Me ayuda a darme la vuelta y me coloca sobre un escalón. Miller se arrodilla delante de mí. La expresión de concentración en su rostro perfecto mantiene mi atención mientras se pasa unos silenciosos instantes colocándome el pelo sobre los hombros. No deja escapar la oportunidad de juguetear con unos cuantos mechones. Me mira a los ojos.

—¿Eres de verdad, mi niña?

Sonrío, alargo la mano y le pellizco un pezón, pero no brinca ni se aparta. Me devuelve la sonrisa y se inclina para besarme la frente con afecto.

—Venga. Vamos a vegetar. —Me ayuda a levantarme y me guía de nuevo al piso de abajo tomándome de la nuca.

—¿Has visto la tele alguna vez? —le pregunto a Miller mientras se acomoda en el sofá, listo para vegetar.

No me imagino a Miller viendo la televisión, al igual que no me lo imagino haciendo la mayoría de las cosas que hace la gente normal. Se recuesta y me hace un gesto para que me una a él, de modo que me tumbo sobre su pecho, encajo perfectamente mi rostro debajo de su barbilla y dejo caer el cuerpo entre sus piernas cuando las separa.

—¿Tienes ganas de ver la tele? —pregunta, me toma la mano y se la lleva a su boca.

Paso por alto el hecho de que no ha contestado a mi pregunta y tomo el control remoto con la otra mano. La pantalla cobra vida y sonrío en cuanto veo a Del y a Rodney Trotter.

—Tienes que haber visto «Only Fools and Horses». ¡Es un tesoro nacional!

—No he tenido el gusto.

—¿En serio? —pregunto mirándolo con incredulidad—. Pues hazlo. Ya no podrás parar.

—Como desees —accede en voz baja, y empieza a masajearme la nuca con firmes círculos—. Todo lo que desees.

Sólo estoy viendo la televisión, sin escuchar nada de lo que dicen, cuando mi mente vaga hasta un lugar en el que las palabras de Miller son ciertas. Tengo todo lo que deseo. Elaboro una lista mental de todas las cosas que quiero, y sonrío cuando siento las vibraciones de una risa contenida debajo de mí. Mi refinado caballero a tiempo parcial se divierte con las payasadas que aparecen en la pantalla que tenemos delante, y la normalidad de este hecho me inunda de alegría, por muy trivial que sea.

Pero entonces el celular de Miller suena en la distancia y rompe la magia del momento.

Tras unos pocos y sencillos movimientos me despoja de su presencia debajo de mí, y detesto al instante su teléfono.

—Disculpa —masculla, y saca el cuerpo del salón. Observo cómo desaparece y sonrío al ver sus nalgas contraerse y relajarse a cada largo paso que da. Me hago un ovillo de lado y me echo encima la manta de lana, que seguía en el suelo.

—La tengo yo —dice prácticamente con un rugido cuando vuelve a la habitación.

Pongo los ojos en blanco. Sólo puede haber otro hombre preguntando dónde estoy, y no me dan ganas de enfrentarme a él ni a su descontento por mi fuga de hoy. Ojalá mi fraudulento caballero no hablara de mí como si fuera objeto todo el tiempo o, como en este caso, como si fuera una criminal. Miro hacia el otro extremo del sofá cuando apoya el culo en el borde y veo que la alegría de hace unos momentos se ha evaporado.

—Estaba ocupado —silba con los dientes apretados, y me mira un instante—. ¿Eso es todo?

Mi resentimiento se intensifica, dirigido ahora exclusivamente a William Anderson. Parece que se ha propuesto hacer que mi vida sea lo más difícil y desgraciada posible. Me encantaría arrancarle el teléfono de las manos a Miller y tener unas cuantas palabritas con él.

—Bueno, pues está conmigo, a salvo, y estoy harto de darte explicaciones, Anderson. Nos veremos mañana. Ya sabes dónde encontrarme.

Cuelga y tira el teléfono todo crispado.

—¿Quién era? —pregunto, y sonrío cuando Miller me mira con la boca abierta.

—¿En serio, Olivia?

—Ok, relájate —digo, y apoyo los pies en el suelo—. Me voy a acostar. ¿Vienes?

—Puede que te ate.

Me encojo un poco, y un torrente de imágenes se agolpa en mi mente, recordándome algo. Correas.

Miller hace una mueca al instante al ver la inconfundible expresión de horror en mi rostro.

—Para que no me des rodillazos en los huevos —se apresura a aclarar—. Porque no paras de moverte cuando duermes.

Incómodo, se pasa la mano por el pelo al tiempo que se pone de pie.

Me río y las imágenes desaparecen. Sé que no paro de moverme cuando duermo. El estado de las sábanas por la mañana son prueba de ello.

—¿Te he dado en las joyas de la corona?

Frunce el ceño.

—¿En las qué?

—Las joyas de la corona. —Sonrío—. Los huevos.

Alarga la mano hacia mí, pero yo mantengo la mirada fija en su rostro lleno de exasperación y disfruto del hecho de saber que está haciendo todo lo posible por no alimentar mi insolencia.

—Muchas veces. Codazos en las costillas, rodillazos en los huevos... pero son sólo el pequeño precio que tengo que pagar por tenerte entre mis brazos.

Acepto su mano y dejo que me levante.

—Lo siento.

No lo siento en absoluto. Daría lo que fuera por ser una mosca en la pared para poder presenciar mis fechorías nocturnas y a Miller esforzándose por aguantarlas.

—Ya te he perdonado. Y te lo volveré a perdonar mañana por la mañana.

Me río en voz baja, pero me detengo al instante cuando un fuerte golpe en la puerta interrumpe nuestra charla.

—¿Quién es? —pregunto, y mis ojos se dirigen automáticamente a la ventana. Mi insolencia recibe el equivalente proverbial a la chispa que enciende el combustible. Si William se ha molestado en venir hasta aquí para expresar su enfado en persona, creo que estallaré en incontrolables llamas.

Miller desaparece al instante, llevándose la manta de lana con él, y me deja desnuda y sola en el salón. No me han gustado nada las vibraciones de ansiedad que emanaban de él antes de marcharse. Me acerco de puntillas a la puerta, me asomo por el pasillo y veo que se ha cubierto la cintura con la manta, pero sigue sin estar para nada presentable. De modo que cuando abre la puerta y sale sin decir ni una palabra y sin preocuparse por estar semidesnudo, empiezo a darle vueltas a la cabeza. Y entonces consigo ver unos rizos negros brillantes justo antes de que la puerta se cierre.

Estallo en llamas.

—¡Será zorra! —exclamo sin que haya nadie para oírme.

Me dispongo a seguir a Miller, pero me detengo al instante cuando me doy cuenta de que estoy desnuda.

—¡Mierda!

Doy media vuelta y me apresuro al salón. Busco mi ropa y me la pongo. Corro hacia la fuente de mi ira a una velocidad temeraria y abro la puerta. Me topo de frente con la espalda desnuda de Miller, pero la furia me consume demasiado como para apreciar la visión. Lo aparto y atravieso con la mirada la perfecta figura de Cassie, lista para descargar un torrente de insultos contra ella.

Sólo que hoy su aspecto no es perfecto, y su lastimoso estado me sorprende tanto que me quedo paralizada. Tiene la tez pálida, casi gris, y no viste la ropa de diseño que acostumbra a lucir. Lleva un pantalón de chándal negro y un suéter gris claro de cuello vuelto. Aparta sus ojos vacíos de Miller y los fija en mí. A pesar de su crisis personal, está claro que mi presencia no despierta en ella más que puro desdén.

—Me alegro de verte, Olivia —dice sin la más mínima sinceridad en su tono.

En el momento justo, Miller apoya la mano en mi cuello e intenta en vano calmar mi irritación. Me lo quito de encima y enderezo los hombros.

—¿Qué haces aquí?

—Livy, ve adentro. —Me agarra del cuello e intenta volverme. De eso nada.

—Le he hecho una pregunta.

—Y es de mala educación no contestar, ¿verdad? —responde Cassie con aires de superioridad.

Una bruma roja empieza a descender. ¿No usa esa frase sólo conmigo? Nunca me lo había planteado, pero ahora, después de que esta zorra lunática me lo haya restregado por la cara, no puedo pensar en otra cosa. Me parece una estupidez arrogante cuando la dice, pero no puedo evitar sentirme traicionada. Y sé que es una tontería. Lo único que puedo ver en estos momentos es a Cassie encima de Miller todas esas veces, y entonces me vienen *flashbacks* del despacho de Miller y de cómo lo atacaba con las uñas afiladas y gritaba como si estuviera loca.

—Cassie —le advierte Miller mientras insiste en apartarme de lo que podría acabar en una auténtica batalla.

—Vale, vale. —Resopla y pone los ojos en blanco de manera dramática.

—¿Quieres parar? —le espeto a Miller y vuelvo a sacudírmelo de encima—. Después de lo que te hizo la última vez, cuando te atacó, ¿de verdad esperas que me vaya adentro?

—¿Y qué pasa con lo que me hizo él a mí? —interviene Cassie—. ¡Las magulladuras acaban de desaparecer!

—Pues no haberte comportado como una animal —le silbo en la cara con los dientes apretados. Doy un paso hacia adelante, consciente de que ella no era la única y de que el otro animal está empezando a crisparse a mi lado.

—Maldita sea —masculla Miller, apartándome a un lado—. Cassie, ya te he dicho antes que trataríamos este asunto mañana.

—Quiero tratarlo ahora.

—¿Tratar qué? —pregunto irritada—. ¿Y cómo carajos sabes dónde vivo? —Miro a Miller—. ¿Se lo has dicho tú?

—No. —Aprieta los dientes y sus ojos azules ahora están cargados de exasperación—. Nadie sabe que estoy aquí.

Extiendo los brazos en dirección a Cassie.

—¡Ella sí!

—¡Olivia! —grita Miller, y me estrecha de nuevo contra él. No me había dado cuenta de que me estaba moviendo hacia adelante. Joder. Es como si el diablo se hubiera apoderado de mi mente y de mi cuerpo. Me siento peligrosa.

—¡¿Para qué ha venido?! —grito. Ya está. He perdido la compostura. Los acontecimientos del día, y de los últimos meses, me han pasado factura por fin. Voy a echar toda la mierda que llevo dentro, y Cassie va a pagar el pato.

—He venido a disculparme —dice con indignación.

—¿Qué?

—Hemos quedado en que hablaríamos mañana —interviene Miller, y la señala con el dedo mientras me sostiene con fuerza—.

Ya te he dicho que esperaras a mañana. ¿Por qué carajos no me escuchas nunca?

—¿Te sientes mal? —pregunto.

Cassie me mira con el ceño fruncido y después a Miller.

—Sí.

—¿Por qué? —insisto.

—Por cómo te he tratado.

Se vuelve hacia mí lentamente. Sigue sin sonar sincera. Está aquí porque no quiere perder a Miller. Detesta que la esté dejando atrás, que deje su mundo oscuro para encontrar su luz.

—Ahora Miller es mío. —Suelto la mano de Miller de mi brazo y doy un paso hacia adelante—. En cuerpo y alma. —Hago caso omiso de la punzada de inquietud que siento por la duda que Cassie intenta ocultar de forma evidente. Soy la luz de Miller, pero al mismo tiempo soy consciente de que él es una especie de oscuridad para mí. Pero eso es irrelevante. No hay un él ni un yo; sólo hay un nosotros—. ¿Entendido?

Cassie me mira y Miller permanece callado y me permite que diga lo que tengo que decir.

—Entendido.

Le mantengo la mirada durante una eternidad. No quiero ser la primera en apartarla. Tampoco parpadeo. Finalmente es Cassie la que la aparta y, tras su silenciosa sumisión, doy media vuelta, me marcho y los dejo en la puerta.

Casi he llegado al piso de arriba cuando oigo que la puerta se cierra.

—Olivia. —La serena manera de llamarme de Miller me toca la fibra sensible. Me vuelvo y me aferro con fuerza a la barandilla—. Ella también necesita dejarlo. No voy a dejarla atrás. Los dos estamos atrapados en este mundo, y saldremos juntos de él.

—¿Ella quiere dejarlo?

—Sí —afirma, y da un paso adelante—. No quiero verte triste.

Sacudo la cabeza.

—Eso es imposible.

—He cerrado la puerta. Ya ha pasado. Ahora estamos aquí solos tú y yo.

—Pero el mundo sigue ahí fuera, Miller —digo en voz baja—. Y tenemos que abrir esa puerta y hacerle frente.

Huyo y lo dejo en la escalera angustiado y hecho un lío.

Necesita «lo que más le gusta» tanto como yo, y me detesto a mí misma por privarnos a ambos de ello.

CAPÍTULO 11

Miller no nos privó de «lo que más nos gusta». Se reunió conmigo en la cama al cabo de unos minutos y se pegó a mí. Quise rechazarlo, herirlo por herirme, incluso aunque no lo hubiese hecho directamente. Pero no me aparté de su delicioso calor. Mi propia necesidad de hallar consuelo era mayor que mi necesidad de castigarlo.

Estoy en el balcón.

Se pasó toda la noche envolviendo mi cuerpo entero, limitando mi capacidad para moverme dormida, de modo que esta mañana me he despertado en la misma posición. Al amanecer, permanecimos tumbados sin decir ni una palabra. Sé que estaba despierto porque me retorcía el pelo y pegaba los labios contra mi cuello. Después sus dedos descendieron hasta mi muslo y me encontraron dispuesta para una sesión de veneración. Me tomó por detrás, ya que estaba de espaldas a él, y seguimos sin hablar. Lo único que se oía era nuestra laboriosa respiración. Ha sido tranquilo, relajado. Y ambos nos hemos venido a la vez, jadeando.

Miller me abrazó con fuerza mientras me mordía el hombro y temblaba con espasmos dentro de mí, después me liberó, me colocó boca arriba y se acomodó encima. Siguió sin decir nada, y yo tampoco. Me apartó el pelo de la cara y nos quedamos embelesados, mirándonos el uno al otro durante una eternidad. Creo que Miller me dijo más a través de esa intensa mirada de lo que jamás podría haberlo hecho con palabras. Ni siquiera el evasivo «Te quiero» me habría transmitido lo que vi en esos ojos.

Estaba cautivada.

Estaba bajo su potente hechizo.

Me estaba hablando.

Tras poseer con delicadeza mis labios con los suyos durante unos instantes, se despegó de mí y fue a bañarse mientras yo me quedaba enredada entre las sábanas, pensando. Se despidió dándome un tierno beso en el pelo y pasándome el pulgar por el labio inferior. Después tomó mi celular de la mesita de noche y jugó con él un rato antes de dejármelo en la mano, besarme los dos párpados y marcharse. No le pregunté nada y dejé que se fuera antes de mirar la pantalla del dispositivo y ver que tenía YouTube abierto con una canción de Jasmine Thompson. Le di a «Reproducir» y escuché atentamente cómo me cantaba *Ain't Nobody*. Me quedé ahí tumbada durante un buen rato hasta que terminó la canción y la habitación volvió a quedarse en silencio. Cuando por fin me convencí para levantarme, me di un regaderazo y me pasé la mañana limpiando la casa y escuchando la canción una y otra vez.

Después fui a ver a la abuela. No protesté al encontrarme a Ted fuera. Tampoco protesté cuando se convirtió en mi sombra durante el resto del día. No le arranqué a William la cabeza cuando lo vi saliendo del hospital al llegar. No respondí cuando Gregory volvió a regañarme por implicarlo en mis crímenes. Y contesté a todos los mensajes de Miller. Pero me sentí tremendamente decepcionada cuando el cardiólogo visitó a la abuela y le dijo que no le darían el alta hasta mañana con el pretexto de que tenían que enviarla a casa con la medicación adecuada. Ella, por supuesto, hizo un berrinche. Por no aguantar sus improperios, mantuve la boca cerrada todo el tiempo.

Ahora estoy en casa. Son más de las nueve. Estoy sentada a la mesa de la cocina y echo de menos el aroma familiar de un buen guiso pesado y abundante. Oigo el murmullo de la televisión en el salón, donde Ted ha establecido su base, y he oído el sonido frecuente de su celular antes de que contestara y hablara con un grave susurro, seguramente asegurándoles a William o a Miller que estoy aquí y que estoy bien. Le he preparado una infinidad de tazas de té y he charlado con él sobre nada en particular. Incluso intenté abordar el tema de mi madre de nuevo, pero no conseguí nada más que una mirada de soslayo y un comentario de que soy clavada a ella. No me ha dicho nada que yo no supiera ya.

Mi teléfono suena. Miro hacia la mesa donde está ubicado y enarco las cejas con sorpresa al ver el nombre de Sylvie en la pantalla.

—Hola —contesto, y pienso que enmascaro mi desesperanza bastante bien.

—¡Hola! —Parece que está sin aliento—. Voy corriendo a tomar el metro, pero quería llamarte lo antes posible.

—¿Por qué?

—Hace un rato ha venido una mujer a la cafetería preguntando por ti.

—¿Quién?

—No lo sé. Se fue corriendo cuando Del le preguntó quién preguntaba.

Me pongo tensa en la silla y empiezo a darle vueltas a la cabeza.

—¿Qué aspecto tenía?

—Era rubia, impresionante y muy bien vestida.

El corazón me late tan deprisa que creo que se me va a salir del pecho.

—¿De unos cuarenta años?

—Treinta y muchos o cuarenta y pocos. ¿La conoces?

—Sí, la conozco. —Me llevo la palma a la frente y apoyo el codo sobre la mesa. Sophia.

—Menuda zorra maleducada —escupe Sylvie, indignada, y yo resoplo dándole la razón. ¿Qué demonios hace siguiéndome la pista?

—¿Qué le dijeron?

—No mucho, que ya no trabajabas allí. ¿Quién es?

Inspiro hondo y me hundo de nuevo en la silla, herida por el recordatorio de Sylvie de que ya no tengo trabajo.

—Nadie importante.

Sylvie se ríe entre jadeos. Es una risa que indica que se siente insultada e incrédula.

—Ya —dice—. Bueno, sólo te he llamado porque he pensado que debías saberlo. Estoy en la estación, así que pronto no tendré cobertura. Ven a la cafetería la semana que viene. Me gustaría verte.

—Lo haré —contesto, aunque la falta de entusiasmo se transmite a través de mi voz. Por estúpido que parezca, no me gusta ver a mi sustituta manejando la cafetera con precisión y sirviendo los famosos sándwiches de atún del establecimiento.

—Cuídate, Livy —dice Sylvie con voz suave, y corta la llamada antes de que le asegure que lo haré. Esa respuesta no habría sido más convincente que la anterior de pasarme por allí.

Me dispongo a llamar a Miller, pero me quedo helada cuando un número desconocido ilumina mi pantalla. Me quedo mirando el teléfono en la mano durante un buen rato, mientras intento comprender la profunda sensación de ansiedad que me invade y que me indica que no lo coja.

Por supuesto, hago caso omiso de ella y respondo.

—¿Diga? —pregunto con timidez e inquietud. Estoy nerviosa, pero no quiero que la persona que está al otro lado de la línea lo sepa, de modo que cuando no obtengo respuesta, repito la pregunta, esta vez aclarándome la garganta y obligándome a parecer segura—. ¿Diga?

Sigue sin haber respuesta, y no se oye ningún sonido de fondo. Tomo aliento para hablar de nuevo, pero entonces detecto un sonido familiar y acabo conteniendo el aire que acabo de inspirar. Oigo palabras. Una voz familiar con acento extranjero, ronca y grave.

—Miller, querido, ya sabes lo que siento por ti.

Me trago el aire y me esfuerzo para no ahogarme con él.

—Lo sé, Sophia —responde Miller con una voz suave y de aceptación que me da ganas de vomitar.

—Entonces ¿por qué has estado evitándome? —pregunta ella con el mismo tono.

Mi mente empieza a reproducir la escena al otro lado de la línea y no me gusta lo que veo.

—Necesito un descanso.

—¿De mí?

Levanto el trasero de la silla hasta que estoy de pie esperando la respuesta de Miller. Lo oigo suspirar, y definitivamente oigo el choque de cristal contra cristal. Está sirviendo una bebida.

—De todo.

—Acepto lo de las otras mujeres. Pero no huyas de mí, Miller. Yo soy diferente, ¿verdad?

—Sí —coincide él sin vacilación. Sin la más mínima. El cuerpo entero me empieza a temblar y mi corazón martillea con fuerza en mi pecho. La cabeza me da tantas vueltas que me estoy mareando.

—Te he echado de menos.

—Y yo a ti, Sophia.

La bilis asciende desde mi estómago hasta mi garganta y una mano invisible envuelve mi cuello y me asfixia. Corto la llamada. No necesito oír nada más. De repente, no puedo respirar de la furia. Y aun así, estoy perfectamente tranquila cuando asomo la cabeza por la puerta del salón y encuentro al trajeado Ted junto a la ventana, de pie y relajado. Lleva prácticamente en la misma posición desde que llegamos a casa.

—Voy a darme un baño —le digo, y él mira por encima del hombro y me ofrece una sonrisa afectuosa.

—Le hará bien —dice, y vuelve a mirar por la ventana.

Lo dejo vigilando y subo al piso de arriba para vestirme. Estoy intentando pensar con claridad y recordar las palabras de Miller hacia Sophia, las palabras de Sophia hacia mí, las palabras de Miller sobre Sophia. Todo ha desaparecido, dejando un inmenso vacío en mi mente que se va llenando de muchos otros pensamientos desagradables. Sabía que ella era diferente, alguien de quien debía desconfiar más. Me planto unos *jeans* ceñidos y una camiseta de tirantes de raso. Evito mis Converse y me pongo mis tacones de aguja negros. Me atuso un poco el pelo para darles forma a los rizos y termino aplicándome unos pocos polvos en la cara. Tomo mi bolso, bajo a hurtadillas y aguardo el momento de salir sin que Ted se dé cuenta. Mi momento llega cuando le suena el celular. Le da la espalda a la ventana y empieza a pasearse por el salón hablando en voz baja. Me acerco en silencio a la puerta y salgo sin ninguna prisa. La ira me domina. ¿Por qué demonios estoy tan calmada?

Los porteros custodian la entrada del Ice, armados con sus portapapeles, lo cual supone un problema. En cuanto uno de ellos me vea, alertarán a la oficina central del local y Tony saldrá en mi busca. Eso no me conviene en absoluto. Apoyo la espalda contra la pared y me planteo mis limitadas opciones... No se me ocurre ninguna. No soy tan ingenua como para pensar que el portero no me reconocerá, así que, como no me ponga un disfraz convincente, no tengo manera de entrar en este club sin que salten todas las alarmas.

Una inmensa determinación ha invadido mi ser desde el momento en que he cortado esa llamada. Un obstáculo ha espantado esa fortaleza y ha dejado poco espacio para la sensatez. Me permito a mí misma considerar las consecuencias de lo que por un instante pretendía hacer, y empiezo a comprender el peligro al que me estoy exponiendo, pero entonces un barullo al otro lado de la calle me saca de mis deliberaciones y atrae mi atención hacia la entrada. Un grupo de cuatro hombres con sus novias no paran de vociferar, y los porteros están intentando apaciguarlos. No parece funcionar, y despego la espalda de la pared cuando la escena alcanza un nuevo nivel de altercado. Una de las mujeres se encara con uno de los porteros y le grita en la cara. Él levanta las manos para sugerirle que se relaje. Su intento surte justo el efecto contrario y al segundo tiene a los cuatro hombres encima de él. Pongo los ojos como platos al presenciar el caos que se está desatando. Es un descontrol. No tardo en darme cuenta de que ésta podría ser mi única oportunidad de colarme sin ser advertida.

Cruzo corriendo la calle y me aseguro de mantenerme lo más pegada posible a la pared. Consigo entrar en el club sin que nadie se dé cuenta. Sé perfectamente adónde me dirijo, y camino con paso firme y constante. Siento que voy recuperando la calma y la determinación anterior conforme más me aproximo al despacho de Miller. Pero ahora me enfrento a otro obstáculo. Encorvo los hombros, apesadumbrada. Me había olvidado de que hay que marcar un código para poder entrar en su despacho. La verdad es que no he planeado esto demasiado bien.

¿Y ahora qué? Si tengo que llamar, perderé el elemento sorpresa, y me verá por la cámara de todos modos antes de que llegue a la puerta.

—Idiota —mascullo—. Eres una idiota.

Inspiro hondo, me aliso la camiseta y cierro los ojos durante unos segundos en un intento por aclararme las ideas. Me siento bastante tranquila, aunque la furia sigue quemándome por dentro. Es una furia agresiva. Está contenida, pero eso podría cambiar en cuanto tenga a Miller delante.

Me encuentro de pie frente a la puerta, bajo la vigilancia de la cámara, antes incluso de haber dado la orden a mis piernas de que me transporten hasta aquí, y doy unos cuantos golpes tranquilamente. Tal y como había imaginado, a Miller se le salen los ojos de las órbitas con alarma cuando abre la puerta, pero se coloca al instante su máscara de impasibilidad. Advierto a regañadientes lo guapísimo que está. Pero su mandíbula se tensa, sus ojos me miran con una expresión de advertencia y respira de manera agitada.

Sale del despacho, cierra la puerta tras él y se pasa la mano por el pelo.

—¿Dónde está Ted?

—En casa.

Se le hinchan los orificios nasales, saca su teléfono y marca rápidamente.

—Envía a tu puto chofer aquí —escupe por la línea. Después marca unos cuantos botones más y se lleva de nuevo el celular a la oreja—. Tony, no pienso ni preguntarte cómo chingados Olivia ha conseguido eludirte. —Aunque susurra, su voz conserva el tono autoritario—. Ven por ella y vigílala hasta que llegue Ted. No la pierdas de vista. —Se mete el teléfono en el bolsillo interior de su chaqueta y me fulmina con la mirada—. No deberías haber venido aquí; no, estando las cosas tan delicadas.

—¿Qué cosas están delicadas? —pregunto—. ¿Yo? ¿Soy yo la cosa delicada que no quieres romper o disgustar?

Miller se inclina hacia mí y desciende ligeramente hasta colocar el rostro a la altura del mío.

—¿De qué estás hablando?

—Crees que soy frágil y débil.

—Creo que te estás viendo obligada a enfrentarte a cosas que te superan, Olivia —susurra con voz clara y rotunda—. Y no tengo ni puta idea de cómo hacértelo menos doloroso.

Nos quedamos mirándonos a los ojos durante un buen rato y mi mirada asciende para mantener la conexión cuando él se pone derecho y recupera toda su estatura. La angustia que detecto en su expresión casi acaba conmigo.

—¿Por qué está ella aquí? —digo con voz fuerte y serena.

—¿Quién? —pregunta Miller a la defensiva, y en su rostro se refleja la culpabilidad—. Aquí no hay nadie.

—No me mientas. —Se me empieza a hinchar el pecho bajo la presión de tener que respirar a pesar de mi furia—. ¿Cuánto la has echado de menos?

—¿Qué? —Mira por encima de su hombro de nuevo y aprovecho ese momentáneo lapsus de concentración para esquivarlo—. ¡Olivia!

Aterrizo en su despacho de una manera mucho menos elegante de lo que había esperado, pero pronto recobro la compostura, me coloco el pelo por encima del hombro y el bolso debajo del brazo. Entonces sonrío en cuanto dirijo la mirada a donde sé que la voy a encontrar. Y no me equivoco. Reclinada en la silla de Miller, cruzada de piernas, vestida con una gabardina de color crema y fumando un cigarrillo largo y fino está Sophia. Su aire de superioridad me asfixia. Sonríe arteramente y me mira con interés. Y es en este momento cuando me pregunto de dónde ha sacado mi número. Es irrelevante. Quería hacerme salir de mi escondite y lo ha conseguido. He caído en su trampa.

—Sophia. —Me aseguro de ser la primera en romper el doloroso silencio, y también de contenerme—. Parece que esta noche te me has adelantado.

En cuanto termino la frase detecto dos cosas: la ligera sorpresa de Sophia, porque la veo claramente cuando separa levemente sus labios rojos, y cómo el desasosiego de Miller se multiplica por mil, porque noto cómo se crispa detrás de mí.

—Sólo me serviré una copa antes de marcharme.

Mis altos tacones me llevan hasta el mueble bar y me sirvo una copa de vodka a palo seco.

—Niña, no soy idiota —responde Sophia, y su tono soberbio aplasta mi confianza.

Cierro los ojos e intento controlar mis manos temblorosas. Una vez convencida de que lo he conseguido, tomo el vaso y me vuelvo hacia mis espectadores. Ambos me observan detenidamente —Sophia, pensativa; Miller, nervioso— mientras me llevo el vaso de tubo a los labios.

—No sé de qué hablas. —Me bebo el vaso de un trago y exhalo antes de volver a llenármelo.

La tensión se palpa en el ambiente. Miro hacia Miller y detecto la desaprobación en su rostro. Me bebo el segundo vaso y lo dejo dando un golpe que hace que se encoja físicamente. Quiero que

Miller sienta lo que estoy sintiendo. Quiero coger su parte más resistente y destrozársela. Eso es lo único que sé.

—Hablo —empieza Sophia con seguridad, mirándome con una leve sonrisa en los labios rojos— de que estás enamorada de él y de que crees que puedes tenerlo. Pero no puedes.

No desmiento su conclusión.

—Porque tú lo deseas.

—Yo lo tengo.

Miller no se lo discute ni la pone en su sitio, y cuando lo miro, veo que no tiene intención de hacerlo. Ni siquiera encuentro la sensatez para convencerme de que debe de haber alguna buena razón, de modo que me sirvo otro vaso de vodka para no quedarme corta y me dirijo hacia él. Está de pie junto a la puerta como una estatua, con las manos en los bolsillos y claramente irritado. Me mira con la conmovedora belleza inexpresiva que me cautivó desde el primer momento. No hay nada que hacer. Sus mecanismos de defensa están cerrados a cal y canto. Me detengo frente a su figura alta e inmóvil, levanto la vista y advierto un ligero pulso en su mandíbula con sombra de barba.

—Espero que seas feliz en tu oscuridad.

—No me presiones, Olivia. —Su boca apenas se mueve, y sus palabras apenas se oyen, pero están cargadas de amenaza... y decido obviarlas.

—Ya nos veremos.

Cierro de un portazo al salir y recorro los pasillos laberínticos con apremio hasta encontrar la escalera y bajar los escalones de dos en dos mientras me trago mi tercer vodka, ansiosa por llegar a la barra y mantener la insensibilidad que el alcohol ha incitado.

—¿Livy?

Levanto la vista y veo a Tony y a Cassie de pie en lo alto de la escalera, ambos mirándome con el ceño fruncido. No tengo nada que decirles, de modo que paso de largo y giro la esquina que da al club principal.

—¡Livy! —grita Tony—. ¿Dónde está Miller?

Me vuelvo y veo que las expresiones de ambos se han transformado en preocupación. Y sé por qué.

—En su despacho —digo mientras camino de espaldas para no retrasar mi huida—. Con Sophia.

Tony maldice y Cassie parece realmente preocupada, pero no pierdo el tiempo evaluando la causa de su preocupación. Mi furiosa necesidad de reclamar mis derechos está ahí, pero también necesito hacerle daño a Miller después de haber escuchado esa llamada y de que Sophia haya afirmado con tanta confianza que Miller le pertenece. Sé que no es verdad, y él sabe que no es verdad, pero el hecho de que no haya intervenido y el recuerdo de oírle decir que la había echado de menos me ha sacado de mis casillas.

Me abro paso entre la multitud y el intenso ritmo de *Prituri Se Planinata* de NiT GriT inunda mis oídos. Llego a la barra, dejo de un golpe mi vaso vacío y un billete de veinte.

—Vodka con tónica —pido—. Y un tequila.

Me sirven rápidamente y me devuelven el cambio con la misma celeridad. Me trago el tequila de inmediato, seguido de cerca por el vodka. El líquido me quema la garganta y desciende hasta mi estómago. Cierro los ojos y siento su ardor. Pero esto no me detiene.

—¡Lo mismo! —grito cuando el camarero ha terminado de servir al tipo que tengo al lado.

A cada trago que doy noto cómo aumenta la insensibilidad en mi mente, mi cuerpo y mi corazón, y la sensación de angustia pronto desaparece. Me gusta. Empiezo a sentir cierta indiferencia.

Me apoyo contra la barra y echo un vistazo al club. Observo a las hordas de gente y me tomo mi tiempo, con la bebida en los labios, preguntándome si mi falta de prisa por perderme entre la multitud y poner a prueba la cordura de mi caballero a tiempo parcial se debe a que mi subconsciente me indica que no me apresure, que tengo que dejar de beber, recobrar la sobriedad y meditar sobre lo que está pasando y por qué.

Tal vez.

Puede ser.

Sin duda.

Puede que esté cerca del ebrio estupor, pero sigo percibiendo ese gen temerario latente que me llevó a buscar a los clientes de mi madre, rebajándome hasta tal nivel que no puedo ni pensarlo. De repente, siento unos fuegos artificiales familiares por dentro y desvío la mirada por el club, esta vez de manera menos casual, más asustada, y veo cómo avanza hacia mí.

Mierda. ¿Cómo se me ha ocurrido pensar que Miller no me ataría en corto bajo estas circunstancias? Su mirada es asesina, y es evidente que soy el único foco de su ira.

Llega hasta mí con los labios apretados y los ojos oscuros y me quita la bebida de la mano.

—No vuelvas a servir nunca a esta chica —ladra por encima de mi hombro sin apartar la vista de mí.

—Sí, señor —responde el camarero tímidamente a mis espaldas.

—Sal de aquí —me ordena Miller. Apenas logra contenerse.

Lanzo una leve mirada por encima de su hombro y confirmo que Sophia está en el club, charlando con un hombre pero con los ojos fijos en nuestra dirección. Ojos de interés.

Me pongo derecha y reclamo bebida.

—No —susurro antes de beber un trago.

—Ya te lo he pedido una vez.

—Y yo ya te he contestado una vez.

Hace ademán de coger mi copa de nuevo, pero yo me aparto en un intento de esquivar a Miller. No voy demasiado lejos. Miller me agarra del brazo y me detiene.

—Suéltame.

—No hagas una escena, Olivia —dice, y me arranca la bebida de la mano—. No vas a quedarte en mi club.

—¿Por qué? —pregunto, incapaz de evitar que me empuje hacia adelante—. ¿Acaso estoy interfiriendo en tu negocio? —Me detiene de inmediato y me da la vuelta.

Acerca el rostro al mío, tanto que estoy convencida de que desde lejos parecerá que me está besando.

—No, porque tienes la desagradable costumbre de dejar que otros hombres te saboreen cuando estás enfadada conmigo.

Desciende la mirada hacia mi boca, y sé que está esforzándose por contener la necesidad de abalanzarse sobre ella, de saborearme. Su aliento caliente sobre mi rostro disipa parte de mi ira, dejando espacio para otro calor. Pero entonces se aparta, se aleja un paso y su rostro se vuelve serio.

—Y no dudaré en partirles el espinazo —susurra.

—Estoy muy encabronada contigo.

—Y yo también.

—Le has dicho que la has echado de menos. Lo he oído, Miller.

—¿Cómo? —Ni siquiera se molesta en negarlo.

—Me llamó por teléfono.

Inspira hondo. Lo veo y lo oigo. Me reclama, me da la vuelta y me empuja con brusquedad.

—Confía en mí —escupe—. Necesito que confíes en mí.

Me empuja entre la multitud mientras yo intento desesperadamente aferrarme a mi fe en él. Mis piernas se vuelven inestables, y mi mente más todavía. La gente nos está observando; se apartan y se hacen a un lado mientras nos lanzan miradas inquisitivas. No me paro a estudiar sus rostros... hasta que veo uno que me resulta familiar.

Mis ojos se quedan fijos en el hombre, y giro la cabeza lentamente cuando pasamos para seguir mirándolo. Lo conozco y, por su expresión, sé que él también me conoce a mí. Sonríe y avanza para interceptarnos, de modo que Miller no tiene más remedio que detenerse.

—Eh, no es necesario acompañar a la señorita hasta la salida. Si está demasiado ebria, yo me ofrezco para hacerme responsable de ella.

—Aparta —dice Miller con tono letal—. Ahora.

El tipo se encoge ligeramente de hombros, sin inmutarse, o simplemente pasando de la amenaza implícita en las palabras de Miller.

—Te ahorraré las molestias de echarla.

Aparto la vista de su intensa mirada y me devano los sesos. ¿De qué lo conozco? Pero entonces me encojo y doy un paso atrás cuando siento que alguien juguetea con mi pelo. Un escalofrío que me eriza el vello me dice que no es Miller quien retuerce mis rizos rubios. Es el extraño.

—Es la misma sensación de hace todos esos años —dice con melancolía—. Pagaría sólo por tener el placer de volver a olerlo. Jamás he olvidado este pelo. ¿Todavía ejerces?

Me quedo sin aire en los pulmones cuando la realidad me golpea en el estómago.

—No —respondo, y retrocedo hasta impactar contra el pecho de Miller.

El calor y los temblores de su cuerpo indican que Miller está en estado psicótico, pero la concentración que necesito para apreciar el peligro se ve absorbida por recuerdos incesantes; recuerdos que había conseguido desterrar a lo más profundo de mi mente. Ahora no puedo hacerlo. Este hombre los ha despertado, ha conseguido que los recupere de golpe. Hacen que me agarre la cabeza con las manos y que grite con frustración. No desaparecen. Me atacan y me obligan a presenciar la reposición mental de encuentros de mi pasado que había relegado a la oscuridad, que había escondido en un rincón de mi memoria durante mucho tiempo. Ahora han sido liberados y nada puede detenerlos. Los recuerdos se repiten y se me clavan tras los ojos.

—¡No! —exclamo en voz baja, y me llevo las manos al pelo y tiro, arrancando los mechones de las manos del extraño.

Siento cómo mi cuerpo cede ante la conmoción y el estrés. Todos mis músculos me abandonan, pero no me caigo al suelo, y si no lo hago es gracias a que Miller sigue sosteniéndome del brazo con fuerza. Me vuelvo ajena al espacio que me rodea. Cierro los ojos con fuerza y todo se torna oscuridad. Mi mente desconecta y todo se queda en silencio. Pero eso no evita que sea consciente de la bomba de relojería que me sostiene.

Desaparece de mi lado en un abrir y cerrar de ojos y me derrumbo ante la falta de soporte. Mis manos impactan con fuerza contra el suelo y transmiten el contundente dolor hacia mis brazos. Mi pelo se acumula a mi alrededor. La visión de mis rizos dorados sobre mi regazo me da ganas de vomitar; no puedo ver otra cosa, de modo que levanto la cabeza y me ahogo con nada al presenciar a Miller descargando su violenta psicosis. Todo sucede a cámara lenta, haciendo repulsivamente claro cada espeluznante golpe de su puño contra el rostro del tipo. Es implacable. No para de atacar a su víctima una y otra vez mientras ruge su rabia. La música se ha detenido. La gente grita: Pero nadie se atreve a intervenir.

Sollozo y me encojo cada vez que Miller golpea al hombre en la cara o en el cuerpo. La sangre salpica por todas partes. El pobre hombre no tiene nada que hacer. No le da la oportunidad de defenderse. Está completamente desamparado.

—¡Detenlo! —grito al ver a Tony a un lado, mirando con espanto la escena—. Por favor, detenlo.

Me levanto del suelo con gran esfuerzo. Nadie en su sano juicio intentaría intervenir. Acepto el hecho con tristeza y, cuando el foco de la furia de Miller cae sin vida al suelo y este no se detiene y empieza a darle patadas en el estómago, sucumbo a mi necesidad de escapar.

No puedo seguir presenciando esto.

Huyo de allí.

Me abro paso entre la gente, sollozando y con el rostro hinchado a causa de las lágrimas, pero nadie se da cuenta. Todo el mundo sigue atento al caos que dejo atrás. Esos hijos de puta son incapaces

159

de apartar la mirada de la terrible escena. Me dirijo dando tumbos, consternada y desorientada, hacia la salida del Ice. Cuando llego a la acera, lloro con angustia y tiemblo de manera descontrolada mientras busco fuera de mí un taxi que me aleje de aquí, pero mi oportunidad de escapar desaparece cuando alguien me agarra desde atrás. No es Miller, eso lo sé. No siento fuegos artificiales ni un deseo ardiente dentro de mí.

—Entra, Livy. —La voz atribulada de Tony penetra en mis oídos y me vuelvo, aunque sé que no conseguiré nada enfrentándome a él.

—Tony, por favor —le ruego—. Por favor, deja que me vaya.

—Ni de broma. —Me guía por la escalera que da al laberinto que se esconde bajo el Ice. No lo entiendo. Tony me odia. ¿Por qué iba a querer que me quedara si piensa que Miller tiene que centrarse en este mundo? Un mundo que ahora está demasiado claro.

—Quiero marcharme.

—No vas a ir a ninguna parte.

Me empuja por las esquinas y por los pasillos.

—¿Por qué?

La puerta del despacho de Miller se abre y me empuja dentro. Me vuelvo para mirar a Tony y veo su cuerpo bajo y fornido agitado y con la mandíbula apretada. Levanta un dedo y me señala la cara, haciendo que recule ligeramente.

—No te vas a marchar porque cuando ese maníaco acabe de golpear a ese tipo hasta la muerte, preguntará por ti. ¡Querrá verte! ¡Y no pienso dejar que la pague conmigo si no te encuentra, Livy! ¡Así que quédate aquí quietecita!

Se marcha dando un portazo furioso y me deja plantada en medio del despacho, con los ojos abiertos como platos y el corazón palpitando con fuerza.

No se oye música arriba en el club. Estoy sola en las entrañas del Ice, con el silencio y el austero despacho de Miller como única compañía.

—¡Arhhhhhhhhhh! —grito, reaccionando con retraso a la táctica de Tony. Me llevo las manos a mi pelo rubio y traicionero y tiro de él sin propósito, como si eso fuese a borrar lo acontecido durante la última media hora de mi cabeza—. ¡Te odio!

Cierro los ojos con fuerza a causa del dolor autoinfligido y empiezo a llorar de nuevo. No sé cuánto tiempo me paso batallando conmigo misma, parecen eones, y sólo me detengo a causa del agotamiento físico y por el dolor que siento en el cuero cabelludo. Sollozo mientras me paseo en círculos, con la mente hecha un lío, incapaz de dejar que entre algún pensamiento positivo que me tranquilice. Entonces veo el mueble bar de Miller y me detengo.

Alcohol.

Corro hasta él y saco torpemente una botella al azar de entre muchas más. Sollozo y me atraganto con mis emociones mientras desenrosco el tapón y me llevo la botella a los labios. El ardor instantáneo del licor descendiendo por mi garganta obra maravillas y hace que deje de centrarme en mis pensamientos al obligarme a esbozar una mueca de disgusto ante el potente sabor.

De modo que bebo un poco más.

Trago y trago hasta que la botella está vacía y la lanzo por el despacho con rabia, enfadada y fuera de mí. Fijo la vista en todas las demás botellas. Selecciono otra al azar y bebo mientras me vuelvo y me dirijo tambaleándome al cuarto de baño. Me estampo contra la pared, la puerta y el marco, hasta que llego al lavabo y miro el reflejo de un despojo de mujer en el espejo. Unas lágrimas negras por el rímel descienden por mis mejillas coloradas, mis ojos están vidriosos y atormentados, y mi pelo rubio es una masa de rizos enmarañados que enmarca mi rostro pálido.

Veo a mi madre.

Observo mi reflejo con absoluto desprecio, como si se tratara de mi archienemigo, como si fuera la cosa que más detesto del mundo.

Y en estos momentos... lo es.

Me llevo la botella a los labios y trago más alcohol mientras me miro a los ojos. Inspiro hondo y me tambaleo de nuevo hasta la mesa de Miller. Abro los cajones y paso la mano por los objetos colocados de manera precisa que hay dentro, rompiendo su perfecto orden hasta que encuentro lo que estaba buscando. Me quedo mirando el objeto de brillante metal, lo agarro y voy dando sorbos de la botella mientras pienso.

Después de observar mi hallazgo con la mirada perdida durante una eternidad, me levanto, me dirijo de nuevo al baño tambaleándome y estampo la botella contra la superficie del lavabo. El espejo me devuelve el reflejo de un rostro inexpresivo y me llevo la mano a la cabeza. Agarro un montón de pelo, abro las tijeras y las cierro alrededor de mis rizos, dejándome con una mano llena de cabellos rubios y media cabeza de pelo la mitad de largo que lo tenía. Curiosamente, el estrés parece evaporarse cuando lo hago, de modo que agarro otra sección y la corto también.

—¡Olivia!

Dejo que mi ebria cabeza se vuelva hacia la voz y encuentro a Miller en la puerta del baño. Está hecho un asco. Sus rizos negros son un caótico desastre. Tiene la cara y el cuello de la camisa cubiertos de sangre y el traje hecho jirones, y está todo sudado. Su pecho asciende y desciende con agitación, pero no estoy segura de si es por el esfuerzo de la pelea o por la conmoción al ver lo que se ha encontrado. Mi expresión permanece intacta, y es ahora, al ver el horror en su rostro siempre impasible, cuando recuerdo todas las veces que me ha advertido de que no me corte nunca el pelo.

De modo que tomo otro mechón, acerco las tijeras y empiezo a cortar como una posesa.

—¡Maldición, Olivia, no! —Sale disparado hacia mí como una bala y empieza a forcejear conmigo.

—¡No! —grito, retorciéndome y sosteniendo con fiereza las tijeras—. ¡Déjame! ¡Quiero que desaparezca! —Le doy otro codazo en las costillas.

—¡Maldición! —grita Miller con los dientes apretados. Por su tono sé que le he hecho daño, pero se niega a rendirse—. ¡Dame las putas tijeras!

—¡No! —Cargo hacia adelante. De repente me encuentro libre y me vuelvo con violencia, justo cuando Miller viene hacia mí.

Mi cuerpo adopta una posición de defensa y levanto las manos de manera instintiva. Su cuerpo alto y musculoso impacta contra mí y me hace retroceder unos cuantos pasos.

—¡Maldición! —ruge.

Abro los ojos y lo encuentro de rodillas delante de mí. Retrocedo un poco más mientras observo cómo se lleva una mano al hombro. Con los ojos abiertos como platos, miro las tijeras que tengo en la mano y veo el líquido rojo que gotea de las hojas. Sofoco un grito y las suelto de inmediato, dejándolas caer al suelo. Entonces me postro de rodillas, veo cómo se quita la chaqueta con unas cuantas muecas de dolor y, para mi horror, que su camisa blanca está empapada de sangre.

Me trago mi miedo, mis remordimientos y mi sentimiento de culpa. Se abre el chaleco de un tirón y hace lo propio con la camisa, arrancando los botones y haciendo que salten por todas partes.

—Mierda —maldice mientras se inspecciona la herida, una herida de la que yo soy responsable.

Quiero reconfortarlo, pero mi cuerpo y mi mente están desconectados. Ni siquiera puedo hablar para expresar una disculpa. Gritos de histeria escapan de mis labios mientras me tiemblan los hombros y mis ojos se inundan con tantas lágrimas que apenas puedo verlo ya. Mi estado de embriaguez no ayuda a mi distorsionada visión, cosa que agradezco. Ver a Miller herido y sangrando ya es bastante malo, pero saber que yo soy la causa de su dolor roza lo insoportable.

Y con ese pensamiento en la cabeza, me asomo al retrete y vomito. No puedo parar, y el fuerte ardor del sabor me quema la boca mientras mis manos se agarran al asiento y los músculos de mi estómago se retuercen y se contraen. Estoy hecha un desastre, un

163

despojo frágil y miserable. Desesperada y viviendo en la desesperanza. En un mundo cruel. Y no puedo más.

—Mierda —farfulla Miller detrás de mí, pero me siento demasiado culpable como para volverme y enfrentarme a mis errores.

Apoyo la frente contra el asiento del váter cuando por fin dejo de sufrir arcadas. La cabeza me mata, me duele el corazón y tengo el alma destrozada.

—Tengo una petición. —Las inesperadas palabras tranquilas de Miller avivan los restos de mi crisis nerviosa y hace que las lágrimas rebroten y se derramen por mis ojos.

Mantengo la cabeza donde está, principalmente porque no tengo fuerzas para levantarla, pero también porque sigo siendo demasiado cobarde como para mirarlo a la cara.

—Olivia, es de mala educación no mirarme cuando te estoy hablando.

Sacudo la cabeza y permanezco en mi escondite, avergonzada de mí misma.

—Maldita sea —maldice en voz baja, y entonces siento su mano en mi nuca.

No me invita a levantar la cabeza con delicadeza, sino que tira de mí con brusquedad. No importa. No siento nada. Agarra ambos lados de mi cara y me obliga a mirar hacia adelante, pero bajo la vista hacia el pedazo de piel desnuda y manchada de sangre que asoma a través de su camisa y chaleco abiertos.

—No me prives de tu rostro, Olivia. —Lucha con mi cabeza hasta que levanto los ojos y sus afilados rasgos están lo bastante cerca como para centrarme en ellos. Sus labios están apretados. Sus ojos azules son salvajes y brillantes, y los huecos de sus mejillas laten—. Tengo una puta petición —dice con los dientes apretados—. Y quiero que me la concedas.

Dejo escapar un sollozo y todo mi cuerpo se hunde en mi postura arrodillada, pero sus manos en mi cabeza hacen que me mantenga erguida. Los pocos segundos que pasan antes de que hable de nuevo se me hacen eternos.

—No quiero de dejes de quererme nunca, Olivia Taylor. ¿Me has oído bien?

Asiento en sus manos mientras inspecciona mi rostro destrozado y se aproxima hasta que estamos frente a frente.

—Dilo —ordena—. Ahora.

—No lo haré —contesto sollozando.

Asiente contra mí y siento cómo sus manos se deslizan por mi espalda y me estrechan hacia adelante.

—Dame lo que más me gusta.

No hay suavidad en su instrucción, pero la calma instantánea que me invade cuando el calor de su cuerpo empieza a fundirse con el del mío es todo lo que necesito. Nuestros cuerpos chocan y nos aferramos el uno al otro como si fuéramos a perder la vida si nos separáramos.

Y puede que así sea.

Las grietas de nuestra existencia están completamente abiertas en estos momentos. No podemos escapar de la cruel realidad a la que tenemos que enfrentarnos. Las cadenas. Librarnos de ellas. Estar al borde de la desesperación mientras nos enfrentamos a nuestros demonios. Sólo espero que dejemos atrás esas grietas y que, cuando saltemos, no caigamos en la oscuridad.

Miller me consuela mientras tiemblo en sus brazos, y su firmeza no consigue reducir las vibraciones ni lo más mínimo.

—No estés triste —me ruega, ahora sí adoptando un tono más suave—. Por favor, no estés triste.

Separa mis dedos clavados en su espalda y me sostiene las manos entre ambos, buscando mi rostro que está empapado de lágrimas mientras yo sorbo y me estremezco.

—Lo siento mucho —murmuro con un hilo de voz, y bajo la vista hasta mi regazo para escapar de su precioso rostro—. Tienes razón. Esto me supera.

—Ya no hay un tú, Olivia. —Me agarra la barbilla con las puntas de los dedos y me levanta la cara hasta que miro sus ojos llenos de determinación—. Sólo hay un nosotros. Nos encargaremos de esto juntos.

—Tengo la sensación de que sé mucho y a la vez muy poco —confieso con voz rota y áspera.

Ha compartido mucha información conmigo, alguna de manera voluntaria y otra por obligación, pero sigue habiendo muchos espacios en blanco.

Mi perfecto caballero a tiempo parcial inspira con agotamiento y parpadea lentamente mientras se lleva mis manos a la boca y pega los labios contra el dorso de cada una de ellas.

—Tú posees todas y cada una de las partes de mi ser, Olivia Taylor. Te imploro clemencia por todas las cosas que he hecho y que haré mal. —Sus ojos suplicantes se clavan en los míos.

Lo he perdonado por todo lo que sé, y le perdonaré por todo lo que no. ¿Las cosas que hará mal?

—Sólo conseguiré salir de este infierno con la ayuda de tu amor.

Mi labio inferior empieza a temblar y el nudo que tengo en la garganta aumenta de tamaño rápidamente.

—Te ayudaré —le juro, y muevo la mano hasta que me la suelta. Me levanto, un poco desorientada, hasta que siento su áspera mejilla—. Confío en ti.

Traga saliva y asiente levemente. La determinación inunda su rostro cargado de emoción y sus ojos expresivos. Mi distante y fraudulento caballero ha vuelto.

—Deja que te saque de aquí. —Levanta su largo cuerpo del suelo sin problemas y me ayuda a ponerme en pie. El cambio de posición hace que toda la sangre se me vaya a la cabeza y me tambaleo un poco—. ¿Estás bien?

—Sí, estoy bien —respondo, balanceándome en el sitio.

—Y que lo digas —dice Miller con tono casual, como si yo tuviera que saber exactamente a qué se refiere. No puedo arrugar la

166

frente con confusión porque estoy centrando toda la atención en evitar caerme de bruces contra el suelo—. No te hace bien beber. —Me agarra de la nuca y del brazo y guía mis temblorosas piernas al sofá del despacho—. Siéntate —me ordena, y me ayuda a hacerlo. Se arrodilla delante de mí y sacude la cabeza cuando alarga la mano para tocar el destrozo que me he hecho en el pelo. Me pasa los dedos entre lo que queda de él y el dolor se refleja claramente en su rostro—. Sigues estando preciosa —murmura.

Intento sonreír, pero sé que está hecho polvo y no lo consigo. Oigo que la puerta se abre y asomo la cabeza. Tony permanece ahí durante unos instantes, asimilando la situación. Parece estar a punto de estallar por la presión. Miller se levanta lentamente, se vuelve y se mete las manos en los bolsillos del pantalón. Se quedan mirándose el uno al otro. Tony evalúa a su jefe, y después a mí. Me siento pequeña y estúpida bajo sus ojos vigilantes y, en un intento de evitarlos y de esconder el resultado de mi crisis nerviosa, me aparto el pelo de la cara y uso la goma que llevo en la muñeca para recogérmelo en un moño despeinado.

—¿Cuál es la situación? —pregunta Miller llevándose la mano al hombro y encogiéndose un poco.

—¿La situación? —suelta Tony acompañado de una risotada sarcástica—. ¡Estamos en un puto lío, hijo! —Cierra la puerta de golpe, se acerca al mueble bar, se sirve un whisky y se lo bebe de un trago—. ¡Tengo a un tipo medio muerto ahí fuera y a toda una multitud preguntándose qué cojones ha pasado!

—¿Control de daños? —pregunta Miller sirviéndose también un trago.

Tony se ríe de nuevo.

—¿Tienes una máquina del tiempo? Maldición, Miller, ¿en qué demonios estabas pensando?

—No estaba pensando —espeta, y hace que me encoja en el sofá, como si la causa de todo este desastre fuera a pasar inadvertida si me hago pequeñita.

Se confirma mi fracaso cuando Tony desvía la vista con ojos estresados en mi dirección. Mi necesidad irracional de herir a Miller ha acabado con un baño de sangre en el club y ha confirmado las sospechas de Sophia sobre la verdadera naturaleza de nuestra relación.

—No, ése es el problema. Es la historia de tu vida, hijo. —Tony suspira—. ¡Uno no se pone hecho un energúmeno a golpear a un tipo por una mujer que supuestamente es sólo una diversión! —Controla su exasperación y levanta la mano para apartarle a Miller la camiseta con el ceño fruncido—. ¿Y esta herida punzante?

Miller le aparta la mano y deja su vaso en el mueble. Me quedo de piedra cuando veo que lo recoloca antes de empezar a tirar de su camisa.

—No es nada.

—¿Tenía un cuchillo?

—No es nada —repite Miller lentamente. Tony ladea su calva cabeza de manera inquisitiva—. ¿Se ha ido Sophia?

—¿Sophia? Te tiene cogido por los huevos, hijo mío. No cuestiones su lealtad para con Charlie. ¡Es su puta mujer!

Abro mis ojos llorosos como platos. ¿Sophia es la mujer de Charlie? ¿Y está enamorada de Miller? Charlie tiene las llaves de las cadenas de Miller. ¿Sabe que Sophia bebe los vientos por su chico especial? No pensaba que esta red de corrupción pudiera enredarse más todavía.

Tony intenta recuperar la compostura. Bebe otro trago y apoya las manos a un lado del mueble bar, cabizbajo.

—Nuestras putas vidas corruptas son reales, hijo, y así será hasta el día de nuestra muerte.

—No tiene por qué ser así —responde Miller en voz baja, como si dudara de su propia afirmación.

Se me revuelve el estómago.

—¡Despierta, hijo! —Tony deja su vaso vacío a un lado y agarra a Miller de los brazos, provocándole una mueca de dolor, aunque el hombre no se da ni cuenta—. Hemos hablado de esto un millón de veces. El que entra en este mundo ya nunca sale de él. No puedes largarte cuando te dé la gana. ¡O te quedas toda tu vida, o la pierdes!

Me atraganto con mi propia saliva mientras asimilo la franca aclaración de Tony. Sophia ya lo dijo. Miller lo confirmó, y ahora Tony lo está ratificando.

—¿Sólo porque no quiere seguir cogiendo por dinero? —intervengo, incapaz de contenerme.

Miller me mira y espero que me ordene que me calle, pero me sorprendo al ver que después se vuelve hacia Tony, como si él también esperara una respuesta a mi pregunta.

«Relacionarse con Miller Hart supondrá su fin.»

«No es tan fácil dejarlo.»

«Las consecuencias serán devastadoras.»

«Cadenas.» «Llaves.» «Deuda de vida.»

Estoy a punto de obligar a mi cuerpo a levantarse en un intento de parecer fuerte y estable cuando la puerta se abre de nuevo y Sophia entra tranquilamente. El ambiente se vuelve un millón de veces más tenso y más incómodo. Me siento de nuevo en mi asiento mientras ella mira a su alrededor y nos dedica a todos los presentes un momento de sus ojos pequeños y brillantes mientras se fuma un cigarrillo. Mis recelos aumentan más todavía cuando Cassie aparece también, de nuevo perfecta, aunque parece preocupada y cautelosa.

Sophia se pasea hasta el mueble bar y se abre paso entre Miller y Tony. Ninguno de los dos objeta. Se apartan para dejarle el espacio que demanda para servirse una copa. Se toma su tiempo, y su postura y sus actos emanan supremacía. Entonces se vuelve hacia Miller.

—Una reacción demasiado violenta por alguien que supuestamente es sólo un polvo. —El acento europeo de Sophia hace que su amenaza resulte casi sexy.

Cierro los ojos brevemente. La culpabilidad vuelve a clavarme sus abominables garras. Qué idiota soy. Abro un ojo y veo que Miller la está mirando, sin expresión en el rostro y con el cuerpo sobrecogedoramente quieto. Su tiempo de esconderse se ha agotado. Ha llegado la hora de pensar en la mejor manera de solucionar esto.

Gracias a mis actos impulsivos.

—Sólo le hago el amor a esa mujer. —Me mira, y casi me deja paralizada con la calidez que reflejan sus ojos. Quiero correr a sus brazos y estar a su lado para enfrentarnos a ella juntos, pero mis músculos inútiles me fallan de nuevo. Cuando Miller vuelve a mirar a Sophia, su expresión se torna de nuevo fría e impasible—. Sólo la venero a ella.

El asombro se evidencia en su rostro. Intenta ocultarlo bebiendo un sorbo de su copa y dándole una calada al cigarrillo, pero lo veo claro como el agua desde aquí.

—¿Dejas que te toque? —pregunta.

—Sí.

Su respiración se acelera, y una ligera ira emerge ahora a través de la sorpresa.

—¿Dejas que te bese?

—Sí. —Su mandíbula se tensa y su labio se arruga con furia—. Puede hacer lo que le dé la gana conmigo. Lo acepto todo con gusto. —Se inclina hacia ella—. De hecho, hasta he llegado a rogárselo.

Mi corazón estalla en mil pedazos de puro e inoportuno contento, lo que hace que mi mente, ya inestable, se nuble todavía más. Sophia se ha quedado sin habla y no para de dar rápidos y frenéticos sorbos a su bebida, dando caladas al cigarrillo entre trago y trago. La confesión de Miller ha derribado su soberbia compostura. Ella ya se lo imaginaba, de modo que no debería sorprenderle tanto. ¿O acaso subestimaba la situación? Quizá pensaba que era una tontería.

Si es así, se equivocaba de plano.

Como mera observadora de los acontecimientos que se están desarrollando, miro a Tony y veo auténtico pánico en su rostro. Después miro a Cassie, que está tan conmocionada como Sophia.

—No puedo protegerte de él, Miller —dice Sophia con calma, aunque su irritación sigue siendo evidente. Le está lanzando una advertencia.

—En ningún momento he esperado que fueras a hacerlo, pero quiero que tengas una cosa clara: ya no estoy a tu disposición. Nos marchamos —declara Miller, y se aparta de Sophia.

Se dirige hacia mí con determinación y con paso ligero, pero no creo que sea capaz de ponerme de pie. No paro de temblar. Alarga la mano hacia mí. Levanto la vista y sus ojos azules me infunden una inmensa seguridad.

—¿Crees que saltarán chispas? —susurra, y su boca parece moverse en cámara lenta. Sus ojos centellean y me llenan de fuerza y de esperanza.

Acepto su ofrecimiento y le mantengo la mirada mientras dejo que me ayude a levantarme. Acerca la mano a mi pelo, me coloca unos cuantos mechones sueltos detrás de las orejas con delicadeza e inspecciona mi rostro. No tiene ninguna prisa. No hay necesidad de salir corriendo de esta horrible situación. Parece contentarse haciendo que me derrita ante él bajo el efecto penetrante de sus ojos. Me besa. Suavemente. Lentamente. Elocuentemente. Es un signo, una declaración. Y yo no puedo menos que aceptarlo.

—Vámonos a casa, mi niña. —Reclama mi nuca y me guía hacia la puerta de su despacho.

La ansiedad empieza a evaporarse dentro de mí al saber que pronto estaremos fuera de aquí, lejos de este mundo cruel. Por esta noche ya podemos cerrar la puerta. Y espero que el mañana nunca llegue para no tener que volver a abrirla.

—Lamentarás esta decisión, Miller. —El tono de Sophia hace que Miller se detenga en el acto, deteniéndome a mí también.

—Lo que lamento es la vida que he llevado hasta el momento —responde Miller con rotundidad y con voz pausada—. Livy es lo único bueno que me ha pasado, y no tengo ninguna puta intención de separarme de ella.

Se vuelve lentamente, llevándome con él.

Sophia ha recuperado su aire de superioridad, Tony sigue meditabundo y Cassie mira a Miller con lágrimas en los ojos. Me quedo observándola unos instantes, y debe de darse cuenta, porque, de repente, me lanza una mirada.

Sonríe.

No es una sonrisa de petulancia, de hecho está muy lejos de serlo. Parece una sonrisa triste de reconocimiento, pero al cabo de unos segundos me doy cuenta de que es una sonrisa reconfortante. Asiente muy ligeramente y el gesto corrobora mis pensamientos: lo comprende. Lo comprende todo.

Sophia se ríe con malicia y tanto Cassie como yo desviamos nuestra atención hacia su figura decorada con un traje de diseño.

—Podría acabar con esto en un segundo, Miller. Y lo sabes. Le diré que ella ha desaparecido. Que no significa nada para ti.

Me siento insultada, pero Miller permanece relajado.

—No, gracias.

—Es una fase.

—No es una fase —responde Miller con frialdad.

—Sí que lo es —rebate Sophia con seguridad meneando una mano hacia mí con desdén.

Su mirada de reproche me apuñala con dureza y hace que me encoja un poco.

—Tú sólo sabes hacer una cosa, Miller Hart. Sabes cómo hacer que las mujeres gritemos de placer, pero no sabes lo que es que te importe alguien. —Sonríe con petulancia—. Tú eres el especial. Tú-sólo-sabes-coger.

Hago un gesto de dolor y me rebelo ante la irresistible tentación de ponerla en su sitio, pero bastante daño he hecho ya. Si Sophia está aquí, destilando condescendencia, es por mi culpa.

Siento cómo Miller empieza a ponerse en modo maníaco.

—Tú no tienes ni puta idea de lo que soy capaz de hacer. Venero a Olivia. —Su voz tiembla a causa de la ira que bulle hacia su frío exterior.

Ella arruga la cara con un gesto de disgusto y da un paso hacia adelante.

—Eres un ingenuo, Miller Hart. Jamás dejaré que te marches.

Miller explota.

—¡La amo! —ruge, haciendo retroceder a todos los presentes—. ¡La amo con todas mis fuerzas, joder!

Mis ojos se inundan de lágrimas y me coloco a su lado. Me agarra inmediatamente y me estrecha contra su cuerpo.

—La amo. Amo todo lo que representa, y amo lo mucho que ella me ama a mí. Que es más de lo que tú me quieres. ¡Es más de lo que cualquiera de ustedes dice quererme! Es un amor puro, es luz, y me ha hecho sentir. Ha hecho que ansíe más. Y mataré a cualquier hijo de puta que intente arrebatármela. —Se detiene un segundo para coger aire—. Lentamente —añade, temblando junto a mí, aferrándose a mí con fuerza, como si tuviera miedo de que alguien tratara de hacerlo ahora mismo—. Me da igual lo que él diga. Me da igual lo que piense que puede hacerme. Será él quien tenga que dormir con un ojo abierto, Sophia, no yo. Así que díselo. Corre y confírmale lo que ya sabe. No quiero seguir ganándome la vida cogiendo. Dile que no quiero seguir llenándole los bolsillos. No dejaré que me chantajees. Miller Hart ya no piensa jugar más. ¡El chico especial se marcha! —Hace otra pausa y se toma unos instantes para volver a recuperar el aliento mientras todos lo miran pasmados. Incluida yo—. La amo. Ve y díselo. Dile que la quiero. Dile que ahora pertenezco a Olivia. Y dile que como se le pase siquiera por la cabeza tocarle un pelo de su preciosa cabeza, será lo último que haga.

Nos dirigimos a la salida antes incluso de que asimile lo que estamos dejando atrás, aunque me lo imagino perfectamente. Ni siquiera puedo procesar su violenta declaración. Su brazo me cubre el hombro. Siento su calor y su confort, pero esto no es nada en comparación con la sensación de pertenencia que tengo cuando me agarra de la nuca como de costumbre. Me revuelvo para soltarme y él me mira, totalmente perplejo, mientras continuamos avanzando. Le coloco la mano en mi nuca y rodeo su cintura con mi brazo. Miller suspira con aceptación y vuelve a concentrarse en nuestra marcha.

La música suena de nuevo a través de los altavoces por todas partes, pero la clientela de élite no ha vuelto a la normalidad. Hay grupos reunidos por todos lados, chismeando, seguramente comentando la escena que ha montado hace un rato el propietario del club. Entonces me surge una duda.

—¿Sabe toda esta gente quién eres? —pregunto sintiendo cómo un montón de miradas procedentes de todas direcciones se clavan en nosotros cuando salimos de la escalera.

No me mira.

—Algunos sí. —Su respuesta, escueta y directa, me indica que sabe a qué me refiero, y no es al hecho de que sea el propietario del establecimiento.

El aire vespertino impacta contra mi cuerpo y me hace temblar de inmediato. Me acurruco más todavía al costado de Miller y capto la vista de uno de los porteros. Su rostro severo se torna serio al ver cómo Miller me escolta desde el local hasta el otro lado de la calle, donde tiene estacionado el Mercedes. Mientras me guía hasta el asiento del pasajero, miro hacia la puerta de entrada y veo cómo otro de seguridad está metiendo en un taxi al tipo al que Miller acaba de darle una paliza hasta casi matarlo. De repente estoy muy preocupada.

—Necesita tratamiento —digo—. Los médicos harán preguntas.

La puerta se abre y me empuja hacia el asiento con delicadeza.

—A esta clase de gente no le gusta que la policía se meta en sus asuntos, Olivia. —Me pasa el cinturón de seguridad por delante y me lo abrocha—. No te preocupes por eso.

Me besa suavemente en la mano y cierra la puerta. Después, se saca el teléfono del bolsillo y hace una breve llamada mientras rodea el coche.

«Esta clase de gente.»

Este mundo.

Es muy real.

Y yo estoy justo en el centro.

CAPÍTULO 12

El alcohol y el cansancio me pasan factura. Estoy atontada y mis piernas parecen de gelatina. Cuando llegamos al vestíbulo de su edificio, Miller me carga y continúa avanzando.

—Donde tienes que estar —susurra, y pega los labios a mi sien.

Rodeo su cuello con los brazos y apoyo la cabeza sobre su hombro. Cierro los ojos y por fin cedo ante el agotamiento. Se ha negado a obedecer mi débil petición de que me llevara a casa de la abuela. No he insistido. Necesita calma, y sé que su departamento, conmigo dentro, lo ayudará a conseguirla.

Hasta que abramos la puerta de nuevo mañana por la mañana.

La brillante puerta negra nos recibe. Miller la abre, entramos, y la cierra suavemente con el pie, dejando al mundo fuera. Mantengo los ojos cerrados mientras me lleva en brazos. El aroma familiar hace que me relaje más todavía. No es tan acogedor como el de la casa de la abuela, pero me alegro de estar aquí con Miller.

—¿Puedes mantenerte en pie? —pregunta volviéndose hacia mí.

Asiento y dejo que me baje al suelo con delicadeza. Su expresión de concentración mientras me desnuda lenta y cuidadosamente me deja embelesada. Los hábitos de siempre están presentes: pliega la ropa antes de colocarla en la cesta de la ropa sucia, separa los labios ligeramente y sus ojos brillan de emoción. Una vez realizada su tarea, me mira y me lanza una orden silenciosa, de modo que me acerco a él y empiezo a desnudarlo. Incluso pliego su traje manchado de sangre antes de meterlo en la cesta, a pesar de que en realidad debería tirarlo a la basura. Me resulta imposible pasar por alto la herida punzante y la sangre para deleitarme con su perfección. Tiene las manos, el pecho y la mandíbula cubiertos de manchas rojas. No tengo claro qué sangre pertenece a Miller y cuál al tipo que apareció de manera tan inesperada desde mi sórdido pasado. No podría haber elegido peor momento, aunque dudo que la reacción de Miller hubiera sido menos violenta si se hubiera materializado en cualquier otra ocasión.

Levanto la mano y tanteo con cuidado la zona de la herida con el dedo, intentando evaluar si necesita atención profesional.

—No me duele —dice en voz baja, y me aparta la mano para colocarla sobre su corazón—. Esto es lo único que me preocupa.

Sonriendo un poco, me aproximo a su pecho y me elevo hacia su cuerpo. Lo envuelvo con mis extremidades y lo absorbo.

—Lo sé —murmuro contra su cuello mientras saboreo las cosquillas que sus rizos, más largos que de costumbre, me hacen en la nariz, y el áspero roce de su barba en mi mejilla.

Sus fuertes manos se deslizan hacia mi trasero y sus piernas musculosas se dirigen hacia la regadera. Me empuja de espaldas contra las baldosas de la pared cuando entramos y se aparta de mí, negando a mi rostro el calor de su cuello.

—Sólo quiero que nos limpiemos —dice, con el ceño ligeramente fruncido.

—Explícate.

Me muero de dicha cuando veo que las comisuras de sus labios se curvan levemente hacia arriba y sus ojos adoptan un brillo juguetón.

—Como desees.

Alarga el brazo, conecta la ducha y, al instante, el agua caliente llueve sobre nosotros. Su pelo se aplana sobre su cabeza y la sangre de su pecho empieza a desaparecer.

—Lo deseo.

Asiente un poco y se lleva la mano detrás de él para separar mis piernas de su cintura antes de hacer lo mismo con mis brazos. Me quedo de pie, con la espalda contra la pared, observando a Miller detenidamente. Pega las palmas de las manos contra las baldosas a ambos lados de mi cabeza y se acerca hasta que su nariz queda a una distancia de un milímetro de la mía.

—Voy a deslizar las manos por cada curva de tu cuerpo perfecto, Olivia. Y voy a mirar cómo te retuerces y te esfuerzas por contener tu deseo por mí. —La punta de su dedo traza una línea abrasadora hasta mi cadera mojada. Ya me está costando controlarme, y lo sabe.

Apoyo la cabeza en la pared y separo los labios para inspirar más aire.

—Voy a prestar especial atención justo aquí. —Un intenso calor me recorre cuando acaricia con delicadeza mi sexo palpitante una y otra vez—. Y aquí. —Baja la cabeza hasta mi pecho e introduce mi pezón erecto en la calidez de su boca.

Contengo la respiración y golpeo la cabeza contra la pared, resistiendo mi instinto natural de agarrarlo, de sentirlo, de besarlo...

—Dime qué sientes —ordena. Atrapa mi pezón entre los dientes y una aguda punzada de dolor desciende hasta mi sexo, donde sus dedos no paran de deslizarse con suavidad y con calma.

Mi espalda retrocede en un vano intento de escapar de las intensas chispas de placer, pero lo compenso adelantando las caderas, ansiosa por atrapar las sensaciones y hacerlas durar para siempre.

—Placer. —Mi voz es un graznido grave y lujurioso.

—Explícate.

Empiezo a sacudir la cabeza, incapaz de obedecer su orden.

—¿Quieres tocarme?

—¡Sí!

—¿Quieres besarme?

—¡Sí! —exclamo.

Por un instante estoy a punto de colocar la mano sobre la suya para aumentar la presión en mi clítoris, pero, sin saber cómo, encuentro la fuerza de voluntad para no hacerlo.

—Pues hazlo. —Es una orden, y sólo un segundo después ataco su boca y mis manos lo palpan por todas partes con frenesí. Me muerde el labio, de modo que le devuelvo el mordisco y lo hago gruñir—. Haz lo que te dé la gana conmigo, mi niña.

Así que le agarro la verga y se la estrujo. Está dura. Está caliente. Echa la cabeza atrás y grita. Sus dedos aceleran sus caricias en mis nervios palpitantes, acercándome cada vez más al clímax, y me animan a recorrer su miembro con la mano.

—¡Joder! —Traga saliva y baja la cabeza, con el rostro desfigurado por el placer, la mandíbula tensa y todos sus rasgos afilados. Mi orgasmo se acelera bajo el poder de sus ojos clavados en mí y empiezo a menear las caderas hacia adelante para recibir sus caricias.

Él también lo hace.

Nos miramos el uno al otro mientras nos masturbamos, yo sin parar de gemir, y Miller jadeando en mi cara. Las gotas de agua se acumulan en sus pestañas oscuras y hacen que sus ojos, ya ardientes, reluzcan con intensidad.

—¡Me voy a venir! —grito, e intento concentrarme en aferrarme al placer que está a punto de volverme loca mientras me aseguro de seguir acariciando a Miller para que él también termine—. ¡Me voy a correr!

La necesidad apremia. Muevo los pies para estabilizarme, Miller pega el cuerpo más contra mí y nuestras bocas chocan y se besan con frenesí.

—¡Maldición! ¡Vente, Olivia!

Y lo hago. Su orden me hace estallar. Le muerdo la lengua, le clavo las uñas en la carne, exprimo su verga con fuerza y siento cómo late en mi mano.

—¡Jooodeeer! —ruge.

Se queda sin fuerzas y se deja caer contra mí, empotrándome contra la pared. Siento el calor de su esencia vertiéndose sobre mi vientre incluso a través del agua.

—Sigue —jadea—. No pares.

Hago lo que me pide y continúo masturbándolo arriba y abajo al tiempo que restriego las caderas contra su mano, con el corazón a mil por hora y concentrada únicamente en disfrutar de mi bombardeo de placer. Me tiene atrapada contra la pared, con su cuerpo alto y con su rostro enterrado en mi cuello. Nuestra respiración es entrecortada y laboriosa. Nuestros corazones laten y se golpean a través de nuestros pechos comprimidos. Y nuestros mundos son perfectos.

Pero sólo en este momento.

—No hemos usado nada de jabón —dice jadeando y meneando los dedos alrededor de mi carne antes de introducirlos lentamente en mí. Cierro los ojos y contraigo los músculos a su alrededor—. Pero ya me siento más limpio.

—Llévame a la cama.

—¿Para darte lo que más me gusta? —Me muerde la garganta y después me chupa con delicadeza.

Sonrío a pesar de mi agotamiento, suelto su verga semierecta y rodeo sus hombros con los brazos. Pego el rostro al suyo hasta que se ve obligado a liberar mi garganta y a buscar mis labios.

—Quiero que todas las partes de tu cuerpo me toquen —farfullo entre sus labios—. No quiero que te apartes de mí en toda la noche.

Gruñe y me besa con más intensidad, empotrándome más todavía contra la pared. Nuestras lenguas se deslizan y se enroscan sin dificultad. Podría pasarme la vida besando a Miller Hart, y sé que él siente lo mismo.

—Deja que nos lave primero.

Tengo una gran sensación de pérdida cuando me da un beso en los labios y busca el gel de baño.

—Veamos cuánta prisa eres capaz de darte —bromeo.

Deja por un momento de verterse el jabón en la mano y me mira con complicidad.

—Me gusta tomarme mi tiempo contigo. —Coloca de nuevo la botella en su sitio exacto y empieza a formar un poco de espuma en las manos. Se pone delante de mí, exhala su aliento caliente en mi rostro y después realiza uno de sus perezosos parpadeos y me mira con sus abrasadores ojos azules—. Ya lo sabes, Olivia.

Contengo la respiración, cierro los ojos con fuerza y me preparo para recibir el tacto de sus manos. Empieza por mis tobillos, trazando lentas y delicadas rotaciones que eliminan la suciedad del día. Mi mente desconecta y me centro en cómo su cálido tacto masajea mis piernas. Sin prisa. Y no me importa.

—¿Qué va a pasar ahora? —pregunto por fin.

He estado evitando esta pregunta desde que nos marchamos del Ice. Estamos juntos, encerrados a salvo en el departamento de Miller, pero no podemos estar siempre así.

—Imagino que Sophia le transmitirá a Charlie todo lo que he dicho.

—¿Sabe Charlie que Sophia está enamorada de ti?

Se ríe ligeramente.

—Sophia no es una suicida.

—¿Y tú?

Respira hondo y me mira a los ojos.

—No, mi niña. Ahora tengo muchas ganas de vivir. Tú me las has dado, y ni el diablo evitará que disfrute de mi eternidad contigo.

Alargo la mano y la poso sobre su mejilla.

—¿Es Charlie el diablo?

—Más o menos —susurra.

—¿Has pensado ya qué vas a hacer?

—Sí —responde con seguridad.

—¿Vas a contármelo?

—No, nena. Pero quiero que sepas que soy tuyo y que todo esto terminará muy pronto.

—Siento hacer que esto sea más difícil. —No digo nada más. Él sabe lo que quiero decir.

—Saber que te tengo al final hace que sea fácil, Olivia. —Con mucha vacilación, alarga la mano y me quita la goma del pelo. Apenas es capaz de contener una mueca de dolor al ver que mi pelo, antes larguísimo, sólo me llega hasta un poco por debajo de los hombros—. ¿Por qué? —susurra, y me peina con los dedos con cuidado, manteniendo la mirada en los mechones trasquilados.

—No quiero hablar de ello.

Agacho la cabeza. Me arrepiento muchísimo de haberlo hecho, pero no porque vaya a echar de menos mis masas de incontrolable pelo rubio, sino porque sé que Miller sí lo hará.

—¿Cómo te sentirías tú si yo me afeitara la cabeza?

Levanto la cabeza, horrorizada. Adoro su pelo. Ahora lo tiene más largo, y los rizos, cuando lo lleva seco, sobresalen alborotados hacia fuera de manera caprichosa a la altura de la nuca, y ese mechón rebelde que le cae de manera natural sobre la frente... No, no, no puede hacerlo.

—Deduzco —exhala en mi cara— por la expresión de tu rostro que te dolería profundamente.

—Sí, mucho. —No puedo negarlo, así que no lo hago. Su precioso cabello forma parte de este hombre tan perfecto. Me dolería cualquier cosa que arruinara de su cuerpo—. Pero no dejaría de quererte ni siquiera un poco —añado, preguntándome adónde pretende llegar con esto.

—Ni yo a ti —murmura—, pero quiero que sepas que te prohíbo que vuelvas a cortarte el pelo.

Toma el champú y me vierte un poco en la cabeza.

—No lo haré —le aseguro.

No creo que vuelva a tomar unas tijeras en mi vida después de lo que he hecho, y me refiero a lo de Miller, no a mi pelo. Sus manos restriegan los rizos que aún conservo y fijo la vista en la herida de su hombro.

—No me refiero a que no te lo cortes tú sola.

Arrugo la frente, pero me coloca cara a la pared para que no pueda mostrarle mi confusión.

—¿A qué te refieres? —pregunto mientras me masajea la cabeza hasta que sale espuma.

—Nunca —dice corta y rotundamente, sin ninguna otra explicación.

Me da la vuelta otra vez y me coloca bajo el agua para enjuagarme.

—¿Nunca qué?

No me mira, sólo continúa con su tarea, inmune a mi perplejidad.

—No quiero que te cortes el pelo, nunca. Ni en la peluquería.

—¿Nunca? —pregunto, estupefacta.

Me mira muy serio. Conozco esa expresión. No es negociable. Está añadiendo mi pelo a su lista de obsesiones. Puede que haya cedido con algunas, pero va a compensarlo con otras... como con mi pelo.

—Eso es lo que acabo de decir, ¿no? —señala totalmente en serio—. Sé que puede que suene poco razonable, pero eso es lo que quiero, y me gustaría que aceptaras.

Me quedo asombrada por su arrogancia, aunque no debería. Ya me he enfrentado a ella en numerosas ocasiones.

—No puedes decirme lo que debo o no debo hacer con mi pelo, Miller.

—Muy bien. —Se encoge de hombros con aire despreocupado y se enjabona los rizos antes de enjuagarse—. Entonces me afeitaré el mío.

Abro los ojos como platos ante su amenaza, pero pronto controlo mi exasperación, porque si algo tengo por seguro es lo siguiente:

—Adoras tu pelo tanto como yo —declaro con seguridad... y con suficiencia.

Se aplica tranquilamente un poco de acondicionador en sus queridos rizos mientras yo permanezco apoyada contra la pared de la ducha, imitando su arrogancia. Mete la cabeza debajo del agua, se la enjuaga y se echa el pelo hacia atrás con la mano. Mi sonrisa se intensifica. Está dándole vueltas al asunto y, tras inspirar profundamente, le hace frente a mi diversión. Apoya las manos en la pared a ambos lados de mi cabeza y acerca el rostro al mío.

—¿Ya estás preparada para ponerme a prueba? —Sus labios planean sobre los míos, y yo aparto la mirada con engreimiento.

—Puede.

El calor que emana su piel golpea mis pechos cuando su risa silenciosa hace que su torso se expanda.

—Muy bien —me dice al oído—. Te prometo que como se te ocurra mirar siquiera una peluquería, me cortaré el pelo.

Sofoco un grito de asombro, me vuelvo hacia él y lo encuentro con las cejas enarcadas, retándome.

—No serías capaz.

—Ponme a prueba. —Pega los labios a los míos y por un momento las atenciones de su boca me bloquean—. He cambiado muchas cosas desde que me enamoré de ti, Olivia Taylor. —Me mordisquea el labio y los latidos de mi corazón se aceleran de felicidad—. Créeme, cumpliré esa promesa.

Él me quiere. No le he prestado demasiado atención cuando lo ha bramado ante Sophia en el Ice, bien porque no me lo creía, bien porque no lo procesaba. Pero ahora las palabras resuenan por todo mi ser y me inundan de calor.

—Me da igual —anuncio—. Acabas de decirme que me quieres. Haz lo que desees.

Se ríe. Se ríe de verdad, con la cabeza hacia atrás, los ojos muy brillantes y temblando de manera descontrolada. Me deja incapaz de hacer nada. Ni siquiera respirar. Observo embelesada en silencio cómo este hombre tan maravilloso se desternilla ante mí, y sacudo la cabeza a punto de llorar.

—Olivia —dice entre risas, y me toma y me acuna en sus fuertes brazos—. Siempre te estoy diciendo que te quiero.

—No, no lo haces —objeto—. Siempre dices «fascinado».

Llegamos a la enorme cama de Miller y me coloca cuidadosamente encima. Empiezo a colarme bajo las sábanas mientras él retira todos los cojines y los pone en el arcón que se encuentra a los pies de la cama.

—Puede que no use esas palabras, pero están ahí, cada vez que te miro.

Se mete en la cama y deja caer su físico musculoso encima de mí. Me separa los muslos y se pone cómodo entre ellos. Me mira con la más minúscula de las sonrisas.

—Lo llevas escrito por todas partes —susurra, y besa mi frente confundida—. Lo escribo con los ojos en cada parte de tu cuerpo cada vez que te miro. —Desciende hasta mis labios regalándome besos delicados y hunde la lengua entre ellos. El hecho de estar tan feliz a pesar del día tan traumático que he tenido hoy me resulta irónicamente contradictorio. Y tanto cambio me marea. Paso de la más absoluta euforia a la desesperación total—. Y te lo he escrito físicamente.

Sonrío y arrugo la frente mientras él continúa venerando mi boca con ternura.

Pero entonces caigo.

—En tu estudio —farfullo contra sus labios—. Me lo escribiste en la barriga con pintura roja.

Lo recuerdo perfectamente, y también recuerdo que lo emborronó antes de que lo viera.

—Exacto. —Se aparta y mira mi rostro sonriente. Me está tocando por todas partes, pero ahora mismo, con esos ojos azules hipnóticos y penetrantes, me está tocando el alma.

—Te querré hasta que no me quede aire en los pulmones, Olivia Taylor. —Busca mi mano y se lleva el anillo de diamantes a los labios—. Para toda la eternidad.

Sacudo la cabeza suavemente.

—Una eternidad no será suficiente.

—Pues entonces más allá —susurra.

CAPÍTULO 13

Como le pedí, cuando me despierto por la mañana me lo encuentro aferrado a mí. Sigue entre mis muslos, con la cabeza lo más pegada posible a mi cuello y con los brazos tendidos a ambos lados de mi cabeza. Entierro la nariz en su pelo y aspiro su esencia mientras mis dedos recorren los fuertes y definidos músculos de su espalda durante una eternidad.

Ya es otro día. Un nuevo día. Un día al que no deseo enfrentarme. Pero mientras siga atrapada debajo de Miller, a salvo y feliz, no tengo nada de lo que preocuparme. De modo que cierro los ojos de nuevo y vuelvo a entregarme a la semiinconsciencia.

Esto parece el día de la marmota. Despego los párpados y evalúo rápidamente el espacio que me rodea. Todo está tal y como lo había dejado antes de cerrar los ojos. Las dos veces. Mi mente está a punto de volver a darle vueltas a un montón de pensamientos espantosos hasta que de repente me doy cuenta de que es viernes.

¡La abuela!

Empujo a Miller con prisa pero con cuidado para escapar de mi confinamiento y hago caso omiso cuando gruñe en sueños al dar una vuelta y ponerse boca arriba.

—... más me gusta... —gruñe, agarrando a tientas mi cuerpo a la fuga—. Livy.

—Chist —digo. Cubro su cuerpo desnudo con las sábanas y beso su ahora larga barba para calmarlo—. Sólo voy a llamar al hospital.

Dicho esto, cede, vuelve a ponerse boca abajo y desliza los brazos por debajo de su almohada. Dejo a Miller durmiendo, salgo corriendo del dormitorio para buscar mi celular y pronto me encuentro hablando con la sala Cedro del hospital.

—Soy la nieta de Josephine Taylor —anuncio mientras me dirijo hacia la cocina—. Me dijeron que le darían el alta hoy.

—¡Ah, sí! —afirma la enfermera prácticamente chillando, como si sintiera un gran alivio al confirmármelo—. El cardiólogo pasará visita a primera hora de la tarde, de modo que espero tener el alta preparada sobre las tres. Pongamos las cuatro para estar seguros.

—¡Genial! —exclamo con emoción a pesar de estar todavía medio dormida—. ¿Y ya tiene toda su medicación?

—Sí, querida. He enviado las recetas a la farmacia del hospital. Deberíamos tenerla aquí antes de que se vaya. Debe reposar durante un tiempo. Y tendrá que acudir a una visita de seguimiento.

—Gracias.

Me siento sobre una silla de la mesa de Miller y respiro aliviada mientras pienso que eso de que repose es más fácil decirlo que hacerlo. Tengo un buen desafío entre manos y, sin duda, semanas de insolencias típicas de las Taylor dirigidas hacia mi persona.

—De nada, de nada. La verdad es que ha sido la alegría de este lugar tan triste durante los últimos días.

Sonrío.

—Pero no la echará de menos, ¿eh?

La enfermera deja escapar una fuerte risotada.

—Pues la verdad es que sí.

—Entonces lo siento, pero no puede quedársela —declaro rápidamente—. Estaré allí a las cuatro.

—Se lo haré saber.

—Gracias por su ayuda.

—Un placer. —Cuelga y me quedo sentada a solas en la silenciosa cocina, incapaz de contener mi alegría. Puede que el día de hoy no sea tan malo después de todo.

Me levanto y decido prepararle el desayuno a Miller, pero necesito hacer algo antes de hacerlo. Quiero que sea perfecto, y sólo hay un modo de conseguirlo. Corro al dormitorio y me lanzo encima de la cama, haciendo que el cuerpo de Miller rebote sobre el colchón. Se incorpora de inmediato, alarmado, con su maravilloso pelo revuelto y los ojos adormilados.

—¿Qué pasa?

—Te necesito un momento —le digo, y lo tomo del brazo y empiezo a jalar—. Ven.

Sus ojos adormilados ya no lo están tanto. Ahora están cargados de deseo. Con un movimiento superrápido y calculado, se suelta el brazo, me agarra, me coloca boca arriba, se pone a horcajadas sobre mi vientre y me inmoviliza los brazos por encima de mi cabeza.

—Te necesito un momento. —Su voz es áspera, grave y tremendamente sexy—. ¿Lo hacemos?

—No —respondo sin siquiera pensar en controlar mi estúpida e insultante negativa.

—¿Disculpa? —Se siente comprensiblemente rechazado.

—Lo haremos pronto. Quiero prepararte el desayuno.

Sus ojos azules se tornan ligeramente suspicaces y aproxima el rostro al mío.

—¿En mi cocina?

Pongo los ojos en blanco. Ya me esperaba esta incertidumbre por su parte.

—Sí, en tu cocina.

—Y si vas a prepararme el desayuno, ¿para qué me necesitas?

—Necesito cinco minutos.

Me observa durante unos instantes y considera mi petición. No se negará. He despertado su curiosidad.

—Como desees. —Se levanta y me saca de la cama—. ¿Y qué piensa prepararme mi niña preciosa para desayunar?

—Eso no es asunto tuyo.

Dejo que guíe mi cuerpo desnudo de regreso a la cocina y paso por alto su resoplido de divertimento ante mi insolencia.

—¿Qué quieres que haga? —pregunta cuando entramos.

Observo cómo inspecciona el ordenado lugar, como si estuviese anotando mentalmente la posición de cada objeto por si algo se mueve del sitio mientras yo hago y deshago a mi libre albedrío. Es absurdo. Sabe perfectamente dónde está todo.

—Pon la mesa —le ordeno.

Me aparto y disfruto al ver la arruga que se le forma en la frente.

—Por favor.

—¿Quieres que ponga la mesa?

—Sí. —Puede que sea capaz de preparar un desayuno perfecto, pero sé que es imposible que ponga la mesa correctamente.

—De acuerdo. —Me mira con vacilación y se dirige al cajón donde sé que tiene los cuchillos y los tenedores.

Observo cómo se contraen y se relajan sus músculos perfectos mientras permanezco inmóvil, pero las vistas son mejores aún cuando se dirige a la mesa. Su rostro, sus ojos, sus muslos, su pecho, su firme cintura... su verga dura.

Sacudo la cabeza, decidida a no desviarme de mi plan. Observo cómo trajina por el espacio y me lanza miradas curiosas de vez en cuando mientras yo continúo quieta y callada a un lado y dejo que termine.

—Perfecto —dice, y señala hacia la mesa con un meneo del brazo—. ¿Y ahora qué?

—Vuelve a la cama —ordeno, y me dirijo a el refrigerador.

—¿Estando tú desnuda en mi cocina? —Casi se echa a reír—. De eso nada.

—Miller, por favor. —Doy media vuelta sobre mis pies descalzos con el mango de la puerta de el refrigerador en la mano y veo que me está mirando la espalda casi con el ceño fruncido—. Quiero hacer algo por ti.

—Se me ocurren muchas cosas que puedes hacer por mí, Olivia, y para ninguna de ellas es necesario que estés en mi cocina. —Estira la espalda y mira a su alrededor con aire pensativo—. Aunque...

—¡Vuelve a la cama! —No pienso ceder en esto.

Agacha la cabeza, deja caer los hombros y suspira profundamente.

—Como desees —masculla, y sale de la cocina—. Pero no puedo dormir sin ti, así que me quedaré ahí tumbado pensando en lo que te voy a hacer después de que me hayas alimentado.

—Como desees —respondo con una dulce sonrisa sarcástica e inclinando la cabeza al hacerlo.

Miller se esfuerza por contener su sonrisa y seguir fingiendo que está ofendido y desaparece. Me pongo en marcha. Lo primero que hago es sacar el chocolate y las fresas de el refrigerador. No veo yogur natural desnatado por ninguna parte. Después, me apresuro a partir los trozos de chocolate, a derretirlo, a quitarles el rabito a las fresas y a lavarlas.

Me vuelvo hacia la mesa y veo que todo está en su posición correcta... o la posición correcta según Miller. Me muerdo la mejilla por dentro mientras lo observo todo con atención y pienso si seré capaz de prepararla bien después de deshacerla y volverla a poner. Podría hacerle antes una foto. Asiento para mí misma y me doy una palmadita mental en la espalda. Pero entonces se me ocurre una idea aún mejor: me dirijo a los cajones y empiezo a abrirlos y a cerrarlos, asegurándome de no descolocar los contenidos mientras voy bajando por el mueble. Me quedo paralizada en el instante en que mis ojos se posan en el diario de Miller. Me está llamando de nuevo.

—Mierda —maldigo entre dientes, y me obligo a cerrar el cajón, dejándolo donde se supone que tiene que estar.

Por fin encuentro lo que estaba buscando.

Bueno, en realidad no.

Encuentro algo mejor.

Le quito la tapa y me quedo mirando la punta del rotulador permanente, y pronto llego a la conclusión de que esto es mejor aún que el típico bolígrafo.

—Vale. —Inspiro hondo, me dirijo a la mesa y observo todas y cada una de las piezas perfectamente colocadas.

Ladeo la cabeza mientras me doy golpecitos en el labio inferior con el extremo del rotulador. Los platos. Por ahí podría empezar.

Coloco los dedos en el centro de la porcelana para sostenerla en el sitio y procedo a trazar un círculo alrededor del plato mientras sonrío.

—Perfecto —me digo en voz alta.

Me incorporo y observo el resto de la mesa. Estoy demasiado orgullosa de mí misma, y eso se refleja en mi rostro taimado. Hago lo mismo con todas y cada una de las cosas que hay sobre la mesa. Trazo sus contornos con el rotulador, marcando con líneas perfectas el lugar exacto de cada cubierto.

—¡¿Pero qué demonios haces?!

Me vuelvo al escuchar su grito de angustia, armada con mi rotulador y, en un estúpido intento de ocultar la prueba A, lo escondo detrás de la espalda, como si hubiera un millón de personas más en el departamento de Miller que pudieran haber sido los responsables de pintarrajear su mesa. La expresión de horror en su rostro es como un baño de realidad. ¿Qué demonios acabo de hacer? Con ojos incrédulos y abiertos como platos traslada su cuerpo desnudo hasta la mesa y la observa boquiabierto. Entonces levanta un plato y mira el círculo. Y después un vaso. Y después un tenedor.

Me muerdo la mejilla por dentro frenéticamente y me preparo para la bomba que está a punto de estallar. Sienta su culo desnudo sobre la silla y entierra una mano en el pelo.

—Olivia. —Me mira con los ojos fuera de las órbitas, como si acabara de ver un fantasma—. Me has rayado toda la mesa.

Miro la mesa, me llevo el pulgar a la boca y empiezo a mordisquearme la uña en lugar de mi mejilla. Esto es absurdo. Es una
mesa. Cualquiera diría que se ha muerto alguien. Suspiro con
exasperación, tiro el rotulador a un lado y me acerco a la mesa.
Miller vuelve a levantar los objetos para comprobar que realmente
lo he marcado todo. No sé si confirmárselo yo o dejar que continúe examinándola para descubrirlo por sí mismo.

—He hecho nuestra vida más fácil.

Me mira como si me hubieran salido cuernos.

—¿En serio? —Deja un plato y yo sonrío cuando veo que lo
mueve un poco hasta que está dentro de la guía—. ¿Podrías expli-
carte?

—Pues... —Me siento a su lado y pienso en la mejor manera de
expresarlo para que lo entienda. Ahora soy yo la que se está comportando de manera absurda. Estamos hablando de Miller Hart:
mi hombre pirado y obsesivo—. Ahora puedo poner la mesa sin
riesgo a que tu dulce niña altere tus —frunzo los labios—... rutinas
particulares.

—¿Mi dulce niña? —Me mira con incredulidad—. Tú no tienes nada de dulce, Olivia. ¡Ahora mismo eres más bien el puto diablo! ¿Por qué...? ¿Cómo...? Maldición, ¡mira esto! —Menea el brazo al tuntún, apoya los codos en la mesa y entierra el rostro en las
manos—. No me atrevo ni a mirar.

—Ahora podré poner la mesa como a ti te gusta. —Evito usar
el verbo «necesitar». Así es como él necesita que esté—. Es un mal
menor. —Alargo la mano y le tomo la suya para que deje de apoyar
la cabeza y tenga que mirarme—. Si no quieres que siempre la esté
fastidiando, tendrás que acostumbrarte a esto.

Señalo la mesa sonriendo. Puede que haya reaccionado mal,
pero sólo será por esta vez. Acabará aceptando las marcas. La alternativa es tener una minipataleta cada vez que ponga la mesa. Es
obvio que esto es mejor.

—Tú eres el único mal que hay aquí, Olivia. Sólo tú.

—Considéralo una forma de arte.

Resopla ante mi sugerencia y se suelta la mano para agarrarme él a mí.

—Es un puto desastre, eso es lo que es.

Mi cuerpo se hunde en la silla, y veo cómo me mira con el rabillo del ojo, todo irritado. ¿Por una mesa?

—¿Se puede reemplazar?

—Sí —gruñe—. Y es una faena tener que hacerlo, ¿no te parece?

—Bien, pues yo no soy reemplazable, y no pienso pasarme toda la vida contigo preocupándome de si coloco un estúpido plato en el sitio correcto.

Recula ante mi dureza, pero ¡vamos! Me he acomodado perfectamente a sus obsesiones. Sí, es verdad que se ha relajado bastante con algunas, pero todavía queda mucho trabajo por hacer, y ya que Miller se niega a admitir abiertamente que padece un trastorno obsesivo-compulsivo severo, y que se niega de plano a ir a un psicólogo, tendrá que acostumbrarse a mi manera de ayudarlo. Y de ayudarme a mí misma a la vez.

—No es para tanto —dice fingiendo absoluta indiferencia.

—¿Que no es para tanto? —pregunto riéndome—. ¡Miller, tu mundo está experimentando un cataclismo de dimensiones históricas!

Prácticamente gruñe ante mi comentario, y me río más todavía.

—Y ahora —me levanto y me suelto la mano—, ¿quieres desayunar o vas a negarte porque no has visto si lo he preparado como a ti te gusta?

—Esa insolencia sobra.

—No sobra. —Dejo a mi gruñón en la mesa para coger el cuenco de chocolate fundido y oigo cómo masculla mientras levanta la vajilla—. Ups —digo cuando me asomo al cuenco y veo que no se parece en nada a la densa y deliciosa crema de chocolate que Miller elaboró.

Tomo la cuchara de madera, lo meneo un poco y suelto el mango cuando el oscuro fango semiduro se traga el instrumento. Empiezo a hacer pucheros y de repente me pongo alerta, y sé que es porque se está aproximando para investigar. El calor de su pecho impacta contra mi espalda y apoya la barbilla sobre mi hombro.

—Tengo una petición —me dice al oído, haciendo que mi hombro se eleve y que mi cabeza se pegue contra su rostro en un vano intento de detener el hormigueo que ha empezado a invadir mi cuerpo.

—¿Cuál? —Reclamo la cuchara y trato de remover el chocolate.

—Por favor, no me obligues a comerme eso.

Mi cuerpo entero se desinfla y la decepción sustituye al hormigueo.

—¿Qué hice mal?

Me quita la cuchara de la mano y la deja en el cuenco antes de darme la vuelta en sus brazos. Su consternación ha desaparecido. Ahora soy el blanco de su diversión.

—Te has pasado demasiado tiempo destrozando mi mesa y el chocolate se ha secado —explica con petulancia—. Me temo que no podremos lamérnoslo del cuerpo.

No tengo solución. Sé que es una tontería, dado que acabo de arruinar su mesa en el proceso, pero quería hacer esta cosa tan trivial, porque no lo es en el mundo de Miller.

—Lo siento. —Suspiro y apoyo la frente en su pecho.

—Estás perdonada. —Me rodea la espalda con los brazos y después pega los labios contra mi cabeza—. ¿Y si dejamos el desayuno por hoy?

—Ok.

—Nos pasaremos el día vegetando. Y luego almorzamos fuerte.

Me encojo. Sabía que este sería su plan. Encerrarnos para protegerme de este mundo. Pero no puede ser, porque la abuela vuelve hoy a casa.

—Tengo que recoger a la abuela del hospital a las cuatro.

—Yo la recogeré —se ofrece, pero sé perfectamente lo que pretende. Y no pienso estar alejada de mi abuela—. Y la traeré aquí.

—Ya hemos hablado de esto. Necesita estar en su propia casa, en su propia cama, rodeada de todo lo que conoce. No le gustará vivir aquí.

Me aparto de él y salgo de la cocina. No estoy preparada para dejar que intente convencerme. Será una pérdida de tiempo y acabaremos discutiendo. Después de lo de anoche imagino que va a estar insoportablemente protector.

—¿Qué tiene de malo mi casa? —pregunta ofendido.

Me vuelvo, un poco molesta de que se muestre tan obtuso en lo que respecta a la abuela.

—¡Que no es un hogar! —le espeto, y una pequeña parte de mí se pregunta si de verdad me quiere mancillando su departamento con mi falta de orden o si está tan desesperado por protegerme que sería capaz de torturarse a sí mismo teniéndonos a mi abuela y a mí aquí permanentemente.

Veo que mi comentario lo ha herido y cierro la boca antes de seguir retorciendo el cuchillo.

—Entiendo —dice con frialdad.

—Miller, yo...

—No, no pasa nada.

Pasa por mi lado procurando no tocarme. Me siento fatal y me quedo mirando la pared y los techos altos de su departamento. He herido sus sentimientos. Está intentando ayudar. Está preocupado por mí, y yo me estoy comportando como una auténtica zorra.

Levanto la mano, me pinzo el puente de la nariz y gruño con frustración antes de ir tras él.

—Miller —lo llamo mientras veo cómo desaparece en el dormitorio—. Miller, no pretendía herir tus sentimientos.

Cuando entro, veo que está estirando las sábanas con rabia.

—He dicho que no pasa nada.

—Ya lo veo. —Suspiro y dejo caer los brazos a los costados.

Me acercaría a ayudar, sería como una rama de olivo en forma de orden al estilo Miller, pero sé que así sólo conseguiré molestarlo más porque lo haría todo mal.

—No quieres vivir aquí. —Ahueca las almohadas y alisa la parte superior con la mano—. Lo acepto. No tiene por qué gustarme, pero lo acepto.

Tira con furia la colcha que hay al pie de la cama y empieza a tirar de ella para colocarla en su sitio. Observo en silencio, un poco sorprendida por su comportamiento rabioso y pueril. Está iracundo. No enfadado o al borde de un brote psicótico, sino sencillamente airado.

—¡A la mierda! —grita, y agarra las sábanas perfectamente dispuestas y tira de ellas lanzándolas sobre la cama. Se sienta en el borde y se lleva las manos al pelo, respirando con agitación—. Te quiero en mis brazos todas las noches. —Levanta la vista y me mira con ojos suplicantes—. Necesito protegerte.

Me acerco a él y me sigue con la mirada hasta que me tiene delante. Separa las piernas y deja que me coloque entre ellas. Apoyo las manos sobre sus hombros y él las suyas en mi trasero. Me mira de nuevo, suspira y traga saliva. Después apoya la frente en mi vientre y mis manos ascienden hasta su cuello y se hunden en su pelo.

—Sé que parezco dependiente y caprichoso —susurra—. Pero no es sólo porque esté preocupado. Me he acostumbrado a levantarme contigo y a dormirme contigo. Tú eres lo último que veo antes de cerrar los ojos y lo primero que veo cuando los abro. Y no me hace ninguna gracia dejar de tener eso, Olivia.

En ese instante comprendo cuál es el problema. No nos hemos separado desde hace semanas. Nueva York fue una sesión constante de veneración, de recibir lo que más le gusta y de perdernos el uno en el otro. Ahora hemos vuelto a la realidad. Sonrío con tristeza, sin saber qué decir ni qué hacer para que se sienta mejor. Nada me mantendrá alejada de la abuela.

—Ella me necesita —murmuro.

—Lo sé. —Me mira y hace todo lo posible por regalarme una de sus sonrisas. Lo intenta. Pero la preocupación que cubre sus rasgos no se lo permite—. Ojalá pudiera controlar mi necesidad de ti.

Por un lado quiero y por otro no quiero que controle esa necesidad.

—¿Tu necesidad de mi presencia o tu necesidad de garantizar mi seguridad? —pregunto, porque ésa es la cuestión. Sé perfectamente lo que hay al otro lado de la puerta de Miller.

—Las dos.

Asiento admitiendo su respuesta e inspiro hasta llenarme los pulmones.

—Siempre me has prometido que nunca me obligarías a hacer nada que no quisiera hacer.

Cierra los ojos con fuerza y frunce los labios.

—Estoy empezando a arrepentirme de haberlo hecho.

Mis labios se extienden y forman una sonrisa. Sé que lo dice de verdad.

—Esto no es discutible. La única solución es que tú te vengas a casa con nosotras.

Abre los ojos como platos y yo controlo mi sonrisa, consciente de cuál es el problema de esta situación.

—¿Cómo voy a venerarte en casa de tu abuela?

—Lo hiciste perfectamente el otro día.

Levanto las cejas y sus hechizantes esferas azules se nublan de deseo ante mis ojos al recordar nuestro encuentro en la escalera.

Frunce ligeramente el ceño, aplica presión en mi trasero y tira de mí hacia él.

—Pero ella no estaba en palacio.

—¡Haces que parezca de la realeza!

—¿Acaso no lo es?

Resoplo a modo de asentimiento y me agacho hasta que nuestros rostros quedan a la misma altura.

—Ya tiene sus opciones, señor Hart. Yo me voy a casa con la abuela. ¿Me concedería el honor de acompañarme?

Me muero de dicha cuando atisbo un ligero brillo en sus ojos y sus labios se esfuerzan por contener una sonrisa pero fracasan estrepitosamente.

—Lo haré —masculla intentando sonar gruñón mientras su actitud juguetona lucha por liberarse—. Será un auténtico infierno, pero haré lo que sea por ti, Olivia Taylor, incluso comprometerme a no tocarte.

—¡Eso no será necesario!

—Difiero —responde tranquilamente mientras se pone de pie y me eleva hasta su cintura. Me aferro a sus lumbares con los tobillos y pongo cara de fastidio—. No pienso faltarle al respeto a tu abuela.

—Amenazó con amputarte tu virilidad, ¿te acuerdas? —le recuerdo, esperando eliminar de su conciencia esta tontería.

Su frente se arruga de un modo maravilloso. Lo estoy consiguiendo.

—Correcto, pero ahora está enferma.

—Lo que significa que le costará más atraparte.

Pierde la batalla de contener su regocijo y me ciega con una de sus sonrisas de infarto.

—Me encanta oír cómo gritas mi nombre cuando te vienes. Eso no será posible. No quiero que tu abuela piense que no la respeto ni a ella ni a su hogar.

—Entonces te lo susurraré al oído.

—¿Está mi niña sacando su insolencia a pasear?

Me encojo de hombros como si nada.

—¿Está el hombre que amo fingiendo ser un caballero otra vez?

Inspira súbitamente, como si lo hubiera dejado pasmado. No me lo trago.

—Me has ofendido.

Me inclino y le muerdo la punta de la nariz. Después deslizo la lengua lentamente hasta su oreja. Siento cómo se acelera su ritmo cardíaco bajo mi pecho.

—Entonces dame una lección —le susurro con voz grave y seductora al oído antes de morderle el lóbulo.

—Me siento obligado a hacerlo. —Con una sucesión de rápidos y expertos movimientos, me agarra y me lanza sobre la cama.

—¡Miller! —chillo por los aires mientras meneo los brazos.

Aterrizo en el centro de su enorme cama, riéndome e intentando ubicarme. Está de pie a los pies de la cama, quieto y calmado, mirándome como si fuera su próxima comida. Mi respiración laboriosa se acelera. Intento sentarme bajo su vigilancia. Sus ojos están cargados de deseo.

—Ven a mí, mi niña —dice con una voz áspera que acelera mi corazón todavía más.

—No. —Me sorprendo a mí misma negándome. Quiero ir hasta él. Desesperadamente. No sé por qué he dicho eso, y a juzgar por su expresión de desconcierto sé que Miller también se ha quedado pasmado.

—Ven-a-mí. —Puntúa cada palabra y la tiñe con su tono grave.

—No —susurro con obstinación, y retrocedo un poco, distanciándome de él.

Esto es un juego. Una cacería. Lo deseo con locura, pero saber lo mucho que él me desea a mí sube las apuestas y aumenta nuestro anhelo hasta un punto casi insoportable... lo que hace que esta persecución resulte mucho más satisfactoria.

Miller ladea la cabeza y sus ojos centellean.

—¿Te estás haciendo la difícil?

Me encojo de hombros y miro por encima de mi hombro para planear mi huida.

—No me apetece que Miller Hart me venere en este momento.

—Eso es un disparate, Olivia Taylor. Lo sabes tan bien como yo. —Avanza hacia mí y dirige la mirada justo entre mis piernas—. Puedo oler lo dispuesta que estás desde aquí.

Me derrito por dentro, pero cierro los muslos en el acto y cambio de posición en un vano intento de contener el deseo que me invade.

—Y yo veo lo dispuesto que estás tú.

Centro la atención en su verga, que late visiblemente ante mis ojos.

Acerca la mano a la mesita de noche y saca un condón muy despacio, se lo lleva a los labios muy despacio y lo abre con los dientes muy despacio. Después me mira mientras lo extiende por su miembro erecto. Con esa mirada le basta para debilitarme. Transforma mi sangre en lava fundida y mi mente en papilla.

—Ven-a-mí.

Sacudo la cabeza y me pregunto por qué diablos sigo resistiéndome. Estoy a punto de explotar. Mantengo la mirada fija en él, esperando su siguiente movimiento, y veo cómo su pene aumenta un poco más. Vuelvo a retroceder.

Sacude ligeramente la cabeza. Su mechón rebelde cae sobre su frente y una minúscula curvatura en su boca catapulta mi necesidad. Me tiembla visiblemente todo el cuerpo. No puedo controlarlo. Y no quiero hacerlo. La anticipación me está volviendo loca de deseo y todo por culpa mía. Se aproxima con determinación y con expresión amenazadora y observa con regocijo cómo retrocedo sofocando un grito.

—Juega todo lo que quieras, Olivia. Pero en diez segundos estaré dentro de ti.

—Eso ya lo veremos —respondo con arrogancia, pero antes de que pueda anticipar su siguiente movimiento, sale disparado hacia mí a gran velocidad—. ¡Mierda! —grito.

Doy una vuelta y gateo hasta el borde de la cama a toda prisa, pero él me agarra del tobillo y de un jalón me tumba boca arriba. Jadeo en su cara mientras él me atrapa con el cuerpo y exhala sobre mi rostro de manera constante y controlada.

—¿Es lo mejor que sabes hacer? —pregunta, inspeccionando mi rostro hasta que sus ojos aterrizan en mis labios.

Desciende y, en cuanto siento la suavidad de su carne contra la mía, entro en acción y lo agarro desprevenido. Lo tengo tumbado boca arriba en un nanosegundo y me monto a horcajadas encima de él, sosteniendo sus muñecas por encima de su cabeza.

—Nunca bajes la guardia —le digo en su cara antes de mordisquearle de manera tentadora el labio inferior.

Gruñe y eleva las caderas para pegarlas contra mí al tiempo que intenta atrapar mis labios. Se los niego y hago que refunfuñe con frustración.

—*Touché* —dice, se incorpora súbitamente y vuelve a atraparme debajo de él.

Intento en vano agarrarlo de los hombros, pero intercepta mis manos y me las sostiene contra la cama. Una sonrisa petulante de niño bueno se dibuja en su rostro divino y alimenta mi insolencia y mi deseo.

—Ríndete, niña.

Grito con frustración y me esfuerzo al máximo por liberarme. Consigo darle la vuelta a la tortilla de un salto, pero la sensación de caída libre eclipsa mi determinación.

—¡Mierda! —grito al tiempo que Miller se apresura a darnos la vuelta y a colocarse debajo disimuladamente antes de que impactemos contra el suelo.

No parece haberse hecho daño, y sólo está en situación de desventaja durante un segundo antes de tenerme de nuevo atrapada debajo. Grito y consigo que la frustración me consuma. También paso por alto la sospecha de que se deja ganar voluntariamente, permitiendo que sienta que voy a conseguir algo antes de volver a recuperar el poder.

Observa embelesado mi rostro acalorado y sus ojos emanan pasión mientras sostiene mis dos manos con una de las suyas por encima de mi cabeza.

—No te dejes llevar nunca por la frustración —susurra, agacha la cabeza y atrapa la punta de mi pezón entre los dientes.

Grito y hago caso omiso de su consejo. ¡Me siento tremendamente frustrada!

—¡Miller! —chillo, y me retuerzo inútilmente debajo de él, meneando la cabeza de un lado a otro mientras me esfuerzo por controlar el placer que me invade desde todos los ángulos posibles—. ¡Miller, por favor!

Sus dientes estiran mi sensible protuberancia y me vuelven loca.

—¿No querías jugar, Olivia? —Me besa la punta y me separa los muslos abriéndose paso con la rodilla—. ¿Acaso te estás arrepintiendo?

—¡Sí!

—Pues ahora tendrás que rogarme que pare.

—¡Por favor!

—Niña, ¿por qué intentas negarte mis atenciones?

Mi mandíbula se tensa.

—No lo sé.

—Yo tampoco. —Menea las caderas y empuja hacia adelante provocándome un placer insoportable—. ¡Joder!

Una potente invasión me toma por sorpresa, pero el hecho de que sea inesperada no hace que la absoluta satisfacción sea menos gratificante. Mis músculos internos se aferran a él con todas sus fuerzas e intento liberar mis muñecas de sus manos de hierro.

—Deja que te abrace.

—Chist —me silencia mientras eleva el torso y se apoya sobre los brazos al tiempo que me mantiene atrapada debajo de su cuerpo—. Lo haremos a mi manera, Olivia.

Gimo mi desesperación, echo la cabeza atrás y arqueo la espalda violentamente.

—¡Te odio!

—No, no me odias —responde con seguridad, retrocediendo y planeando sobre mi abertura; está tentándome—. Me amas. —Empuja un poco hacia adelante—. Te encanta todo lo que te hago. —Empuja un poco más—. Y te encanta lo que sientes cuando te lo hago.

¡Pum!

—¡Joder! —grito, desesperada bajo sus garras e indefensa bajo su ataque enérgico. Aunque no lo detendría ni en un millón de años. Ansío su poder—. Más —gimo, disfrutando del delicioso dolor que me está provocando.

—Es de mala educación no mirar a la gente cuando te habla —me dice mientras se retira lentamente.

—¡Cuando a ti te conviene!

—¡Mírame!

Levanto la cabeza, abro los ojos y grito con furia.

—¡Más!

—¿Fuerte y rápido? ¿O suave y lento?

Estoy demasiado desesperada para que lo haga suave y lento. Paso del suave y lento, y no creo que la orden de Miller de que lo saboree vaya a ayudar en nada.

—Fuerte —jadeo, y elevo las caderas todo lo que puedo—. Muy fuerte —digo sin vergüenza, ni miedo ni recelos. Tengo toda su devoción, su amor y sus atenciones, independientemente de si me coge o me venera.

—Maldición, Livy. —Se retira del todo y me deja ligeramente confusa y a punto de objetar, pero entonces me coloca a cuatro patas y me agarra de la cintura con ímpetu. Trago saliva y agradezco la profundidad que Miller puede alcanzar desde esta postura. Joder, ¿y encima va a hacérmelo fuerte?—. Dime que estás preparada.

Asiento y pego el trasero contra él, ansiosa por esa profundidad. No pierde el tiempo y tampoco se molesta en entrar despacio. Me penetra hasta el fondo lanzando un bramido ensordecedor que me embriaga de euforia y me provoca escalofríos de placer. Grito, apoyo las manos en puño en la alfombra, y echo la cabeza atrás con desesperación. Miller arremete sin piedad, ladrando con cada embestida, clavándome los dedos en la suave piel de mis caderas. Siento la aspereza de la alfombra en mis rodillas. Se está comportando de una manera inusualmente violenta conmigo, aunque el ligero dolor y la implacable fuerza de su cuerpo martilleando el mío no me desaniman, sino que hacen que suplique más.

—Más fuerte —farfullo débilmente, dejando que Miller tome el control absoluto mientras que las fuerzas para recibir sus duros golpes empiezan a fallarme y sólo puedo concentrarme en el placer que me consume y que invade cada rincón de mi cuerpo.

—¡Joder, Olivia! —Flexiona los dedos y los vuelve a clavar en mi carne—. ¿Te estoy haciendo daño?

—¡No! —exclamo temiendo que pueda parar—. ¡Más fuerte!

—¡ Maldición! ¡Eres un puto sueño! —Separa las rodillas y acelera el ritmo. Nuestros cuerpos chocan haciendo ruido—. ¡Me voy a venir, Olivia!

Cierro los ojos. El aire abandona mis pulmones y mi mente también se vacía. Me quedo en un mundo oscuro y silencioso en el que mi único propósito es disfrutar de las atenciones de Miller. No hay nada que me distraiga de ello, nada que arruine nuestro precioso momento juntos. Estamos solos los dos, mi cuerpo y su cuerpo haciendo cosas maravillosas.

El placer aumenta. Cada colisión de su cuerpo con el mío me empuja hacia el éxtasis más absoluto. Quiero hablar, decirle lo que me está haciendo sentir, pero me quedo callada, incapaz de pronunciar ni una palabra. Sólo puedo emitir gemidos de desesperación y de placer. Siento cómo se aproxima su clímax. Se expande dentro de mí y un rugido sonoro me trae de vuelta a la habitación. Mi orgasmo me toma por sorpresa y grito mientras me atraviesa como un tornado. Todos mis músculos se tensan, excepto los de mi cuello, que dejan que mi cabeza caiga sin vida entre mis brazos. Miller acelera sus fuertes embestidas una vez más para llegar al límite y entonces tira de mi cuerpo rígido contra él.

—¡Arhhhhhhhhhhhhhh! —brama, y me golpea con una fuerza que uno sólo es capaz de comprender cuando la está recibiendo. Y yo lo estoy haciendo.

El intenso dolor que me atraviesa, mezclado con el efervescente placer que aún burbujea entre mis piernas acaba conmigo.

—Joder —exhala mientras mantiene nuestros cuerpos enganchados.

Estoy a punto de desplomarme. Miller es lo único que me sostiene, y desprende los dedos de mis caderas, pierdo ese apoyo y me dejo caer sobre el suelo boca abajo, jadeando y resollando.

La frialdad de la moqueta sobre mi mejilla es bienvenida mientras observo cómo Miller se tumba boca arriba a mi lado y deja caer los brazos sobre su cabeza. Su pecho se expande con agitada violencia. Está empapado, y la firme carne de su torso reluce con el sudor. Si tuviera la energía suficiente, alargaría la mano para acariciarlo, pero no la tengo. Estoy totalmente inservible. Pero no tanto como para cerrar los ojos y privarme de la magnífica visión de Miller tras su orgasmo.

Ambos permanecemos desparramados en la alfombra durante una eternidad. Mis oídos se ven invadidos por inspiraciones largas y constantes. Finalmente, reuniendo fuerzas de alguna parte, arrastro los brazos por la alfombra y acaricio su costado con la punta de mi dedo. Se desliza con facilidad gracias a la humedad de su piel caliente. Deja caer su cabeza a un lado hasta que sus ojos encuentran los míos y el agotamiento desaparece, permitiéndonos recuperar el habla. Pero él se me adelanta.

—Te quiero, Olivia Taylor.

Sonrío y pongo todo mi empeño en subirme encima de él, acomodarme y hundir mi rostro en el confort de su cuello.

—Y yo me siento profundamente fascinada por ti, Miller Hart.

CAPÍTULO 14

—Veamos, entonces.

Está esperándome en la acera, fuera de la peluquería, y sé que está supernervioso. No para de pasearse de un lado a otro y parece excesivamente preocupado ante mi nuevo corte de pelo. Me ha permitido venir bajo órdenes estrictas de cortarme lo mínimo para arreglármelo, aunque se ha encargado de reiterar esas mismas instrucciones a la peluquera y sólo se ha marchado cuando yo lo he obligado al ver que estaba alterándola mucho con sus secas órdenes. De haberse quedado vigilándola seguramente habría acabado con un destrozo peor que el que ya tenía. Mis rizos, antes largos y salvajes, están ahora suaves y brillantes y caen justo por debajo de mis hombros. Diablos, hasta yo estoy nerviosa. Me llevo la mano a la cabeza, me paso los dedos a través de ellos y siento el tacto tan sedoso que tienen mientras Miller me observa detenidamente. Espero. Y espero. Hasta que la exasperación y la impaciencia se apoderan de mí.

—¡Di algo! —le ordeno, detestando el escrutinio al que me está sometiendo. No es raro en él observarme tan detenidamente, pero esa intensidad no es bien recibida en estos momentos—. ¿No te gusta?

Frunce los labios y se mete las manos en los bolsillos del pantalón del traje, cavilando. Después acorta la distancia que nos separa y entierra el rostro en mi cuello en cuanto llega hasta mí. Me pongo tensa. No puedo evitarlo. Pero no es por su cercanía. Es por su silencio.

Inspira hondo y dice:

207

—No hace falta que te diga que estaba un poco preocupado ante la posibilidad de perder aún más.

Suelto una fuerte carcajada ante el cinismo de su subestimación.

—¿Un poco?

Se aparta y murmura con aire pensativo.

—Detecto cierto sarcasmo.

—Tus sentidos funcionan perfectamente.

Me sonríe con malicia, se acerca, rodea mi cuello con el brazo y me estrecha contra él.

—Me encanta.

—¿En serio? —Estoy perpleja. ¿Está mintiendo?

—Sí, de verdad. —Pega los labios contra mi cabeza e inspira hondo de nuevo—. Y me gustará todavía más cuando esté alborotado y húmedo. —Me pasa los dedos por el pelo, lo agarra con fuerza y tira de él—. Perfecto.

Siento un alivio tremendo. Absolutamente tremendo.

—Me alegro de que te guste, pero si no fuera así, tendría unas palabritas contigo. Ha seguido tus instrucciones punto por punto.

—No esperaba menos.

—La has puesto nerviosa.

—Le estaba confiando mi posesión más preciada. Debía de estar nerviosa.

—Mi pelo es mi posesión.

—Te equivocas —responde con rotundidad.

Pongo los ojos en blanco ante su impertinencia, pero evito desafiarlo.

—¿Adónde vamos? —pregunto, tomándole la muñeca para comprobar la hora—. Aún es pronto para recoger a la abuela.

—Ahora tenemos que ir a visitar a alguien. —Me agarra del cuello y me dirige hacia su Mercedes.

La preocupación me invade. No me ha gustado cómo ha sonado eso.

—¿A quién?

Miller se mira como si se estuviera disculpando con los ojos.

—Adivínalo. Te doy tres intentos.

El mundo se me viene encima. No necesito tres.

—A William —suspiro.

—Correcto. —No me ofrece la oportunidad de objetar. Me guía hasta su coche y cierra la puerta con firmeza antes de rodearlo por delante y ocupar su asiento—. Me encanta tu pelo —dice con voz suave mientras se acomoda, como si estuviese intentando apaciguarme... relajarme.

Mantengo la vista al frente mientras evalúo las ventajas de escabullirme. No quiero ver a William. No quiero enfrentarme a su desaprobación, a su petulante arrogancia. Miller lo sabe, y nunca me obliga a hacer nada que no quiera hacer, aunque me temo que en esta ocasión romperá su promesa. Pero no pierdo nada por intentarlo.

—No quiero ir. —Me vuelvo hacia él y lo veo con expresión meditabunda.

—Mala suerte —susurra y arranca el coche, no dejándome más opción que la de tragarme la rabia.

Miller depende ahora de William para obtener información. Sé que no le gusta nada, y a William tampoco. Y desde luego a mí tampoco. Pero por desgracia, parece que ninguno de nosotros tiene elección. Cierro los ojos y no vuelvo a abrirlos hasta que llegamos. No decimos nada, dejando que el silencio inunde el espacio cerrado que nos rodea. Es incómodo. Es doloroso. Y hace que el trayecto se me haga eterno.

Cuando por fin llegamos a nuestro destino, detecto la tensión de Miller. La atmósfera parece congelarse y vuelve rígidos todos los músculos de mi cuerpo. Todavía no se han visto siquiera pero ya se percibe la invisible enemistad, y hace que se me pongan los pelos de punta y que se me acelere el pulso. Siento como si estuviera metiéndome voluntariamente en la boca del lobo.

—Abre los ojos, Olivia.

El tono relajado de Miller acaricia mi piel y despego los párpados, aunque no tengo ningún deseo de ver lo que hay fuera del coche. Pero mantengo la mirada en mi regazo y veo que mi anillo de eternidad gira con frenesí en mi dedo gracias a mis propios nervios inconscientes.

—Y mírame —ordena.

Antes de que pueda obedecer, me agarra de la nuca y me gira la cabeza para que lo mire. Fijo los ojos en Miller, sabiendo lo que veré si me aventuro a mirar detrás de él.

El Society.

El club de William.

—Mejor —dice, y alarga la otra mano para arreglarme mi nuevo pelo—. Ya sabes que William Anderson no es santo de mi devoción —declara—, pero se preocupa mucho por ti, Olivia.

Me atraganto y abro la boca para replicar, para decirle que a William sólo lo mueve el sentimiento de culpa. No pudo salvar a mi madre, de modo que está intentando expiar su alma y salvarme a mí. Pero me coloca la palma de la mano en los labios para silenciarme antes de que abra la boca.

—Si yo puedo aceptar su ayuda, tú también.

Tuerzo el gesto, derrotada, tras su mano, y entorno los ojos ligeramente. La leve curva de sus labios me indica exactamente cuáles van a ser las próximas palabras que salgan por su boca perfecta.

Y no me equivoco.

—Insolente —dice, y aparta la mano rápidamente para reemplazarla por su boca.

El tacto de nuestros labios consigue el efecto deseado. Me desabrocho el cinturón al tiempo que le devuelvo el beso y me paso al asiento de al lado y me monto sobre su regazo.

—Hmmm —murmura, y me ayuda a ponerme cómoda mientras nuestras lenguas danzan en perfecta sincronía. Me está infundiendo las fuerzas que necesito para enfrentarme a William, para entrar en el Society—. Vamos. Acabemos con esto.

Refunfuño una objeción y hago todo lo posible por dificultarle a Miller la tarea de despegarse de mi boca y abrir la puerta. Ladea la cabeza para ordenarme que salga, y lo hago gruñendo de manera audible. Me levanto de su regazo y me encuentro de pie en la acera antes de lo que me habría gustado. Intento evitar levantar la vista. Me arreglo el vestido, me coloco el pelo por detrás de los hombros, vuelvo a llevármelo adelante y acepto mi bolso cuando asoma por mi lado. Mis pulmones absorben el aire lentamente y por fin reúno las fuerzas para enfrentarme al edificio que tengo enfrente.

Años de angustia parecen reptar por mi cuerpo desde el suelo bajo mis pies para asfixiarme. El aire se vuelve denso y me dificulta la respiración. Me arden los ojos ante el recordatorio visual de mi sórdido pasado. El edificio está tal y como lo recordaba, con los inmensos ladrillos de piedra caliza, las enormes vidrieras originales y los desgastados escalones de cemento que dan a las gigantescas puertas que me llevarán al mundo de William. Una brillante verja negra de metal custodia la fachada, con puntas doradas al final de cada barrote, otorgándole un aspecto de lujo y opulencia, pero con un aire de peligro. Una placa dorada fija en uno de los pilares que flanquean la entrada dice en grandes letras gruesas: THE SOCIETY. Me quedo con la mirada perdida en las puertas y me siento más vulnerable que nunca. Este es el centro del mundo de William. Aquí es donde empezó todo, cuando una joven se adentró a trompicones en lo desconocido.

—¿Olivia?

Salgo de mi ensimismamiento, miro de reojo a Miller y veo que me está mirando. Intenta ocultar su aprensión... sin lograrlo. Emana por sus ojos, aunque no estoy segura de si es por el sitio al que nos dirigimos o por mi creciente abatimiento.

—La última vez que vine aquí, William me echó para siempre.

Miller aprieta los labios y su expresión se torna tan angustiada como la mía.

—No quería volver a ver este lugar en mi vida, Miller.

Su angustia se multiplica por dos y se aproxima para darme lo que más le gusta. Es el lugar perfecto en el que refugiarse.

—Te necesito a mi lado, Livy. Siento que camino constantemente al borde de un agujero negro que se me tragará y me devolverá a la oscuridad más absoluta como dé un solo paso en falso.

Sus manos ascienden por mi espalda hasta que alcanzan los laterales de mi cabeza. Me extrae de mi escondite y busca mi mirada. Odio el derrotismo que intuyo en sus ojos.

—No dejes de creer en nosotros, te lo ruego.

Una luz se ilumina en respuesta a la súplica de Miller, y recobro mentalmente mi lamentable compostura. Miller Hart no es un hombre débil. No estoy confundiendo su confesión con debilidad. No es débil en absoluto. No soy más que una pequeña grieta en la armadura de este hombre tan desconcertante. Pero también soy una fortaleza, porque sin mí, Miller jamás se habría planteado abandonar esa vida de degradación. Le he dado el motivo y la fuerza para hacerlo. No debo ponerle las cosas más difíciles de lo que ya lo son para él. Mi historia es precisamente eso, historia. Forma parte del pasado. Es la historia de Miller la que nos impide seguir adelante. Tenemos que remediar eso.

—Vamos —digo con decisión, desafiando a la aprensión que todavía siento en el fondo de mi ser.

Avanzo con firmeza y determinación. Esta vez soy yo quien guía a Miller para variar, hasta que la escalofriante puerta de dos hojas me impide continuar. Me quedo pasmada cuando Miller alarga el brazo y marca el código en el teclado de memoria. ¿Cómo es posible?

—¿Sabes el código?

Se revuelve incómodo.

—Sí —responde con rotundidad.

—¿Por qué? —Balbuceo.

No pienso aceptar sus signos de siempre para indicarme que el tema está zanjado. No lo está. William y Miller se detestan. No hay ningún motivo para que conozca el código que le proporcione acceso al establecimiento de William.

Ceja en su empeño de darme la vuelta y empieza a toquetearse las mangas de la chaqueta y a alisárselas.

—He venido un par de veces.

—¿Que has venido? —Me río—. ¿Para qué? ¿Para fumarte un puro y echarte unas risas con William mientras bebían un trago de whisky envejecido?

—La insolencia sobra, Olivia.

Sacudo la cabeza. No necesito corregirlo ni preguntarle de qué hablaban durante esas visitas. Seguro que fueron palabras bastante curiosas. Pero mi maldita curiosidad no me permite cerrar la puta boca.

—¿Para qué? —Observo cómo sus pestañas se cierran lentamente mientras se arma de paciencia. Su mandíbula también se tensa.

—Puede que no nos llevemos bien, pero en lo referente a ti, Anderson y yo nos entendemos. —Ladea la cabeza con expectación—. Y ahora vamos.

Siento cómo mi labio inferior se arruga de rabia, pero sigo su orden, crispada de los pies a la cabeza.

El gran vestíbulo del Society destila elegancia. No cabe duda de que el suelo original de madera se pule semanalmente y la decoración, aunque ahora es de color crema y dorado en lugar de rojo intenso y dorado, transmite opulencia. Rebosa riqueza. Es muy lujoso. Es espléndido. Pero ahora, la encantadora decoración no me parece más que un disfraz, algo con lo que engañar a la gente para que no vean lo que representa realmente este edificio y lo que aquí sucede. Y quién frecuenta este establecimiento de lujo.

Para evitar que mis ojos vuelvan a familiarizarse con el espacio que me rodea, continúo hacia adelante, sabiendo muy a mi pesar dónde se encuentra el despacho de William; pero Miller me agarra del antebrazo y me da la vuelta para que lo mire.

—Al bar —dice en voz baja.

Vuelvo a crisparme, injustificada e innecesariamente, pero no puedo evitarlo. Detesto conocer este lugar, probablemente mejor que Miller.

—¿A cuál? —respondo, con más dureza de lo que pretendía—. ¿Al reservado, al musical o al de «relacionarse»?

Me suelta el brazo, se mete las manos en los bolsillos de los pantalones y me observa detenidamente. Está claro que se está preguntando si pienso dejar de lado mi insolencia en algún momento. No puedo confirmárselo. Cuanto más me adentro en el Society, más siento que se me va de las manos. De repente me olvido de todas las palabras que Miller me ha dicho fuera. No las recuerdo. Necesito recordarlas.

—Al reservado —responde tranquilamente, y señala a la izquierda con el brazo—. Después de ti.

Miller acepta todas mis respuestas bordes sin responderme. No piensa entrar en el juego. Está tranquilo, calmado y es consciente de la irritación que se cuece en el interior de su niña. Inspiro con una profundidad que no creo que vuelva a alcanzar jamás y, recuperando cierta sensatez sabe Dios de dónde, sigo la dirección que Miller me indica.

Hay gente, pero no hay mucho bullicio. El reservado, tal y como lo recuerdo, es una zona muy tranquila. El espacio está lleno de sillones de lujoso terciopelo con cuerpos trajeados reclinados en muchos de ellos, todos sosteniendo vasos que contienen un licor oscuro. La luz es tenue, y la charla sosegada. Es civilizado. Respetuoso. Desafía todo lo que el bajo mundo de William representa. Mis pies nerviosos atraviesan el umbral de la puerta de dos hojas. Siento a Miller detrás de mí. La reacción de mi cuerpo a su cercanía está siempre presente. Estoy bullendo por dentro, pero soy incapaz de disfrutar de las sensaciones normalmente deliciosas que las chispas internas me provocan a causa del espacio exquisito que tortura mi mente afligida.

Unas cuantas cabezas se giran cuando nos dirigimos a la barra. Reconocen a Miller. Lo sé por las expresiones de sorpresa que reemplazan a la curiosidad inicial. ¿O me reconocen a mí? Domino rápidamente mis divagaciones perturbadoras y continúo avanzando hasta que pronto llego a la barra. No puedo pensar eso. No debo hacerlo. Acabaré corriendo hacia la salida en cualquier momento si no consigo detener esos pensamientos. Miller me necesita a su lado.

—¿Qué les sirvo?

Dirijo la atención al impecable camarero y espeto mi petición al instante.

—Vino. El que sea.

Me siento en uno de los taburetes de piel y reúno cada fibra de sensatez de mi ser para intentar calmarme.

Alcohol. El alcohol ayudará. El camarero asiente y empieza a preparar mi pedido mientras mira a Miller esperando que le diga el suyo.

—Whisky. Solo —masculla—. El mejor que tengas. Y que sea doble.

—Chivas Regal Royal Salute, de cincuenta años. Es el mejor, señor.

Señala una botella en una vitrina tras la barra y Miller gruñe su aceptación, pero no se sienta en el taburete que tengo al lado, sino que decide permanecer de pie, inspeccionando el bar y saludando con la cabeza a algunos rostros inquisitivos. «El mejor que tengan.» Nadie paga las bebidas en el Society. Las carísimas cuotas de los miembros las cubren. Y Miller debe de saberlo. Lo está haciendo adrede. Recuerda cómo William desordenó su impecable mueble bar cuando se sirvió una copa. Es una especie de venganza infantil. ¿Le bastará con eso?

Me colocan un vaso de vino blanco delante de mí y bebo al instante dando un trago bien largo justo cuando una enorme figura aparece de la nada detrás de la barra. Miro a mi derecha con mi copa suspendida en el aire ante mí y admiro la amenazadora presencia del gigante. Tiene los ojos azules, tan claros que parecen de cristal, y atraviesan la atmósfera relajada como un machete. Su pelo, largo hasta los hombros, está recogido en una tensa coleta. Todo el mundo advierte su presencia, incluido Miller, que parece encresparse por completo. Me acuerdo de él, jamás podría olvidarlo, pero no recuerdo su nombre, aunque lo tengo en la punta de la lengua. Es la mano derecha de William. Va muy bien vestido, pero su traje hecho a medida no consigue disminuir las malas vibraciones que emanan de cada uno de sus poros.

Me siento de nuevo en el taburete, bebo otro sorbo de vino e intento fingir que no está. Es imposible. Siento sus ojos como bolas de espejos clavados en mi piel.

—Olivia —ruge.

Inspiro hondo para tranquilizarme, y Miller se crispa. Está a punto de perder la razón. Ahora está pegado a mi espalda y prácticamente siento cómo tiembla de furia.

No puedo hablar. Sólo soy capaz de tragar y de enviar más vino a mi organismo a través de mi garganta.

—Carl —masculla Miller en voz baja, recordándome su nombre. Carl Keating. Uno de los hombres más aterradores que he conocido en mi vida. No ha cambiado ni un ápice. No ha envejecido... No ha perdido su aura escalofriante.

—No los esperábamos —dice Carl, que coge el vaso vacío de las manos del camarero y le hace un gesto con la cabeza para que se esfume sin necesidad de verbalizar la orden.

—Es una visita sorpresa —responde Miller con arrogancia.

Carl coloca el vaso sobre la barra de mármol, se vuelve y agarra una botella negra de la estantería con una etiqueta dorada.

—El mejor que tenemos. —Enarca sus cejas negras, levanta la botella y le quita el tapón dorado.

Me revuelvo incómodamente en mi taburete y me aventuro a asomarme por encima del hombro de Miller, temiendo lo que me pueda encontrar. Su estoica expresión y sus ojos azules llenos de ira y clavados en Carl no ayudan a disminuir mi ansiedad.

—Sólo el mejor —dice Miller con voz clara, sin dejar que su concentración flaquee.

Parpadeo lentamente mientras tomo aire y mis manos temblorosas acercan mi copa de nuevo a mis labios. Me he visto en algunas situaciones dolorosas últimamente, y ésta es una de las peores.

—Sólo lo mejor para el especial, ¿no? —Carl sonríe arteramente para sí mismo y vierte unos cuantos dedos de licor.

Me atraganto con el vino y dejo la copa de un golpe antes de que se me caiga. Está jugando a un juego muy peligroso, y lo sabe. El pecho de Miller se contrae y se dilata agitadamente contra mi espalda. Podría estallar en cualquier momento.

Carl le ofrece el vaso y lo sostiene en el aire en lugar de dejarlo sobre la barra para que Miller lo coja. Después lo tuerce ligeramente... para provocarlo. Me encojo y doy un pequeño brinco cuando la mano de Miller sale despedida y le arranca la bebida, haciendo que la bestia perversa sonría con malicia. Está disfrutando en grande pinchando a Miller y empieza a sacarme de quicio. Miller se bebe el alcohol de un trago, golpea el vaso contra la barra y se relame lentamente. Veo cómo se le arrugan ligeramente las comisuras de los labios, como si fuera una bestia a punto de atacar. Sus ojos permanecen fijos en Carl. La enemistad que se respira entre estos dos hombres me está mareando.

—El señor Anderson los espera en su despacho. Se reunirá con ustedes en breve.

Miller me toma del cuello antes de que Carl haya terminado de hablar, y me alejo de la barra sin poder terminarme ese vino que tanto necesito. La furia que emana de Miller es muy intensa. Bastante nerviosa estoy ya por el hecho de encontrarme aquí. Todas estas malas vibraciones no ayudan. Las fuertes pisadas de los caros zapatos de Miller sobre el suelo pulido martillean en mi cabeza, y las paredes se ciernen sobre mí conforme el pasillo nos engulle.

Y entonces veo la puerta. La puerta hacia la que me tambaleé la última vez que la vi. La artificiosa manija de la puerta parece dilatarse ante mis ojos, seduciéndome, mostrándome el camino, y las luces de las paredes parecen atenuarse conforme avanzamos. El suave barullo del ostentoso club se transforma en un zumbido apagado detrás de mí, y unos recuerdos dolorosos e implacables secuestran mi memoria.

Con los ojos fijos en la manija, veo cómo la mano de Miller se aproxima a este a cámara lenta, lo agarra, lo empuja hacia abajo y abre. Me lleva al interior con bastante firmeza. Nunca pensé que volvería a ver esta habitación, pero antes de que me dé tiempo a absorberla, oigo que la puerta se cierra, me da la vuelta y me toma con convencimiento. Me pilla desprevenida. Sofoco un grito y me tambaleo hacia atrás, estupefacta. El beso de Miller es ansioso e imperioso, pero lo acepto y agradezco que haya impedido que asimile dónde me encuentro.

Nuestras bocas chocan repetidas veces mientras nos consumimos el uno al otro. Entonces devora mi cuello, mi mejilla, mi hombro, y vuelve a mi boca.

—Te quiero aquí —gruñe, y empieza a avanzar hacia mí, animándome a retroceder hasta que siento la dura madera detrás de mis piernas—. Quiero cogerte aquí mismo y hacer que grites de placer y que te vengas alrededor de mi verga sedienta de ti.

Me levanta y me coloca sobre la mesa que tenemos detrás. Me sube el vestido hasta la cintura y continúa asaltando mi boca. Sé lo que está haciendo. Y me da igual. Esto me reinstaurará las fuerzas que necesito.

—Hazlo —jadeo mientras levanto la mano hasta su pelo y tiro de él.

Miller gruñe en mi boca mientras se desabrocha el cinturón y los pantalones antes de volver a posar las manos en mí y de apartarme las bragas. Interrumpimos nuestro beso y bajo la vista hasta su entrepierna. Su verga da sacudidas ansiosas y suplica mi calor.

—Ven aquí —ordena con voz ronca, y desliza una mano hasta mi trasero y lo atrae con impaciencia hacia su cuerpo mientras también baja la mirada y acaricia suavemente su erección—. Ven a mí, mi niña.

Me meneo un poco y apoyo las palmas de las manos detrás de mí asegurándome de no apartar ni por un momento los ojos de su rostro perfecto para no permitirme recordar dónde estamos. La húmeda cabeza de su verga roza mi sexo y hace que silbe entre dientes y me ponga tensa. La fuerza que necesito emplear para mantener los ojos abiertos casi acaba conmigo. Menea la punta de su erección trazando dolorosos círculos una y otra vez alrededor de mi carne, usando sus familiares técnicas de provocación, a pesar de su apremio anterior.

—¡Miller! —Mis manos forman puños detrás de mí y aprieto los dientes.

—¿Quieres que te penetre, Olivia? —Desvía la mirada de su entrepierna a mi sonrojado rostro y tantea mi abertura—. ¿Quieres?

—Sí. —Rodeo su cintura con las piernas y las uso como palanca para acercarlo a mí—. ¡Sí! —exclamo, y su penetración, instantánea y profunda, me deja sin aliento.

—¡Maldición, Livy! —Se retira lentamente y observa cómo emerge de mi interior con la mandíbula apretada.

Después me mira y se mantiene quieto. Sus ojos azules se oscurecen visiblemente, y me agarra los muslos con fuerza... preparándose. Espero lo que está por venir y sostengo su firme mirada conforme se aproxima hasta que su torso trajeado se apoya encima de mí y nuestras narices casi se tocan. No obstante, permanece inmóvil en mi entrada, con sólo la punta dentro. No me muevo. Me quedo quieta y paciente mientras me observa detenidamente, jadeando en su rostro, ansiando movimiento, pero desesperada también por que Miller lleve las riendas, porque sé que es justo lo que necesita.

Ahora.

Aquí.

A mí.

Nos miramos fijamente a los ojos. Nada hará que apartemos nuestras miradas. Y cuando reduce lentamente el pequeño espacio que nos separa y me besa con ternura, sigo sin perder de vista sus esferas azules. Mantengo los ojos bien abiertos, y él también. Su beso es breve pero afectuoso. Es un beso de veneración.

—Te quiero —susurra, y vuelve a incorporarse, pero sigue sin permitirse apartar la mirada.

Sonrío. Me mantengo apoyada en un brazo y alargo el otro hacia él. Acaricio su mejilla hirsuta con la punta de mi dedo mientras él continúa contemplándome detenidamente.

—Vuelve a poner la mano en la mesa —me ordena con suavidad pero con firmeza, y obedezco al instante. Sé perfectamente qué pretende. Lo veo tras la ternura de sus ojos. Veo su ansia desesperada.

Inspira hondo y su pecho se expande bajo la tela de su traje.

Yo también inspiro y contengo el aliento, preparándome, deseando en silencio que continúe.

Aprieta sus preciosos y carnosos labios y sacude la cabeza suavemente, embelesado.

—No te imaginas cuánto te quiero.

Y entonces me penetra lanzando un bramido gutural.

Grito, y mis pulmones liberan todo el aire que había contenido.

—¡Miller!

Se queda paralizado dentro de mí, manteniendo nuestros cuerpos pegados, llenándome al máximo. Con tan sólo esa única y poderosa arremetida de su cuerpo contra el mío nos quedamos los dos sin aliento. Muchas más están por venir, de modo que vuelvo a tomar aire y aprovecho los pocos segundos que me está dando para prepararme para su siguiente ataque mientras él tiembla y da sacudidas dentro de mí.

Sucede antes de lo que había anticipado. Recibo unos segundos de dolorosa tortura mientras él sale de mí lentamente antes de dejarse llevar por completo. Es implacable. Nuestros cuerpos colisionan una y otra vez, generando maravillosos sonidos y sensaciones. Nuestros gritos de intenso placer inundan el espacioso despacho y nuestra unión me traslada a ese lugar más allá del placer. Mi mente desconecta y me concentro únicamente en aceptar su brutalidad. Estoy segura de que tendré magulladuras cuando hayamos terminado, y no me importa lo más mínimo.

Lo quiero más fuerte. Más rápido. Necesito más. Más Miller. Lo agarro de la chaqueta y me aferro a ella como si me fuera la vida en ello. Estampo la boca contra la suya y asalto su lengua. Necesita saber que estoy bien. Quiere cogerme pero con veneración. Quiere las cosas que nos convierten en nosotros. Tocarme. Saborearme. Amarme.

—¡Más fuerte! —grito contra su boca para que sepa que estoy disfrutando de esto. Que me encanta. Que me gusta todo: su fuerza, la inclemencia con la que me está tomando, su manera de reclamarme, dónde estamos...

—Joder, Livy. —Desplaza la boca hasta mi cuello. Lo muerde y lo chupa y echo la cabeza hacia atrás mientras me aferro a sus hombros.

Él no vacila... ni por un... segundo. La velocidad de sus caderas sube una marcha. O dos. O puede que tres.

—¡Maldición!

—¡Dios! —exclamo, y siento cómo toda la sangre de mi cuerpo se concentra en mi sexo—. ¡Joder, joder, joder! ¡Miller! —Mis oídos se ensordecen, mi mente se nubla y por fin cedo y cierro los ojos, quedándome ciega también. Ahora lo único que siento es placer. Mucho placer—. ¡Me voy a venir!

—¡Eso es! ¡Vente para mí, mi niña! —Desentierra el rostro de mi cuello y asalta mi boca. Su lengua se abre paso a través de mis labios con impaciencia cuando ve que no los abro para él. Estoy demasiado concentrada en mi orgasmo inminente. Va a hacer que mi mundo estalle en mil pedazos.

Empiezo a entrar en pánico cuando veo que me mantengo en un punto sin retorno, pero sin avanzar hasta mi explosión. Me pongo totalmente tensa. Me quedo rígida en sus brazos, y sólo me muevo por el control que tiene Miller sobre nuestros cuerpos. Me bombea una y otra vez, tirando de mi cuerpo contra el suyo mientras nuestras bocas se devoran mutuamente. Pero no va a pasar. No aquí, y mi frustración estalla.

—¡Más fuerte, joder! —grito desesperada—. ¡Haz que pase!

Levanto la mano y tiro con fuerza de su pelo, haciéndolo gritar mientras me percute.

Pero se detiene. Súbitamente. Mi furia se multiplica por un millón cuando veo que me sonríe con aire de superioridad. Se queda observando cómo jadeo de manera irregular por él, siente cómo contraigo mis músculos internos a su alrededor. Él también está a punto de explotar. Lo veo más allá de la expresión de engreída satisfacción de su mirada. Pero no sé si esa satisfacción se debe al hecho de que esté haciendo que me vuelva loca o a que me esté poseyendo sobre la mesa de William.

La fina capa de sudor que reluce en su frente desvía mi atención momentáneamente... hasta que habla, y atrae mi mirada de nuevo hacia la suya.

—Di que soy tuyo —me ordena tranquilamente.

Mi corazón late con más fuerza todavía.

—Eres mío —le digo convencida al cien por cien.

—Explícate.

Me está manteniendo al borde del orgasmo, sosteniéndonos unidos con firmeza a través de nuestros sexos.

—Tú-me-perteneces. —Digo palabra por palabra, y me muero de dicha al ver el brillo de satisfacción en sus ojos—. A mí —añado—. Nadie más puede saborearte ni sentirte —apoyo las palmas de las manos en sus mejillas, pego los labios a los suyos y los mordisqueo ligeramente antes de añadir mi propia marca—, ni amarte.

Un largo gemido emana de mi caballero a tiempo parcial. Un gemido de felicidad.

—Correcto —murmura—. Túmbate, mi niña.

Obedezco de buena gana. Libero su rostro y me dejo caer sobre la espalda sin dejar de mirarlo. Él me ofrece esa maravillosa sonrisa que me hace perder el sentido, menea la entrepierna lenta y profundamente y me empuja al instante por el borde del precipicio.

—Ooooh —gimo, y cierro los ojos. Me llevo las manos a mi pelo rubio y me sostengo la cabeza mientras la sacudo de un lado a otro.

—Coincido —apunta Miller con voz gutural temblando encima de mí antes de extraer su miembro de mi cuerpo y apoyarlo sobre mi vientre. No había caído hasta ahora en que no llevaba condón.

Se viene sobre mi vientre y su verga late mientras se vacía y ambos lo contemplamos en silencio.

No necesito decir lo que los dos sabemos. En su mente consumida no había espacio para pensar en la protección cuando me empujó hacia el despacho de William. Sólo pensaba en marcar lo que es suyo en la oficina de uno de sus enemigos.

¿Perverso? Sí. ¿Me importa? No.

Desciende lentamente el cuerpo sobre el mío, me inmoviliza contra el escritorio y busca ese lugar en mi cuello que tanto le gusta y me acaricia con la boca en forma cariñosa.

—Lo siento.

La sonrisita que se forma en mis labios es probablemente tan perversa como los actos irracionales de Miller.

—No...

De repente el sonido de un portazo resuena por la habitación, interrumpiéndome en el acto. Miller levanta el rostro de mi cuello hasta que me mira a la cara. La sonrisa calculadora que se dibuja en su magnífica boca me obliga a morderme el labio para evitar imitarla.

«¡Que Dios nos asista!»

—¡Maldito hijo de puta! —La suntuosa voz de William está cargada de veneno—. ¡Maldito cerdo hijo de puta inmoral!

Abro los ojos como platos cuando la inmensidad de nuestra situación supera la satisfacción enfermiza que estoy sintiendo. Aunque la pícara sonrisa de Miller sigue fija en su sitio. Se inclina y me besa con ternura.

—Ha sido un placer, mi niña.

Se aparta de mi cuerpo, manteniéndose de espaldas a William para taparme mientras él se abrocha los pantalones. Me sonríe y sé que es su manera de decirme que no me preocupe. Me coloca las bragas en su sitio y me baja el vestido, cosa que agradezco, porque estoy paralizada a causa de la ansiedad y soy incapaz de adecentarme. Entonces me levanta de la mesa y se aparta, exponiéndome ante la potente furia que emana de la poderosa figura de William.

Maldición, parece que esté a punto de matar a alguien.

William pone cara de asco. Está temblando físicamente. Y ahora yo también. Pero Miller no. No. Él pasa por alto la furia, retira una silla tranquilamente, me da la vuelta y empuja mi cuerpo en estado de *shock* hacia el asiento.

—Mi señora —dice, y me mofo ante su continua arrogancia. Anhela su propia muerte: no tiene otra explicación.

Dirijo mi mirada perdida hacia adelante, empiezo a juguetear con mi anillo de diamantes en el dedo con nerviosismo y, con el rabillo del ojo, veo cómo Miller se alisa el traje tranquilamente de manera exagerada antes de sentarse en la silla que está a mi lado. Le lanzo una mirada de soslayo. Él me sonríe. ¡Y me guiña el ojo! No me lo puedo creer. Me llevo la mano a la boca y empiezo a partirme de risa. Intento contener las risitas y fingir que me ha dado un ataque de tos. Es un malgasto de energía. Esta situación no tiene nada de divertida. No lo era antes de que Miller me violara sobre la mesa de William, y definitivamente ahora tampoco lo es. Ambos estamos en un buen lío. Un lío el doble de grande que cuando llegamos.

Permanezco rígida y dejo de reírme cuando oigo el sonido de unas pisadas que se acercan mientras Miller se pone cómodo, se reclina hacia atrás, apoya el tobillo en la rodilla y desliza las manos por los brazos de la silla. William rodea la mesa y mi mirada cautelosa sigue su camino. El ambiente es simplemente... horrible.

Tras sentarse lentamente en su silla sin apartar sus furiosos ojos grises de Miller, que sigue indiferente, William habla por fin. Pero sus palabras me dejan estupefacta.

—Te has cambiado el pelo.

Se vuelve hacia mí y observa mi nuevo corte, que probablemente en este momento esté todo revuelto después de nuestra sesión de sexo. Siento mi rostro húmedo y mi cuerpo sigue ardiente.

—Me lo he cortado —respondo. Ahora que ha dirigido su desprecio hacia mí, siento que mi insolencia se reaviva.

—¿En una peluquería?

Empiezo a revolverme incómoda. Esto no es bueno. La gente normalmente va a cortarse el pelo a la peluquería, se da por sentado, de modo que el hecho de que me lo haya preguntado no me hace ninguna gracia.

—Sí. —No le miento. He ido a cortarme el pelo a la peluquería... después de habérmelo trasquilado yo.

William une las manos a la altura de su boca formando un triángulo mientras observa cómo no paro de moverme inquieta para evitar su mirada. Sus ojos y sus palabras hostiles pronto dejan de centrarse en mí y se dirigen hacia Miller.

—¿En qué diablos estabas pensando?

Ahora ha inyectado un poco de calor a su tono, y me aventuro a mirarlo y me pregunto si se refiere a lo que acaba de encontrarse o a lo que indudablemente sabe de los acontecimientos de anoche en el Ice.

Miller se aclara la garganta y levanta la mano para sacudirse el hombro como si tal cosa. Es un gesto deliberado de indiferencia. Está pulsando todas las teclas de William, y aunque yo he hecho lo mismo en numerosas ocasiones, no estoy segura de que éste sea el momento. Yo he contenido mi insolencia... más o menos. Miller también debe controlar su impudicia.

—Ella es mía —dice mirando a William—. Y hago con ella lo que me da la gana.

Me encojo en la silla, pasmada ante su absoluta egolatría en un momento tan delicado. Es él quien asegura que necesitamos la ayuda de William, de modo que ¿por qué está comportándose como un auténtico cabrón? ¿No decía que se entendían? ¡Ya veo! Sé que tiene un modo peculiar de usar las palabras. He acabado aceptándolo, pero esa frase está claramente diseñada para encolerizar a William todavía más y, cuando me aventuro a mirar al antiguo chulo de mi madre y veo que prácticamente le sale humo por las orejas, salta a la vista que lo ha conseguido.

William se levanta de la silla, golpea las palmas de las manos contra la mesa y se inclina hacia adelante con el rostro deformado por la ira.

—¡Estás a un milímetro de ser aplastado, Hart! ¡Y yo me estoy poniendo en medio de esta puta situación para asegurarme de que eso no pase!

Retrocedo en mi silla para poner toda la distancia posible entre William y yo. Es un vano intento de esquivar las vibraciones agresivas que emanan de su cuerpo agitado. Esta situación se está volviendo más insoportable a cada segundo que pasa. Miller se levanta de su asiento lentamente e imita la postura de William. Está a punto de empeorar. No confundo la calma y el movimiento fluido de Miller con una señal de control. Su mandíbula tensa y sus ojos fuera de sí indican más bien todo lo contrario. Me quedo paralizada y me siento impotente mientras estos dos hombres poderosos se enfrentan.

—Sabes tan bien como yo que soy capaz de partirles todos los huesos de sus cuerpos de parásitos y que lo haré —dice, prácticamente susurrando las palabras a William a la cara mientras sus hombros ascienden y descienden de manera constante... casi relajada—. No cometas ningún error. No me lo pensaré dos veces, y me estaré riendo en el proceso.

—¡A la mierda! —maldice William, y alarga las manos, agarra la camisa de Miller a la altura de la garganta, retuerce la tela y lo atrae hacia él.

Doy un brinco, pero no les grito que paren. Soy incapaz de articular una palabra.

—Suél... ta... me —dice Miller de forma lenta y concisa con un tono cargado de ferocidad—. Ahora.

Ambos hombres permanecen quietos durante lo que parece una eternidad, hasta que William maldice de nuevo y empuja a Miller hacia atrás antes de dejar caer el culo sobre la silla y echar la cabeza atrás para mirar al techo.

—Esta vez la has cagado pero bien, Hart. Siéntate, Olivia.

Obedezco al instante. No quiero causar más problemas. Miro a Miller y veo que se está alisando la camisa y se ajusta el nudo de la corbata antes de sentarse también. Tengo una absurda sensación de alivio cuando alarga la mano, coge la mía y me la estrecha con fuerza. Es su manera de indicarme que está bien. Que controla la situación.

—Imagino que te refieres a lo de ayer por la noche.

Una risa sarcástica escapa de la boca de William y agacha la cabeza. Su mirada oscila entre Miller y yo.

—¿Quieres decir que no me refiero al hecho de que has marcado lo que consideras que es tu territorio en mi despacho?

—Lo que sé que es mi territorio.

¡Ay, Señor!

—¡Vale, ya basta! —grito dirigiendo mi exasperación hacia Miller—. ¡Déjenlo ya! —Ambos hombres reculan en sus sillas y sus atractivos rostros furiosos reflejan una sorpresa evidente—. ¡Basta ya de toda esta mierda del macho alfa!

Me suelto la mano que sostiene Miller, pero él no tarda en reclamarla. Se la lleva a la boca, posa los labios en el dorso y la besa repetidas veces.

—Lo siento —dice con sinceridad.

Sacudo la cabeza e inspiro hondo. Entonces dirijo la atención a William, que está observando a Miller con aire pensativo.

—Creía que habías aceptado que no vamos a separarnos —digo, y advierto que Miller ha interrumpido su lluvia de besos sobre mi mano.

Después de que William nos ayudara a huir a Londres estaba convencida de que no habría más intromisiones por su parte.

Suspira y siento cómo Miller baja mi mano hasta su regazo.

—No paro de tener sentimientos encontrados respecto a este asunto, Olivia. Reconozco el amor cuando lo tengo delante. Pero también el desastre. No tengo ni puta idea de cómo debo actuar para tu beneficio. —Se aclara la garganta y me mira como pidiendo perdón—. Disculpa mi lenguaje.

Resoplo con sarcasmo. ¿Que disculpe su lenguaje?

—¿Y ahora qué? —continúa William pasando por alto mi confusión y mirando a Miller.

Sí, acabemos con esto de una vez. Yo también me vuelvo hacia Miller, y esto hace que se revuelva en su silla.

—Quiero dejarlo —dice Miller, claramente incómodo bajo la mirada de dos pares de ojos, y no obstante pronuncia su declaración con absoluta determinación. Eso está bien. Aunque, para mis adentros, he llegado a la conclusión de que no es suficiente.

—Sí, eso ya estaba claro. Pero te lo preguntaré otra vez: ¿crees que dejarán que te marches? —Es una pregunta retórica. No requiere respuesta. Y no obtiene ninguna. De modo que William continúa—. ¿Por qué la llevaste allí, Hart? ¿Por qué, sabiendo lo delicadas que están las cosas?

Me levanto. Todos los culpables músculos de mi cuerpo se solidifican como resultado de esa pregunta. No puedo dejar que también cargue con esa acusación.

—No me llevó él —susurro avergonzada, y siento cómo Miller me estrecha la mano con más fuerza—. Miller estaba en el Ice. Yo estaba en casa. Recibí una llamada en mi celular. De un número desconocido.

William frunce el ceño.

—Continúa.

Trago saliva, reúno algo de valor, miro a Miller con el rabillo del ojo y detecto en él una expresión tierna y cariñosa.

—Escuché una conversación y no me gustó lo que oí.

Espero la pregunta obvia, pero sofoco un grito cuando William dice algo que no esperaba.

—Sophia. —Cierra los ojos e inspira con aire cansado—. Esa maldita Sophia Reinhoff. —Sus ojos se abren y se fijan en Miller al instante—. Y hasta ahí llegó lo de restarle importancia a tu relación con Olivia.

—Miller no hizo nada —digo, y me inclino hacia adelante—. Fui yo la que provocó la situación. Me presenté en el club y colmé su paciencia.

—¿Cómo?

Cierro la boca de golpe y retiro mi silla de nuevo. No creo que quiera escuchar esto, del mismo modo que Miller no quería verlo.

—Yo... —Me pongo colorada bajo la mirada expectante de William—. Yo...

—La reconocieron —interviene Miller, y sé que lo hace porque pretende culpar de esta parte a William.

—Miller...

—No, Olivia. —Me interrumpe y se inclina un poco hacia adelante—. La reconoció uno de tus clientes.

El arrepentimiento que inunda el rostro de William me invade de culpabilidad.

—Vi cómo un baboso intentaba reclamarla delante de mí. Se ofreció a cuidar de ella. —Está empezando a temblar. El recuerdo está reavivando su ira—. Dígame, señor Anderson, ¿qué habría hecho usted?

—Lo habría matado.

Me encojo al escuchar su respuesta rotunda y amenazadora y al saber que lo dice totalmente en serio.

—Bueno, yo le perdoné la vida... —Miller se relaja de nuevo en su silla—. Creo. ¿Me convierte eso en mejor hombre que tú?

—Es posible —responde William sin vacilación y con absoluta sinceridad. Por alguna razón, no me sorprende.

—Me alegro de que lo hayamos aclarado. Ahora, prosigamos. —Miller cambia de posición en su silla—. Voy a marcharme. Y voy a llevarme a Cassie conmigo, y te diré cómo pienso hacerlo exactamente.

William lo observa detenidamente durante un rato, y entonces ambos se vuelven hacia mí.

—¿Quieren que me marche? —pregunto.

—Espérame en la barra —dice Miller con frialdad, y me mira con una cara a la que ya me he acostumbrado. Es la que me indica que esto no es negociable.

—Entonces ¿sólo me has traído aquí para cogerme en su mesa?

—¡Olivia! —William me regaña, obligándome a trasladar mi mirada de desprecio de Miller a él durante unos momentos.

Me devuelve la mirada y, si no estuviera tan encabronada en este momento, le gruñiría. Pero soy consciente de que no puedo ayudar en nada aquí. De hecho, todo lo que nos ha llevado a este momento sólo confirma que soy más bien un estorbo, pero estoy enfadada por... por todo. Por sentirme inútil, por ser difícil.

Me levanto en silencio, me vuelvo sin mediar palabra y huyo de la tensión cerrando la puerta al salir. Recorro el pasillo algo aturdida y me dirijo al lavabo de señoras, pasando por alto el hecho de que sé exactamente por dónde tengo que ir. Hago caso omiso de las miradas de interés que me lanzan los hombres, las mujeres y el personal del club. Cuesta, pero lo consigo. Saber el estado de desesperanza que podrían llegar a causarme esas miradas me proporciona las fuerzas necesarias para lograrlo.

Cuando termino de usar el baño, de lavarme las manos y de mirar a las musarañas frente al espejo durante una eternidad, me dirijo al reservado, me siento sobre un taburete y me pido rápidamente una copa de vino, cualquier cosa con tal de centrarme en algo que no sea volver al despacho de William.

—Señorita. —El camarero sonríe y me desliza mi bebida.

—Gracias. —Bebo un trago largo e inspecciono el bar.

Por fortuna, Carl ya no está aquí. Compruebo la hora en mi teléfono y veo que son sólo las doce. Tengo la sensación de que esta mañana se está eternizando, pero la idea de ver a la abuela y de llevarla a casa en unas horas me levanta el ánimo.

Siento cómo me relajo en el grato ambiente del bar y gracias a mis continuos tragos de vino... hasta que esa sensación, que no había tenido desde que nos marchamos a Nueva York, de repente me bombardea de nuevo. Escalofríos. Se me eriza el vello de los hombros, y a continuación el del cuello también. Levanto la mano para masajearme el cuello y echo un vistazo a un lado. No veo nada fuera de lo común; sólo a hombres bebiendo de sus copas y charlando tranquilamente y a una mujer sentada en un taburete a mi lado. Decido quitarle importancia y sigo bebiendo.

El camarero se aproxima y sonríe al pasar para atender a la dama.

—Hendrick's, por favor —pide con una voz suave, ronca y cargada de sensualidad, como la mayoría de las mujeres de William.

Es como si hubieran dado clases para perfeccionar el arte de la seducción verbal. Incluso algo tan simple como pedir una bebida suena erótico en sus bocas. A pesar del recordatorio, sonrío para mis adentros, y no tengo ni idea de por qué. Tal vez sea porque estoy segura de que yo nunca he tenido esa voz.

Me llevo el vino a los labios y observo cómo el camarero sirve la bebida y le pasa a la mujer el vaso antes de volverme hacia la entrada del bar, esperando a que aparezcan Miller y William. ¿Cuánto más van a tardar? ¿Siguen vivos? Intento dejar de preocuparme, y me resulta bastante fácil cuando todas esas sensaciones indeseadas regresan y me obligan a volverme despacio de manera automática.

La mujer me está mirando, y sostiene su vaso suavemente con sus delicados dedos.

Unos dedos como los míos.

Mi corazón sale catapultado hasta mi cabeza y estalla, esparciendo millones de recuerdos en una bruma que flota ante mí. Las visiones son claras. Demasiado claras.

—Mi pequeña —susurra.

CAPÍTULO 15

Ni siquiera el estrépito del vaso estrellándose contra el suelo cuando se me cae de las manos sin vida consigue que apartemos nuestras miradas.

Zafiro frente a zafiro.

Aflicción frente a desconcierto.

Madre frente a hija.

—No. —Sollozo, me levanto del taburete y retrocedo con piernas temblorosas—. ¡No!

Me vuelvo para escapar, mareada, temblando y sin poder respirar, pero me estrello contra un pecho inmenso. Siento cómo unas fuertes palmas envuelven mis antebrazos. Al levantar la vista veo a Carl evaluando mi expresión de angustia con ojos cargados de preocupación. Eso sólo confirma que lo que creo que acabo de ver es real. El tipo parece inquieto, algo que no va con su carácter.

Las lágrimas brotan de mis ojos atormentados mientras me sostiene. Su enorme cuerpo emana vibraciones de ansiedad que se me contagian.

—Maldita sea —ruge—. Gracie, ¿a qué coño estás jugando?

La mención del nombre de mi madre inyecta vida a mi cuerpo bloqueado.

—¡Deja que me vaya! —grito, y empiezo a revolverme, llena de ansiedad y de pánico—. ¡Por favor, déjame!

—¿Olivia? —Su voz penetra hasta los rincones más profundos de mi mente y provoca el ataque de un aluvión de recuerdos perdidos—. Olivia, por favor.

Oigo su voz de cuando era una niña pequeña. Oigo cómo me tarareaba nanas, siento cómo sus dedos suaves me acarician la mejilla. La veo de nuevo por última vez saliendo de la cocina de la abuela. Todo me está confundiendo. Su rostro lo ha provocado todo.

—Por favor —ruego mirando a Carl con los ojos llenos de lágrimas y la voz temblorosa. El corazón me está asfixiando—. Por favor.

Aprieta los labios con fuerza y todas las emociones posibles se reproducen en él como fotogramas: compasión, tristeza, culpabilidad, ira.

—Maldición —maldice, y de repente me lleva detrás de la barra. Golpea con el puño un botón oculto que hay tras una estantería llena de licor y una alarma empieza a resonar con fuerza por todo el edificio, haciendo que todo el mundo se levante de sus sillas.

El bullicio de la actividad es instantáneo, y el insoportable sonido resulta curiosamente reconfortante. Está llamando la atención de todo el mundo, pero sé que sólo quiere la presencia de un hombre aquí.

—Olivia, nena.

Siento que una descarga eléctrica recorre todo mi cuerpo cuando me toca el brazo con su suave mano. Hace que mi constitución menuda empiece a forcejear de nuevo con Carl, sólo que esta vez consigo liberarme.

—¡Gracie, déjala estar! —ruge este cuando salgo corriendo desde detrás de la barra a tal velocidad que al instante dejo de sentir las piernas.

No puedo pensar en nada más que en escapar. En salir de aquí. En huir muy lejos. Consigo llegar a la puerta del bar y giro la esquina rápidamente. Entonces veo que ella viene detrás de mí, pero William aparece de la nada y la bloquea.

—¡Gracie! —exclama William con tono amenazador mientras lucha por retenerla—. ¿Cómo puedes ser tan estúpida?

—¡No dejes que se marche! —grita—. ¡Por favor, no la dejes!

Detecto la angustia en su voz y veo el terror en su precioso rostro antes de que desaparezca de mi vista cuando giro la esquina. Lo veo. Pero no lo siento. Sólo siento mi propio dolor, mi rabia, mi confusión, y no puedo soportar ninguna de estas sensaciones. Vuelvo a concentrarme en continuar hacia adelante y corro hacia las puertas que me sacarán de este infierno, pero de repente dejo de moverme, y tardo un tiempo en comprender por qué: mis piernas se mueven pero las puertas no se acercan, consumida por la angustia.

—Olivia, estoy aquí —me susurra Miller al oído infundiéndome calma. Pero por muy bajo que las dice, lo oigo perfectamente a pesar del alarido de las alarmas y de la frenética actividad que hay a mi alrededor—. Chist.

Sollozo, me doy la vuelta, lo rodeo con los brazos y me aferro a él como si me fuera la vida en ello.

—Ayúdame —sollozo en su hombro—. Sácame de aquí, por favor.

Siento cómo mis pies abandonan el suelo. Y siento cómo me sostiene contra la seguridad de su pecho.

—Chist. —Apoya la mano en mi cabeza y empuja mi rostro hacia el confort de su cuello mientras empieza a caminar con paso decidido. Siento cómo el pánico que me invade empieza a disminuir con tan sólo estar inmersa en lo que más le gusta—. Nos vamos, Olivia. Voy a sacarte de aquí.

Mis músculos cobran vida gracias a la firmeza de sus brazos y a su tono tranquilizador y lo abrazo con fuerza para mostrarle mi agradecimiento, pues todavía soy incapaz de expresarlo con palabras. Apenas soy consciente de que súbitamente las sirenas dejan de sonar, pero sí oigo claramente unos pasos que se aproximan a toda prisa detrás de nosotros. Dos pares de pies. Y ninguno de ellos es el de Miller.

—¡No la alejes de mí!

Trago saliva y hundo más el rostro en el cuello de Miller mientras él hace caso omiso de la súplica de mi madre y continúa avanzando.

—¡Gracie! —El bramido de William detiene las pisadas e incluso provoca que el paso de Miller vacile por un segundo, pero al sentir cómo entierro más la cabeza en él vuelve a acelerar el ritmo—. ¡Gracie, maldita sea! ¡Déjala en paz!

—¡No!

De repente alguien nos detiene de un tirón y Miller gruñe y se vuelve para enfrentarse a mi madre.

—Suéltame el brazo —silba con los dientes apretados, y su tono adquiere el mismo nivel de amenaza que le he visto usar con otros. El hecho de que esta mujer sea mi madre le da exactamente igual—. No te lo voy a repetir.

Miller permanece quieto, esperando a que ella lo suelte en lugar de quitársela de encima de un tirón.

—No dejaré que te la lleves. —La voz decidida de Gracie me llena de pánico. No puedo mirarla. No quiero verla—. Tengo que hablar con ella. Necesito explicarle muchas cosas.

Miller empieza a agitarse, y es en este momento cuando comienzo a asimilar la situación. Está mirando a mi madre. Está mirando a la mujer que me abandonó.

—Hablará contigo cuando esté preparada —responde con tranquilidad, pero sus palabras están cargadas de advertencia—. Si es que algún día lo está.

Gira el rostro hacia mi cabeza, pega los labios en mi cabello e inspira hondo. Me está infundiendo seguridad. Me está diciendo que no voy a hacer nada que no quiera hacer, y lo amo mucho por ello.

—Pero necesito hablar con ella ahora. —Su tono está cargado de determinación—. Tiene que saber...

Miller pierde la paciencia al instante.

—¿Te parece que está preparada para hablar contigo? —ruge y hace que me estremezca en sus brazos—. ¡La abandonaste!

—No tuve otra opción —dice mi madre con voz temblorosa y cargada de emoción.

Sin embargo, no siento ninguna empatía, y me pregunto si eso me convierte en una persona inhumana y sin corazón. No, tengo un corazón, y ahora mismo está latiendo en mi pecho, recordándome su crueldad de hace tantos años. En mi corazón no hay sitio para Gracie Taylor. Está demasiado ocupado por Miller Hart.

—Todos tenemos opciones —dice Miller—, y yo he escogido la mía. Sería capaz de atravesar las entrañas del infierno por esta chica, y lo estoy haciendo. Tú no lo hiciste. Eso es lo que hace que yo merezca su amor. Eso es lo que hace que yo la merezca.

Sollozo intensamente al escuchar su confesión. Saber que me quiere llena el vacío que siento en mi interior con una gratitud pura y absoluta. Oírle confirmar que se considera merecedor de mi amor hace que todo se desborde.

—¡Cabrón engreído! —le espeta Gracie haciendo uso de la insolencia de las Taylor.

—Gracie, querida... —interviene William.

—¡No, Will! Me marché para evitar someterla a la depravación a la que me estaba enfrentando. He ido de país en país durante dieciocho años, muriéndome por dentro a diario por no poder estar con ella. ¡Por no poder ser su madre! ¡No pienso permitir que este hombre irrumpa en su vida y eche a perder cada doloroso momento que he tenido que soportar durante estos dieciocho años!

Esa frase se queda grabada alto y claro en mi mente a pesar de mi estado de angustia. ¿Su dolor? ¿Su puto dolor? Siento tal necesidad de saltar de los brazos de Miller para abofetearle la cara que por un momento la furia me nubla el entendimiento, pero él inspira hondo para tranquilizarse y me estrecha la cintura con más fuerza, distrayéndome de mi intención. Lo sabe. Sabe el efecto que esas palabras han surtido en mí. Desliza una mano hasta la parte trasera de mi pierna y tira de ella esperando que reaccione, de modo que envuelvo su cintura con los muslos a modo de respuesta y tal vez para restregárselo a mi madre por la cara.

Esto es todo lo que necesito. Él no va a renunciar a mí, y yo no pienso dejarlo marchar. Ni siquiera por mi madre.

—Olivia es mía —afirma Miller con tono frío, tranquilo y seguro—. Ni siquiera tú podrás robármela. —Su promesa casi irracional me colma de esperanza—. Ponme a prueba, Gracie. Atrévete a intentarlo.

Da media vuelta y sale del Society conmigo enroscada a su alrededor como una bufanda, una bufanda bien anudada que nunca se desatará.

—Tienes que soltarte —murmura Miller en mi pelo cuando llegamos a su coche, pero yo respondo únicamente aferrándome más a él y protestando contra su cabello—. Olivia, vamos.

Cuando mis lágrimas amainan, despego mi cara mojada de su cuello y mantengo la vista fija en el cuello empapado de su impoluta camisa blanca. La he manchado toda de maquillaje. Hay pegotes de rímel y de colorete incrustados en la cara tela.

—Te la he estropeado —suspiro.

No necesito mirar su rostro atractivo para saber que tiene el ceño fruncido.

—No pasa nada —responde con un tono repleto de confusión, lo que viene a confirmar mi pensamiento anterior—. Venga, bájate.

Cedo y me desengancho de su alta figura con su ayuda. Me quedo delante de él, con la mirada baja, sin querer enfrentarme a su perplejidad. Exigirá una explicación ante mi falta de interés. No quiero dar explicaciones, y por mucho que insista no conseguirá que lo haga. De modo que es más fácil evitar su mirada interrogante.

—Vamos por la abuela —digo prácticamente cantando, y doy media vuelta y me dirijo al asiento del pasajero, dejando a Miller atrás, decididamente confundido. Me da igual. En lo que a mí respecta, lo que acaba de suceder nunca ha pasado. Me meto en el coche, cierro la puerta y me pongo el cinturón a toda prisa. Me muero por reunirme con la abuela. Estoy desesperada por llevarla de vuelta a casa y empezar a ayudarla con su recuperación.

Hago como que no me percato del calor de su mirada sobre mí cuando se sienta a mi lado y decido encender la radio. Sonrío cuando *Midnight City* de M83 suena a todo volumen por los altavoces. Perfecto.

Pasan unos cuantos segundos y Miller todavía no ha arrancado el coche. Por fin reúno el valor de mirarlo a la cara. Mi sonrisa se intensifica.

—¡Vamos!

Apenas logra contener su estupefacción.

—Livy, ¿qué...?

Levanto la mano y pego los dedos contra sus labios para acallarlo.

—Ellos no existen, Miller —empiezo, y recorro el camino hasta su garganta cuando tengo la certeza de que va a dejarme continuar sin interrumpirme. Su nuez se hincha bajo mi tacto cuando traga saliva—. Sólo nosotros.

Sonrío y observo cómo entorna los ojos con incertidumbre y menea la cabeza de un lado a otro lentamente. Entonces me devuelve la sonrisa con una leve por su parte, se lleva mi mano a la boca y me la besa con ternura.

—Nosotros —confirma, y mi sonrisa se intensifica.

Asiento con agradecimiento, reclamo mi mano y me pongo cómoda en el asiento de piel, con la cabeza apoyada en el reposacabezas y la mirada al techo. Me esfuerzo todo lo posible en concentrar mis pensamientos únicamente en una cosa.

En la abuela.

En ver su precioso rostro, escuchar sus expresiones histéricas, sentir su cuerpo rechoncho cuando la abrazo con fuerza y disfrutar del tiempo que pasaré con ella mientras se recupera. Es mi trabajo y el de nadie más. Nadie más tiene el placer de disfrutar de esas cosas. Sólo yo. Ella es mía.

—Por ahora, respetaré tu decisión —dice Miller mientras arranca el motor.

Lo miro con el rabillo del ojo y veo que él está haciendo lo mismo conmigo. Desvío rápidamente la vista hacia adelante y paso por alto sus palabras y su mirada, que me dice que no voy a permanecer en la ignorancia durante mucho tiempo. Eso ya lo sé, pero por ahora tengo la distracción perfecta y pienso concentrarme en ella por completo.

En el hospital hace un calor horrible y sofocante, pero, curiosamente, siento una inmensa paz al llegar aquí. Mis pies avanzan con determinación, como si mi cuerpo fuera consciente de mis intenciones y me estuviera ayudando a llegar al objeto de mi plan de distracción lo antes posible. Miller no ha dicho ni una palabra desde que nos marchamos del Society. Me ha dejado sumida en mis pensamientos, que han estado bloqueando todo lo que pueda empañar el entusiasmo que espero sentir una vez que pose los ojos sobre mi abuela. Su mano envuelve mi nuca mientras camina a mi lado y su dedo masajea suavemente mi piel. Me encanta que intuya lo que necesito, y ahora necesito esto. A él. A la abuela. Y nada más.

Giramos la esquina hacia la sala Cedro y oigo al instante la risa distante de la abuela, haciendo que ese entusiasmo con el que contaba se dispare. Acelero el paso, ansiosa por llegar hasta ella, y cuando entro en la habitación donde sé que se encuentra, todas las piezas de mi vida vuelven a encajar en su sitio. Está sentada en su sillón, ataviada con su mejor traje de los domingos y con su bolsa de viaje sobre el regazo. No para de reírse con algo de la televisión. Me relajo bajo la mano de Miller y me quedo observándola durante un buen rato, hasta que sus ojos azul marino se apartan de la pantalla y me encuentran. Los tiene húmedos de tanto reír. Levanta la mano y se seca las lágrimas de las mejillas.

Entonces su sonrisa desaparece y me mira con el ceño fruncido, haciendo que mi alegría se esfume y que mi corazón lleno de dicha se acelere, pero esta vez de preocupación. ¿Sabe algo? ¿Se me nota en la cara?

—¡Ya era hora! —protesta mientras dirige el mando hacia la pantalla y apaga el televisor.

Su hostilidad restaura mi felicidad al instante y mis temores de que pudiera saber algo desaparecen. Ella jamás debe enterarse. Me niego a poner en riesgo su salud.

—He llegado con media hora de antelación —le digo, y cojo a Miller de la muñeca para mirar su reloj—. Me dijeron a las cuatro.

—Pues llevo aquí sentada una hora. Se me está durmiendo el culo. —Arruga la frente—. ¿Te has cortado el pelo?

—Sólo me lo he saneado. —Me llevo la mano al pelo y me lo atuso un poco.

Hace ademán de levantarse y Miller desaparece de mi lado rápidamente. Le coge el maletín y le ofrece la mano. Ella se detiene, lo mira y su irritación se transforma al instante en una sonrisa pícara.

—Eres todo un caballero —le dice con entusiasmo, y apoya su arrugada mano sobre la de Miller—. Gracias.

—De nada —responde Miller inclinándose mientras la ayuda a levantarse—. ¿Cómo se encuentra, señora Taylor?

—Perfectamente —responde ella poniéndose derecha una vez de pie. No está perfectamente, para nada, tiene las piernas un poco flojas, y Miller me mira al instante para indicarme que él también lo ha notado—. Llévame a casa, Miller. Te prepararé solomillo Wellington.

Me mofo, expresando mi opinión al respecto, y miro a mi derecha cuando la enfermera de planta aparece con una bolsa de papel.

—La medicación de tu abuela. —Sonríe cuando me la entrega—. Ella ya sabe qué pastillas tiene que tomar y cuándo, pero también se lo he explicado a su hijo.

—¿Su hijo? —espeto con los ojos abiertos como platos.

La enfermera se pone colorada.

—Sí, ese caballero que viene todos los días un par de veces.

Me vuelvo y veo que Miller está tan confundido como yo, y la abuela sonríe de oreja a oreja. Empieza a reírse y se inclina ligeramente mientras Miller la sostiene del brazo.

—Ay, querida. Ese hombre no es mi hijo.

—Vaya... —dice la enfermera, y se une a Miller y a mí en nuestra perplejidad—. Pensaba que... bueno, lo había dado por hecho.

La abuela recobra la compostura, se pone derecha, pone los ojos en blanco y se coge del brazo de Miller.

—William es un viejo amigo de la familia, querida.

Me mofo de nuevo, pero me callo cuando la abuela me lanza una mirada interrogante. ¿Un viejo amigo de la familia? ¿En serio? Mi mente no para de darle vueltas a la cabeza, pero me esfuerzo todo lo posible por evitar que las preguntas escapen por mi boca a diestro y siniestro. No quiero saber nada. Acabo de dejar al viejo amigo de la familia en el Society, reteniendo a mi ma...

—¿Estás lista? —pregunto, ansiosa por olvidar este pequeño malentendido.

—Sí, Livy. Llevo lista una hora —responde, frunce los labios y desvía su agria mirada hacia la enfermera.

—Este es el novio de mi nieta —anuncia la abuela en voz más alta de lo necesario, como si quisiera mostrar a toda la sala el magnífico trofeo que tiene en el brazo—. Es guapo a rabiar, ¿verdad?

—¡Abuela! —exclamo, poniéndome colorada por Miller—. ¡Para!

La enfermera sonríe y se aparta lentamente.

—Reposo absoluto durante una semana, señora Taylor.

—Sí, sí —responde con hastío a la enfermera, y señala a Miller con la cabeza—. Tiene un buen trasero.

Me atraganto. Miller se ríe y la enfermera se pone roja como un tomate cuando sus ojos se dirigen a la susodicha zona de Miller, pero entonces mi celular empieza a sonar en mi bolso y me salva del comportamiento travieso de mi abuela. Sacudiendo la cabeza totalmente exasperada, rebusco en el bolso. Localizo el dispositivo y me quedo paralizada cuando veo el nombre de William en la pantalla.

Le doy a «Rechazar».

Vuelvo a meterlo en el bolso y observo el rostro risueño de Miller con cautela cuando su teléfono empieza a sonar dentro de su bolsillo interior. Su sonrisa desaparece al ver mi mirada y detectar la melodía de su celular. Sacudo la cabeza sutilmente, esperando que la abuela no capte los mensajes silenciosos que nos estamos lanzando y me pongo furiosa cuando deja la bolsa de la abuela en el suelo y se lleva la mano lentamente al bolsillo. Le grito mentalmente que lo deje estar y lo fulmino con la mirada desde el otro lado de la cama, pero hace caso omiso y responde a la llamada.

—¿Te importa? —pregunta, indicándome que lo releve para sostener a la abuela.

Me esfuerzo al máximo en no arrugar el rostro de enfado, porque sé que la abuela nos está observando. Me acerco lentamente y sustituyo el brazo de Miller por el mío.

—¿Es una llamada importante? —pregunta la abuela con suspicacia. Debería haber imaginado que nada le pasa desapercibido.

—Podría decirse que sí. —Miller me besa en la frente en un intento de calmarme, y la abuela suspira embelesada mientras observa cómo se alejan sus nalgas—. ¿Sí? —dice Miller al teléfono mientras desaparece por la esquina.

Frunzo la boca. No puedo evitarlo, y me ofendo con Miller por no ser capaz de hacer lo que a mí me sale con demasiada facilidad: enterrar la cabeza en la arena; hacer como si nada; continuar como si jamás hubiera sucedido nada espantoso.

—¿Va todo bien entre ustedes dos? —pregunta la abuela con preocupación, interrumpiendo mis acelerados pensamientos y devolviéndome de sopetón al lugar en el que quiero estar.

—De maravilla —miento, y fuerzo una sonrisa y recojo su bolsa del suelo—. ¿Lista?

—¡Sí! —refunfuña exasperada, y acto seguido su rostro anciano me devuelve la sonrisa. Entonces se vuelve hacia la cama que tiene enfrente y me obliga a volverme con ella—. ¡Adiós, Enid! —grita molestando a la pobre anciana que parece estar profundamente dormida—. ¡Enid!

—¡Abuela, está dormida!

—Siempre está durmiendo. ¡Enid!

La ancianita abre los ojos lentamente y mira a todas partes, algo desorientada.

—¡Estoy aquí! —grita la abuela, levanta la mano y la menea por encima de su cabeza—. ¡Hooolaaa!

—Por Dios, abuela —farfullo, y mis pies se ponen en marcha cuando mi abuela empieza a trotar por la sala.

—No uses el nombre de Dios en vano, Olivia —me reprocha arrastrándome con ella—. Enid, querida, ya me voy a casa.

Enid nos regala una sonrisa desdentada, suscitando una pequeña carcajada de compasión por mi parte. Se la ve muy frágil, y parece estar algo senil.

—¿Adónde vas? —grazna. Intenta incorporarse, pero acaba rindiéndose y jadeando de cansancio.

—A casa, querida. —La abuela nos lleva junto a la cama de Enid y se suelta de mi brazo para poder cogerla de la mano—. Esta es mi nieta, Olivia. ¿La recuerdas? La conociste el otro día.

—¿Ah, sí? —Se vuelve para inspeccionarme y la abuela hace lo mismo siguiendo su mirada y me sonríe cuando me tiene a la vista—. Ah, sí. Ya me acuerdo.

Sonrío mientras las dos mujeres me retienen en el sitio con sus ojos ancianos y sabios y me siento un poco incómoda bajo sus miradas escudriñadoras.

—Ha sido un placer conocerla, Enid.

—Cuídate, bonita. —Extrae la mano de la de mi abuela con cierto esfuerzo y agarra el aire delante de mí, instándome a darle lo que está buscando. Apoyo la mano en la suya—. Será perfecto —dice, y ladeo la cabeza sin saber a qué se está refiriendo—. Él será perfecto para ti.

—¿Quién? —pregunto con una risa nerviosa y desviando la mirada hacia el rostro serio de mi abuela.

Esta se encoge de hombros y se vuelve de nuevo hacia Enid, que coge aire para iluminarnos, pero no dice nada más. Me suelta la mano y vuelve a quedarse profundamente dormida.

Me muerdo el labio y contengo la necesidad de decirle a la durmiente Enid que él ya es perfecto para mí, por muy extraña que haya sido su sorprendente afirmación.

—Hmmm. —El murmullo pensativo de la abuela atrae mi atención. Observa a Enid dormir con una sonrisa cariñosa—. No tiene familia —dice, y despierta inmediatamente en mí una enorme tristeza—. Lleva aquí más de un mes y no ha venido nadie a visitarla. ¿Te imaginas lo que tiene que ser estar tan sola?

—No —admito al plantearme semejante soledad.

Puede que me haya aislado del mundo, pero jamás me he sentido sola. Nunca estaba sola. Miller, en cambio, sí.

—Rodéate de gente que te quiere —se dice la abuela a sí misma, si bien es evidente que desea que yo lo oiga, aunque sus motivos no lo son tanto—. Llévame a casa, cariño.

Sin perder ni un solo segundo, le indico a la abuela que se coja de mi brazo e iniciamos una marcha lenta hacia la salida.

—¿Te encuentras bien? —le pregunto justo cuando Miller gira la esquina con una leve sonrisa en sus carnosos labios.

A mí no me engaña. He visto la ansiedad en sus ojos y su expresión impasible antes de que él nos viera.

—¡Aquí está! —gorjea la abuela—. Todo trajeado y bien plantado.

Miller toma el maletín de la abuela, se coloca al otro lado de ella y le ofrece también su brazo, que ella acepta alegremente.

—La rosa entre dos espinas —dice riéndose, y nos obliga a ambos a aproximarnos más tirando de repente de nuestros brazos—. ¡Eeeooo! —grita la abuela a la recepción de enfermería cuando pasamos por delante—. ¡Adiós!

—¡Adiós, señora Taylor!

Todas se ríen mientras nosotros la escoltamos hasta la salida, y yo sonrío mis disculpas al equipo médico que ha tenido que soportar varios días sus comentarios histéricos. La verdad es que no lo lamento tanto, sólo por el hecho de no ser la única que está constantemente recibiendo las insolencias de las Taylor.

Tardamos un rato, pero por fin salimos del hospital. Miller y yo paseamos alegremente, sin prisa, teniendo que retener constantemente a la abuela para evitar que salga corriendo del lugar que ha considerado una cárcel desde su ingreso. No he mirado a Miller a la cara ni una vez durante los veinte minutos que nos ha llevado llegar hasta su coche, aunque he sentido sus ojos dirigidos hacia mí por encima de la cabeza de la abuela en más de una ocasión, probablemente evaluando mis procesos mentales. Si la abuela no estuviera entre nosotros, le diría exactamente cuáles son y le ahorraría tiempo. Es muy sencillo: me da igual y no quiero saberlo. Sea lo que sea lo que William y él hayan estado hablando, sean cuales sean sus planes, no quiero saberlos. El hecho de que William haya puesto al día a Miller sobre el asunto de mi madre no despierta mi curiosidad en absoluto. Sin embargo, he llegado a la conclusión de que William sabía que Gracie Taylor estaba aquí y decidió no decírmelo. No sé si debería estar encabronada o agradecida por ello.

—¡Vaya! ¡Mira qué cortés! —ríe la abuela cuando Miller le abre la puerta de atrás del Mercedes y baja el brazo para guiarla con aire caballeroso.

Se está aprovechando de la ilusoria imaginación de mi abuela y está fingiendo que siempre es así. Pero lo dejaré correr, aunque sólo sea por seguir viendo esa increíble sonrisa en su rostro. Lo miro un poco de soslayo esforzándome por evitar imitar su expresión de diversión mientras ayuda a la abuela a sentarse.

—¡Madre mía! —exclama acomodándose en el asiento trasero—. ¡Me siento como de la realeza!

—Lo es, señora Taylor —responde Miller antes de cerrar la puerta, ocultando el rubor de satisfacción que acaba de formarse en sus mejillas.

Ahora que la abuela ya no está en medio, estamos solos Miller y yo, y no me gusta nada la expresión meditabunda que veo en su rostro. ¿Adónde ha ido a parar la impasividad? Amo y a la vez detesto todas estas expresiones faciales.

—William quiere hablar contigo —susurra, cosa que agradezco, porque la abuela está a tan sólo unos centímetros de distancia, aunque se encuentra tras una puerta cerrada.

Me pongo inmediatamente a la defensiva.

—Ahora no —silbo con los dientes apretados, sabiendo perfectamente que en realidad quiero decir «nunca»—. Ahora tengo otra prioridad.

—Coincido —responde Miller para mi sorpresa.

Se inclina hasta que nuestros rostros están al mismo nivel. Sus ojos azules me infunden confianza y me hechizan con su seguridad y su confort, haciendo que mis brazos tiemblen a mis costados.

—Por eso le he dicho que no estás preparada.

Decido dejar de seguir luchando por contener mis brazos y rodeo sus hombros con ellos llena de agradecimiento.

—Te quiero.

—Eso lo dejamos claro hace ya tiempo, mi niña —susurra, y se retira para mirarme a la cara—. Deja que te saboree.

Nuestras bocas se unen y mis pies abandonan el suelo. Nuestras lenguas inician una delicada danza y nos mordisqueamos los labios el uno al otro cuando nos separamos de vez en cuando. Estoy perdida, consumida, ajena a nuestro entorno público... hasta que un súbito golpeteo me devuelve en el acto al presente y ambos nos separamos. Miller empieza a reírse con incredulidad y los dos nos volvemos hacia la ventana de su coche. No veo la cara de la abuela porque los cristales ahumados me lo impiden, pero si pudiera, seguro que estaría pegada contra el cristal, riéndose.

—Es un tesoro —murmura Miller y me suelta y me alisa la ropa antes de alisarse la suya propia.

Llevaba ya rato sin arreglarse el traje, pero ahora lo está compensando: se toma su buen minuto para colocar todo en su sitio mientras yo lo observo con una sonrisa en la cara, hallando consuelo en una de sus manías, e incluso alargo la mano y le sacudo una pelusilla que se le ha pasado. Él sonríe en respuesta, me agarra de la nuca, me atrae hacia él y me besa en la frente.

¡Toc, toc, toc!

—Señor, dame fuerzas —farfulla contra mi piel, y entonces me libera y se vuelve con el ceño fruncido hacia la ventana de su coche—. Las cosas bonitas deben saborearse, señora Taylor.

La abuela responde con otra tanda de golpeteos en la ventana que provocan que Miller se incline y se acerque a ella, aún con el ceño fruncido. Empiezo a reírme cuando veo que él golpea en respuesta. Oigo la exclamación de indignación de la abuela, incluso a través de la puerta cerrada, aunque eso no surte ningún efecto en mi caballero a tiempo parcial. Golpea de nuevo.

—Miller, compórtate. —Me río y adoro la irritación que le invade ante el comportamiento impertinente de mi abuela.

—Sin duda pertenece a la realeza. —Se pone derecho y se mete las manos en los bolsillos—. Es una auténtica...

—¿Pesadilla? —Termino la frase por él antes de que diga algo de lo que se pueda arrepentir, y veo la culpa en su rostro al instante.

—A veces —admite, y me hace reír.

—Llevemos a su señoría a palacio, ¿te parece? —Miller asiente hacia el otro lado del coche y yo sigo su instrucción. Me dirijo yo solita al asiento del pasajero y me meto en el de atrás con la abuela.

Me abrocho el cinturón y veo que ella no consigue hacerlo con el suyo, de modo que le echo una mano y también se lo abrocho.

—Ya está —digo, apoyo la espalda en el respaldo y observo cómo inspecciona el suntuoso interior del lujoso coche de Miller.

Levanta la mano y aprieta un botón que enciende una luz para después apagarla de nuevo. Juguetea con los botones del aire acondicionado que hay entre el espacio para los pies y murmura su aprobación. Pulsa un botón que hace que baje su ventana y lo pulsa de nuevo para volver a subirla. Entonces encuentra un reposabrazos entre nosotras, lo baja, lo retira hacia atrás y descubre que contiene posavasos. Sus fascinados y ancianos ojos azul marino me miran mientras forma una O con sus labios rosados.

—Apuesto a que el coche de la reina no es ni la mitad de lujoso que éste.

Su comentario debería hacerme reír, pero estoy demasiado ocupada lanzándole a Miller miradas nerviosas por el espejo retrovisor, intentando evaluar su reacción ante el hecho de que la abuela esté toqueteando su mundo perfecto.

Me está mirando a mí, con la mandíbula tensa. Le regalo una sonrisa incómoda y le digo un silencioso «lo siento» con la cara arrugada. Sacude su preciosa cabeza de un lado a otro, meneando los rizos al tiempo que prácticamente sale derrapando de la plaza de aparcamiento. Imagino que quiere finalizar este viaje lo antes posible y limitar el tiempo que mi querida abuelita tiene para seguir hurgando en su mundo perfecto. Dios nos libre de que algún día descubra los diales de la temperatura en la parte delantera. Me río para mis adentros. ¿Y quería que se trasladara a su departamento? Joder, ¡le daría un ataque cada cinco minutos!

La abuela exclama con regocijo continuamente mientras Miller esquiva el tráfico londinense, pero su emoción desaparece al verme la mano izquierda cuando la levanto y la apoyo en el asiento que tengo delante. Detecto al instante qué es lo que ha captado su atención. Alarga la mano, toma la mía, la acerca hacia ella y la estudia en silencio. No puedo hacer nada más que dejarle y me preparo para su reacción. Miro con ojos suplicantes hacia el espejo retrovisor y veo que Miller nos observa de manera intermitente mientras mantiene la atención en la carretera.

—Hmmm —murmura ella, y pasa la almohadilla del pulgar por la parte superior de mi anillo—. Bueno, Miller, ¿cuándo vas a casarte con mi preciosa nietecita?

La pregunta es para Miller, aunque sus grises cejas enarcadas se dirigen rápidamente hacia mí y me encojo en el asiento de piel. Más le vale encontrar una respuesta rápida, porque yo no tengo ni la menor idea de qué decirle. Necesito que deje de mirarme de esa manera. Me estoy poniendo como un tomate, y siento que se me está cerrando la garganta a causa de la presión, impidiéndome hablar.

—¿Y bien? —insiste.

—No voy a hacerlo —responde él directamente, y su brusca respuesta hace que me muera por dentro.

No tiene ningún problema en decírselo a la deslenguada de mi abuela y, aunque yo lo entiendo, no estoy segura de si ella lo hará. Es muy tradicional.

—¿Y por qué no? —Parece ofendida, casi enfadada, y me planteo la posibilidad de alargar la mano y darle un coscorrón a Miller en la cabeza. Ella probablemente lo haría—. ¿Qué tiene mi nieta de malo?

Me reiría si fuera capaz de hallar el aire para respirar. ¿Que qué tengo de malo? ¡Todo!

—Ese anillo representa mi amor, señora Taylor. Mi amor eterno.

—Sí, eso está muy bien, pero ¿por qué lo lleva en el dedo donde se llevan los anillos de casada?

—Porque su precioso anillo ya ocupa su mano derecha, y jamás sería tan irrespetuoso como para pedirle que reemplace algo que lleva en su vida más tiempo que yo.

Me inflo de orgullo y la abuela tartamudea estupefacta.

—¿No podemos intercambiarlos?

—¿Acaso quieres casarte conmigo? —le pregunto hallando por fin algunas palabras.

—¿Y por qué no? —refunfuña con la nariz estirada. Ni siquiera la respetuosa explicación de Miller ha conseguido mitigar su disgusto—. ¿Piensan vivir siempre en pecado?

Su distraída elección de palabras resuena en mi interior y mis ojos se encuentran con los de Miller a través del espejo: los míos están abiertos como platos; los suyos recelosos.

Pecado.

Hay muchas cosas pecaminosas que ella desconoce. Cosas que mi pobre mente está intentando asimilar. Jamás se las habría narrado antes, por muy insolente y deslenguada que sea, y desde luego no pienso narrárselas ahora. No en su delicado estado de salud tras el ataque al corazón sufrido, aunque con ella una nunca sabe. Permanecer hospitalizada durante los últimos días parece haberle inyectado todavía más descaro en sus huesos de Taylor.

Miller vuelve a mirar hacia la carretera y yo me quedo tensa en mi asiento, pero los ojos expectantes de mi abuela sobre mi célebre antiguo chico de compañía, exprostituto, obsesivo compulsivo...

Suspiro. Mi mente no tiene las fuerzas suficientes para elaborar mentalmente la lista de interminables cosas pecaminosas que Miller representaba.

—Pienso venerar a su nieta durante el resto de mi vida, señora Taylor —dice Miller con voz tranquila, aunque el triste arrullo de la abuela indica que lo ha oído perfectamente y que tendrá que conformarse con eso. Para mí es suficiente, y aunque me digo constantemente que nada más importa, lo cierto es que la aprobación de la abuela sí que me importa. Creo que cuento con ella. Sólo tendré que seguir diciéndome a mí misma que el hecho de que no sepa toda la verdad no tiene ninguna importancia, que su opinión no cambiaría lo más mínimo si conociera cada sórdido detalle.

—Hogar, dulce hogar, señora —dice Miller interrumpiendo mis divagaciones cuando nos detenemos delante de la casa de la abuela.

George y Gregory esperan inquietos en la acera, ambos sentados en el muro bajo que hay al final del jardín de nuestro patio. No tengo ni el tiempo ni la energía para preocuparme por el hecho de que Miller y Gregory se encuentren a una distancia tan reducida. Espero que sepan comportarse.

—¿Qué hacen estos aquí? —refunfuña la abuela, sin hacer ningún intento por salir del coche, esperando a que Miller le abra la puerta. A mí no me engaña. Le encanta estar recibiendo este trato tan especial, aunque no es que no lo reciba en circunstancias normales—. ¡No soy ninguna inválida!

—Discrepo —responde Miller con firmeza mientras le ofrece la mano, que ella acepta con el ceño ligeramente fruncido—. No sea tan insolente, señora Taylor.

Salgo del coche riéndome para mis adentros y me reúno con ellos en la acera mientras la abuela no para de farfullar y de resoplar indignadísima con Miller.

—¿Cómo te atreves?

—Está claro de quién lo ha aprendido Olivia —le suelta, y la entrega a George cuando éste se aproxima con su viejo y redondo rostro cargado de preocupación.

—¿Cómo te encuentras, Josephine? —dice tomándola del brazo.

—¡Estoy bien! —La abuela acepta el brazo de George, lo que indica su necesidad de apoyarse, y deja que la guíe por el camino del jardín—. ¿Tú cómo estás, Gregory? —pregunta cuando pasa por su lado—. ¿Y Ben?

¿Se lo ha contado? Miro a mi amigo, al igual que Miller y que George. Gregory se revuelve incómodo al notar cuatro pares de ojos fijos en él. Sus botas golpetean el suelo y nos contempla a todos con los ojos abiertos como platos mientras seguimos mirando al pobre chico, esperando su respuesta. Carraspea.

—Esto... Sí, bien. Estamos bien. ¿Cómo estás tú, abuela?

—Perfectamente —responde ella al instante, y le hace un gesto a George para que continúe avanzando—. Preparemos un poco de té.

Todo el mundo se pone en acción y sigue a la abuela y a George hacia la casa, pero pronto me adelanto para poder abrir la puerta y dejarlos pasar a todos mientras la mantengo abierta. El profundo suspiro que da cuando la ayudan a atravesar el umbral y absorbe la familiaridad de su hogar me llena de una dicha tan plena que podría rivalizar con el maravilloso lugar al que Miller me lleva cuando soy el único foco de su atención. Y eso ya es decir. Tenerla en casa, y verla y oír sus insolencias consigue borrar de mi mente otros asuntos más peliagudos que me esfuerzo por evitar.

Gregory entra y me guiña un ojo con descaro, aumentando así mi felicidad, seguido de Miller, que me releva en la puerta y me indica que continúe con un gesto de la cabeza.

—Qué caballeroso —bromeo, y me vuelvo para ver cómo la abuela guía a George hasta la cocina al otro extremo de la casa, cuando lo que debería hacer es tumbarse en el sofá o incluso irse a la cama.

Esto no va a ser fácil. ¡Es imposible! Pongo los ojos en blanco, la persigo y empiezo a determinar unas cuantas normas, pero, de repente, una nalgada me detiene. El dolor es instantáneo, y me llevo la mano al trasero para frotármelo en un intento de aliviar así el dolor mientras me vuelvo y veo a Miller cerrando la puerta.

—¡Au!

¿Au? No se me ocurre nada más que decir. ¿Miller Hart, el hombre cuyos modales avergonzarían hasta a la mismísima reina de Inglaterra, acaba de darme una nalgada? No un golpecito, no. Una nalgada. Y bastante fuerte, por cierto.

Un rostro perfectamente serio se gira hacia mí. Inspira mientras se alisa el traje tomándose su ridículo tiempo mientras yo permanezco totalmente boquiabierta ante él, esperando... no sé... algo por su parte.

—¡Dime algo! —exclamo indignada frotándome todavía el trasero.

Termina de perfeccionar su ya perfecto traje y se aparta el perfecto pelo de su perfecto rostro. Sus ojos se nublan. Cruzo las piernas estando de pie.

—¿Quieres otra? —pregunta como si tal cosa con un brillo de picardía en sus preciosos ojos.

Inspiro hondo y contengo el aliento. Me muerdo el labio inferior con fuerza. ¿Qué le está pasando? ¿Se le está contagiando esta actitud de mi abuela?

—Lo que me gustaría hacer en realidad es hincar los dientes en ese precioso culito que tienes.

Expulso todo el aire de mis pulmones y la anticipación sexual me devora.

Es un cabrón. No tiene ni la menor intención de terminar lo que ha empezado. Pero eso no calma mi ansia ni mi necesidad. ¡Maldito sea!

Se aproxima lentamente, como si me estuviera rondando, y mis ojos lo siguen hasta que lo tengo respirando encima de mí.

—La dulce abuelita no está en situación de andar blandiendo cuchillos de trinchar.

Mueve una ceja sugerente. Ésta es probablemente la acción menos propia de Miller de todas las acciones poco propias de Miller que he experimentado conforme nuestra relación ha ido creciendo. No puedo evitarlo. Comienzo a partirme de risa, pero él no se aparta ofendido tal y como esperaba. Empieza a reírse también y, aunque mi deseo desesperado por él se ha disipado ligeramente, la tremenda felicidad que corre por mis venas es un buen término medio.

—No estés tan seguro —respondo riéndome mientras él me coge de la cintura, me vuelve en sus brazos y me guía por el pasillo

254

con la barbilla apoyada en el hombro—. Creo que la medicación le ha desarrollado la insolencia.

Pega la boca en mi oreja. Cierro los ojos y disfruto de cada delicioso instante que pasa rozándome.

—Coincido —susurra, y me mordisquea el lóbulo.

No necesito combatir las llamas de deseo que arden en mis venas porque se transforman en llamas de furia en cuanto llegamos a la cocina y veo a la abuela llenando el hervidor de agua en el fregadero.

—¡Abuela!

—¡Yo lo he intentado! —exclama George lanzando los brazos al aire con exasperación mientras toma asiento—. ¡Pero no me ha hecho ningún caso!

—¡Yo también! —interviene Gregory para hacerme una idea general de la situación mientras se sienta sobre una de las sillas de la mesa de la cocina. Me mira y sacude la cabeza—. No me gusta recibir una paliza verbal. Bastante he tenido ya con las físicas.

Durante un segundo, el sentimiento de culpa me invade tras la la indirecta por parte de mi mejor amigo, pero vuelvo a centrarme en la situación cuando oigo el hervidor golpeando el borde del fregadero.

—¡Por favor, abuela! —grito, y atravieso la cocina corriendo al ver que se tambalea ligeramente. Miller también acude al instante, y oigo el chirrido de dos sillas contra el suelo, lo que me indica que Gregory y George también se han levantado—. ¡¿Quieres hacer el favor de hacernos caso?! —grito con una mezcla de enfado y preocupación que me hace temblar mientras la sostengo.

—¡Deja de agobiarte tanto! —me ladra intentando apartarme las manos—. ¡No soy ninguna inválida!

Necesito hacer acopio de todas mis fuerzas para no gritarle mi frustración. Dirijo mis ojos desesperados hacia Miller y me sorprendo al ver una expresión de enfado en su rostro. Tiene los labios apretados, cosa que en circunstancias normales haría que me preocupara, pero en estos momentos sólo espero que me ayude a controlar a mi testaruda abuela.

—Deme eso —masculla con impaciencia quitándole el hervidor de las manos y dejándolo de un golpe sobre el banco antes de reclamar a mi abuela—. Y ahora va a estarse sentadita, señora Taylor.

Guía a mi desconcertada abuela por delante de las expresiones de estupefacción de George y de Gregory y la sienta en una silla. Esta mira a Miller desde su posición sentada con ojos cautelosos mientras él se cierne sobre ella, retándola a desafiarlo. Se queda sin habla, con la boca abierta de la impresión. Miller inspira profunda y pausadamente para calmarse. Entonces se sube ligeramente las perneras de los pantalones a la altura del muslo y se acuclilla ante ella. La abuela lo sigue con la mirada hasta que están al mismo nivel. Permanece callada, como el resto de nosotros.

—A partir de ahora hará lo que se le diga —empieza Miller, y se apresura a levantar una mano y a ponerle un dedo sobre los labios cuando ella inspira para espetarle alguna fresca—. Ah-ah —la corta Miller antes de que empiece.

No le veo la cara, pero sí veo cómo ladea ligeramente la cabeza a modo de advertencia, y estoy convencida de que también la mantiene en su sitio con la mirada. Miller aparta el dedo lenta y cuidadosamente y ella frunce los labios inmediatamente, indignada.

—Eres un poco mandón, ¿no?

—No sabe cuánto, señora Taylor.

La abuela me mira buscando... no sé qué, pero sé que algo le doy, aunque me estoy esforzando todo lo posible por no hacerlo. Me pongo roja como un tomate, y maldigo a mis mejillas por delatarme y me revuelvo incómoda bajo su mirada curiosa.

—Señora Taylor —dice Miller tranquilamente para ahorrarme el escrutinio de sus ojos cuando ella dirige de nuevo la atención hacia él—. Estoy bastante familiarizado con la insolencia de las Taylor. —Señala con su pulgar por encima de su hombro en mi dirección, y hace que quiera anunciar que sólo lo utilizo en circunstancias especiales, pero soy lista y me contengo—. De hecho me he acostumbrado a ella.

—Me alegro por ti —masculla la abuela, y levanta la nariz con aire altanero—. ¿Y qué vas a hacer? ¿Azotarme?

Toso para ocultar la risa, y George y Gregory hacen lo mismo. ¡Menuda pieza es la abuela!

—No es mi estilo —responde Miller con ligereza sin caer en sus provocaciones, cosa que no hace más que instigar más comentarios histéricos por parte de la abuela, y eso hace que el resto estemos a punto de llorar de risa.

Esto no tiene precio, y evito en todo lo posible mirar a George y a Gregory a los ojos, porque sé que en el momento en que lo haga empezaré a desternillarme al ver sus propias expresiones de diversión.

—¿Sabe cuánto quiero a su nieta, Josephine?

Esa pregunta detiene al instante las risitas nerviosas y el rostro de la abuela se suaviza al instante.

—Creo que me hago una buena idea —dice tranquilamente.

—Bien, pues deje que se lo confirme —dice Miller formalmente—. Me duele tremendamente. —Me quedo paralizada y veo cómo el rostro de la abuela se ilumina de felicidad a través del hombro de Miller—. Justo aquí. —Le coge la mano y se la coloca sobre la chaqueta del traje—. Mi niña me ha enseñado a amar, y eso hace que la quiera más todavía. Ella lo es todo para mí. No soporto que esté triste o verla sufrir, Josephine.

Permanezco callada en un segundo plano, como Gregory y George. Está hablando con ella como si estuvieran solos. No sé qué tiene esto que ver con que mi abuela sea obediente, pero parece estar funcionando, y confío en que tenga alguna relevancia.

—Sé lo que se siente —murmura la abuela forzando una sonrisa triste. Creo que voy a llorar—. Yo también lo he vivido.

Miller asiente y alarga la mano para apartarle un rizo gris y rebelde de la frente.

—Olivia está enamorada de usted, querida señora. Y yo también la aprecio bastante.

La abuela sonríe a Miller tímidamente y reclama su mano. Estoy convencida de que se la está estrechando con fuerza.

—Tú tampoco estás mal.

—Me alegro de que hayamos dejado las cosas claras.

—¡Y tienes un buen culito!

—Eso me han dicho. —Se ríe, se inclina y la besa en la mejilla.

Yo me derrito por dentro de felicidad cuando probablemente debería estar rodando por el suelo de risa ante su descarada salida.

Miller nunca había tenido a nadie. Ahora no sólo me tiene a mí, sino que además la tiene a ella. Y de repente veo claramente que él es consciente de ello. También quiere a la abuela. A un nivel diferente, claro, pero sus sentimientos por ella son intensos. Muy intensos, y lo ha demostrado con cada palabra y cada acción desde que regresamos de Nueva York.

—Y ahora —se pone de pie y deja a la abuela sentada, con expresión risueña y soñadora—, Olivia va a meterla en la cama. Yo ayudaré a Gregory a preparar el té, y George se lo llevará a su habitación.

—Si insistes...

—Insisto. —Miller me mira y muestra interés al ver mis ojos vidriosos—. ¡Vamos!

Recobro la compostura al instante y levanto a la abuela de la silla, ansiosa por escapar de la presencia de este hombre tan maravilloso antes de que me tenga lloriqueando por toda la cocina.

—¿Te encuentras bien? —le pregunto mientras salimos de la cocina, recorremos el pasillo y subimos la escalera pasito a pasito.

—Mejor que nunca —responde con total sinceridad tocándome la fibra sensible.

Mi contento pronto se transforma en temor, porque sé que por mucho que quiera enterrarla en mi cabeza, sólo hay una cosa que no podré ocultarle eternamente.

A Gracie Taylor.

Todavía estoy intentando asimilarlo yo. La abuela no podría.

—Se casará contigo algún día —rumia para sí misma sacándome de mis angustiosas divagaciones—. Escúchame bien, Olivia. Jamás había sentido un amor tan rico y tan puro en mis ocho décadas de vida. —Asciende la escalera con cuidado y yo la sigo y la sostengo por detrás, hecha un auténtico lío de sentimientos encontrados, sentimientos de indescriptible felicidad y de sombría tristeza—. Miller Hart te ama con toda su alma.

CAPÍTULO 16

Dedico más de una hora a atender a la abuela y disfruto de cada momento: desde ayudarla a bañarse hasta meterla en la cama y arroparla. Le seco y le cepillo el pelo, la ayudo a ponerse su camisón de volantes y le ahueco las almohadas antes de ayudarla a subirse a la cama.

—Apuesto a que lo estás disfrutando —musita en voz baja, al tiempo que tantea la ropa de cama a su alrededor. Está sentada, con los rizos grises y perfectos ondeando sobre sus hombros mientras se pone cómoda.

—Me gusta cuidarte —confieso, aunque me contengo y no añado que prefiero cuidar de ella cuando no lo necesita. Quiero que se ponga bien, que vuelva a la normalidad. Es posible que haya recobrado su chispa pero no me engaño: sé que eso no significa que se haya recuperado.

—No te creas que voy a dejar que vuelvas al mundo vacío en el que vivías antes de que apareciera Miller —me dice sin levantar la vista de las sábanas. Me detengo en pleno ajetreo y me mira con el rabillo del ojo—. Que lo sepas.

—Lo sé —la tranquilizo, e intento ignorar la sombra de la duda que amenaza desde un rincón de mi mente. Lo fácil sería volver a esconderme, no salir a lidiar con todos los retos que tengo por delante.

—Ya te lo he dicho, Olivia —continúa. No me gusta el rumbo que está tomando esta conversación—. Enamorarse es fácil. Aferrarse al amor es especial. No creas que soy tan tonta como para creer que todo es perfecto. Veo a un hombre enamorado y a una chica enamorada. —Hace una pausa—. Y veo aún más claros los demonios que alberga Miller Hart.

Se me corta la respiración.

—También veo su desesperación. No puede ocultármela. —Me observa con detenimiento. Sigo conteniendo el aliento—. Depende de ti, mi querida niña. Ayúdalo.

Unos golpecitos en la puerta del dormitorio de la abuela me sobresaltan y corro a abrir con la cabeza a mil; la necesidad de escapar hace que me entre el pánico. George me mira un tanto reticente con una bandeja en las manos.

—¿Todo bien, Olivia?

—Sí —digo con voz chillona y me aparto para dejarlo pasar.

—¿Se encuentra en condiciones de recibir visitas? Traigo té.

—¡Llévame a bailar, George! —grita la abuela y George sonríe.

—Me lo tomaré como un sí. —George entra en la habitación y su sonrisa se torna más amplia al ver a mi abuela, limpia y arreglada en la cama—. Estás espectacular, Josephine.

Me sorprende no escuchar una réplica burlona o sarcástica.

—Gracias, George. —La abuela le señala la mesita de noche para que deposite en ella la bandeja, cosa que él hace con esmero y sin tardanza—. A ver qué tal te ha salido el té.

—Nadie lo prepara como tú, Josephine —dice George con alegría mientras echa azúcar en las tazas.

Los observo unos instantes mientras camino hacia la puerta y sonrío al ver a la abuela darle un manotazo a George en el dorso de la mano y a él reírse tan contento. Está feliz de tenerla en casa y, aunque ella no lo admitirá nunca, también está encantada de volver a tener a George bajo su techo. El cambio de papeles va a hacer que discutan más que de costumbre.

—Estaré abajo —les digo antes de salir de la habitación, pero ninguno de los dos me hace el menor caso y la abuela continúa dándole a George instrucciones precisas de cómo preparar el té a su gusto. El pobre lo intenta en vano; nadie prepara el té como la abuela.

Los dejo con su sainete, bajo la escalera, aliviada de estar lejos del radar de la abuela, y entro en la cocina. Miller está apoyado en la encimera y Gregory está tirado en una silla. Los dos me miran y me siento como si estuviera bajo un microscopio pero, aunque esto es muy incómodo, es mejor que cuando se tiran las manos al cuello. Mi alivio desaparece pronto, en cuanto noto la preocupación en el aire y no tardo en imaginarme por qué me miran así.

Miller le ha contado lo de mi madre. Mis mecanismos de defensa se ponen en alerta máxima, listos para disparar al que decida atacarme primero con sus opiniones, pero tras un largo y doloroso silencio, ninguno de los dos abre la boca. Decido tomar las riendas de la situación.

Y hacer el avestruz un poco más.

—Está descansando y George está con ella. —Me acerco al fregadero y meto las manos en el agua jabonosa—. Se la ve muy animada pero necesita, al menos, una semana de reposo. —Lavo las tazas de té y las coloco en el escurreplatos. Luego rebusco en el agua algo más que lavar—. No va a ser fácil.

—Olivia —Miller se me acerca por detrás. Cierro los ojos y dejo de remover el agua en vano—, déjalo ya.

Me saca las manos de la pila y empieza a secármelas con un paño de cocina, pero lo aparto y tomo un trapo.

—Voy a limpiar la mesa. —Dejo caer el trapo húmedo sobre la mesa y Gregory se aparta un poco. No se me escapa la mirada cautelosa que le lanza a Miller por encima de mi hombro—. Tengo que mantener la casa como los chorros del oro. —Me esmero con la madera impecable, limpiando una suciedad inexistente—. O protestará e intentará limpiarla ella.

Unas manos fuertes se cierran sobre mis muñecas y les impiden moverse.

—Basta.

Mis ojos ascienden por su traje hecho a medida, por su cuello y por la sombra de su barbilla. Unos ojos azules se me clavan en el alma. Comprensivos. No necesito comprensión, lo que necesito es que me dejen seguir con lo mío.

—No quiero exponerte a más sufrimiento. —Me quita el trapo de la mano, lo dobla con pulcritud mientras le doy las gracias en silencio y me tomo un momento para recobrar la compostura—. Voy a pasar la noche aquí, así que necesito ir a casa a recoger un par de cosas.

—Ok —accedo mientras me aliso el vestido de verano.

—Y yo debería irme —dice Gregory poniéndose de pie y ofreciéndole la mano a Miller, que la acepta al instante y asiente con la cabeza. Es un mensaje silencioso para que mi amigo se sienta seguro.

En cualquier otro momento su intercambio de cortesías me parecería maravilloso, pero ahora mismo no. Es como si se hubieran aliado, como último recurso, para encargarse de la damisela desvalida. No están siendo educados porque saben que nada me gustaría más que saber que pueden llegar a caerse bien. Lo están haciendo por miedo a que sean la gota que colma el vaso.

Gregory se me acerca y me da un abrazo que me cuesta devolverle. De repente me siento frágil de verdad.

—Te llamo mañana, pequeña.

Asiento y me separo de él.

—Te acompaño a la puerta.

—Ok —contesta lentamente y se va hacia la puerta de la cocina, despidiéndose de Miller con la mano.

No veo la respuesta de Miller ni si se producen más intercambios porque ya estoy a mitad del pasillo.

—¡Es tremenda! —dice George entre risas. Levanto la vista y lo veo bajando la escalera—. Pero está agotada. Voy a dejarla descansar un poco.

—¿Te vas, George?

—Sí, pero volveré mañana al mediodía. Tengo órdenes. —Resopla al llegar al pie de la escalera, con el pecho palpitante del esfuerzo—. Cuídala mucho —me pide dándome un apretón en el hombro.

—Te llevo a casa, George —dice Gregory, que aparece con las llaves en la mano—. Siempre que no te importe compartir asiento.

—¡Ja! Compartí cosas peores durante la guerra, muchacho.

Gregory pasa a mi lado conteniendo la risa y le abre la puerta a George.

—Espero que me lo cuentes todo por el camino.

—¡Se te van a poner los pelos como escarpias!

Se marchan por el sendero, George hablando por los codos de los días de la guerra y Gregory riéndose de vez en cuando en respuesta. Cierro la puerta y dejo el mundo fuera, pero pronto me doy cuenta de que no puedo cerrar mi mente. Me estoy engañando. El estar aquí, oliendo nuestra casa, sabiendo que la abuela está a salvo arriba y que Miller pulula alrededor en toda su perfección no está yendo como yo esperaba. La increíblemente aguda conclusión de la abuela no hace más que empeorarlo.

Protesto al oír el tono lejano de mi celular y no me doy prisa en tomarlo. La gente con la que quiero hablar o está aquí o acaba de irse. Arrastro los pies de vuelta a la cocina; ni rastro de Miller. Localizo el bolso, rebusco dentro y saco la fuente del sonido persistente. Rechazo la llamada y veo que tengo seis más, todas de William. Lo apago y lo meto en el fondo del bolso, mirándolo con furia.

Luego me voy a buscar a Miller. Está en la sala de estar, sentado en un extremo del sofá. Tiene un libro en la mano. Un libro negro. Está muy concentrado en la lectura.

—¡Miller!

Se sobresalta y cierra el libro de golpe mientras me acerco a toda velocidad y se lo quito.

—¿De dónde lo has sacado? —le pregunto de mala manera escondiéndomelo a la espalda... Avergonzada de ese cuaderno.

—Estaba metido en un lateral del sofá. —Señala el extremo del que lo ha sacado y me acuerdo de cuando lo tiré en el sofá la última vez que me torturé leyendo un párrafo. ¿Cómo pude ser tan descuidada?

—No deberías haberlo leído —le espeto sintiendo cómo esa cosa monstruosa me quema los dedos, como si de un modo extraño estuviera volviendo a la vida. Me obligo a dejar de pensar estas cosas antes de que capten toda mi atención, que no se merecen—. ¿Recordando los viejos tiempos? —le pregunto—. ¿Pensando en todo lo que vas a perderte?

Me arrepiento de mi ataque rastrero antes de que Miller tuerza el gesto, sobre todo porque pone cara de dolor, no de enfado. Ha sido un golpe bajo e innecesario. No sentía mis palabras. Lo estoy pagando con él, estoy siendo cruel con la persona equivocada.

Lentamente, se levanta cuan alto es y recobra su expresión impasible característica. Se arregla las mangas de la chaqueta y se estira la corbata. Yo me revuelvo incómoda en mi sitio, buscando en mi cerebro algo con lo que redimirme. Nada. No puedo retirarlo.

—Perdóname. —Agacho la cabeza, avergonzada, resistiendo el impulso de arrojar el cuaderno al fuego.

—Estás perdonada —me contesta con cero sinceridad y marchándose a grandes zancadas.

—¡Miller, por favor! —Intento cogerle del brazo pero me esquiva y se aleja de mí sigilosamente—. ¡Miller!

Se da la vuelta y me echa para atrás con su fiera mirada. Tiene la mandíbula tensa y el pecho le sube y baja a gran velocidad. Me achico con cada ángulo cincelado y la expresión de su rostro, que indican su estado mental actual. Me señala con el dedo:

—Nunca vuelvas a restregármelo por la cara —me advierte echándose a temblar—. ¿Me has oído? ¡Nunca!

Sale dando un portazo y dejándome inmóvil con su ira desgarradora. Nunca la había dirigido hacia mí con tanta intensidad. Parecía como si fuera a hacer algo pedazos, y aunque me jugaría la vida a que nunca me pondrá la mano encima, temo por cualquiera que se cruce en su camino ahora mismo.

—¡Maldición! —lo oigo maldecir, y sus pasos atronadores se acercan de nuevo. No me muevo del sitio, quieta y en silencio, hasta que entra por la puerta de la sala de estar. Vuelve a señalarme con el dedo y tiembla aún más que antes—. No te muevas de aquí, ¿entendido?

No sé qué pasa. Su orden desencadena algo y le planto cara antes de poder pararme a pensar en los pros y los contras de contestarle. Aparto su mano de un manotazo.

—¡No me digas lo que tengo que hacer!

—Olivia, no me presiones.

Lo mismo da que no tenga intención de ir a ningún sitio porque no quiero dejar sola a la abuela. Es una cuestión de principios.

—¡Que te den!

Aprieta los dientes.

—¡Deja de ser tan imposible! ¡De aquí no te mueves!

Me hierve la sangre y espeto algo que me sorprende tanto como a Miller.

—¿Tú lo sabías?

El cuello de Miller se retrae sobre sus hombros y arruga la frente.

—¿Qué?

—¡¿Tú sabías que había vuelto?! —le grito, pensando en lo bien que manejó la situación. No hubo sorpresa. Estaba en su salsa, como si se hubiera preparado para ese momento—. Cuando creía que me estaba volviendo loca y me quitaste la idea de la cabeza, ¿sabías que había vuelto?

—No. —Se mantiene firme pero no le creo. Haría cualquier cosa por aliviar mi dolor. Nadie habla. Ted me eludía. William

266

me ha estado evitando a toda costa hasta ahora, que ya lo sé seguro, y Miller prácticamente tiró el teléfono de la mesa para cortar la conversación en cuanto se mencionó el nombre de Gracie. Y luego está la llamada de Sylvie, cuando me dijo que una mujer me estaba buscando. Su descripción encaja con Sophia a la perfección, pero también con mi madre. La claridad es una cosa maravillosa.

La sangre me hierve en las venas.

—Tú le dijiste a William que no me lo contara, ¿verdad?

—¡Sí! ¡Joder, sí! —me grita mirándome fijamente—. ¡Y que sepas que no me arrepiento! —Me toma la cara con firmeza entre las manos, casi mostrando agresividad, y aprieta. Me roza la punta de la nariz con la suya y sus ojos se me clavan en el alma—. No sabía qué hacer.

No puedo hablar, por el modo en que me tiene tomada la cara no puedo abrir la boca. Así que asiento y dejo que me embriague la emoción; todo el estrés, la preocupación y el miedo atraviesan mi vulnerable ser. Él sólo estaba intentando protegerme de más sufrimiento.

—No te vayas. —Estudia mi cara, su mirada examina cada milímetro, y aunque es una orden, sé que quiere que yo esté de acuerdo. Asiento de nuevo—. Bien —se limita a decir y entonces pega los labios a los míos y me besa a la fuerza.

Cuando me suelta, doy un paso atrás y parpadeo para volver a la vida, justo a tiempo para verlo desaparecer.

Cierra la puerta con un estruendo.

Entonces me echo a llorar como un bebé, intentando contener el sonido para no despertar a la abuela. Es una tontería; si fuera a despertarse ya lo habría hecho con todos los berridos y los portazos que hemos dado. Mis patéticos sollozos ahogados no van a despertarla.

—¿Todo bien, señorita Taylor?

Levanto la vista y veo a Ted en la puerta de la sala de estar.

267

—Todo bien. —Me restriego los ojos—. Estoy cansada, eso es todo.

—Es comprensible —dice en voz baja y me hace sonreír un poco.

—Tú también sabías que había vuelto, ¿no?

Asiente y baja la mirada.

—No me correspondía a mí contárselo, querida.

—Entonces la conocías.

—Todo el mundo conocía a Gracie Taylor. —Sonríe sin levantar la vista del suelo, como si tuviera miedo de mirarme por si le pregunto más cosas. No voy a hacerlo. No quiero saberlo.

—Más vale que te coloques en tu puesto. —Señalo hacia mi hombro y cuando por fin me mira, su rostro curtido parece sorprendido—. Perdona que desapareciera así otra vez.

Se ríe.

—Está a salvo, eso es lo que importa. —Atraviesa la habitación y se coloca junto a la ventana. Lo observo un rato y recuerdo lo bien que conduce.

Tengo que saber más.

—¿Siempre has trabajado para William?

—Veinticinco años.

—¿A qué te dedicabas antes?

—Era militar.

—¿Soldado?

No contesta, sólo asiente, cosa que me dice que ya me ha dado bastante conversación. Dejo a Ted y arrastro mi cuerpo agotado escaleras arriba, al cuarto de baño, con la esperanza de que un buen regaderazo alivie los pesares de mi mente y de mi corazón a la par que mis músculos doloridos. Nos presionan desde tantos frentes que empieza a ser demasiado, y los dos estamos intentando cargar con todo. No va a tardar en aplastarnos.

Abro el grifo y me quedo de pie frente al lavabo, contemplando mi rostro macilento y las ojeras oscuras que tengo bajo los ojos.

Sólo se borrarían si pudiera dormir cien años y al despertar todas mis preocupaciones se hubieran esfumado. Suspiro, abro el armario de espejo y maldigo cuando una avalancha de cosméticos cae sobre el lavabo.

—Mierda —refunfuño recogiendo frascos y tubos uno a uno y colocándolos otra vez en su sitio. Casi he terminado, sólo faltan los Tampax...

Tampax.

Me quedo mirando la caja. Tampax. Se me está retrasando. Nunca se me retrasa. Nunca. No me gustan los nervios que me revolotean por el estómago ni el zumbido de la sangre en los oídos. Intento calcular cuándo tuve el último período. ¿Hace tres semanas o cuatro? En Nueva York no lo tuve. Mierda.

Corro a mi habitación y busco la caja vacía de la píldora del día después. Saco el prospecto, y lo desdoblo con dedos nerviosos hasta que lo tengo extendido encima de la cama. Chino. Alemán. Portugués. Italiano.

—¡¿No está en ningún idioma que pueda comprender?! —grito dándole la vuelta y aplastándolo contra la cama. Me paso veinte minutos leyendo montañas de letra pequeña. No retengo nada, sólo la tasa de éxito. No hay garantías. Algunas mujeres, un porcentaje muy pequeño, se quedan embarazadas a pesar de todo. No me llega la sangre a la cabeza. Me mareo y la habitación da vueltas. Rápidas. Me desplomo en la cama y me quedo mirando el techo. Tengo frío, calor, estoy sudando y no puedo tragar.

—Mierda...

No sé qué hacer. Me he quedado en blanco, atontada del todo. ¡El celular! Vuelvo a la vida y bajo a la cocina a toda velocidad. Con manos torpes que se niegan a cooperar y dedos que no aciertan a hacer lo que les digo.

—¡Maldita sea!

Pego una patada en el suelo y luego me quedo quieta, intentando que el aire llegue a mis pulmones. Dejo que salga, con calma, y empiezo otra vez. Consigo abrir el calendario. Cuento los días una y otra vez; son más de los que esperaba, pensando que con la locura de vida que he llevado últimamente es posible que haya cometido un error garrafal. No es así. Por más cuentas que haga, el resultado siempre es el mismo: llevo una semana de retraso.

—Mierda.

Me dejo caer contra la encimera, dándole vueltas al iPhone. Necesito ir a la farmacia, tengo que salir de dudas. Es posible que este ataque de nervios sea del todo innecesario. Miro el reloj de la cocina: son las ocho pasadas. Pero seguro que hay alguna farmacia de guardia. Mis piernas se ponen en marcha antes que mi cerebro. Ya estoy en el pasillo cuando mi cabeza empieza a funcionar y me detengo a medio descolgar la cazadora vaquera del perchero.

—La abuela.

Pierdo el ímpetu. No puedo salir, lo mismo da que sea una emergencia. No podría volver a mirarme al espejo si algo le pasara en mi ausencia. Además, Ted está vigilando. No creo que vaya a aguantar muchas broncas más por culpa de mis tendencias escapistas antes de darse cuenta de que no valgo la pena y dimita.

Suelto la cazadora, me siento en el primer escalón y dejo caer la cabeza entre las manos. Justo cuando pensaba que la cosa no podía ir a peor, surge una mierda más que añadir a mi lista de cosas a las que no quiero hacer frente. Deseo hacerme una bola y que Miller me envuelva en lo que más le gusta, que me proteja de este mundo dejado de la mano de Dios. Su bello y reconfortante rostro se dibuja en mi mente y me envía cerca de ese lugar seguro. Luego se disuelve en la rabia manifiesta de antes de que se fuera echando chispas.

No me cuenta nada y, si me lo contara, estoy segura de que no querría oír lo que tiene que decir. Gruño y me froto la cara con las manos, intentando borrarlo... todo. Soy una imbécil. Una imbécil de tomo y lomo. Una imbécil que vive engañada y que debería enfrentarse a lo que está ocurriendo a su alrededor y encontrar el famoso valor de las mujeres de la familia Taylor. ¿Qué ha sido de la vida tranquila y relajada? Miller tiene razón: no soy capaz de vivir así.

CAPÍTULO 17

Mis sueños son sueños. Lo sé porque todo es perfecto: Miller, la abuela, yo... la vida. Contenta con permanecer en mi mundo de ilusión, me acurruco un poco más, gimo de contento y abrazo la almohada. Todo brilla. Resplandece y está lleno de color y aunque sé que me envuelve una falsa sensación de seguridad, no me despierto. Estoy al borde del sueño y la vigilia, intentando meterme más en mis sueños, cualquier cosa con tal de retrasar un poco más el hecho de tener que enfrentarme a la dura realidad. Sonrío. Todo es perfecto.

Gracie Taylor.

Se une a mí en sueños, deja su huella y es imposible librarse de ella. Me despierto enseguida.

De repente todo es oscuridad.

Todo está apagado.

—¡No! —grito, enfadada porque ha perturbado la única tranquilidad que podía encontrar en mi mundo de tribulaciones—. ¡Vete!

—¡Olivia!

Me levanto como un rayo, jadeando, y giro la cabeza, buscándolo. Miller está sentado a mi lado, en calzoncillos, despeinado y preocupado. Dejo caer los hombros, medio aliviada, medio enfadada. Aliviada porque está aquí y enfadada por estar despierta y alerta. De vuelta en el mundo real. Suspiro y me aparto el pelo de la cara.

—¿Un mal sueño? —Se acerca, me rodea, recoge mi cuerpo entre sus brazos y me acuna en su regazo.

—No veo la diferencia —suspiro en su pecho y titubea un instante. Estoy siendo sincera con él. No noto la diferencia entre las pesadillas y la realidad y tiene que saberlo, aunque doy por sentado que es consciente de por lo que estoy pasando, porque lo está viviendo conmigo. Casi todo. Me despierto más y me pongo aún más alerta, al recordar lo que pasó anoche después de que se marchara: podría estar embarazada. Pero hay algo más importante que bloquea mi preocupación.

—La abuela. —Intento levantarme, aterrada.

—Está estupenda —me tranquiliza abrazándome con más fuerza—. La he ayudado a bajar y a echarse en el sofá. Le he servido el desayuno y le he dado la medicación.

—¿En serio? ¿En calzoncillos?

De repente lo único que veo es a Miller atendiendo a la abuela sólo con el bóxer puesto. Me habría encantado poder verlos por un agujerito. Seguro que la abuela ha agotado su paciencia mientras disfrutaba mirando su culito.

—Sí. —Me besa en la coronilla e inspira hondo, inhalando la fragancia tranquilizadora de mi pelo—. Tú también necesitas descansar, mi dulce niña.

Empiezo a liberarme de sus brazos pero me rindo cuando estrecha el abrazo.

—Miller, tengo que ir a ver a la abuela.

—Ya te lo he dicho: está estupenda.

Lucha conmigo hasta que me tiene donde quiere: a horcajadas en su regazo. Me reconforta muchísimo que me revuelva el pelo y aún más el ver su remolino rebelde pidiéndome que lo ponga en su sitio. Suspiro y se lo aparto de la frente. Ladeo la cabeza, asombrada mientras mi memoria refresca los bellos rasgos de Miller Hart. Los repaso todos: los que veo y los que no.

—Te necesito ya mismo —me susurra y mis dedos, que deambulaban por su pecho, vacilan—. Quiero lo que más me gusta —me exige en voz baja—. Por favor.

Lo abrazo y lo envuelvo con todo mi ser. Mi cara busca un hueco en su cuello mientras él me coge de la nuca para que no me mueva del sitio.

—Perdóname —farfullo patética—. Siento estar tan resentida.

—Ya te he perdonado.

Unas pocas lágrimas corren en silencio por mis mejillas y por su cuello. El remordimiento me mata. Se ha portado de maravilla, ha sido atento, protector y nos ha ayudado en todo a la abuela y a mí. No tengo excusa.

—Te quiero.

Me separa de su pecho y con mucha lentitud me enjuga las lágrimas.

—Y yo te quiero a ti. —No hay palabras en clave ni frases alternativas, ni hechos que lo digan todo. Lo expresa con todas sus letras—. No puedo verte triste, Olivia. ¿Dónde está ese brío que tanto he llegado a querer?

Sonrío y pienso que no lo dice en serio.

—Se me ha acabado —confieso.

Tener chispa, ser impertinente y atrevida, o como quiera llamarlo, requiere demasiada energía. Es como si me hubieran chupado la vida y la poca que me queda la reservo para cuidar a la abuela y asegurarme de que Miller sepa lo mucho que lo quiero. Al diablo con lo demás.

—No, de eso nada. Lo has perdido de momento, eso es todo. Necesitamos volver a encontrarlo. —Me dedica una de sus encantadoras sonrisas que ilumina mi oscuridad por un instante—. Te necesito fuerte y a mi lado, Olivia.

Mi mente sumida en las tribulaciones ahora se siente culpable. Él ha sido fuerte por mí. Ha permanecido a mi lado pese a todos mis traumas. Tengo que hacer lo mismo por él. Aún tenemos que lidiar con los problemas de Miller, que también son los míos porque ahora sólo existimos nosotros. Pero Gracie Taylor ha añadido una nueva dimensión a nuestro mundo de locos. Y encima no me viene la regla.

—Y aquí me tienes —afirmo—. Siempre.

—A veces lo dudo.

Me siento culpable al cubo. «Espabila», me digo. Eso es lo que tengo que hacer. Los problemas no van a desaparecer por mucho que los ignore.

—Aquí me tienes.

—Gracias.

—No me lo agradezcas.

—Siempre te estaré agradecido, Olivia Taylor. Eternamente. Lo sabes. —Me toma la mano y besa mi diamante.

—Lo sé.

—Me alegro.

Me da un beso casto en la nariz, otro en los labios, otro en la mejilla, y luego otro y otro antes de cubrirme el cuello de besos.

—Hora de darse un regaderazo.

—¿Me concederías el honor de acompañarme? —Lo tomo del pelo para quitármelo del cuello y sonrío cuando levanta la vista.

—¿Quieres que te adore en esa ducha diminuta?

Asiento, extasiada al ver la chispa juguetona en sus penetrantes ojos azules.

Hace una mueca. Es lo más bonito del mundo.

—¿Cuánto crees que tardará tu abuela en levantarse del sofá, ir a la cocina, buscar el cuchillo más grande y mortífero y subir la escalera?

Sonrío.

—En circunstancias normales, menos de un minuto. Pero ahora mismo, calculo que unos diez minutos, si es que se molesta en subir.

—Entonces vamos allá.

Me río. Me abraza y echa a andar hacia la puerta a gran velocidad. No sabe cuánto lo necesito.

—Pero no quieres faltarle al respeto a la abuela —le recuerdo.

—Ojos que no ven...

Sonrío encantada.

—No podemos hacer ruido.

—Tomo nota.

—No me puedes hacer gritar tu nombre.

—Tomo nota.

—Tenemos que estar atentos por si la oímos acercarse.

—Tomo nota.

Abre y cierra la puerta del baño de un puntapié. No ha tomado nota de nada.

Me deja en tierra, abre el grifo de la regadera. No llevo nada puesto y sólo el bóxer cubre las deliciosas caderas de Miller. En cuestión de segundos los dos estamos desnudos.

—Entra. —Ladea la cabeza para acompañar sus palabras con cierta urgencia. No me molesta lo más mínimo. Mi desesperación aumenta con cada doloroso segundo que tarda en tocarme. Me meto en la tina, bajo el agua caliente, y espero.

Y espero.

Y espero.

Está ahí de pie, mirándome, sus ojos recorren mi cuerpo húmedo y desnudo lentamente. Pero no me siento incómoda. En vez de eso, aprovecho el tiempo para saborear cada centímetro de su cuerpo perfecto y musito para mis adentros, pensando que es posible que sea más perfecto cada día. Empieza a abandonar sus costumbres obsesivas a veces, o puede que me haya acostumbrado a cosas que antes me llamaban mucho la atención. O tal vez los dos nos estemos acercando a un término medio sin habernos dado ni cuenta. Probablemente porque los dos nos morimos por el otro y, cuando no nos consume la pasión, estamos saltando obstáculos. Pero hay una cosa que sé muy bien. Lo único que es innegable.

Estoy locamente enamorada de Miller Hart.

Mis ojos ascienden de sus pies perfectos a sus piernas torneadas hasta que me encuentro mirando sin reparos su verga dura y perfecta. Podría subir más, perderme en el resto de su cuerpo: sus abdominales cincelados, sus pectorales tersos, esos hombros fuertes y... su cara perfecta, sus labios, sus ojos y, por último, los rizos preciosos de su cabellera. Podría pero no voy a hacerlo. El epicentro de su perfección me tiene cautivada.

—Tierra llamando a Olivia. —Su voz ronca contradice la dulzura de su tono. Tardo en permitir que mis ojos se deleiten con el resto de él. No tengo prisa por llegar a esos increíbles ojos azules que me capturaron la primera vez que lo vi—. Por fin.

Sonrío y le tiendo la mano.

—Ven a mí. —digo jadeante, desesperada. Acepta mi mano y nuestros dedos se acarician y juguetean un momento. Seguimos mirándonos. Miller los entrelaza con firmeza. Se mete en la regadera y me rodea, sin darme más opciones que retroceder hasta que tengo la espalda contra los fríos azulejos. Me mira desde lo alto, con los ojos fijos en lo más profundo de mí.

Levanta nuestras manos entrelazadas y las pega a la pared por encima de mi cabeza. Luego desliza la mano que tiene libre por la parte de atrás de mi muslo y tira firmemente de él. Levanto la pierna y se la enrosco en la cintura, atrayéndolo hacia mí. Miller entreabre la boca y la mía hace lo mismo. Se agacha hasta que nuestras narices se rozan.

—Dime lo que quieres, mi dulce niña. —Su aliento ardiente me acaricia la cara y él desata una corriente eléctrica de deseo que corre por mis venas y se convierte en necesidad.

—A ti —consigo jadear y cierro los ojos cuando su boca se cierra sobre la mía.

Y toma lo que es suyo.

CAPÍTULO 18

La abuela tiene buen aspecto. Pero al verla sentada en silencio junto a la mesa de la cocina, con una taza de té entre las manos, me preocupo un poco. Esperaba encontrarla trasteando en la cocina, a pesar de que le hayan dicho que tiene que descansar. A la abuela nunca le ha parecido bien hacer lo que le dicen.

—Buenos días —saludo con alegría sentándome a su lado y sirviéndome una taza de té.

—Ni te molestes —responde la abuela a mi saludo. Ni un «hola», ni un «buenos días».

—¿Con qué?

—Con el té. —Arruga la nariz al olisquear su taza y tuerce el gesto—. Sabe a meada de gato.

La tetera choca contra el borde de la taza en la que intento servirme el té y Miller rompe a reír en la otra punta de la cocina. Lo miro de reojo. Está divino con un traje de tres piezas gris marengo, camisa azul claro y corbata a juego. Está para comérselo, tan repeinado, tan bien vestido y, por lo que parece, listo para irse a trabajar. Perfecto. Lo miro a los ojos y sonrío.

—Es una joya.

Me pongo muy seria. Lo sabe pero pasa de mi sarcasmo y se sienta con nosotras.

—Es usted muy amable, señora Taylor.

—¿Qué tal la regadera? —contraataca ella y la maldita tetera casi se me cae otra vez. Estoy segura de que he agrietado la taza. La miro con los ojos muy abiertos y me la encuentro sonriendo perversa. ¡La muy...!

278

—Caliente —dice Miller pronunciando cada sílaba muy despacio. Ahora es a él a quien miro con los ojos muy abiertos. No hay quien los aguante juntos, les encanta el tira y afloja. Pero también son encantadores y muy cariñosos el uno con la otra.

—Deberías haberle pedido a Olivia que te enseñara a subir y a bajar el mando de la temperatura.

Vuelvo a mirar a la abuela. Está jugueteando con el asa de la taza, pensativa, haciéndose la inocente. ¡Es incorregible!

—Eso he hecho —dice Miller con naturalidad, imitando los gestos de la abuela con su propia taza.

—¡Lo sabía! —Dice la abuela con un gritito ahogado—. ¡Eres un demonio!

Me rindo. Ni se dan cuenta de cómo los estoy mirando y me duele el cuello de tanto girarlo hacia uno y otra. Me recuesto en la silla y los dejo seguir con su juego mientras me invade una agradable sensación. Verla tan vivaracha y despierta hace maravillas con mi estado de ánimo.

Miller le lanza a la abuela una sonrisa arrolladora que sabotea sus intentos por mirarlo mal.

—Perdone, señora Taylor, no puedo disculparme por quererla tanto que me resulta doloroso no poder tocarla.

—Eres un diablo —repite la abuela en voz baja, con sus rizos ondeando debajo de las orejas cuando menea la cabeza—. Eres un diablo.

—¿Hemos terminado ya con las batallitas? —pregunto tomando los cereales—. ¿O me pongo cómoda para disfrutar del espectáculo?

—Yo ya he terminado —dice Miller tomándose la libertad de servirme la leche en los cereales—. ¿Y usted, señora Taylor?

—También —dice dándole un sorbito a su té y haciendo una mueca de disgusto—. Estás como un queso, Miller Hart, pero haces un té lamentable.

—Estoy de acuerdo —añado levantando mi taza y torciendo el gesto—. Está malísimo. Lo peor.

—Tomo nota —gruñe—. Nunca dije que fuera un experto haciendo té. —La sonrisa traviesa vuelve a su rostro y tengo que dejar la taza despacio, con cautela—. Pero si hablamos de adorar...

Me atraganto con los cereales, cosa que rápidamente atrae la atención de la abuela.

—Ya, ya... —dice taladrándome con sus ojos azul marino—. ¿Qué es eso de adorar?

Me niego a mirarla y fijo la mirada en mi cuenco.

—Se me da muy bien —declara Miller con chulería.

—¿Te refieres al sexo?

—¡Señor, dame fuerzas! —Tomo la cuchara, la hundo en los cereales y me llevo a la boca una buena cucharada de desayuno.

—Yo lo llamo adorar.

—Entonces es verdad que lo tuyo no sólo es amor sino adoración —pregunta la abuela con una sonrisa.

—Vaya que sí.

Me quiero morir y rezo para que la divina providencia intervenga y me salve. Son imposibles.

—Paren, por favor —les suplico.

—Está bien —dicen al unísono, sonriendo como un par de idiotas.

—Mejor. Tengo que ir al supermercado.

—Pero me gusta hacer yo la compra —protesta la abuela, una muestra de lo que me espera—. Tú no vas a dar pie con bola.

—Pues hazme una lista —replico solucionando el problema al instante—. No vas a salir de casa.

—Ya te llevo yo, Olivia —dice Miller colocando el azucarero un poco más a la derecha y la leche un pelín más a la izquierda—. Y no me discutas —añade con una mirada de advertencia.

—No me pasará nada —digo sin dar el brazo a torcer. Se puede meter el tono y las miradas por donde le quepan—. Tú si quieres quédate aquí con la abuela.

—Tengo que ir al Ice.

Le miro, sé que no va a ir a trabajar de verdad.

—¡Por el amor de Dios! No necesito que nadie se quede aquí a cuidarme —refunfuña la abuela.

—Discrepo —salgo. Ya tengo bastante con Miller tocándome la moral. Sólo me faltaba la abuela.

—Tiene razón, señora Taylor. No debería quedarse sola.

Me encanta ver que Miller le lanza a la abuela una mirada de advertencia idéntica a la que me acaba de lanzar a mí y aún me gusta más ver que la abuela no le discute.

—Está bien —masculla—, pero no voy a quedarme aquí encerrada para siempre.

—Sólo hasta que recuperes las fuerzas —la tranquilizo. Le doy un apretón a Miller en la rodilla por debajo de la mesa como muestra de agradecimiento, y para mi sorpresa, no hace ni caso.

—Te llevo a hacer la compra —repite, se levanta de la mesa y recoge un par de platos.

Mi agradecimiento se esfuma en un abrir y cerrar de ojos.

—Noooooo, tú te quedas aquí con la abuela.

—Noooooo, yo te llevo al supermercado —replica sin hacer ni caso de la advertencia manifiesta de mi orden—. He hablado con Gregory. Él y Ted no tardarán en llegar.

Me derrumbo en la silla. La abuela resopla disgustada, pero permanece en silencio y Miller asiente, aprobando él solo el anuncio que acaba de hacer. Lo tiene todo planeado. No me gusta. No puedo comprar un test de embarazo con Miller pegado a mis talones.

Mierda...

Después de poner al día a Gregory sobre el estado de la abuela y de asegurarme de que he preparado toda su medicación para que él no tenga que leerse las instrucciones, Miller me conduce a su coche tomada de la nuca y me coloca en el asiento del copiloto. Parece un tanto enojado después de haber recibido una llamada mientras yo hablaba con Gregory. No hay ni rastro del hombre afable y relajado del desayuno. Como siempre, es como si ni siquiera estuviera conmigo, y aunque su distanciamiento habitual desaparece cada vez con más frecuencia, sus costumbres de siempre vuelven a la carga. No creo que hoy me perdone si toco los mandos de la temperatura, así que bajo la ventanilla. Miller pone la radio para acabar con el incómodo silencio y yo me reclino y dejo que Paul Weller me haga compañía. Durante el trayecto, llamo a casa dos veces y en ambas ocasiones la abuela me dice que soy una estreñida. Va a tener que aguantarse, y punto.

Empiezo a tramar un plan para conseguir unos minutos a solas en Tesco para poder comprar lo que necesito y quedarme tranquila o que me dé un ataque. Sólo se me ocurre una cosa.

Miller estaciona, tomamos un carrito y nos sumergimos en el caos del supermercado. Recorremos los pasillos, yo armada con la lista que nos ha dado la abuela y él con cara de estresado. Hay carritos abandonados por todas partes y en los estantes nada está en su sitio. Me muero de la risa por dentro y me apuesto a que está conteniéndose para no ordenarlos. Pero cuando suena su celular, se lo saca del bolsillo y mira la pantalla, frunce el ceño mucho más que antes y rechaza la llamada. Creo que el caos que impera en Tesco no es lo único que le molesta. No le pregunto quién llama porque no quiero saberlo. De hecho, sigo tramando nuestra separación.

—Tengo que tomar unas cosas para la abuela de la farmacia —digo fingiendo con todo mi ser que no es importante—. Toma la lista y termina de buscar lo que falta.

Le doy la lista, a la que he añadido unos cuantos artículos que sé que están en la otra punta del supermercado.

—Te acompaño —contesta sin vacilar, estropeándome los planes.

—Iremos más rápido si nos separamos —le digo de improviso—. Sé que odias este sitio.

Aprovecho su malestar y echo a andar antes de que pueda abrir la boca, mirando de vez en cuando hacia atrás para asegurarme de que no me sigue. Está mirando la lista con el ceño fruncido más tremendo del mundo.

Doblo la esquina y sigo caminando deprisa, mirando los carteles de los pasillos en busca de lo que quiero. Sólo tardo unos momentos en llegar al pasillo correcto y en empezar a mirar una caja tras otra de pruebas de embarazo... cada una con su caja individual de metacrilato, una medida de seguridad de lo más idiota. «Genial», mascullo y tomo la primera que garantiza resultados rápidos y precisos. Le doy la vuelta, inspecciono los dibujos mientras echo a andar de nuevo y entonces choco contra algo.

—¡Perdón! —exclamo mientras la caja se me cae de las manos. El metacrilato rebota contra el suelo a mis pies con un estrépito. Hay otro par de pies que no conozco. No me gusta el escalofrío que me recorre la espalda ni la sensación de vulnerabilidad que me invade de repente.

—Lo siento. —El hombre tiene voz de niño bien y lleva un traje caro. Se agacha para recoger la caja antes de que pueda verle la cara y se queda unos segundos en cuclillas, mirando la prueba de embarazo con interés. No le he visto la cara, sólo la coronilla mientras sigue acuclillado a mis pies. Desde luego el pelo salpicado de gris no me suena, pero hay algo que me dice a las claras que él sí que me conoce. Está en este pasillo conmigo a propósito, un pasillo lleno de artículos de higiene femenina. Puede que esté en un supermercado, con gente por todas partes, pero la sensación de peligro se palpa en el ambiente.

El extraño se levanta y le veo la cara. Tiene los ojos negros y albergan toda clase de amenazas. Una cicatriz le recorre la mejilla izquierda hasta la comisura de los labios, que son finos y dibujan una sonrisa falsa que acentúa la cicatriz. Es una sonrisa que intenta darme una falsa sensación de seguridad.

—Creo que esto es suyo —dice extendiendo la mano con la caja y obligo a mis manos a dejar de temblar antes de tomarla. Sé que he fracasado cuando arquea una ceja y, pese a que he tomado la caja, él no la suelta. Está comprobando lo mucho que tiemblo.

Bajo la mirada porque no puedo soportar por más tiempo la dureza de la suya.

—Gracias. —Me trago el miedo e intento seguir andando pero me bloquea el paso. Me aclaro la garganta, cualquier cosa con tal de conseguir la seguridad que necesito tan desesperadamente para poder engañarlo—. Perdone. —Esta vez doy un paso hacia el otro lado y él hace lo mismo con una risa siniestra.

—Parece que no vamos a ninguna parte, ¿no? —Da un paso al frente y se acerca demasiado a mi espacio personal, lo que duplica mi nerviosismo.

—No —concedo, intentando avanzar de nuevo, y otra vez me bloquea el paso. Respiro hondo y me obligo a levantar la vista hasta que mis ojos dan con su cara. Es la viva imagen del mal. Mana de cada poro de su ser y hace que me achique al instante. Sonríe, alarga la mano, coge un mechón de mi pelo y lo retuerce entre los dedos. Me quedo helada, paralizada de terror.

Emite un sonido pensativo... siniestro... de mal agüero. Luego se agacha y me pega la boca al oído.

—Dulce niña —susurra—. Por fin nos conocemos.

Retrocedo de un brinco con un grito quedo, me llevo la mano al pelo y a la cara para borrar las huellas de su aliento mientras él permanece ligeramente echado hacia adelante, con una sonrisa diabólica en las comisuras de sus labios y estudiándome con detenimiento.

—¿Olivia?

Alguien me llama a lo lejos con tono de preocupación y observo cómo el extraño se yergue, mira por encima de mi hombro y esa sonrisa perversa se hace más grande. Doy media vuelta y me quedo sin aire en los pulmones al ver a Miller acercándose a grandes zancadas hacia mí. Está muy serio pero su mirada refleja un cúmulo de emociones: alivio, miedo, cautela... enojo.

—Miller —susurro. La energía fluye por mis músculos muertos y mis piernas entran en acción y recorren la distancia que me separa de su pecho, al que me aferro con todas mis fuerzas. Está temblando. En este momento todo grita «¡peligro!».

Miller apoya la barbilla en mi coronilla y me sostiene con un brazo contra su pecho. Sobre nosotros pesa un silencio de plomo entre el bullicio y la actividad frenética del supermercado, como si estuviéramos en una burbuja y nadie excepto nosotros tres fuera consciente del peligro y de la hostilidad que contaminan la atmósfera del local. No me hace falta mirar para saber que el desconocido sigue detrás de mí, noto su presencia igual que noto a Miller intentando reconfortarme con su abrazo y lo tenso que se le ha puesto todo el cuerpo. Me oculto en mi escondite, no pienso moverme de aquí.

Miller tarda una eternidad en relajarse un poco y yo me atrevo a mirar atrás. El hombre avanza por el pasillo, con las manos en los bolsillos, mirando las estanterías como si viniera a comprar a diario. Pero, al igual que Miller, parece un pez fuera del agua.

—¿Te encuentras bien? —pregunta Miller apartándome un poco y estudiando mi rostro lívido—. ¿Te ha hecho algo?

Niego con la cabeza, pensando que sería de locos decirle nada que hiciera estallar a mi bomba humana. Tampoco creo que haga falta. Miller sabe quién es ese hombre y lo que ha pasado sin que yo tenga que decirle nada.

—¿Quién es? —Hago la pregunta de la que no quiero saber la respuesta y, a juzgar por la expresión de dolor de Miller, está claro que él tampoco quiere decírmelo. O confirmármelo. Es el bastardo sin moral.

No estoy seguro de si Miller nota que he llegado a esa conclusión o si simplemente no quiere aclararme nada, pero mi pregunta no recibe contestación y rápidamente saca el celular del bolsillo. Aprieta un botón y a los pocos segundos está hablando con alguien al otro lado.

—Se acabó el tiempo. —Es lo único que dice antes de colgar y cogerme de la mano.

Pero su rápida y apremiante cadena de movimientos se corta cuando algo llama su atención.

Algo que llevo en la mano.

Todos los huesos de mi cuerpo derrotado se rinden. No hago el menor amago de ocultarlo. No intento excusarme ni inventarme nada. Está inexpresivo, se queda un siglo mirando la caja antes de alzar sus ojos azules vacíos hacia mis ojos llorosos.

—Por Dios bendito —exhala y se lleva la yema del pulgar y del índice a la frente. Cierra los ojos con fuerza.

—Creo que la píldora del día después no ha funcionado. —Se me traba la lengua, sé que no necesito decir más y que por ahora no me va a pedir que lo haga.

Se pasa las manos por el pelo, apartándose los rizos de la cara e hinchando las mejillas. Más gestos de terror.

—¡Mierda!

Hago una mueca al oírlo maldecir. Ahora los nervios ocupan el lugar del miedo.

—No quería decir nada hasta estar segura.

—¡Mierda!

Miller me coge por la nuca y me empuja hacia el final del pasillo, donde nos espera un carro de la compra lleno. Echa la prueba de embarazo sin ningún cuidado, coge el carro por la mano libre y lo empuja hacia la caja.

Empiezo a andar como una autómata; mis músculos trabajan sin recibir instrucciones, tal vez porque aprecian lo delicado de la situación o lo explosivo del estado de ánimo de Miller. Estoy colocando las cosas en la cinta transportadora, callada y recelosa, mientras Miller lo recoloca todo como a él le gusta. Dejo que siga él y me voy al otro extremo, a meterlo todo en bolsas. Entonces Miller se pone a mi lado, y lo saca y vuelve a meterlo todo. Me cruzo de brazos y le dejo seguir a él. La mandíbula le tiembla de vez en cuando mientras los movimientos de su mano, rápidos y precisos, ordenan los artículos en las bolsas que luego coloca en el carrito. Está intentando reinstaurar la calma en su mundo, que se desmorona.

Después de abonarle el importe a la cajera, a la que se le caía la baba, nos reclama al carrito y a mí y nos conduce con mano firme hacia la salida de los confines del supermercado. Pero la intranquilidad de Miller no desaparece, aunque ahora ya no sé a qué se debe, si a mis noticias sorpresa o al hombre siniestro y su visita inesperada.

Sólo de pensarlo me pongo a mirar en todas direcciones.

—Se ha ido —dice Miller cuando llegamos a su coche, ya en el exterior—. Sube.

Hago lo que me dice sin chistar y dejo que Miller descargue solo las compras en la cajuela. No tardamos en salir zumbando del aparcamiento y en estar en la carretera. El aire es irrespirable pero no hay escapatoria.

—¿Adónde vamos? —pregunto; de repente me preocupa que no tenga intención de llevarme a casa.

—Al Ice.

—¿Y qué hay de la abuela? —le discuto con calma—. Llévame a casa primero.

No tengo ganas de acompañar a Miller al Ice. Preferiría dedicarme a mi pasatiempo favorito y esconder la cabeza un poco más.

—No —responde resuelto, sin dejar margen para la negociación. Conozco este tono. Conozco esta forma de actuar—. No podemos perder el tiempo, Olivia.

—¡Cuidar de la abuela no es perder el tiempo!

—Gregory cuidará de ella.

—Quiero cuidar yo de ella.

—Y yo de ti.

—¿Eso qué quiere decir?

—Quiere decir que ahora mismo no tengo tiempo para tus impertinencias. —Toma una curva cerrada a la derecha y derrapa hacia una perpendicular—. Esto no se va a solucionar a menos que lo solucione yo.

El corazón apenas me late en el pecho. No me gusta la determinación que noto en los rasgos endurecidos de su rostro y en su voz grave. Debería sentirme aliviada al verlo tan decidido a arreglar las cosas. El problema es que no estoy segura de cómo va a hacerlo, pero una vocecita en mi cabeza me dice que no me va a gustar. ¿Y por dónde va a empezar? Si me da cinco minutos le haré una lista de toda la mierda con la que tenemos que lidiar, aunque entonces nos enfrentaríamos a nuestro problema de siempre: ¿qué es lo prioritario? Algo me dice que mi posible embarazo no encabezará la lista. Ni la reaparición de mi madre.

No. Todo indica que nuestro encuentro con ese tipo de mal agüero ocupa el primer lugar en nuestra lista de mierdas pendientes. El cabrón sin moral. El hombre del que Miller me ha estado ocultando. El hombre que tiene la llave de las cadenas de Miller.

CAPÍTULO 19

Es la primera vez que veo el Ice completamente vacío.

Miller me sienta en un taburete y me coloca mirando a la barra antes de ponerse detrás y tomar un vaso resplandeciente de uno de los estantes. Lo deja con fuerza sobre la barra, coge una botella de whisky y lo llena hasta el borde. Entonces se lo bebe entero, de un trago, echando la cabeza atrás. Lentamente, se vuelve y se deja caer contra la barra, mirando el vaso vacío.

Parece derrotado y eso me asusta de un modo inimaginable.

—¿Miller?

Se concentra un buen rato en su vaso antes de que unos ojos azules atormentados se encuentren con mi mirada.

—El hombre del supermercado era Charlie.

—El cabrón sin moral —digo con intención de que sepa que lo he entendido. Es justo quien me temía que fuera, aunque mi opinión de ese hombre es que lo que me ha contado Miller acerca de él no le hace justicia. Es aterrador.

—¿Por qué no te permite dejarlo y ya está? —le pregunto.

—Porque cuando estás en deuda con Charlie es de por vida. Si te hace un favor, lo pagas para siempre.

—¡Te sacó de la calle hace años! —exclamo atropelladamente—. Eso no justifica que estés en deuda con él de por vida. ¡Te convirtió en prostituto, Miller! ¡Y luego te ascendió a «chico especial»! —Estoy tan enfadada que casi me caigo del taburete—. ¡Eso no está bien!

—Oye, oye, oye... —Rápidamente deja el vaso vacío, salta la barra y se coloca a mi lado. Lo hace con soltura y elegancia y sus pies aterrizan en silencio justo delante de mí—. Tranquilízate. —Intenta aplacar mi ira, me toma la cara con las manos y la levanta para poder mirarme a los ojos llenos de lágrimas—. No hay nada en mi vida que haya estado bien, Olivia.

Me abre los muslos con la rodilla y se acerca. Me levanta un poco más la cara para que nuestras miradas no se separen pese a la altura que me saca.

—Soy un puto desastre, mi dulce niña. Nada puede ayudarme. Mi club y yo somos minas de oro para Charlie. Pero no es sólo el beneficio que obtiene de mí ni lo conveniente que es el Ice para sus negocios. Es una cuestión de poder, de principios. Si das muestras de debilidad, el enemigo te tendrá cogido por las pelotas. —Respira hondo mientras yo lo asimilo todo—. Nunca pensé en dejarlo porque nunca tuve un motivo para hacerlo —continúa—. Y él lo sabe. Y sabe que si lo hiciera, sería por una buena razón.

Aprieta los labios y cierra los ojos despacio, un gesto que normalmente encuentro fascinante, reconfortante. Pero hoy no. Hoy no hace más que empeorar las cosas porque sé que está parpadeando así y respirando hondo para tomar fuerzas y poder decir lo que va a decir a continuación. Cuando vuelve a abrir los ojos, contengo la respiración y me preparo para lo peor. Me está mirando como si no hubiera nada más valioso que yo en su universo. Porque lo soy.

—Eliminarán esa buena razón —termina en voz baja, dejándome sin aire en los pulmones —, de un modo u otro. Te quiere fuera de mi vida. No he estado comportándome como un loco neurótico por nada. Yo le pertenezco, Olivia. Tú no.

Mi pobre cerebro explota bajo la presión de la brutal explicación de Miller.

—Quiero que seas mío —digo sin pensar. No he reflexionado en lo que decía, lo he dicho por pura desesperación. Miller Hart no está disponible y no sólo por esa fachada que mantiene firmemente en su sitio.

—Estoy en ello, mi preciosa y dulce niña. Créeme, estoy dejándome la piel para que así sea. —Me besa en la coronilla y respira mi fragancia para inhalar una dosis de la fuerza que recibe de mí—. Tengo que pedirte una cosa.

No le confirmo lo que sé que va a pedirme. Necesito oírlo.

—Lo que quieras.

Me levanta del taburete y me sienta en la barra, como si me estuviera subiendo al famoso pedestal. Luego se hace sitio entre mis muslos, me mira a los ojos y rodea mi cintura con las manos. Le paso los dedos por los rizos, por toda la cabeza, hasta que le masajeo la nuca.

—Nunca dejes de amarme, Olivia Taylor.

—Imposible.

Sonríe levemente, hunde la cara en mi pecho y desliza las manos por mi espalda para estrechar nuestro abrazo, para fundirnos juntos. Me quedo mirando la base de su cuello, acariciándolo para consolarlo.

—¿Cómo estás de segura? —pregunta sin que venga a cuento.

Mis caricias cesan mientras tomo fuerzas para enfrentarme a otra de nuestras confesiones, esas que lo dejan a uno de piedra.

—Segura —me limito a contestar, porque lo estoy. No puedo esconderme de esto, como tampoco puedo esconderme de todo lo demás.

Lentamente, me suelta y saca la prueba de embarazo, observándome mientras mis ojos van de la caja hacia él y viceversa.

—Segura no basta.

Tomo la caja, vacilante.

—Hazlo.

No digo nada cuando me baja y lo dejo sirviéndose otra copa. Sigo a mis pies al baño de señoras y me prepara para la confirmación en blanco y negro. Actúo sin pensar, desde que entro en el

291

cubículo hasta que salgo de él. Intento ignorar los minutos que he leído que tengo que esperar y me dedico a lavarme las manos. También intento ignorar la posible reacción de Miller. Al menos ahora es consciente de que cabe la posibilidad, pero ¿amortiguará el golpe? ¿Lo querrá siquiera? Dejo de pensar en esas cosas antes de que puedan conmigo. No espero que dé saltos de alegría sobre mi posible embarazo. En nuestra vida no hay lugar para celebraciones.

Giro la prueba y me quedo mirando la ventanita diminuta. Luego salgo del baño, de vuelta al club, donde me encuentro a Miller esperando, tamborileando en la barra. Levanta la vista hacia mí. Está impasible, carente de expresión. Una vez más soy incapaz de adivinar en qué está pensando. Así que le muestro la prueba y espero a que sus ojos la procesen. No va a poder ver nada a esta distancia, así que musito una sola palabra.

—Positivo.

Se desinfla ante mis ojos y se me revuelve el estómago. Luego ladea la cabeza, ordenándome sin palabras que me acerque a él. Obedezco, con cuidado, y con un par de zancadas me planto a su lado. Me sienta en la barra, se coloca entre mis piernas, hunde la cabeza en mi pecho y sus manos me agarran del trasero.

—¿Está mal que me alegre? —pregunta y me deja de piedra. Esperaba que le diera un ataque al estilo Miller. Como estaba tan ocupada con mi propia reacción de sorpresa y esperaba una reacción negativa de Miller, no me había parado a pensar en que se fuera a alegrar con la noticia. Lo he estado viendo como un obstáculo más en nuestro camino, otro temporal que capear. Miller, por otro lado, parece como si lo viera desde una perspectiva completamente diferente.

—No estoy segura —admito sin querer en voz alta. ¿Podemos alegrarnos de esto en mitad de toda la oscuridad que nos rodea? ¿Acaso ve la luz? Mi mundo se ha vuelto tan tenebroso como el de Miller y no puedo ver más que pesares en el horizonte.

—Ya te lo digo yo. —Levanta la cabeza y me sonríe—. Todo lo que quieras darme es un regalo para mí, Olivia. —Una mano suave acaricia mi mejilla—. Tu belleza, para que pueda admirarla. —Examina mi rostro durante una eternidad antes de deslizar la mano lentamente por mi pecho y dibujar círculos alrededor de mi seno. Me tiembla la respiración y arqueo la espalda—. Tu cuerpo, para que pueda sentirlo. —Intenta contener la sonrisa y vuelve a mirarme a los ojos—. Tu impertinencia, para que pueda pelearme con ella.

Me muerdo el labio para contrarrestar el deseo y las ganas que tengo de decirle que, en el fondo, él es el causante de mi impertinencia.

—Explícate —le ordeno. La verdad es que ya lo ha dejado muy claro.

—Como quieras —concede sin vacilar—. Esto —dice besándome en el vientre— es otro de tus regalos. Sabes que protejo como una fiera todo lo que es mío.

Me pierdo en la sinceridad de sus ojos, que lo dicen todo.

—Lo que crece dentro de ti es mío, mi dulce niña, y destruiré a cualquiera que intente arrebatármelo.

Su extraña elección de palabras, su forma de expresar sus sentimientos, son irrelevantes porque hablo con soltura el idioma de Miller. No podría haberlo dicho mejor.

—Quiero ser el padre perfecto —susurra.

Me invade la felicidad, pero, aun así, llego a la conclusión de que Miller se estaba refiriendo a Charlie. Es a Charlie a quien va a destruir. Sabe lo mío. Me ha visto coger la prueba de embarazo. Soy esa buena razón por la que Miller lo dejaría, y ahora aún más. Charlie elimina a las buenas razones. Y Miller destruirá a quien intente apartarme de él. Es aterrador porque sé que es perfectamente capaz.

Lo que significa que Charlie está en el corredor de la muerte.

Unos golpes me sacan de mis pensamientos y giro la cabeza hacia la entrada del club.

—Anderson —musita Miller poniéndose la máscara de nuevo.

Nuestro breve instante de felicidad toca a su fin. Me da un pequeño apretón en el muslo antes de separarse de mí... Y mi salero aparece de la nada.

—¿Qué hace aquí? —pregunto saltando de la barra.

—Ayudar.

No quiero verlo. Ahora que sé con seguridad que mi madre está en Londres y que Miller no va a impedírselo, querrá hablarme de ella. No me da la gana. De repente siento claustrofobia entre las gigantescas cuatro paredes del Ice. Voy y vengo por la barra hasta que tengo delante filas y filas de alcohol de alta graduación. Tengo que ahogar la rabia y eso es lo que voy a hacer. Tomo una botella de vodka, desenrosco el tapón sin pensar y me sirvo uno triple. Pero cuando el vaso frío roza mis labios no me echo el contenido al gaznate, más que nada porque me distrae una imagen mental.

La imagen de un bebé.

—Mierda —suspiro y lentamente dejo el vaso en la barra. Me quedo mirándolo, dándole vueltas lentamente hasta que el líquido transparente deja de moverse. No lo quiero. El alcohol últimamente ha servido para una sola cosa: intentar hacerme olvidar las penas. Pero ya no.

—¿Olivia? —El tono inquisitivo de Miller hace que vuelva mi cuerpo cansado hacia él y le muestre mi rostro desolado... y el vaso—. ¿Qué estás haciendo?

Se acerca con la incertidumbre pintada en la cara mientras sus ojos van del vaso a mí.

La culpa se une a la desesperación y meneo la cabeza, arrepentida de haberme servido la copa.

—No iba a bebérmela.

—Eso espero, maldita sea.

Da la vuelta a la barra, me quita el vaso de las manos y tira el contenido por el desagüe.

—Olivia, estoy al borde de la locura. No me des el empujoncito que me falta para perder la cabeza —me advierte muy serio, aunque la dulzura que veo en su expresión no tiene nada que ver con la dureza de sus palabras. Me lo está suplicando.

—No sé en qué estaba pensando —empiezo a decir; quiero que sepa que me la he servido sin pensar. Apenas he tenido tiempo de asimilar la noticia—. No tenía intención de bebérmela, Miller. Nunca le haría daño a nuestro bebé.

—¿Qué?

Abro unos ojos como platos en respuesta al grito de sorpresa y Miller ruge, ruge de verdad.

Madre de Dios.

No me vuelvo para hacer frente al enemigo. Si me queda una sola gota de ese famoso brío, la borrarán del mapa con una mirada de desaprobación o una buena reprimenda. En vez de eso sigo mirando a Miller con cautela, suplicándole en silencio que se encargue él de la situación. Ahora mismo él es lo único que puede protegerme de William Anderson.

El largo silencio se expande tanto que hasta resulta doloroso. Mentalmente le suplico a Miller que lo rompa pero cierro los ojos cuando oigo a William tomar aire y acepto que será él quien hable primero.

—Dime que lo que estoy pensando no es cierto.

Oigo un golpe seco; William se ha dejado caer en un taburete.

—Por favor, dime que no lo está.

Las palabras «lo estoy» bullen en mi garganta, junto a «¿y a ti qué?». Pero se quedan en su sitio, se niegan a salir. Me enfado conmigo misma por estar hecha una inútil justo cuando quiero armarme de valor y pagarla con William.

—Está embarazada —dice Miller cuadrando los hombros y con la barbilla bien alta—. Y estamos muy contentos. —Desafía a William a acabar la frase.

Y William acepta el reto.

—La madre que te parió —le espeta Anderson—. ¿Cómo se te ha ocurrido hacer semejante estupidez?

Compongo una mueca. No me gusta el subir y bajar del pecho de Miller. Quiero unirme a él, presentar un frente común, pero mi maldito cuerpo se niega. Así que permanezco de espaldas a William mientras mi mente sigue evaluando el peligro inminente.

—Los dos sabíamos que Charlie no tardaría en tener algo concreto sobre Olivia. Pues ya lo tiene. —Me pasa el brazo por el cuello, intentando acercarme a su cuerpo—. Dije que si se acercaba a ella, sería lo último que haría. Acaba de hacerlo.

No puedo verlo pero sé que la hostilidad de William está a la altura de la de Miller. Noto las vibraciones gélidas a mi espalda.

—Ya lo hablaremos más tarde. —William zanja el asunto demasiado rápido—. Pero por ahora será mejor que permanezca entre nosotros.

—Lo sabe. —La confesión de Miller arranca un grito quedo de William. Miller sigue hablando antes de que William pueda interrogarlo—. Encontró a Olivia comprando una prueba de embarazo.

—Por Dios —masculla William y se me tensa la espalda. Miller ve mi reacción y me acaricia el cuello—. No hace falta que te diga que acabas de darle el doble de munición.

—No, no hace falta.

—¿Qué ha dicho?

—No lo sé. No estaba allí.

—¿Dónde coño estabas?

—Me habían enviado a la caza del tesoro.

Me muerdo el labio y me acurruco bajo la barbilla de Miller. Me siento culpable y aún más idiota.

—Ha sido amable. —Mis palabras se ahogan contra el traje de Miller—. O al menos lo ha intentado. Sabía que era peligroso.

William deja escapar una risa sardónica.

—Ese hombre es tan amable como una serpiente venenosa. ¿Te ha puesto la mano encima?

Niego con la cabeza, segura de que estoy haciendo lo correcto al guardarme esa pequeña parte de mi encuentro con Charlie para mí sola.

—¿Te ha amenazado?

Vuelvo a negar con la cabeza.

—No directamente.

—Ya. —El tono de William es decidido—. Es hora de dejar de pensar y de empezar a hacer. No te interesa estar en guerra con él, Hart, a menos que ya sea demasiado tarde. Charlie sabe cómo ganar.

—Yo sé lo que hay que hacer —afirma Miller.

No me gusta lo tenso que se ha puesto William ni cómo se le ha acelerado el pulso a Miller.

—Ésa no es una opción —dice William en voz baja—. Ni lo pienses.

Me vuelvo para mirarlo y veo un rechazo total en la cara de William. Así que desvío mi mirada inquisitiva de vuelta a Miller, que aunque sabe que lo miro sin entender nada, no aparta su expresión impasible de William.

—No te me pongas sentimental, Anderson. No veo otra solución.

—Ya pensaré en una —masculla William apretando la mandíbula y mostrando su disgusto—. Estás pensando lo imposible.

—Ya nada es imposible. —Miller se aleja de mi lado y me deja indefensa y vulnerable. Toma dos vasos—. Nunca pensé que alguien pudiera hacerme suyo por completo. —Empieza a llenarlos de whisky escocés—. Ni siquiera lo soñaba; ¿quién pensaría en lo imposible? —Se vuelve y desliza uno de los vasos en dirección a William—. ¿Quién quiere soñar con lo que no puede tener?

Puedo ver claro como la luz del día que las palabras de Miller le tocan la fibra sensible a William. Su silencio y el modo en que sus dedos se cierran lentamente alrededor del vaso me lo dicen todo.

«Una relación con Gracie Taylor era imposible.»

—No pensé que hubiera nadie capaz de amarme de verdad —continúa Miller—. No pensé que hubiera nadie capaz de hacerme dudar de todo lo que sabía. —Le da un largo trago a su copa sin dejar de mirar a William, que se revuelve incómodo en el taburete, mientras le da vueltas a su copa—. Entonces conocí a Olivia Taylor.

El corazón me da un brinco y apenas proceso que William ha cogido el vaso de whisky y se lo ha bebido de un trago.

—¿Ah, sí?

Está a la defensiva.

—Sí.

Miller levanta la copa hacia William y se la termina. Es el brindis más sarcástico en la historia de los brindis porque sabe lo que William está pensando: que ojalá pudiera hacer retroceder el tiempo. Pero yo no. Todo lo que ha ocurrido me ha llevado a Miller. Él es mi destino.

Todos los remordimientos de William, los míos, los errores de mi madre y el oscuro pasado de Miller me han traído hasta aquí. Y aunque esta situación nos está destruyendo, también nos hace más fuertes.

—Te diré algo más que para mí no es imposible —prosigue Miller, como si disfrutara torturando a William, haciéndole recordar todo aquello de lo que se arrepiente. Me señala con el dedo—. Ser padre. No tengo miedo porque por muy mal que yo esté, por mucho que me asuste pasarle algunos de mis genes de tarado a la sangre de mi sangre, sé que la pureza del alma de Olivia lo eclipsará todo. —Me mira y su belleza me deja sin palabras—. Nuestro hijo será tan perfecto como ella —susurra—. Pronto tendré dos luces brillantes en mi mundo y es mi trabajo protegerlas. Así que, Anderson —su rostro se endurece y vuelve a centrarse en William, que permanece en silencio —, ¿vas a ayudarme o voy a enfrentarme al cabrón sin moral yo solo?

Espero, muerta de los nervios, la respuesta de William. El discurso de Miller lo ha pillado tan desprevenido como a mí.

—Ponme otra copa. —William suspira con toda el alma y empuja el vaso hacia Miller—. La voy a necesitar.

Me sujeto a la barra para no caerme, estoy mareada de alivio y Miller asiente, con respeto, antes de servirle más whisky a William, quien se lo bebe tan rápido como el primero. Vuelven a ser hombres de negocios. Sé que no quiero escuchar los detalles y sé que Miller tampoco quiere que los oiga, así que me disculpo antes de que me ordenen que me marche.

—Tengo que ir al baño.

Me lanzan sendas miradas de preocupación y de repente les explico por qué quiero marcharme.

—Prefiero no escuchar cómo planean encargarse de Charlie. —Me niego a pensarlo siquiera.

Miller asiente; da un paso adelante para apartarme el pelo de la cara.

—Espera aquí dos minutos mientras hago una llamada. Después te acompañaré a mi despacho.

Me da un beso en la mejilla y se marcha al instante sin darme tiempo a protestar. ¡Maldito sea! ¡El muy manipulador! Sabe que no quiero estar a solas con William y tengo que sacar fuerzas de flaqueza para no echar a correr detrás de él. Mis piernas amenazan con moverse solas y mis ojos miran a todas partes mientras se me acelera el pulso.

—Siéntate, Olivia —me ordena William con delicadeza, señalando el taburete que hay a su lado. No voy a sentarme ni a ponerme cómoda porque no planeo quedarme aquí mucho tiempo. Dos minutos, ha dicho Miller. Espero que sean literales. Ya han pasado treinta segundos, faltan otros noventa. Tampoco es tanto.

—Prefiero estar de pie. —No me muevo ni un milímetro e intento aparentar toda la seguridad en mí misma que puedo. William menea la cabeza, cansado, y va a decir algo pero lo corto con una pregunta—. ¿Qué es imposible? —le pregunto, poniéndome firme. Aunque no quiero saber nada sobre cómo van a encargarse de Charlie, prefiero hablar de eso que de mi madre.

—Charlie es un hombre peligroso.

—Eso ya me lo figuraba —respondo tajante.

—Miller Hart es un hombre muy peligroso.

Eso me cierra la boca de chulita. Vuelvo a abrirla y a cerrarla un par de veces mientras mi cerebro intenta encontrar las palabras y ponerlas en cola. Nada. He visto el pronto de Miller. Puede que sea de lo más feo que he visto en mi vida. ¿Y Charlie? Bueno, me aterrorizó. Rezuma maldad. La lleva en la frente e intimida a quien se pone a tiro. Miller no hace eso. Él oculta la violencia que repta en sus entrañas. Lucha contra ella.

—Olivia, un hombre poderoso que es consciente de su poder es un hombre letal. Sé de lo que es capaz y él también, y aun así, lo entierra muy adentro. Si lo desenterrara, podría resultar catastrófico.

Un millón de preguntas se agolpan en mi mente mientras permanezco inmóvil como una estatua ante William, asimilando cada gota de información.

—Si lo desentierra, será catastrófico.

—¿Qué quieres decir? —le pregunto a pesar de que ya lo sé.

—Sólo hay un modo de que pueda liberarse.

Apenas puedo pensarlo y mucho menos decirlo; la garganta se me cierra intentando impedirme expresar una cosa tan ridícula.

—Quieres decir que Miller es capaz de matar. —Me estoy poniendo enferma.

—Es mucho más que capaz, Olivia.

Trago saliva. No puedo añadir *asesino* a la larga lista de taras de Miller. Estoy empezando a verle las ventajas a la conversación sobre mi madre, cualquier cosa con tal de intentar olvidar lo que acabo de hacerle pasar a mi mente.

—Olivia, se muere por verte.

El cambio de tema me pilla desprevenida.

—¿Por qué no me lo habías dicho? —le espeto; el miedo se transforma en enfado—. ¿Por qué me mentiste? Me tuviste a solas en más de una ocasión y en vez de hacer lo que habría hecho cualquier persona decente, decirme que mi madre no estaba muerta, que había vuelto a Londres, te dedicaste a intentar separarnos a Miller y a mí. ¿Por qué? ¿Porque te lo pidió esa zorra egoísta?

—Hart insistió en que no debías saberlo.

—¡Ah! —Me echo a reír—. Ya, te las arreglaste para decirle a Miller que mi madre había vuelto pero no pensaste que tal vez yo querría saberlo. ¡¿Y desde cuándo haces lo que Miller te dice?! —le grito encendida. La rabia es más fuerte que yo. Sé por qué Miller le pidió que se callara, pero me aferraría a un clavo ardiendo con tal de justificar el odio que siento hacia William y su razón por seguir en mi vida.

—Desde que sólo piensa en lo que es mejor para ti. Puede que no me guste, pero ha demostrado en más de una ocasión lo mucho que significas para él, Olivia. Que quiera enfrentarse a Charlie lo dice alto y claro. Está tomando todas las decisiones pensando únicamente en ti.

No tengo réplica para eso y dejo que William llene el silencio.

—Tu madre también tuvo una razón para hacer lo que hizo.

—Pero fuiste tú quien la desterró —le recuerdo y en cuanto lo digo me doy cuenta de lo equivocada que estoy—. ¡Ay, Dios! Era mentira, ¿no es así?

Su expresión compungida dice más que mil palabras y permanece en silencio, confirmando mis sospechas.

—No te deshiciste de ella. ¡Ella se marchó! ¡Nos dejó a ti y a mí!

—Olivia, no es...

—Me voy al baño. —Mi rápida respuesta indica mi deducción. Hablar de ella no va a ayudar en absoluto. Me marcho a toda prisa y dejo atrás a un hombre que lo está pasando fatal. No me importa.

—¡No podrás huir de ella para siempre! —dice y mis pasos airados se detienen al instante. ¿Huir de ella?

Me vuelvo hecha una furia.

—¡Sí! —grito—. ¡Sí que puedo! ¡Ella huyó de mí! ¡Ella eligió su vida! ¡Por mí puede irse al infierno si cree que puede reaparecer en mi vida cuando por fin he conseguido superar lo que me hizo!

Me tambaleo hacia atrás, estoy tan enfadada que no me tengo en pie. William me observa apesadumbrado. Veo que está atormentado pero no siento la menor compasión. Está intentando arreglar las cosas con Gracie Taylor, aunque no tengo ni idea de por qué quiere a esa zorra egoísta de vuelta en su vida.

—Tengo todo lo que necesito —termino más calmada—. ¿A qué ha venido? ¿Para qué ha vuelto después de tanto tiempo?

William aprieta los labios y su mirada se endurece.

—No tuvo elección.

—¡No empieces otra vez! —le grito asqueada—. ¡Tú no tuviste elección! ¡Ella no tuvo elección! ¡Todo el mundo tiene elección!

Recuerdo lo que Gracie Taylor dijo en el Society: «¡No pienso permitir que este hombre irrumpa en su vida y eche a perder cada doloroso momento que he tenido que soportar durante estos dieciocho años!».

Y de repente todo tiene sentido. Es tan evidente que resulta estúpido.

—Sólo ha vuelto por Miller, ¿verdad? ¡Te está utilizando! Ha vuelto para quitarme la única felicidad que he conocido desde que me abandonó. ¡Y te tiene a ti haciendo el trabajo sucio! —Casi me echo a reír—. ¿Tanto me odia?

—¡No digas tonterías!

No es ninguna tontería. Como ella no pudo tener su «felices para siempre» con William, yo tampoco puedo tener el mío con Miller.

—Está celosa. Se muere de celos porque yo tengo a Miller, porque Miller hará cualquier cosa para que podamos estar juntos.

—Olivia, eso...

—Tiene sentido —susurro, y lentamente le doy la espalda al exchulo de la puta de mi madre—. Dile que puede irse por donde ha venido. Aquí nadie la quiere.

302

Me sorprende la tranquilidad con la que lo digo y William suspira dolido. Sé que no esperaba que tuviera el corazón como una piedra. Es una pena que ninguno de los dos se parara a pensar entonces en el daño que iban a hacerme.

Atravieso el club arrastrando los pies, sin mirar atrás para comprobar el daño que he causado. Pienso acurrucarme en el sofá del despacho de Miller y olvidarme del mundo.

—Hola.

Levanto la vista mientras avanzo por los pasillos del sótano del Ice y veo a Miller acercándose a mí. Tiene suerte, no soy capaz ni de cantarle las cuarenta.

—Hola.

—¿Qué ocurre?

Consigo mirarlo con todo el reproche que se merece y se bate en retirada al instante. Buena decisión.

—Pareces cansada, mi dulce niña.

—Lo estoy.

Siento como si me hubieran dejado sin vida. Camino derecha hacia él y con las fuerzas que me quedan me encaramo a su cuerpo y me aferro a él con brazos y piernas. Comprende que necesito de su fuerza, da media vuelta y desanda lo andado.

—Tengo la impresión de que hace mucho que no te oigo reír —dice en voz baja abriendo la puerta de su despacho y llevándome al sofá.

—No tenemos muchos motivos.

—Discrepo —me rebate y nos tumba a los dos en el cuero chirriante, él encima y yo debajo. No lo suelto—. Voy a arreglar las cosas, Olivia. Todo saldrá bien.

Sonrío, triste, para mis adentros. Admiro su valor pero me preocupa que al arreglar unas cosas estropee otras. También me pongo a pensar que Miller no puede hacer desaparecer a mi madre.

—Ok —suspiro y siento que me retuerce el pelo hasta que me tira de las raíces.

—¿Quieres que te traiga alguna cosa?

Niego con la cabeza. No necesito nada. Sólo a Miller.

—Estoy bien así.

—Me alegro. —Se lleva las manos a la espalda y empieza a despegar mis piernas. No se lo pongo difícil a pesar de que quiero seguir pegada a él para siempre. Mis músculos se quedan laxos y me hago una bola inútil debajo de él—. Duerme un poco.

Me da un beso en la frente, se levanta, se alisa el traje y me dedica una pequeña sonrisa antes de marcharse.

—¿Miller?

Se detiene junto a la puerta y se vuelve lentamente sobre sus zapatos caros hasta que su expresión estoica topa con la mía.

—Encuentra otro modo. —No hace falta que diga más.

Asiente lentamente pero sin convicción. Luego se va.

Me pesan los párpados. Intento mantenerlos abiertos y, en cuanto los cierro, veo a la abuela en la oscuridad y vuelvo a abrirlos. Tengo que llamarla. Me tumbo de lado, tomo el celular y marco el número. Me dejo caer sobre la espalda cuando suena.

Y vuelve a sonar.

Y suena una vez más.

—¿Diga?

Frunzo el ceño al oír la voz extraña al otro lado del auricular y miro la pantalla para comprobar que no me he equivocado de número. Vuelvo a llevarme el teléfono al oído.

—¿Quién es?

—Un viejo amigo de la familia. Eres Olivia, ¿verdad?

Antes de darme cuenta estoy sentada en el sofá y una fracción de segundo más tarde ya estoy de pie. Esa voz. Una imagen tras otra ataca mi mente. La cicatriz de su cara, sus labios finos, su mirada que alberga toda la maldad del mundo.

Charlie.

CAPÍTULO 20

—¿Qué haces tú ahí? —La sangre no me llega a la cabeza pero no me siento y empiezo a hacer ejercicios de respiración, lo cual es una buena idea. Creo que voy a desmayarme.

—Como han interrumpido nuestra encantadora conversación, he pensado en hacerte una visita —dice con una voz glacial—. Es una pena que no estés en casa pero tu abuela sabe cómo entretenerme. Es una mujer excepcional.

—Como le toques un pelo... —Echo a andar hacia la puerta, la determinación y la energía parecen bloquear mi cansancio—. Como la mires mal siquiera...

Se echa a reír. Es una risa maquiavélica y fría.

—¿Por qué iba a querer hacerle daño a una anciana tan adorable?

Echo a correr. Me alejo del despacho de Miller y atravieso los pasillos del sótano del Ice. Es una pregunta muy seria y tiene una buena respuesta:

—Porque eso me destruiría y destruyéndome a mí, destruirías también a Miller, por eso.

—Chica lista, Olivia —dice y entonces oigo una voz al fondo. La abuela. Su voz alegre pone fin a mi escapada y me detengo en lo alto de la escalera. Más que nada porque el sonido de mis pasos y mi respiración agitada me impiden escuchar lo que dice la abuela.

—Disculpa —dice Charlie tan pancho y silencia el teléfono. Imagino que lo está apretando contra su pecho—. Dos azucarillos, señora Taylor —dice tan contento—. Pero siéntese, por favor. No debería hacer esfuerzos. Ya me encargo yo.

Vuelve a pegarse el teléfono al oído y respira fuerte, como para indicarme su presencia. ¿Dónde está Gregory? Cierro los ojos y rezo para que no les pase nada. La culpa no me deja ni respirar. La abuela ni siquiera es consciente de que la he puesto en peligro. Ahí está, haciendo el té, preguntando cuántos azucarillos quiere ese hijo de mala madre, sin saber lo que pasa.

—¿Le digo que prepare tres tazas? —pregunta Charlie y mis pies vuelven a ponerse en movimiento. Corro hacia la salida del Ice—. Hasta pronto, Olivia. —Me cuelga y mis miedos se multiplican por mil.

La adrenalina corre por mis venas y tiro de las puertas con todas mis fuerzas... No se mueven ni un milímetro.

—¡Abre! —Tiro repetidamente y mis ojos buscan una cerradura—. ¡Abran de una vez!

—¡Olivia! —El tono preocupado de Miller me taladra la espalda pero no me doy por vencida. Tiro y tiro hasta que me duelen los hombros pero las malditas puertas no se abren.

—¡¿Por qué no se abren?! —grito, temblando y mirando alrededor. Estoy dispuesta a derribarlas con lo que sea con tal de llegar cuanto antes junto a la abuela.

—¡Estate quieta, Olivia! —Me coge por detrás y me inmoviliza pero la adrenalina sigue haciendo efecto—. ¿Qué demonios te pasa?

—¡Abre la puerta! —grito pegando puntapiés.

—¡Mierda! —grita Miller y espero que me suelte pero me sujeta con más fuerza, luchando contra mis manotazos y patadas—. ¡Cálmate!

No puedo calmarme. No sé ni lo que es eso.

—¡La abuela! —grito liberándome de su abrazo y chocando contra las puertas de cristal. Siento un dolor agudo en la cabeza y a continuación oigo maldecir a Miller y a William.

—¡Ya basta! —Miller me da la vuelta y me sujeta contra las puertas por los hombros. Unos enormes ojos azules examinan mi cabeza y luego se fijan en las lágrimas de desesperación que ruedan por mis mejillas—. ¿Qué pasa?

—¡Charlie está en casa! —digo a toda velocidad, esperando que Miller lo comprenda rápido y me lleve a casa cuanto antes—. He llamado para ver cómo se encontraba la abuela y ha contestado él al teléfono.

—¡Hijo de...! —dice William acercándose con premura. Miller parece patidifuso pero William ha entendido a la perfección mis frases fragmentadas—. Abre la puerta, Hart.

Miller parece que vuelve a la vida, me suelta y se saca unas llaves del bolsillo. Abre la puerta y me conduce rápidamente al exterior, y me deja con William mientras cierra otra vez.

—Métela en el coche.

No tengo ni voz ni voto en los preparativos, ni quiero tenerlos. Los dos trabajan deprisa y con eso me basta.

Me meten en el asiento trasero del coche de Miller y me ordenan que me abroche el cinturón de seguridad. William se sienta delante y se vuelve hacia atrás. Me mira decidido, muy serio:

—No le va a pasar nada, no lo permitiré.

Le creo. Es fácil porque durante todo este infierno y a pesar de todo el dolor hay una cosa que ha quedado muy clara y es lo que ambos, tanto William como Miller, sienten por mi abuela. La quieren mucho, casi tanto como yo. Trago saliva y asiento. La puerta del conductor se abre y Miller ocupa su sitio.

—¿Estás en condiciones de conducir? —pregunta William mirando detenidamente a Miller.

—Sí.

Arranca el motor, mete primera y salimos del aparcamiento mucho más rápido de lo recomendable. Miller conduce como un poseso. En circunstancias normales rezaría por mi vida, incluso le diría que frenara un poco, pero éstas no son circunstancias normales. El tiempo apremia. Yo lo sé, William lo sabe y Miller lo sabe. Después de haberles oído hablar de Charlie, después de haber tenido el placer de disfrutar de su compañía, no me cabe la menor duda de que, ya sea directa o indirectamente, cumplirá cualquier amenaza que haga. Es un hombre que carece de moral, de corazón y de conciencia. Y en estos momentos se está tomando el té con mi querida abuela. Empieza a temblarme el labio inferior y de repente me parece que Miller no corre lo suficiente para mi gusto. Miro por el retrovisor y noto la sensación familiar de unos ojos azules que se me clavan en el alma. Me mira asustado. Tiene la frente bañada en sudor. Sé que está intentando tranquilizarme con todas sus fuerzas pero es una batalla perdida. Ni siquiera puede ocultar su miedo, no tiene sentido que intente quitarme el mío.

Tardamos siglos en recorrer las calles de Londres que llevan a casa. Miller realiza un sinfín de maniobras ilegales: da marcha atrás en un atasco, conduce en dirección contraria y maldice sin cesar mientras William le va indicando atajos.

Cuando por fin llegamos a mi casa con un frenazo, me quito el cinturón al vuelo y corro por el sendero sin cerrar siquiera la puerta del coche. Apenas oigo los dos pares de zapatos de vestir que corren detrás de mí, pero sí que noto los fuertes brazos que me atrapan y me levantan del suelo.

—Espera un momento, Olivia —dice Miller en voz baja y sé bien por qué—. No permitas que vea lo preocupada que estás. Se alimenta del miedo.

Me libero de los brazos de Miller y me llevo las manos a la frente, intentando meter un poco de sentido común en mi mollera a través de la niebla del pánico que cubre mi mente.

—Las llaves —balbuceo—. No llevo llaves.

William casi se echa a reír. Lo miro.

—Ya sabes lo que toca, Miller.

Frunzo el ceño y me vuelvo hacia Miller. Pone los ojos en blanco y se lleva la mano al bolsillo.

—Ya te dije que necesitábamos instalar un sistema de seguridad —gruñe y saca una tarjeta de crédito.

—Lo más probable es que la abuela lo haya invitado a pasar —le espeto pero no me mira con desdén. Simplemente desliza la tarjeta entre la madera y el cerrojo, la mueve un poco, aplica cierta presión y en dos segundos la puerta está abierta y lo aparto a un lado.

—¡Espera! —Me toma al vuelo y me sujeta contra la pared del recoveco de la puerta—. Maldita sea, Olivia. No puedes entrar a la carga como el séptimo de caballería —susurra sujetándome con una mano mientras se guarda la tarjeta de crédito en un bolsillo con la otra.

—Vamos a esperar hasta que la oigamos gritar, ¿entendido?

—Es igual que su madre —musita William y desvía mi atención de Miller. Arquea las cejas con cara de «Ya me has oído»; luego ladea la cabeza con un gesto de «¿Me lo vas a discutir?». Lo odio.

—Quiero ir con mi abuela —mascullo imponiéndome a la poderosa presencia de William con una mirada feroz.

—Ahórrate la insolencia, Livy —me advierte Miller—. No es el momento.

Me suelta y se dedica a la ridícula tarea de arreglarme la ropa, sólo que no le dejo encontrar la calma que busca aseándome. Lo aparto y me odio a mí misma cuando me pongo a terminar lo que ha empezado. Me retiro el pelo de la cara y me aliso el vestido. Después me toma de la mano y jala de mí para que entremos por la puerta principal.

—En la cocina —le digo empujándolo por el pasillo—. Ha dicho que iba a hacer el té.

En cuanto lo digo, se oye un estrépito al final del pasillo. Pego un brinco, Miller maldice y William se abre paso entre nosotros antes de que yo pueda decirles a mis piernas que se muevan. Miller echa a correr detrás de él y yo los sigo, con mis miedos elevados al cubo.

Entro en la cocina y choco contra la espalda de Miller antes de ponerme delante de él. Inspecciono el espacio abierto y no veo nada, sólo a William mirando al suelo. Lo miro fijamente, buscando cualquier expresión facial o reacción. Mi mente no está preparada para enfrentarse a lo que le ha llamado la atención.

—¡Chispas! —La maldición de señorita de la abuela atraviesa el terror y me infunde valor para mirar el suelo. Está de rodillas, con un recogedor y un cepillo, juntando azúcar y los restos de un plato roto.

—¡Déjame a mí! —Un par de manos aparecen de la nada y se pelean con sus dedos—. Ya te lo he dicho, boba. ¡Yo estoy al mando!

Gregory le quita el recogedor y mira a William exasperado.

—¿Todo bien, campeón?

—Muy bien —contesta William mirando a Gregory y a la abuela—. ¿Qué ha ocurrido?

—Esta mujer —dice Gregory señalando a la abuela con el cepillo, que ella aparta al tiempo que aprieta los labios— no hace lo que le dicen. ¿Quieres levantarte de una vez?

—¡Por el amor de Dios! —grita la abuela golpeándose los muslos—. ¡Vuelvan a meterme en el hospital porque entre todos me están volviendo loca!

Me he quedado tan tranquila que creo que no puedo tenerme en pie. Miro a Gregory, que a su vez mira a William. Muy serio.

—Será mejor que te la lleves de aquí.

William entra en acción y se agacha para recoger a la abuela.

—Vamos, Josephine.

Me siento un poco inútil viéndolo ayudar a la abuela a levantarse. Estoy más tranquila, confusa y preocupada. Es como si Charlie nunca hubiera estado aquí. Pero no me he imaginado la llamada y desde luego no he soñado el tono alegre de la abuela de fondo. Si no fuera por la mirada que Gregory le ha lanzado a William, me cuestionaría mi salud mental. Pero he visto esa mirada. Ha estado aquí. ¿Y acaba de irse? Gregory parece asustado, ¿cómo es que la abuela está como una rosa?

Tuerzo el gesto al notar algo cálido en mi brazo y bajo la vista. Es la mano perfecta de Miller, que me coge del hombro. Me pregunto adónde habrán ido los fuegos artificiales, hace mucho que no los siento. La inquietud se los ha tragado.

—Creo que deberías... —dice Miller llevándome de vuelta a la cocina. La abuela está ya de pie, con el brazo de William sobre los hombros.

Me aclaro el nudo que tengo en la garganta antes de ocupar el lugar de William y llevarme a la abuela de la cocina. Estoy segura de que ahora Gregory les dará el parte a William y a Miller de lo acontecido. Entramos en el salón y la acomodo en el sofá. La tele está encendida pero sin voz y me la imagino sentada en el sofá con el mando en la mano, escuchando cómo Gregory le abría la puerta a Charlie.

—Abuela, ¿ha venido antes alguien a verte? —Le remeto las mantas por debajo del cuerpo, evitando mirarla a los ojos.

—Se creen que soy más corta que las mangas de un chaleco.

—¿Por qué dices eso? —Me maldigo por invitarla a explicármelo. Aquí la tonta soy yo y sólo yo.

—Puede que sea vieja, mi querida niña, pero no soy tonta. Ustedes creen que sí.

Me siento en el reposabrazos del sofá y jugueteo con mi diamante, con la cabeza gacha.

—Nadie te toma por tonta, abuela.

—Vaya que sí.

La miro con el rabillo del ojo y veo que tiene las manos en el regazo. No se lo discuto para no insultarla aún más. No sé qué es lo que cree que sabe pero puedo garantizar que la verdad es mucho mucho peor.

—Esos tres están hablando de mi invitado, probablemente estén tramando cómo librarse de él. —Hace una pausa y sé que está esperando que la mire a la cara. No lo hago. No puedo. Que haya llegado a esa conclusión me ha dejado anonadada y sé que hay más. No me hace falta que me vea la cara de susto. Sólo le confirmaría lo que piensa—. Porque te ha amenazado.

Trago saliva y cierro los ojos. No paro de dar vueltas a mi anillo.

—Charlie, así se llama ese hijo de mala madre, es más malo que un dolor —dice.

Me vuelvo hacia ella horrorizada.

—¿Qué te ha hecho?

—Nada. —Se inclina hacia adelante, me coge de la mano y me da un apretón para tranquilizarme. Por raro que parezca, funciona—. Ya me conoces. Nadie interpreta mejor el papel de ancianita dulce y tonta mejor que yo. —Sonríe levemente y le devuelvo la sonrisa—. Porque soy más corta que las mangas de un chaleco.

Me sorprende su sangre fría. Ha acertado en todo y no sé si dar las gracias u horrorizarme. Sí, su teoría tiene huecos que no pienso rellenar, pero en líneas generales ha dado en el clavo. No necesita saber más. No quiero hacer una estupidez como puntualizar la conclusión a la que ha llegado, así que permanezco en silencio, pensando en el siguiente paso.

—Sé mucho más de lo que quisiera, mi querida niña. Me he esforzado mucho por mantenerte lejos de la inmundicia de Londres y lamento mucho haber fracasado.

Frunzo el ceño mientras ella dibuja círculos en el dorso de mi mano para reconfortarme.

—¿Sabes de ese mundo?

Asiente y respira hondo.

—En cuanto vi a Miller Hart sospeché que estaba relacionado con él. Que William reapareciera de la nada en cuanto te fuiste a América no hizo más que confirmarlo. —Estudia mi rostro y me echo para atrás, sorprendida por lo que acaba de decir. Ella se empeñó en juntarme con Miller con la cena y todo lo que hizo para que estemos juntos, pero sigue antes de que pueda preguntarle el motivo—. Pero por primera vez en mucho tiempo vi tus ojos llenos de vida, Olivia. Te ha dado la vida. No podía quitártelo. Ya he visto antes esa mirada en los ojos de una chica y he tenido que soportar la horrible devastación que queda cuando se la quitan. No voy a volver a pasar por eso.

Mi alma empieza a desplomarse en caída libre hacia mis pies. Sé lo que va a decir a continuación y no estoy segura de poder soportarlo. Se me llenan los ojos de lágrimas de dolor y en silencio le ruego que no siga.

—Esa chica era tu madre, Olivia.

—Para, por favor. —Sollozo intentando ponerme de pie y escapar pero la abuela me tiene bien tomada la mano y no me deja—. Abuela, por favor.

—Esa gente me robó a toda mi familia. No voy a dejar que te lleven a ti también —dice con voz fuerte y decidida, sin titubeos—. Deja que Miller haga lo que tenga que hacer.

—¡Abuela!

—¡No! —Me acerca más a ella de un tirón y me toma la cara con las manos—. Deja de esconderte como un avestruz, mi niña. ¡Tienes algo por lo que luchar! Debería haberle dicho esto mismo a tu madre y no lo hice. Debería habérselo dicho a William y no lo hice.

—¿Lo sabías? —digo a trompicones, preguntándome con qué me va a sorprender a continuación. Mi pobre cerebro está siendo bombardeado con demasiada información.

—¡Pues claro que lo sabía! —Parece muy frustrada—. ¡También sé que mi pequeña ha vuelto y nadie ha tenido la decencia de contármelo!

Pego tal brinco del susto que me planto en el otro extremo del sofá. Tengo el corazón en la garganta.

—Tú... —No consigo articular ni una palabra, me ha dejado sin habla. Hasta qué punto he subestimado a mi abuela—. ¿Cómo...?

Se recuesta en la almohada, tan tranquila, mientras yo estoy pasmada con la espalda pegada al sofá, buscando algo que decir, cualquier cosa.

Nada.

—Voy a echar una pestañita —dice poniéndose cómoda, como si los últimos cinco minutos no hubieran ocurrido—. Y cuando me despierte, quiere que todos dejen de tratarme como si me chupara el dedo. Déjame descansar.

Cierra los ojos y obedezco al instante, temiéndome las represalias en caso de no hacerlo. Levanto mi cuerpo sin vida del sofá y empiezo a salir de la sala de estar. Dudo una, dos, tres veces, pensando en que deberíamos seguir hablando. Pero para hablar necesito poder articular palabras y no me sale ninguna. Cierro la puerta sin hacer ruido y me quedo de pie en el pasillo, secándome los ojos y alisándome el vestido arrugado. No sé qué hacer con todo esto. Aunque una cosa es segura: ya no puedo hacer el avestruz porque me han sacado la cabeza del agujero. No sé si estar agradecida o preocuparme por el hecho de que esté al corriente de todo.

Los susurros procedentes de la cocina me sacan de mis pensamientos y mis pies echan a andar por la moqueta y me llevan hacia una situación que no hará otra cosa que añadir más preocupaciones a mi estado actual. Nada más entrar en la cocina me da mala espina. Miller tiene la cabeza entre las manos, sentado junto a la mesa, y William y Gregory están apoyados en la encimera.

—¿Qué pasa? —pregunto intentando imprimir fuerza a mi voz. No sé a quién trato de engañar.

Tres cabezas se vuelven hacia mí pero yo sólo tengo ojos para Miller.

—Olivia. —Se levanta y se me acerca. No me gusta que se ponga la máscara para ocultar su desesperación—. ¿Qué tal está?

La pregunta vuelve a sumirme en las tinieblas e intento explicarles su estado. Aquí sólo vale la verdad.

314

—Lo sabe —musito. Me preocupa que quieran detalles. Miller me mira inquisitivo. No me preocupo en vano.

—Explícate —me ordena.

Suspiro y dejo que me lleve junto a la mesa de la cocina y me siente en una silla.

—Sabía que Charlie no era trigo limpio. Sabe que tiene algo que ver con ustedes dos. —Señalo a Miller y a William—. Lo sabe todo.

Por la cara de William, sé que no lo sorprende.

—Va a echarse una siesta y dice que cuando se despierte, quiere que dejemos de tratarla como si se chupara el dedo.

William deja escapar una risotada nerviosa, igual que Gregory. Sé lo que están pensando, más allá de la sorpresa inicial. Piensan que es demasiado para ella, que acaban de salir del hospital. No sé si tienen razón. ¿La he subestimado? No lo sé, pero sí sé que estoy a punto de dejarlos de piedra.

—Sabe que mi madre ha vuelto.

Todo el mundo enmudece.

—Jesús bendito —susurra Gregory, que se apresura a darme un abrazo—. Ay, pequeña, ¿estás bien?

Asiento contra su hombro.

—Estoy bien —le aseguro, a pesar de que no estoy nada bien. Lo dejo acunarme, consolarme, que me dé besos y me pellizque las mejillas. Cuando se aparta, me mira durante una eternidad con todo el afecto del mundo.

—Estoy aquí para lo que necesites.

—Lo sé. —Le tomo las manos y se las estrecho. Aprovecho la oportunidad para ver qué cara se les ha quedado a los otros dos. William parece estar admirado y preocupado a partes iguales. Cuando miro a Miller veo... nada. Ha puesto cara de póquer. La máscara está en su sitio pero hay algo en sus ojos. Podría pasarme la vida intentando descifrar lo que es. No lo consigo.

Me levanto, Gregory se queda en cuclillas y yo me acerco a Miller. Me sigue con la mirada hasta que me tiene delante, casi rozan-

do su pecho, mirándolo a los ojos. Pero no me abraza ni da muestras de sentir nada.

—Me voy a casa —susurra.

—Yo de aquí no me muevo. —Lo dejo claro antes de que empiece a darme órdenes. No voy a salir de esta casa ni a dejar a la
abuela sola hasta que todo esto haya acabado.

—Lo sé. —Que se rinda tan fácilmente me alarma pero consigo
mantener la compostura; no tengo ganas de dejar al descubierto
más debilidades—. Tengo... —Hace una pausa y se queda pensativo—. Tengo que irme a casa a pensar.

Me dan ganas de echarme a llorar. Necesita de la tranquilidad y
de su normalidad de siempre para ordenar sus ideas. Su mundo
acaba de explotar, es un caos y parece que él está a punto de derrum-
barse. Lo entiendo, de verdad, pero una pequeña parte de mí está
destrozada. Quiero ser yo la que lo tranquilice, en sus brazos, dándole lo que más le gusta. Pero no es momento para ser egoísta.
Miller no es el único que encuentra paz cuando estamos inmersos
el uno en el otro.

Se aclara la garganta y mira al otro lado de la cocina.

—Dame lo que ha dejado para mí.

Un sobre acolchado de color marrón aparece a mi lado y Miller
lo coge sin dar las gracias.

—Vigílenla.

Se da la vuelta y se va.

Lo observo desaparecer por el pasillo, luego oigo la puerta que
se abre y se cierra. Ya lo echo de menos y no hace ni dos segundos
que se ha ido. Es como si el corazón fuera a dejar de latirme en el
pecho, por ridículo que parezca. Siento que me ha abandonado.

Estoy perdida.

CAPÍTULO 21

Un regaderazode agua caliente me calma un poco. Cuando salgo, la casa está en silencio. Asomo la cabeza por la puerta y me encuentro con que la abuela continúa durmiendo. Sigo a mis pies a la cocina. Gregory está delante de los fogones, removiendo algo en una olla.

—¿Dónde está William? —pregunto acercándome.

—Fuera, hablando por teléfono. —El cucharón de madera choca contra la pared de la olla y las salpicaduras manchan los azulejos de la pared—. ¡Mierda!

—¿Qué es eso? —Arrugo la nariz al ver la papilla marrón que remueve sin cesar. Tiene un aspecto asqueroso.

—Se supone que es una sopa de poro y papa. —Suelta el cucharón y retrocede. Se lleva un paño de cocina a la frente para limpiársela—. A la abuela le va a dar un ataque.

Me obligo a sonreír y veo que tiene gotas de sopa en las mejillas.

—Espera. —Le quito el paño y me pongo a limpiarle—. ¿Cómo has conseguido ensuciarte toda la cara?

No me contesta. Me deja hacer y me observa en silencio. Tardo más de lo necesario, hasta que me aseguro de que no le salen ampollas. Cualquier cosa con tal de evitar lo inevitable.

—Creo que ya está —musita tomándome la muñeca para que termine con la operación limpieza.

Miro sus ojos cafés y luego la camiseta blanca que le tapa el pecho.

—Y aquí también. —Reclamo mi mano y empiezo a limpiarle las quemaduras.

—Para, nena.

—No me hagas hablar —le suelto sin apartar la vista de la mano que sujeta mi muñeca—. Más tarde, pero ahora no.

Gregory apaga el fuego y me sienta en una silla.

—Necesito tu consejo.

—¿Ah, sí?

—Sí. ¿Lista?

—Sí —asiento con entusiasmo. Lo adoro por no presionarme. Por entenderlo—. Dime.

—Ben se lo va a contar a su familia este fin de semana.

Me muerdo el labio, feliz porque por una vez es para no reírme. Una sonrisa de verdad. No una sonrisa forzada o falsa. Una sonrisa como Dios manda.

—¿De verdad de la buena?

—Sí, de verdad de la buena.

—Y...

—¿Y qué?

—Que estás muy contento, por supuesto.

Por fin se le dibuja una enorme sonrisa en la cara.

—Por supuesto. —Pero la sonrisa desaparece tan pronto como había aparecido y la mía también—. Pero parece que sus padres no se lo esperan. No será fácil.

Le tomo la mano y le doy un apretón.

—Todo irá bien —le aseguro. Asiento cuando me mira poco convencido—. Te van a adorar. ¿Cómo no iban a hacerlo?

—Porque no soy una chica —dice riéndose y besándome el dorso de la mano—. Pero Ben y yo nos tenemos el uno al otro y eso es lo que cuenta, ¿verdad?

—Verdad —afirmo sin tardanza, porque sé que tiene razón.

—Es mi alguien, muñeca.

Me alegro muchísimo por mi mejor amigo. Debería andarme con pies de plomo por él. Al fin y al cabo, Ben ha sido un cabrón integral en más de una ocasión, pero es genial que por fin haya decidido pasar de lo que los demás piensen de su sexualidad. Además, no soy quién para juzgar. Todos tenemos nuestros demonios, algunos más que otros. Miller, muchos más que la mayoría. Pero todo el mundo tiene arreglo. Se puede perdonar a todo el mundo.

—¿Qué te ocurre? —me pregunta sacándome de mi ensimismamiento.

—Nada. —Meneo la cabeza para dejar de pensar cosas raras y me siento más viva de lo que me he sentido... en varias horas. ¿Sólo han pasado unas horas?—. ¿Qué había en el sobre?

La incomodidad con la que Gregory se revuelve me indica que sabe a qué me refiero. Él estaba ahí, lo ha visto y lo sabe, y me da la impresión de que hay más por el modo en que evita mirarme a la cara.

—¿Qué sobre?

Pongo los ojos en blanco.

—¿Vas en serio?

Tuerce el gesto en señal de derrota.

—El hijo del mal me lo dio a mí. Me dijo que se lo entregara a Miller. Sabes que no es la primera vez que lo veo, ¿verdad? Es el mismo cabrón despiadado que apareció cuando se fueron a Nueva York. Lo dejé con William en el departamento de Miller, los dos mirándose, a ver quién aguantaba más tiempo sin reírse. En serio, parecían dos vaqueros a punto de desenfundar. Casi me desmayo cuando le he abierto la puerta.

—¿Lo dejaste pasar? —digo ahogando un grito.

—¡Qué va! ¡Ha sido tu abuela! Ha dicho que era un viejo amigo de William y yo no sabía qué hacer.

No me sorprende. La abuela sabe más de lo que nos imaginábamos.

—¿Qué hay en el sobre?

Se encoge de hombros.

—No lo sé.

—¡Gregory!

—¡Etsá bien, está bien! —Vuelve a revolverse nervioso—. Sólo he visto el papel.

—¿Qué papel?

—No lo sé. Miller lo ha leído y ha vuelto a guardarlo.

—¿Cómo reaccionó al leerlo?

No sé si es una pregunta tonta. Yo he visto su reacción cuando he entrado en la cocina. Tenía la cabeza entre las manos.

—Se le veía tranquilo y normal... —Se levanta, pensativo—. Aunque no tanto después de que te abrazara.

Me vuelvo rápidamente hacia él.

—¿Qué quieres decir?

—Pues... —Se revuelve un poco, incómodo. ¿O preocupado?—. Me preguntó así muy tranquilo si alguna vez tú y yo...

—¡No!

Retrocedo, temiéndome el horror de los horrores si algún día Miller descubre nuestro desliz bajo las sábanas.

—¡No! Pero, maldición, nena. Ha sido de lo más incómodo.

—No se lo voy a contar jamás —le prometo, sabiendo exactamente a qué se refiere. Sólo lo sabemos Gregory y yo, a menos que a uno de los dos se nos escape y Miller se entere.

—¿Me lo juras con sangre? —pregunta con una risa sardónica. Le da un escalofrío de verdad, como si se estuviera imaginando lo que haría Miller si se enterara de nuestro pequeño tonteo.

—No seas paranoico —le digo. Es imposible que lo sepa. Ahora que me acuerdo—: ¿Le ha enseñado el papel a William?

—No.

Aprieto los labios y me pregunto si Gregory está conchabado con Miller y con William. Esa carta, o lo que fuera, ha bloqueado emocionalmente a mi caballero a tiempo parcial. Necesitaba pensar. Se ha ido a casa, a estar en su departamento limpio y ordenado, a pensar. Y no me ha llevado con él a mí, que según dice le sirvo de terapia y para desestresarse.

—Creo que paso de la sopa —dice William al entrar en la cocina. Gregory y yo lo miramos y lo vemos remover la olla con el cucharón, arrugando la nariz.

—Buena elección —dice Gregory regalándome una sonrisa. Lo miro, sin fiarme un pelo. Sabe más de lo que dice. Tose, controla la risa y se levanta de la mesa para escapar de mi mirada inquisitiva—. Prepararé otra cosa.

El celular de William empieza a sonar y lo veo buscándolo en el bolsillo. No me he imaginado la agitación en su apuesto rostro cuando ha mirado la pantalla.

—Disculpadme, tengo que contestar —dice con el teléfono en la mano antes de salir al jardín por la puerta de atrás.

Me levanto tan pronto se cierra la puerta.

—Me voy a casa de Miller —anuncio agarrando el celular de encima de la mesa y saliendo de la cocina. Estoy segura de que Miller no dejará a la abuela, ni siquiera aunque Gregory se encuentre aquí. La abuela estará a salvo. Todo apunta a que algo no va bien: el comportamiento de Gregory, la calma aparente de William... Tengo un mal presentimiento.

—¡Olivia, no!

No pensaba que me fueran a dejar salir así como así, por eso corro por el pasillo antes de que Gregory pueda alcanzarme o avisar a William de mi huida.

—¡No dejes sola a la abuela! —grito antes de salir de la casa y correr por la calle hacia la carretera principal.

—¡La madre que me parió! —grita Gregory; la frustración en su voz hace eco y me golpea la espalda—. ¡A veces te odio!

Estoy en la parada del metro en un abrir y cerrar de ojos. No le hago caso al celular. Gregory y William me están llamando pero en cuanto bajo a los túneles del metro por la escalera mecánica me quedo sin cobertura y ya no tengo que rechazar más llamadas.

Estoy en la escalera del edificio donde vive Miller, subiendo los peldaños a toda velocidad hasta el décimo piso sin que se me haya ocurrido usar el elevador. Es como si llevara siglos sin venir aquí. Entro en el departamento sigilosamente y de inmediato me envuelve una música suave. La canción marca el tono antes de que haya podido cerrar la puerta siquiera. Las notas profundas y poderosas me ponen al límite de la paz y la preocupación.

Cierro la puerta sin hacer ruido, rodeo la mesa y entro en la cocina. El iPhone está en su sitio. La pantalla me informa de lo que estoy escuchando, *About Today* de The National. Cierro los ojos para que la letra penetre en mi mente.

Recorro la sala de estar y me encuentro lo que me imaginaba. Todo está perfecto, a lo Miller, y no puedo negar que me tranquiliza. Debería ir al dormitorio o al estudio mientras me deleito con las pinturas que decoran las paredes del departamento. Las obras de Miller. Los bellos lugares conocidos casi afeados. Distorsionados. Las cosas bonitas normalmente se aprecian a primera vista, pero a veces miras un poco más y descubres que no son tan bonitas como pensabas. Hay pocas cosas que sean tan hermosas por dentro como por fuera. Aunque hay excepciones.

Miller es una de esas excepciones.

Estoy como en una especie de trance, reconfortada por la música tranquila. No tengo intención de salir de él de momento, a pesar de que sé que tengo que encontrar a Miller y decirle que no va a perderme. Su departamento y todo lo que contiene son como una agradable manta que me envuelve para que esté calentita y a salvo. Cierro los ojos y respiro hondo para aferrarme a todas las sensaciones, imágenes y pensamientos que me han dado tanta felicidad, como el sofá que puedo ver en mi oscuridad, donde dejó claras sus intenciones por primera vez. Recuerdo los cuencos de fresas grandes y maduras que tenía en la cocina. El chocolate derretido, el refrigerador y la lengua de Miller lamiendo cada parte de mí. Todo me catapulta al principio. Entro en su estudio, sumida en mis negras reflexiones, y veo el caos que tanto me sorprendió. Fue una sorpresa maravillosa. Su afición. Lo único en la vida de Miller que está desordenado. Al menos, era lo único hasta que me conoció.

Estoy abierta de piernas en la mesa y él traza líneas en mi vientre con pintura roja, o, como sé ahora, me escribe su declaración de amor. *Demons* suena de fondo. Muy apropiado.

Estamos enredados en su sofá desvencijado, envueltos el uno en el otro, pegados como lapas. Y las vistas. Son casi tan espectaculares como Miller.

¿Casi?

Sonrío para mis adentros. Ni de lejos.

Mis reflexiones no podrían ponerse mejor pero entonces esos maravillosos fuegos artificiales que había perdido empiezan a cosquillear bajo mi piel y mi oscuridad se llena de luz. Una luz brillante, fuerte, soberbia.

—Bang —susurra en mi oído y siento el calor de su boca en la mejilla, como si mi cuerpo estuviera cayendo en esa luz maravillosa. No puedo distinguir los sueños de la realidad y tampoco me apetece. Si abro los ojos, estaré sola en el departamento. Si abro los ojos, cada pensamiento perfecto del tiempo que hemos pasado juntos se perderá en nuestra fea realidad.

Ahora siento sus manos cálidas en mi piel y la extraña sensación de estar moviéndome... sin moverme.

—Abre los ojos, mi dulce niña.

Los cierro aún más fuerte, no estoy preparada para perder un solo sueño más: el de sus caricias, el de su voz.

—Abre los ojos. —Unos labios suaves me fustigan y gimo—. Hazlo. —Unos dientes mordisquean mis labios, pegados a su boca—. No dejes de iluminarme con tu luz, Olivia Taylor.

Me quedo sin aliento y abro los ojos. Tengo ante mí lo más espectacular que voy a ver en la vida.

323

Miller Hart.

Mis ojos recorren los contornos de su rostro y cada uno de sus detalles perfectos. Están todos ahí: los penetrantes ojos azules rebosantes de emoción, la boca apenas entreabierta, la sombra que crece en su barbilla, el pelo ondulado, el mechón rebelde en su sitio... todo. Es demasiado bueno para ser verdad. Extiendo el brazo para tocarlo, la punta de mis dedos se toma su tiempo para sentirlo todo, para comprobar que no es producto de mi imaginación.

—Soy de carne y hueso —susurra atrapando mis dedos para detener su silenciosa expedición. Me besa los nudillos y se lleva mi mano a la nuca, donde mis dedos se hunden en la mata de pelo—. Soy tuyo.

Su boca desciende sobre la mía y me abraza, me pega a su cuerpo. Nos saboreamos, nos acariciamos y nos recordamos el uno al otro el poder de nuestra unión.

Mis muslos se enroscan a su cintura con fuerza. Sé que esto no me lo estoy imaginando. Tengo las entrañas ardiendo, echando chispas, en llamas. Me consumen, se apoderan de mí, me regeneran. Lo necesito. Los dos lo necesitamos. Ahora mismo no existe nada más, sólo Miller y yo.

Nosotros.

El mundo puede esperar.

—Adórame —le suplico sin que nuestras lenguas se separen, bajándole la chaqueta por los hombros, impaciente. Me muero por estar piel con piel—. Por favor.

Gime, me suelta primero un brazo, luego el otro, para librarse de la lujosa tela. Yo me ocupo de la corbata, tirando del nudo de mala manera, pero no protesta: tiene tantas ganas como yo de eliminar todo lo que se interpone entre nosotros. Me sujeta por el trasero con una mano y con la otra me ayuda y se saca la corbata por encima de la cabeza, sin deshacer el nudo, y luego el chaleco. Me atrevo a cogerlo de la camisa y a abrirla de un tirón. Me preparo para la regañina que me espera, aunque ya he decidido que me da igual, pero no dice nada. Los botones saltan y se desperdigan por todas partes, repiqueteando al caer al suelo. Empiezo a tirar de la tela, a bajársela primero por un brazo y luego por el otro. Siento el calor de su pecho desnudo contra mi vestido, estamos un paso más cerca de estar desnudos. La camisa se reúne en el suelo con la chaqueta, la corbata y el chaleco, y mis manos se aferran a sus hombros mientras nuestro beso se vuelve más y más intenso. No me dice lo que me dice siempre. No intenta que vaya más despacio ni me frena. Me permite que lo bese con frenesí y tocarlo cuanto quiera mientras gimo y gruño las ganas que le tengo.

Consigo quitarme los Converse y ascender un poco más por su cuerpo hasta que tiene que echar la cabeza atrás para no romper nuestro beso.

—Quiero estar dentro de ti —jadea echando a andar—. Ahora mismo.

Se detiene y se lleva las manos a la espalda para bajarme las piernas sin dejar de comerme la boca como un animal hambriento. Ya de pie, mis manos van a por su cinturón, se lo quitan a toda prisa y lo tiran al suelo. Lo siguiente son los pantalones. Están desabrochados en un santiamén y se los bajo todo lo que puedo sin separar mi boca de la suya, hasta los muslos. Miller hace el resto y se quita el bóxer. Luego da un puntapié para librarse de todo: pantalones, bóxer, zapatos y calcetines. Mi deseo de volver a ver su cuerpo en toda su perfecta desnudez no puede más que mis ansias de seguir besándolo, pero cuando me levanta el bajo del vestido para sacármelo por la cabeza no me queda otra opción que separarme de él y aprovecho la interrupción para contemplarlo. La tela de mi vestido me tapa la cara un instante e interrumpe mis observaciones, pero consigo unos segundos extra cuando Miller me acaricia la espalda para desabrocharme el brasier y bajármelo muy despacio por los brazos. Los pezones se me ponen duros, sensibles, y las palpitaciones de mi entrepierna le suplican que la acaricie. Lo miro a los ojos, está sin aliento, igual que yo. Tira mi brasier sin mirar dónde cae y mete el pulgar por el elástico de mis calzones. Pero no me los quita, se conforma con ver cómo me desespero más y más. Que no empiece con su manía dc controlarlo todo. Ahora no.

Meneo la cabeza un poco, observando cómo la comisura de sus labios dibuja la más tenue de las sonrisas. Luego da un paso adelante, sin sacar los pulgares de su sitio, para que yo tenga que andar hacia atrás hasta que mi espalda está contra la pared. El frío me pilla por sorpresa y dejo escapar una bocanada de aire. Echo la cabeza atrás.

—Por favor —le suplico cuando empiezo a notar que me baja los calzones por los muslos. Las palpitaciones entre mis piernas se aceleran hasta convertirse en un zumbido constante. Tengo los calzones en los tobillos.

—Líbrate de ellos —me ordena con dulzura y obedezco, intentando concentrarme en lo que va a pasar a continuación. No me hace esperar mucho. Siento calor entre los muslos. ¿La fuente? Los dedos de Miller.

—¡Dios! —Aprieto los párpados mientras me acaricia en lo más íntimo. Me pego más a la pared, intentando escapar de su tortura.

—Estás muy mojada —ruge metiéndome un dedo y presionando mi pared frontal. Me agarro a sus hombros y empujo hasta que tengo los brazos estirados—. Date la vuelta.

Trago saliva y trato de procesar la orden pero sus dedos siguen dentro de mí, inmóviles, y si me muevo habrá roce, cosa que hará que me cedan las rodillas y me quede tirada en el suelo hecha una bola de deseo y lujuria. Así que no me muevo para no acrecentar mis ganas de poseerlo.

—Date la vuelta.

Meneo la cabeza con obstinación, mordiéndome el labio inferior y clavándole las uñas cortas debajo de la clavícula. De repente, una mano aparta mis brazos y su cuerpo se pega al mío. Sus dedos se hunden más en mí.

—¡No! —No tengo dónde esconderme. Estoy contra la pared, indefensa.

—Así —musita mordisqueándome la mandíbula y la mejilla. Estamos todo lo pegados que se puede mientras me da la vuelta, asegurándose de que sus dedos siguen dentro de mí. Tal y como yo me temía, las sensaciones que producen mis movimientos no hacen más que enloquecerme un poco más y empiezo a respirar hondo, despacio, para no gritar de desesperación.

—Las manos contra la pared.

Obedezco al instante.

—Hacia atrás. —Una mano me toma de la cintura y me guía hacia atrás. Me roza el talón con el pie para que lo mueva hacia el lado. Estoy abierta de piernas, a su merced—. ¿Estás cómoda?

Retuerce los dedos en mi interior y pongo el culo en pompa para chocar contra su paquete.

—¡Miller! —grito y apoyo la cabeza contra la pared.

—¿Estás cómoda?

—¡Sí!

—Bien. —Me suelta la cintura y al momento siento la punta de su erección, dura y ancha, a punto de entrar. Contengo la respiración—. Respira, mi dulce niña.

Es una advertencia y me quedo sin aire en los pulmones cuando me saca los dedos para dejar paso a su verga dura. No me da tiempo a extrañarlo. La desliza dentro de mí con un juramento ininteligible.

Me siento completa.

—Muévete —le suplico apretándome contra su pelvis, metiéndomela hasta el fondo—. Miller, muévete.

Hago fuerza con los brazos hasta que me separo de la pared y puedo echar la cabeza hacia atrás.

Atiende a mis súplicas. Unas manos suaves sujetan mis caderas y me clava los dedos, preparándose.

—No quiero que te vengas, Olivia.

—¿Qué? —exclamo, me echo a temblar sólo de pensar en contener mi orgasmo. Casi todos aparecen de la nada. Es el chico especial, tiene un talento que ninguno de los dos logramos comprender—. ¡Miller, no me pidas lo imposible!

—Puedes hacerlo —me asegura en vano, restregándose contra mi culo—. Concéntrate.

Siempre me concentro y no sirve para nada; tendré que confiar en su habilidad y su experiencia mientras me mantiene en el limbo. La tortura que me espera en sus manos cae como un jarro de agua fría sobre mi mente nublada por el deseo. Voy a gritar de desesperación, es posible que hasta le muerda y le arañe. Siempre me mantiene en tierra de nadie, y el mero hecho de que me lo haya advertido me preocupa.

Cierro los ojos y dejo escapar un grito fragmentado mientras sale de mí y me deja dentro sólo la punta.

—Miller —ya estoy suplicando.

—Dime cuánto me deseas.

—Te deseo muchísimo —confieso, conteniéndome para no echar el culo atrás y volver a sentirme llena.

—¿Muchísimo?

La pregunta me toma por sorpresa, igual que mi respuesta.

—Todo.

Sigue detrás de mí. Está pensando en lo que le he dicho.

—¿Todo?

—Todo —afirmo. Su fuerza y su energía borrarán gran parte de mi agonía. Lo sé.

—Como quieras. —Se inclina hacia adelante, me pega el pecho a la espalda y me muerde en el hombro—. Te quiero —susurra y luego besa la marca que sus dientes han dejado en mi piel—. ¿Lo entiendes?

Lo entiendo perfectamente.

—Sí. —Acerco la mejilla a su cara y disfruto del roce de su barba antes de que se enderezca y tome aire. Me preparo.

Pero no hay preparación suficiente en el mundo para que yo no grite cuando me embiste. Esperaba que se detuviera al instante, asustado, al oírme gritar, pero no lo hace. Rápidamente se retira y ataca de nuevo con un gruñido. Los primeros empujones son para ajustar el ritmo. Es incansable, implacable. Me clava los dedos en la piel y tira de mí sin parar, arrancándome un grito tras otro. Tengo fe en que sabe lo que pienso y no intento contener los gritos. Cada vez que su cuerpo choca contra el mío se me escapa uno del alma y no tardo en tener la garganta seca y rasposa. Pero eso no me detiene. Mi cuerpo no me pertenece. Es de Miller y lo está disfrutando. Es casi brutal, pero la pasión y el deseo que hay entre nosotros me mantiene en un estado de éxtasis total.

Continúa a un ritmo despiadado hasta que lo único que evita que me caiga al suelo es él. No corre el aire entre su entrepierna y mi culo, contra el que arremete una y otra vez, el sonido de piel desnuda chocando contra piel desnuda se va haciendo más fuerte a medida que empezamos a sudar. La penetración profunda no sólo me llena el cuerpo sino también el alma, cada embestida me recuerda a ese lugar maravilloso al que me lleva cada vez que me hace suya, ya sea en plan tierno y controlado, o salvaje y despiadado. Aquí no hay control. Al menos no lo parece, aunque sospecho que está ahí. No, sé que está ahí. He aprendido que, lo haga como lo haga, siempre me adora. Lo hace todo con amor, ese amor sin límites que siente por mí.

Empiezo a notar un cosquilleo en el clítoris. Es el principio del fin. ¡Dios mío, no voy a poder pararlo! Lo intento todo: la concentración, la respiración, todo. Pero el choque constante de su cuerpo musculoso contra el mío no me permite hacer más que aceptarlo. Absorberlo. Tomo todo lo que tiene para darme. Siempre será así.

—¡Te estás tensando por dentro, Livy! —grita sin bajar el ritmo, casi asustado, como si supiera la batalla campal que se libra en mi interior. No tengo ocasión de confirmarle que tiene razón. Sale de mí y me da la vuelta. Me levanta y vuelve a penetrarme.

Grito rodeándole la cintura con las piernas y dando manotazos al aire. La repentina pérdida de fricción no me ha servido de ayuda. Va demasiado rápido.

—Mi nombre, nena —jadea en mi cara—. Grita mi nombre. Para enfatizar su orden, me levanta un poco y luego me deja caer.

—¡Miller!

—¡Eso es! Otra vez. —Repite el mismo movimiento, esta vez más fuerte.

—¡Maldición! —grito, mareada por las profundidades a las que llega.

—¡Mi nombre!

Me estoy encabronando. El empeño de Miller por controlar mi orgasmo inminente me está poniendo insolente.

—¡Miller! —grito tirándole del pelo, echando la cabeza atrás mientras sigue penetrándome. Cada vez la tiene más dura, lleva mucho tiempo así, pero el cabrón se niega a acabar.

—¿No vas a arañarme? —me provoca y mis uñas se lanzan a la carga, a cumplir su misión. Me sorprende mi propia violencia pero no me detengo. Le clavo las uñas y le arranco la piel—. ¡Aaaah! —ruge de dolor, echando la cabeza atrás—. ¡Maldición!

Ninguno de sus gritos ni sus improperios me contiene. Le estoy arañando como una posesa, y es raro pero creo que le gusta.

—Eres una floja, mi dulce niña —resopla, retándome.

Me mira a los ojos. Va en serio. ¿Quiere que le haga daño? Sus caderas se detienen de sopetón y mi clímax se diluye.

Pierdo el hilo.

—¡Muévete! —Le tiro del pelo, tan fuerte que le hago doblar la cabeza. Pero él sonríe—. ¡Muévete, cabrón! —Arquea las cejas con interés pero sigue sin moverse y empiezo una loca carrera por intentar recuperar la fricción. No funciona—. ¡Maldito seas, Miller!

Sin pensármelo dos veces, le clavo los dientes en el hombro y muerdo con todas mis fuerzas.

—¡Maldición!

Sus caderas vuelven a la carga y resucitan mi orgasmo langui-deciente.

—¡Serás...! ¡Maldición!

Ahora sí que va por todas y arremete contra mí como una mala bestia.

No le suelto el hombro. Le hago gritar, gemir, gruñir mientras le tiro del pelo sin parar. Estoy siendo tan bestia como Miller y me encanta. El placer es indescriptible y el dolor ocupa el lugar de la pena. Me está sacando los pesares a golpe de verga, aunque sea sólo temporalmente, pero ahí va. Me tortura. Lo torturo. Mi espalda golpea una y otra vez la pared y los dos emitimos sonidos guturales de satisfacción.

—Hora de acabar, Olivia —jadea levantándome la cabeza de su hombro y comiéndome la boca. Nos besamos como si fuera la pri-mera vez. Rápido, con ansia y desesperación, y en un abrir y cerrar de ojos estoy en el suelo, debajo de Miller. Nos mantiene unidos y me embiste con fuerza hasta que retuerzo los tobillos y grito a ple-no pulmón cuando el orgasmo me atraviesa y las contracciones largas y palpitantes de mis entrañas lo aprietan con furia contra mi pared interna. Gruñe, baja el ritmo, masculla palabras ininteligi-bles en mi cuello. Lo he dejado seco y yo estoy rebosante, disfru-tando del calor pegajoso dentro de mí.

—Dios santo —jadeo dejando caer los brazos por encima de mi cabeza.

—Estoy de acuerdo —gime saliendo de mí y tumbándose boca arriba a mi lado. Ladeo la cabeza y veo que se ha tirado al suelo sin ningún cuidado y resopla mirando el techo. Está chorreando, con el pelo enmarañado y la boca más abierta que de costumbre, inten-tando que el aire le llegue a los pulmones.

—Dame lo que más me gusta.

—¡No puedo moverme! —protesto, alucinada de que se atreva a pedírmelo—. Me has dejado exhausta con este palo.

—Lo harás por mí —insiste tomándome de la cintura—. Ven.

No me deja elección. Además, quiero envolverlo con mi cuerpo y con mi boca. Me levanto, ruedo hacia él y tumbo mi cuerpo sin fuerzas sobre el suyo. Lo único que todavía funciona es mi boca, que está lamiendo, chupando y mordiendo su cuello.

—Sabes a gloria —afirmo—. Y hueles divino.

—Chupa más fuerte.

Dejo de comérmelo a besos y levanto la cabeza muy despacio. Sé que estoy frunciendo el ceño. Ni en un millón de años me habría imaginado que Miller Hart quisiera llevar un chupetón en el cuello.

—¿Cómo dices?

—Chupa más fuerte. —Arquea las cejas un poco para enfatizar su orden—. ¿Voy a tener que decírtelo tres veces?

Esto tiene su gracia. Vuelvo a su cuello, lo muerdo y me pregunto si retirará la orden, pero tras unos minutos de mordiscos inocentes me lo pide por tercera vez.

—¡Más fuerte!

Mis labios se cierran sobre su cuello y chupo. Fuerte.

—Más fuerte, Livy.

Me toma de la nuca y me baja la cabeza. Me cuesta respirar. Pero hago lo que me dice y me meto un buen trozo de piel en la boca, chupo y chupo hasta cortarle la circulación. Se va a ver en tecnicolor por encima del cuello de sus camisas de marca. ¿Qué demonios le pasa? Pero no puedo parar. Para empezar, Miller me tiene bien cogida del cuello y no me deja levantar la cabeza. Además, me está gustando esto de que todo el mundo pueda ver la marca que le he hecho a mi caballero de finos modales.

No sé cuánto tiempo pasamos así. Lo único que sé es que me duelen los labios y la lengua. Cuando por fin me suelta, jalo aire y contemplo la monstruosidad que he creado en su cuello perfecto. Hago un gesto. Ahora ya no es perfecto. Es un horror y estoy segura de que Miller opinará lo mismo cuando se la vea. Es tan fea que no puedo dejar de mirarla.

—Perfecto —suspira. A continuación bosteza, vuelve a cogerme de la nuca y rodamos como dos posesos hasta que lo tengo encima, sentado en mis caderas. Sigo sin entender nada y Miller tampoco me aclara nada cuando se pone a dibujar el contorno de mis senos con la punta de los dedos.

—Es bien fea —confieso preguntándome cuándo irá a ver el horror que le he hecho.

—Puede —musita sin preocuparse todo lo que debería. Sigue trazando mi torso tan contento.

Me encojo de hombros. Desde luego, si el rey del estrés no mueve un músculo, yo tampoco voy a preocuparme. En vez de eso le hago la pregunta que me rueda por la mente desde que he llegado... antes de que me tocara con esas manos y me distrajera con su adoración. Aunque esta vez ha sido un poco más bestia. Bueno, no sólo un poco. Sonrío. Ha sido un palo de los buenos y, para mi sorpresa, he disfrutado cada segundo.

—¿Qué hay en el sobre? —digo despacio, sabiendo que es terreno pantanoso.

No me mira y tampoco deja de acariciarme con las yemas de los dedos, dibujando todas mis líneas invisibles.

—¿Qué pasó entre Gregory y tú? —Me mira. Lo sabe. Mi amigo tenía motivos para preocuparse—. Gregory parecía incómodo cuando se lo pregunté.

Cierro los ojos y guardo silencio. No consigo ocultar lo culpable que me siento.

—Dime que no significó nada.

Trago saliva y le doy vueltas a la mejor manera de enfocarlo. ¿Confieso o lo niego todo? Mi conciencia se abre paso.

—Estaba intentando consolarme —digo atropelladamente—. Se nos fue de las manos.

—¿Cuándo?

—Después de lo del hotel.

Hace una mueca y respira hondo para calmarse.

—No hubo sexo —continúo, nerviosa, deseando aclararle sus peores sospechas. No me gusta que se haya puesto a temblar—. Sólo tonteamos un poco. Los dos nos arrepentimos. Por favor, no le hagas daño.

Sus fosas nasales se abren y se cierran, como si estuviera intentando no explotar con todas sus fuerzas.

—Si le hago daño a él, te lo estoy haciendo a ti. Ya te he hecho sufrir bastante —dice apretando los dientes—. Pero no volverá a suceder.

Es una afirmación, no una petición, ni una pregunta. No volverá a suceder. Permanezco en silencio hasta que veo que su respiración vuelve a la normalidad. Está más tranquilo pero mi pregunta sigue sin respuesta y quiero obtenerla.

—El sobre.

—¿Qué pasa con el sobre?

Me muerdo el interior de la mejilla, deliberando si debo insistir o no. Se está poniendo distante.

—¿Qué había dentro?

—Una nota de Charlie.

Lo sabía pero que me lo haya dicho me sorprende.

—¿Qué decía? —Esta vez lo pregunto sin rodeos.

—Me explica cómo puedo salir de este mundo.

Abro mucho la boca. ¿Hay una salida? ¿Charlie va a liberarlo de sus cadenas invisibles? ¡Dios mío! La sola idea de que todo esto termine, de poder seguir con nuestras vidas, es demasiado para mí. No me sorprende que Miller parezca estar en paz pero hay un pequeño detalle que me devuelve a la dura realidad. Un gran detalle. Estaba en la cocina de mi casa cuando leyó la carta y se quedó hecho una mierda, nada que ver con su máscara impasible. Estaba atormentado, preocupado. ¿Qué ha cambiado para que ahora esté tan tranquilo? Me armo de valor y le pregunto lo que debería haberle preguntado antes de que me invadiera el entusiasmo.

—¿Cómo puedes salir de este mundo? —Estoy conteniendo la respiración, lo que significa que no me va a gustar la respuesta.

Pero a pesar de mi pregunta, sus dedos no titubean, continúa acariciándome y él sigue sin mirarme a la cara.

—Eso no importa porque no pienso hacerlo.

—¿Tan malo es?

—Lo peor —responde sin vacilar, poniendo cara de enfado antes de poner cara de asco—. Tengo otra salida.

—¿Cuál?

—Matarlo.

—¿Qué?

Me revuelvo bajo su cuerpo, presa del pánico, pero no consigo moverme y me pregunto si se ha sentado así a propósito, a sabiendas de que iba a acribillarlo a preguntas y de que iba a echar a correr en cuanto me las respondiera. No sé por qué actúo como si me sorprendiera. Después de lo que dijo William y viendo la cara de Miller, me temía que fuera a decir exactamente eso. ¿Y lo que Charlie le propone es aún peor? ¿Cómo es posible?

—No te muevas —dice muy tranquilo, demasiado. Eso me asusta aún más. Me coge las muñecas con una mano y las sujeta por encima de mi cabeza. Ahora soy yo la que resopla agotada en su cara—. Es el único modo.

—¡No lo es! —le discuto—. Charlie te ha dado otra salida ¡Acéptala!

Menea la cabeza, inflexible.

—¡No! ¡Fin de la conversación!

Aprieta los dientes y me mira en señal de advertencia. No me importa. No hay nada peor que matar a alguien. No voy a permitir que lo haga.

—¡De eso nada! —le grito—. ¡Suéltame!

Me revuelvo e intento darme la vuelta. No lo consigo.

—¡Para! —Empotra mis muñecas contra el suelo, encima de mi cabeza, y consigo soltarlas un poco—. ¡Maldita sea! ¡Deja de revolverte!

Permanezco quieta pero sólo porque estoy agotada. Jadeo en su cara, intentando lanzarle una mirada asesina con las fuerzas que me quedan.

—No hay nada peor que matar a alguien.

Respira hondo. Está intentando infundirse ánimos y se me tensa todo el cuerpo.

—Sé que lo que me pide te destruirá, Olivia. Y no hay garantías de que no vuelva a pedirme que haga otra cosa. Mientras siga con vida es una amenaza para nuestra felicidad.

Niego con la cabeza, terca como una mula.

—Es demasiado peligroso. Nunca lo conseguirás. Seguro que tiene un montón de matones guardándole las espaldas. —Me está entrando el pánico. He oído a Gregory hablar de armas—. Y no podrás vivir cargando semejante peso en tu conciencia.

—Es demasiado peligroso no hacerlo y Charlie me ha dado la ocasión perfecta.

Sus palabras me confunden y me callo un momento antes de comprenderlo todo.

—Ay, Dios. Quiere que acudas a una cita.

Asiente levemente, sin decir nada mientras asimilo la noticia. Esto no hace más que ir peor. Tiene que haber otro modo.

Dentro de mí algo posesivo y muy profundo se revuelve sólo de pensar que alguien más lo toque y lo bese. Una parte de mi cerebro grita: «Déjalo matar a Charlie. ¡El mundo estará mejor sin él!». Y una parte de mí asiente. Pero mi conciencia también tiene voz y me mira con cara de pena, sin decir nada, aunque sé lo que diría si me hablara:

«Que vaya a esa cita.»

«Sólo será una noche.»

«No significará nada para él.»

—Es la hermana de un importante traficante de drogas ruso —dice en voz baja—. Me desea desde hace años pero me da asco. Se excita degradando a su compañero. Lo único que quiere es el poder. Si Charlie me entrega a ella, podrá hacer negocios con los rusos. Ser su socio le reportaría grandes beneficios y lleva mucho tiempo deseándolo.

—¿Por qué no unen fuerzas sin ti?

—Porque la hermana del ruso se niega a menos que me consiga.

—Suéltame —le susurro. Lo hace, se separa de mí y se arrodilla a mi lado. Salta a la vista que no quiere hacerlo. Yo también me arrodillo, me acerco a él y lo pillo con el ceño fruncido. Pero me deja hacer. Le pongo las manos en los hombros para darle la vuelta y cuando le veo la espalda me llevo un buen susto.

Qué desastre. Es un laberinto de líneas rojas. De algunas manan gotas de sangre y otras se han hinchado. Parece un mapa de carreteras. Quería que le hiciera daño de verdad pero por razones que no tenían que ver sólo con la combinación de dolor y placer. Quería que lo marcara. Ahora pertenece a alguien.

A mí.

Me llevo las manos a la cara y me tapo los ojos. No puedo evitar hipar entre sollozos.

—No llores —me susurra dándose la vuelta y abrazándome. Me besa repetidamente, me acaricia el pelo y me estrecha contra su pecho—. No llores, por favor.

La culpa me corroe y me grito a mí misma que tengo que hacer lo correcto, y más viendo a Miller dispuesto a realizar una cosa tan abominable por mí. Por mucho que me diga que Charlie es el diablo en persona, que se lo merece, no logro convencerme para dejar que lo lleve a cabo. Miller cargará con la culpa el resto de su vida y ahora que lo sé, yo también. No puedo dejar que nos haga eso. Sería como tener la soga al cuello el resto de nuestras vidas.

—Chisssst... —me consuela acurrucándome en su regazo.

—Vayámonos —sollozo. Es la única alternativa—. Podemos tomar a la abuela e irnos muy muy lejos.

Hago una lista mental de todos los sitios a los que podríamos ir mientras me mira con ternura, como si yo no entendiera nada.

—No podemos hacer eso.

Lo definitivo de su respuesta me indigna.

—Sí podemos.

—No, Olivia. No es posible.

—¡Podemos! —le grito. Hace un gesto y cierra los ojos. Está intentando ser paciente—. ¡No digas que no podemos porque no es verdad!

Podríamos irnos ahora mismo. Tomar a la abuela e irnos. Me da igual adónde siempre que estemos muy lejos de Londres y de este mundo cruel y ruin. No sé muy bien por qué Miller dice que va derecho al infierno, a mí me parece que ya vive en él. Y me está arrastrando a mí.

Abre lentamente los ojos azules. Unos ojos azules atormentados. Me dejan sin aliento y se me para el corazón, pero no es como siempre.

—Yo no puedo irme —dice claramente, con un tono y una mirada que me retan a interrumpirlo. No ha terminado. Es verdad que no puede salir de Londres y hay una razón de peso—. Tiene una cosa que podría hacerme mucho daño.

Odio el instinto natural de mi cuerpo de alejarse de sus brazos.

Me siento lejos, y reúno el valor para preguntarle qué es.

—¿Qué cosa? —digo con un hilo de voz.

La nuez de su cuello sube y baja cuando se traga el nudo que tiene en la garganta, su bello rostro cambia de expresión y su cara dice... Nada.

—Maté a un hombre.

La soga que estaba intentando evitar ponerme al cuello empieza a estrangularme y lo hace deprisa. Trago saliva varias veces, abro los ojos como platos y no consigo despegarlos de su rostro impasible. Tengo la boca seca y me cuesta respirar.

Me alejo despacio, aturdida, tanteando el suelo que piso para asegurarme de que sigue ahí. Estoy cayendo en el infierno.

—No puede probarlo —digo; la cabeza me va a estallar y mi lengua dice cosas que no puedo controlar. Puede que sea mi subconsciente, que se niega a creer que sea verdad. No lo sé—. Nadie le creería.

Así es como tiene encadenado a Miller. Le hace chantaje.

—Tiene pruebas, Livy. En video. —Está muy tranquilo. No hay miedo ni pánico—. Si no hago lo que quiere, me delatará.

—Dios mío. —Me paso las manos por el pelo y miro en todas direcciones. Miller irá a la cárcel. Nuestras vidas se habrán acabado—. ¿A quién? —pregunto obligándome a mirarlo mientras escucho a Gregory, el sarcasmo en su voz aquel día que dijo que habría que añadir el ser un asesino a la larga lista de defectos de Miller.

—Eso no importa. —Aprieta los labios. Creo que necesito enfadarme pero no lo consigo. Mi novio acaba de confesar que ha matado a alguien y yo estoy aquí haciéndole preguntas como una idiota. No quiero creer que hay una razón para que yo esté reaccionando así. Debería echar a correr, pies para qué los quiero, sin embargo estoy sentada en el suelo de su departamento, desnuda, mirándolo.

—Explícate —mascullo y me cuadro para demostrar mi fortaleza.

—No quiero —susurra agachando la cabeza—. No quiero contaminar tu mente pura y bella con eso, Livy. Me he prometido a mí mismo muchas veces que no te mancillaría con mi pincel sucio.

—Demasiado tarde —contesto en voz baja, y rápidamente me mira a los ojos. A ver si se da cuenta de una vez que mi mente, aparentemente pura y bella, lleva mucho tiempo llena de mierda, y no sólo la de Miller. Yo también he vivido lo mío—. Cuéntamelo.

—No puedo contártelo —suspira con el rostro cubierto de vergüenza—. Pero puedo enseñártelo.

339

Se levanta lentamente y me tiende la mano. Por instinto, la acepto. Me ayuda a levantarme y nuestros cuerpos desnudos se rozan. El calor de su piel desnuda me envuelve al instante. No me aparto. No me está sujetando, no me retiene a la fuerza. He elegido quedarme. Las yemas de sus dedos me levantan la barbilla para que lo mire.

—Quiero que me prometas que no saldrás corriendo después de verlo, aunque sé que no es justo.

—Te lo prometo —digo en voz baja sin pensar. No sé por qué, pero Miller no me cree, porque me besa en los labios con una leve sonrisa.

—Nunca dejas de sorprenderme. —Me coge de la mano y me conduce al sofá, no le preocupa que esté desnuda—. Siéntate.

Me pongo cómoda mientras va hacia uno de los armarios y abre un cajón. Saca algo antes de volver junto al televisor. Observo en silencio cómo saca un DVD de un sobre que me resulta familiar y lo mete en el aparato. Luego me mira. Me da el control remoto.

—Pulsa «Play» cuando estés lista —me dice ofreciéndomelo de nuevo para que lo coja—. Yo estaré en mi estudio. No puedo verlo...

«... otra vez».

Iba a decir que no podía volver a verlo. Menea la cabeza, toma la mía con ambas manos y me besa en la coronilla. Luego inspira, es la inspiración más larga de la historia, como si estuviera intentando memorizar mi olor para el resto de su vida.

—Te quiero, Olivia Taylor. Siempre te querré.

Y con eso veo cómo la distancia entre nosotros se hace más grande y me deja sola en la habitación.

Quiero gritarle que vuelva, que me toma de la mano, que me abrace. El control remoto me quema la mano y quiero estamparlo contra la pared de enfrente. La pantalla está oscura. Como mi mente. Le doy vueltas al mando a distancia. Me pego al respaldo, como intentando guardar las distancias con algo que sé que va a hacer saltar por los aires lo poco que queda de mi mundo. Miller me lo ha confirmado. Así que cuando dejo de darle vueltas al aparato pulso el botón. Sólo me pregunto qué demonios estoy haciendo durante una fracción de segundo antes de que la imagen de una habitación vacía ponga fin a mis pensamientos. Frunzo el ceño y me inclino hacia adelante un poco para ver bien la estancia, que parece muy lujosa. Está llena de muebles antiguos, entre ellos una enorme cama con dosel, y se nota que no son imitaciones. Las paredes están revestidas con paneles de madera y las pinturas de paisajes parecen estar colgadas al azar en sus intrincados marcos dorados. Es todo muy lujoso. Sé que la cámara está en un rincón porque puedo ver toda la habitación. Está vacía y en silencio. Se abre la puerta que hay en la pared opuesta de la cámara y doy un salto hacia atrás. Se me ha caído el control remoto.

—¡Jesús! —El corazón se me va a salir del pecho e intento controlar la respiración. No dura mucho porque casi deja de latirme cuando aparece un hombre en el umbral. Se me hiela la sangre en las venas. El hombre está desnudo, excepto por una venda que le tapa los ojos. Tiene las manos en la espalda y no tardo en saber por qué. Está maniatado. Creo que me van a sangrar los ojos.

Es joven, parece un adolescente. No tiene músculo en el pecho ni las piernas fuertes y tiene el vientre plano, sin rastro de abdominales marcados.

Pero está muy claro quién es ese chico.

CAPÍTULO 22

—¡No! —Los ojos se me llenan de lágrimas y me tapo la boca con las manos—. Miller, no. No, no, no.

Alguien lo mete en la habitación de un empujón y cierra la puerta. Y ahí se queda, de pie y en silencio. No se oye nada, ni siquiera cuando se ha cerrado la puerta. Intento cerrar los ojos, no quiero ver más, pero es como si una palanca me los mantuviera abiertos, no hay escapatoria. No puedo pensar.

«El mando. Busca el mando. Apágalo. ¡No mires!»

Pero miro. Me quedo sentada como una estatua, petrificada, lo único que me funciona son los ojos y la cabeza. Mi cerebro me ordena que busque la manera de ponerle fin a esto, no sólo ahora, sino también entonces. Se pone de rodillas. Creo que estoy teniendo una experiencia extracorpórea. Me veo sentada a su lado, gritando. Miller agacha la cabeza y ahogo un chillido al ver aparecer a un hombre por la esquina inferior, de espaldas a la cámara. Empiezo a sollozar cuando agarra a Miller del cuello. Va bien vestido, es alto, lleva un traje negro. No puedo vérsela, pero conozco exactamente la expresión de su cara. Superioridad. Poder. Arrogancia de la peor especie.

Sigo torturándome a mí misma. Diciéndome que esto no es nada comparado con lo que está soportando mi amor. El desconocido sigue teniendo a Miller cogido del cuello y se quita el cinturón de un tirón. Sé lo que viene a continuación.

—Hijo de puta —susurro poniéndome en pie.

342

Se pone cómodo. Con la otra mano toma la cara de Miller y aprieta hasta que lo obliga a abrir la boca. Luego se la mete hasta el fondo y empieza a embestirlo como un demente. Me muerdo el labio mientras veo cómo violan a Miller, mi hombre fuerte y poderoso, de la peor manera posible. Sigue y sigue. Por muchas lágrimas que derrame, por mucho que solloce con toda el alma, no puedo evitar el horror de lo que está ocurriendo ante mis ojos. Se me revuelve el estómago cuando el extraño echa la cabeza hacia atrás y aminora el ritmo, moviéndola en círculos en la boca de Miller como si fuera lo más normal. Creo que voy a vomitar cuando veo a Miller tragar. Luego, como si nada hubiera pasado, se sube la bragueta, aparta a Miller de un empujón y se va.

Suspiro con todo mi ser hasta que me quedo sin aire en los pulmones cuando veo a Miller inmóvil en el suelo, sin la menor indicación de lo que pasa por su cabeza. Ahora entiendo por qué es tan cuidadoso cuando se la chupo y por qué en Nueva York reaccionó con tanta violencia el día en que decidí despertarlo con una mamada. Estoy temblando de rabia, de pena, de todas las emociones posibles, y es todo por él. Lloro y me sorbo los mocos, animándolo a que se levante y se vaya.

—Vete —le suplico—. Sal de ahí.

Pero no lo hace. No hace nada. Sólo se mueve cuando aparece otro hombre por el mismo rincón que el primero. Esta otra vez de rodillas.

—¡No! —grito al ver acercarse al hombre, también vestido de traje, como un depredador—. ¡Miller, no! ¡No, por favor!

El hombre repite la misma secuencia de movimientos que el anterior, sólo que este acaricia la mejilla de Miller. Vuelvo a taparme la boca con las manos para contener el vómito. Empieza a desabrocharse los pantalones.

—¡No!

Busco el control remoto. No puedo ver más. Mis manos trabajan como locas, lanzando cojines y almohadones por todas partes.

—¡¿Dónde se ha metido?! —grito empezando a sudar. Estoy agotada y desesperada por poner fin a lo que está ocurriendo en la pantalla que tengo a mis espaldas. Me agacho y busco por el suelo. Está debajo de la mesa. Me arrodillo, lo agarro y me doy la vuelta para apagarlo pero mis dedos no aprietan el botón. Se quedan justo encima, temblando mientras con los ojos muy abiertos veo a Miller arrancarse la venda de los ojos.

Me atraganto, el corazón se me va a salir del pecho, me late con tanta fuerza que me caigo de culo. Puedo verle los ojos. No hay nada. Están vacíos. Oscuros.

Me suenan.

El hombre se tambalea y da un paso atrás, sorprendido, abrochándose los pantalones a toda velocidad mientras Miller se levanta. El peligro mana de cada uno de los poros de su piel desnuda. Ha dicho que mató a un hombre. A este hombre. No noto los brazos, ni los dedos. Sé lo que va a pasar y ni siquiera soy capaz de sentirme mal por la alegría sádica que voy a tener al verlo. En el video Miller no está tan cuadrado y musculoso como ahora, pero habría que ser muy tonto para subestimar la violencia animal que desprende su ser. Da un paso adelante, impasible, sin el menor rastro de ira o emoción. Parece estar perfectamente bajo control. Es un robot. Una máquina. Es letal.

Lentamente, consigo levantarme. Lo animo en silencio.

El hombre levanta las manos para defenderse cuando los músculos de Miller se tensan, listos para abalanzarse sobre él...

Y entonces la pantalla se queda en blanco.

Trago saliva y aprieto el «Play» sin parar. ¿Ya está? Necesito ver cómo lo destroza. Necesito ver que se vengó.

—¡Funciona de una vez! —grito, pero después de apretar el botón hasta desgastarlo me doy por vencida—. ¡Chinga! —chillo tirando el control a la otra punta de la habitación con todas mis fuerzas. Ni siquiera parpadeo cuando se estampa contra uno de los cuadros de Miller y hace añicos el cristal que protegía el lienzo. Me doy la vuelta, temblando y sollozando.

Me siento estafada.

—Miller —exhalo. Echo a correr por el departamento como alma que lleva el diablo y luego atravieso el pasillo que lleva a su estudio.

Entro como una exhalación y me paro a buscarlo. Está sentado en la punta del sofá desvencijado, con los codos apoyados en las rodillas y la cara entre las manos. Pero no tardan en aparecer unos sorprendidos ojos azules. Están vivos. Resplandecen y brillan, nada que ver con los del video y nada que ver con cómo eran cuando nos conocimos. Todo ha cambiado mucho desde que nos encontramos el uno al otro y prefiero caminar por las brasas del infierno que perderlo todo. Un sollozo desgarrador puede más que mi enfado y echo a correr hacia él con los ojos llenos de lágrimas. Casi ni lo veo ponerse de pie.

—¿Olivia?

Vacilante, da un paso adelante con el ceño fruncido. No puede creerse que siga aquí.

Me lanzo a sus brazos. Nuestros cuerpos desnudos chocan y estoy segura de que me habría hecho daño de no ser porque mis terminaciones nerviosas ya están bastante doloridas.

—Me tienes fascinada —sollozo agarrada a su cuello, fundiéndome con él.

Miller acepta mi abrazo de oso y me abraza igual de fuerte, o puede que más. Me aprieta tanto que no puedo ni respirar, pero lo mismo da. No pienso soltarlo nunca.

—Yo también te quiero —susurra escondiendo la cabeza en mi cuello—. Te quiero muchísimo, Olivia.

Cierro los ojos y la ansiedad del horror de lo que acabo de ver desaparece con lo que más nos gusta.

—Quería verte hacerlo —confieso, sea sensato o no. Necesito ser parte del rompecabezas. O puede que sólo necesite asegurarme de que de verdad mató a ese cabrón hijo del mal.

—Lo tiene Charlie.

345

No afloja su abrazo, y me parece bien porque no quiero que lo haga. Podría estrujarme aún más fuerte y no protestaría.

Empiezo a tranquilizarme y a pensar con más claridad.

—Se la entregará a la policía.

Miller asiente levemente en mi cuello.

—Si no hago lo que él quiere.

—Y no vas a hacer lo que él quiere, ¿verdad?

—No, Olivia. No podría hacerte eso. No podría volver a mirarme al espejo.

—¿Y podrás vivir con las manos manchadas de sangre?

—Sí —dice con rapidez y decisión antes de despegarme de su cuerpo y mirarme detenidamente—. Porque la alternativa es mancharme las manos con tu sangre.

Me quedo sin aliento pero Miller sigue hablando. Así no tengo que buscar las palabras. No hay palabras. Sé, con total seguridad, que no hay nada que yo pueda hacer para evitar que Miller mate a Charlie.

—No siento ningún remordimiento por lo que le hice a aquel hombre. Aún tendré menos con Charlie. Pero si te ocurriera algo, jamás podría permitírmelo.

Cierro los ojos. La sinceridad de sus palabras me duele y por fin me permito pensar en lo que le hicieron. En el video era muy joven. Como si el pobre no hubiera sufrido bastante. ¿Cuándo fue? ¿Cuántas veces antes de que se rebelara? ¿Fue Charlie quien lo organizó todo? Sin duda. Y ahora quiere entregárselo a una rusa que sólo quiere volver a humillarlo. De eso nada.

—Tengo que contestar —dice Miller cuando suena el teléfono.

Me coge en brazos y me lleva a la cocina. No me suelta. Agarra el teléfono con una mano y a mí con la otra.

—Hart.

Apoya el culo en la mesa y me deja entre sus muslos. Sigo pegada a su pecho pero no protesta ni me pide que lo deje solo.

—¿Está ahí?

Oigo claramente la voz enfadada de William. Normal, tengo la cara pegada a una de las mejillas de Miller y él tiene el celular en la otra.

—Sí, está aquí.

—Acabo de recibir una llamada —dice William.

—¿De quién?

—Charlie.

Me entra el pánico en cuanto oigo su nombre. ¿Por qué habrá llamado a William? Son enemigos.

—Entonces ¿ya sabe con seguridad que estoy durmiendo con el enemigo? —Hay un toque de ironía en la pregunta de Miller.

—Hart, tiene copias del video.

Se me cae el alma a los pies. Sé que Miller lo ha notado porque me abraza más fuerte.

—A ver si lo adivino. Si le ocurre algo, hay otras dos personas con copias del video e instrucciones de lo que deben hacer con él.

Larga pausa. Me imagino a William frotándose las sienes grises.

—¿Cómo lo sabes?

—Sophia me lo dijo. También me dijo que había destruido todas las copias.

La exclamación de sorpresa que viaja a través de la línea telefónica me pone la piel de gallina.

—No. —William casi parece estar a la defensiva—. ¿Y tú le creíste?

—Sí.

—Miller —dice William usando su nombre de pila—. Charlie es intocable.

—Parece casi como si no quisieras que lo matara.

—Maldición —dice William con un suspiro.

—Adiós.

Miller deja el teléfono encima de la mesa sin ningún cuidado y me rodea con el brazo.

—William... —musito contra su cuello, sin comprender del todo la conversación de hace unos segundos—, ¿sabe lo que hay en el video?

—Supongo que se lo imaginaba. Charlie se lo habrá confirmado. Siempre ha habido rumores sobre una noche en el Templo en la que acabé matando a un hombre, pero eso era todo. Nadie estaba al corriente de las circunstancias exactas y nadie sabía si era verdad. Es como el secreto mejor guardado del inframundo de Londres.

Miller intenta separarme un poco de él. Llevamos tanto tiempo pegados que es como si me estuvieran quitando una escayola. Protesto un poco, luego gruño pero él se limita a sonreírme con cariño. No sé a qué viene esa sonrisa, no tiene nada de gracioso. Me acaricia tímidamente la frente y me recoge el pelo detrás de la oreja.

—Me sorprende que aún no te hayas esfumado, mi dulce niña.

Sonrío un poco, buscando su cara.

—Me sorprende que tengas el culo desnudo en la mesa del comedor.

Intenta poner cara de ofendido.

—Gracias a mi preciosa novia, mi mesa de comedor no podría estar más sucia. —Se detiene para pensar algo—. ¿Sigues siendo mi novia?

No es nada apropiado pero no puedo evitar sonreírle como una boba a mi bello amado.

—¿Sigues siendo mi novio?

—No. —Menea la cabeza, me coge las manos, se las lleva a la boca y me besa los anillos y los nudillos—. Soy tu esclavo, mi dulce niña. Vivo y respiro sólo por ti.

Hago un mohín mirando sus rizos oscuros y sus labios carnosos que colman mis manos de besos. No me gusta la palabra esclavo y menos aún después de lo que acabo de ver.

—Prefiero novio. O amante. —Cualquier cosa menos esclavo.

—Como quieras.

—Eso quiero.

Levanta la cabeza hasta que estamos cara a cara y estudia detenidamente mis ojos. Siento que se está alimentando de la luz que dice haber encontrado en ellos.

—Haría cualquier cosa por ti —susurra—. Cualquier cosa.

Asiento. Me mira tan fijamente que me arden las pupilas.

—Lo sé. —Me lo ha demostrado—. Pero no puedes ir a la cárcel.

No puede luchar por su libertad para acabar entre rejas. Esa posibilidad es inaceptable. Sólo lo vería una vez a la semana... Por mucho que sea no sería bastante.

—No podría vivir un solo día sin perderme en ti, Olivia Taylor. No es una opción.

Qué alivio.

—¿Y ahora qué?

Me acuna antes de soltarme y secarse las mejillas. Se lo ve decidido y, aunque debería tranquilizarme, en realidad me pone de los nervios.

—Escucha con atención. —Me pone las manos en los hombros para que no me mueva. Se me acelera el pulso—. Charlie cree que me tiene acorralado. Cree que voy a acudir a esa cita y que confío en que cumplirá su parte del trato. Y por si tienes la más mínima duda, quiero que sepas que nunca ha tenido intención de cumplir con la mía. —Me da un golpecito en la sien y arqueo las cejas.

No me gusta el cariz que está tomando esto. Miller está demasiado decidido y veo claramente que trata de convencerme a mí también. No sé si eso es posible.

—¿Qué estás intentando decirme?

—Que voy a ir al Templo. He aceptado la oferta de Charlie y...

—¡No! No quiero ni imaginarte con ella.

Sé que ése es el menor de nuestros problemas, pero me estoy volviendo más posesiva cada segundo que pasa. No puedo controlarlo.

—Calla —me corta tapándome la boca con un dedo—. Creo haberte dicho que escuches con atención.

—¡Eso hago! —Me estoy volviendo loca—. Y no me gusta lo que oigo.

—Olivia, por favor. —Me agita un poco los hombros—. Tengo que acudir a esa cita. Es el único modo de entrar en el Templo y acercarme a Charlie. No voy a tocar a esa mujer.

Acercarse a Charlie. Abro unos ojos como platos.

—Entonces ¿de verdad vas a matarlo?

No sé por qué lo pregunto. Se lo ha dicho a William. Yo misma lo he oído pero creía que iba a despertarme. Ésta es la pesadilla más larga de la historia.

—Tienes que ser fuerte por mí, Olivia. —Me sujeta con tanta fuerza que casi me hace daño. Me besa en la frente y suspira—. Confía en mí.

La mirada de súplica de Miller me asusta y entonces las imágenes repugnantes que acabo de ver se repiten en mi mente. Tardo un segundo en recordar las ganas que tenía de ver a Miller haciendo pedazos a ese hombre. Saber que había hecho justicia. Quiero que todo esto acabe. Quiero que Miller sea mío. Ahora entiendo las palabras de Miller:

«Tú posees todas y cada una de las partes de mi ser, Olivia Taylor. Te imploro clemencia por todas las cosas que he hecho y que haré mal. Sólo conseguiré salir de este infierno con la ayuda de tu amor».

—Está bien.

No me sorprende lo poco que me ha costado aceptar. Es una decisión fácil. De repente yo también estoy decidida. Estoy cuerda y sé lo que hay que hacer.

Quiero librarme de estas cadenas invisibles, porque yo también estoy encadenada. Pero más que nada, quiero que Miller sea libre. Libre de todo. Que pueda decidir a quién pertenece. Nunca será mío hasta que todo esto haya terminado. No más intromisiones. Se acabó vivir al borde del abismo. Nuestros pasados serán lo que tienen que ser: pasado.

—Hazlo —le susurro—. Aquí me tienes. Siempre.

Se le llenan los ojos de lágrimas y le tiembla la barbilla. Creo que yo también voy a llorar.

—No llores —le suplico acercándome a su pecho y rodeándome la cintura con sus brazos—. Por favor, no llores.

—Gracias —dice con la voz entrecortada mientras me abraza con fuerza—. No creo que pueda quererte más.

—A mí también me tienes fascinada. —Sonrío, triste, planeando qué voy a hacer mientras él cumple su promesa de matar a Charlie.

¿Puede uno morir una noche y volver después a la vida?

Cuando por fin dejamos de abrazarnos, Miller toma el teléfono y sale de la cocina a hacer unas llamadas.

Mientras, doy vueltas buscando algo que hacer, algo que limpiar u ordenar. Nada. Suspiro, harta, tomo un paño de cocina y me pongo a limpiar gotas de agua inexistentes del fregadero. Repaso los mismos sitios una y otra vez, frotando el acero inoxidable hasta que parece un espejo. Mi reflejo es horrible, así que sigo frotando.

Paro.

Bang...

Me doy la vuelta muy despacio, bayeta en mano, apoyándome en el fregadero. Está en la puerta, reclinado contra el marco y dándole vueltas al celular en la mano.

—¿Todo bien? —pregunto doblando el trapo y volviéndome para guardarla en su sitio. Creo que es mejor que actúe con normalidad. Qué tontería ha pensado. No tengo ni idea de qué es eso de ser normal.

Como no contesta, me doy la vuelta mordiéndome el labio, nerviosa.

—Ya está preparado. —Se refiere a la supuesta cita.

Asiento levemente, dándole vueltas a mi anillo.

—¿Cuándo?

—Esta noche.

—¿Esta noche? —¿Tan pronto? No me lo esperaba.

—Hay un evento en el Templo. Estoy obligado a acompañarla.

—Ya. —Trago saliva y asiento con determinación—. ¿Qué hora es?

—Las seis.

—¿A qué hora...? —Me yergo y respiro hondo—. ¿A qué hora es la cita? —Esas palabras me dan ganas de vomitar.

—A las ocho —responde sin decir más y sin apartar su fría mirada azul de mi falsa expresión de valentía.

—Tenemos dos horas para prepararte —le digo.

—¿Los dos?

—Sí, voy a ayudarte.

Voy a bañarlo, a afeitarlo, a vestirlo y a darle un beso de despedida, igual que cualquier mujer que manda a su novio a trabajar. Es un día más en la oficina, eso es todo.

—Olivia, yo...

—No intentes impedírmelo, Miller —le advierto aproximándome y tomándole la mano. Quiere que sea fuerte—. Vamos a hacerlo a mi manera. —Lo acerco al altavoz del celular y busco una canción alegre—. Perfecta —proclamo poniendo la elegida.

Diamonds de Rihanna empieza a sonar y me vuelvo con una sonrisa tímida. Miller también sonríe de un modo adorable y me encanta.

—Sí que lo es.

Empiezo a llevarlo al dormitorio pero me para.

—Espera.

Freno de mala gana. Sólo quiero concentrarme en arreglarlo.

—Antes de que hagamos las cosas a tu manera —dice abrazándome—, vamos a hacerlas a la mía.

Está en movimiento antes de que pueda chistar. Me lleva al dormitorio, me coloca con cuidado en la cama, como si fuera el objeto más delicado del universo, y se sienta al borde, apoyando una mano para poder estar encima de mí.

—Tienes que ser mía una vez más.

Aprieto los labios y procuro contener mis emociones. Quiere decir una vez más antes de irse a asesinar a alguien. La yema de su dedo se posa un instante en mi labio inferior y me observa con atención. Luego me acaricia la barbilla, el cuello y un pecho. Todas mis terminaciones nerviosas se encienden como bengalas bajo su suave caricia. Los pezones se me ponen duros, suplican sus atenciones. No se las niega. Sin dejar de mirarme, se mete uno en la boca y lo roza con la lengua antes de mordisquearle la punta. Arqueo la espalda y lucho para no mover los brazos. Coge la otra teta con la mano, reclamando lo que es suyo, moldeándolo y masajeándolo mientras dibuja círculos con la lengua en el otro pezón. Me revuelvo en la cama, me tiemblan las piernas y levanto las rodillas hasta que tengo las plantas de los pies sobre la cama.

Está siendo supertierno, nada que ver con nuestro acostón de antes. Creo que no se trata sólo de hacerme suya una vez más. Quiere reponer fuerzas.

—¿Bien? —pregunta antes de llenarse la boca con mi pecho y chuparlo con delicadeza.

—Sí. —Gimo de placer y noto cómo la presión en mi entrepierna se intensifica. Mis brazos cobran vida y mis manos buscan la suavidad de sus rizos. Lame, acaricia, chupa y mordisquea con precisión mientras yo lo sujeto por la nuca, siguiendo sus movimientos más que indicándole dónde le quiero en mi pecho.

—Sabes a gloria bendita, Livy —musita, besándome la areola y el ombligo. Cierro los ojos, estoy en el cielo, disfrutando de cada precioso segundo con él, de sus besos, de sus caricias y de su adoración. Sus labios están en todas partes y me hacen gemir y suspirar. Me muerde, me colma de besos y por un instante consigue hacerme olvidar nuestro futuro inmediato.

Contengo la respiración cuando su mano desciende a mi entrepierna, mi piel suave, húmeda y sensible le suplica que se aventure por ella. Gimo. Ladeo la cabeza y le comunico mis deseos en silencio tirándole del pelo de la nuca. Quiero su boca ahí.

Con el pulgar hace círculos en mi clítoris sin dejar de besarme el vientre. Es un roce delicioso que consigue que me tense y contenga la respiración.

—Siempre estás lista para recibirme.

Suspiro y lo dejo mimarme a su gusto. La sensación en la entrepierna se vuelve más intensa y mi respiración, entrecortada. Intento no gemir para poder oír los sonidos placenteros que emite Miller.

—Quiero que te vengas así primero. —Me mete los dedos y mis músculos avariciosos los aprietan con todas sus fuerzas—. Luego te voy a hacer el amor muy en serio.

—Siempre me haces el amor muy en serio —musito llevándome las manos a la cabeza y cogiéndome con fuerza el cuero cabelludo. Levanto las caderas por instinto, siguiéndole el ritmo.

—Y es lo mejor del mundo. —Dobla los dedos dentro de mí y trago saliva—. El modo en que te brillan los ojos cuando vas a correrte y los jadeos entrecortados con los que intentas controlarlo. —Sigue con los círculos, aplicando más presión hasta que me levanto de la cama—. No hay nada comparable a ver cómo estallas debajo de mí.

Estoy a punto de estallar.

—¿Estás lista? —pregunta con ternura, bajando la cabeza para soplar en mi entrepierna al rojo vivo. Me lleva al borde del abismo. Me tiro del pelo con fuerza y me agarro a sus dedos mientras me los mete y hace círculos en mi interior.

—Aaaah —jadeo meneando la cabeza de un lado a otro—. Miller, necesito venirme.

La sangre se me sube a la cabeza e intento controlar la respiración. Grito cuando su boca toma mi clítoris, sus dedos penetrándome despacio. Empiezo a temblar sin control.

—¡Miller!

Saca los dedos y rápidamente se coloca entre mis muslos y me abre de piernas. Me pongo rígida y es posible que hasta le pegue sin querer con las caderas, pero es que el orgasmo se ha apoderado de mí. El calor húmedo de su boca chupándome me lleva con delicadeza al éxtasis y dejo escapar una larga bocanada de aire. Me derrito en la cama. Palpito contra su lengua, larga y firme, jalo aire de vez en cuando y muevo las caderas en círculo contra su boca.

—Me encanta cuando gritas mi nombre con desesperación.

Me da lametones en el sexo empapado, calmándome, ayudándome a recuperarme de mi sutil explosión.

—Me encanta cuando me llevas al borde de la desesperación.

Me dan espasmos cuando sus labios reparten besos tiernos en mi entrepierna hinchada y ascienden por mi cuerpo hasta que estamos frente a frente. Sin dejar de mirarme a los ojos, me penetra hasta el fondo con un movimiento de caderas que me pilla por sorpresa. Tiene la frente empapada de sudor y el mechón rebelde fuera de su sitio.

—Estás muy caliente. —Se mete un poco más. Le brillan los ojos—. Me gusta tanto estar dentro de ti...

Lo beso en la boca y responde con un largo gemido. Nuestras lenguas se entrelazan.

—No tanto como a mí tenerte dentro —susurro contra sus labios; la sombra de su barba me raspa la cara.

Me da un beso de esquimal.

—Estamos de acuerdo en que no estamos de acuerdo. —Sus caderas entran en acción y sale, despacio—. Olivia. —Susurra mi nombre y se me acelera el pulso, me arden las venas—. Olivia Taylor, mi posesión más preciada. —Vuelve a penetrarme, despacio, con delicadeza, bajo control.

Arqueo la espalda y me agarro a sus hombros. Siento cómo sus músculos se tensan y se relajan cuando vuelve a salir.

—Me encanta tomarme mi tiempo contigo.

Cierro los ojos con un largo gemido y lo dejo hacer.

—No me prives de tus ojos, mi dulce niña. Necesito verlos. Enséñamelos.

No puedo negarme. Sé que en parte sobrevive gracias a la fuerza y la seguridad que le doy. Ahora los necesita de verdad, así que muestro mis ojos zafiro a sus penetrantes ojos azules. Está apoyado sobre sus antebrazos y me observa con atención mientras me penetra sin prisa. Mis caderas empiezan a moverse al ritmo de las suyas y rotan y giran a la vez. Es una caricia divina y constante, unidos por la entrepierna, dibujando círculos interminables. Empiezo a jadear.

—Por favor.

—¿Qué quieres? —me pregunta con calma. No sé cómo lo hace. Me saca de quicio. Noto cómo mi cuerpo pierde el control de placer.

—Necesito venirme otra vez —admito y me encanta que su verga crezca cuando lo digo—. Quiero que me hagas gritar tu nombre.

Los ojos le brillan como farolas y su erección responde expandiéndose un poco más. Mis caderas han puesto el piloto automático. Mejor, porque sólo puedo concentrarme en el fuego que arde entre mis muslos.

—Hoy nada de gritos —dice abalanzándose sobre mi boca—. Hoy vas a gemir mi nombre en mi boca y voy a tragarme cada segundo.

Aumenta la velocidad de sus caderas y vuelvo a estar a punto. Le como la boca con ansia, pero lo aprovecho porque sé lo que va a decirme.

—Saboréame, Livy —me ordena con ternura, frenándome.

Le acaricio los brazos largos y bajo hasta su trasero. Gimo de felicidad de lo duro que está. Primero lo acaricio y luego me agarro a él con fuerza. Ahora él también gime y nuestros gemidos chocan en nuestras bocas, que se baten en duelo.

—Aquí viene. —Su lengua acelera y me anima a seguirla, cosa que hago, y mi cuerpo se tensa debajo del suyo. Se acerca. Está sin aliento, tirante y tembloroso—. ¡Maldición, Olivia! —Me muerde el labio y prosigue con su beso ardiente y apasionado—. ¿Lista?

—¡Sí! —grito esforzándome por llegar a lo más alto. Ya casi estoy. Ya...

—¡Me vengo! —grita en mi boca—. ¡Vente conmigo, Olivia!

—¡Miller!

—¡Eso es!

Un último círculo. Sale de mí y vuelve a meterse muy despacio con un gemido entrecortado que me catapulta a las estrellas. Mi espalda se arquea todo lo posible y me hago mil pedazos entre sus brazos, con los ojos cerrados y la cabeza ladeada en la almohada, agotada.

Un calor húmedo y pegajoso baña mis entrañas y Miller se desploma sobre mí, jadeando en mi cuello. En mi neblina postorgásmica, noto que se hace pequeña dentro de mí.

Y nos quedamos dormidos a la vez, fundidos el uno con el otro, arropándonos con nuestros cuerpos.

Tengo las rodillas flexionadas y las piernas abiertas. Me sujeta los brazos por encima de la cabeza y noto que se mueve encima de mí. Abro los ojos, medio dormida después de una corta siesta. Miller me está mirando con la boca entreabierta y unos ojos azules que brillan como diamantes. Pone los brazos junto a mi cabeza hasta que sus bíceps la rodean, pero no me sujeta, sólo se queda así.

Gimoteo cuando se levanta y deja que su erección se coloque entre sus piernas antes de volver a meterse en mí con un gemido. Me recoloco para poder recibirlo y suspiro cuando empieza a moverse muy despacio, dentro y fuera, dentro y fuera.

—Te quiero —susurra cubriendo mi boca con la suya.

De nuevo su adoración y las ganas que le tengo ahogan todas mis penas. Disfruto de tenerlo dentro de mí y correspondo a las

357

lánguidas caricias de su lengua. Se aparta un poco y apoya la frente en la mía mientras continúa con sus lentas y silenciosas embestidas.

—Serás lo único que vea todo el tiempo. —Me la mete hasta el fondo y traza un círculo perfecto.

Gimo.

—Dime que lo sabes.

—Lo sé —susurro.

Empieza a ir un poco más rápido, entra y sale con precisión sin separar nuestras frentes. Jadea y suelta pequeñas bocanadas de aire. Empieza a temblar. Yo también estoy a punto.

—Deja que te saboree, Olivia.

Le dejo que me bese hasta que se viene y me uno a él mientras se tensa y se pone rígido con un gemido ahogado, temblando cada vez más fuerte. Me estremezco de tal manera que grito en su boca y me suelto para poder abrazarlo y sentirlo más cerca mientras seguimos besándonos, despacio, con ternura, con amor, más allá de nuestros orgasmos.

Ha sido su despedida.

—Ahora podemos hacerlo a tu manera —dice en voz baja pegado a mi cuello. Vuelve a olerme el pelo, colocándose con mi fragancia.

Me pongo muy seria conmigo misma y me digo que puedo hacerlo. Me revuelvo debajo de él para que se levante. Nuestras pieles sudorosas se despegan lentamente y se me parte el corazón cuando dejo de sentir su verga dentro de mí. Pero tengo que ser fuerte. No puedo dar señales de debilidad o de dolor, cosa que es muy difícil porque tengo mis dudas y me mata pensar lo que se va a ver obligado a hacer. Me mira y sé que él también tiene dudas. Me obligo a sonreírle y a darle un beso casto.

—Vamos a bañarnos.

—Como quieras. —Me huele por última vez, se separa de mí y me ayuda a levantarme pero no me deja ir al cuarto de baño—. Un momento.

Me quedo de pie y en silencio mientras él se tira un buen rato arreglándome el pelo para que caiga de determinada manera sobre mis hombros. Frunce el ceño cuando una de las nuevas capas cortas se niega a quedarse donde él la había dejado. Su bello rostro, contrariado, me hace sonreír.

—Volverá a crecer —lo tranquilizo.

Me mira a los ojos y se rinde.

—Ojalá no te lo hubieras cortado, Olivia.

Se me cae el alma a los pies.

—¿Ya no te gusta?

Niega con la cabeza, frustrado, y me coge de la nuca para llevarme al baño.

—Me encanta. Sólo es que odio recordar qué te empujó a cortártelo. Odio que te hicieras eso.

Llegamos al baño y abre el grifo de la regadera antes de tomar las toallas e indicarme que me meta en el cubículo. Me gustaría decirle lo mucho que detesto todo lo que se ha hecho a sí mismo pero me muerdo la lengua porque no me apetece empeorar aún más las cosas. Estos minutos juntos no tienen precio y los recuerdos serán lo que me mantenga viva esta noche. No quiero discutir. Obedezco y me meto en la regadera, tomo el gel de baño y me pongo un poco en la palma de la mano.

—Quiero enjabonarte yo —dice quitándome la botella.

De eso nada. Lo necesito.

—No —contesto con suavidad cogiendo otra vez la botella—. Vamos a hacerlo a mi manera.

Dejo la botella en su sitio y me froto las manos para hacer espuma. Me paso una eternidad examinando su delicioso cuerpo, buscando el mejor sitio por el que empezar. Me llama, cada músculo de su ser me pide que lo toque.

—Tierra llamando a Olivia —susurra dando un paso hacia mí y cogiéndome las muñecas—. ¿Y si empiezas por aquí? —Me pone las manos sobre sus hombros—. No vamos a salir de aquí hasta que me hayas acariciado el último centímetro.

Agacho la cabeza y busco en el fondo de mi alma la fuerza que necesitaré para dejarlo marchar cuando haya terminado de arreglarlo. Se me escurre entre los dedos con cada palabra y cada caricia que intercambiamos.

—Quédate conmigo —susurra sin soltarme las manos. Las guía por su cuerpo y observo cómo su pecho sube y baja mientras mis ojos ascienden por sus músculos y me pierdo en un océano de color azul—. Tócame, Olivia. Acaríciame de pies a cabeza.

Contengo un sollozo y me trago las lágrimas que intentan escapar de mis ojos. La encuentro. Hallo la fuerza que necesito para sobrevivir a esto, para que los dos sobrevivamos. La encuentro en la desolación y doy un paso hacia él, acercándome a su cuerpo, para masajearle suavemente los hombros.

—Qué bien —suspira, y cierra los ojos pesarosos y echa la cabeza hacia atrás.

Está agotado. Lo sé. Mental y físicamente. Se lo están arrebatando todo. Me toma de la cintura y me atrae hacia sí un poco.

—Mejor.

Pienso en Miller y en nada más que Miller y no permito que nada ni nadie penetre en mis barreras. Ni penas ni preocupaciones... Nada. Deslizo las manos por todas partes, de sus hombros a sus pectorales, su vientre, sus muslos, sus rodillas, los gemelos y los pies. Luego asciendo de nuevo muy despacio antes de ir a por su espalda. Hago una mueca al ver el destrozo que le he hecho. Lo lavo deprisa y con cuidado y luego lo aparto de mi vista para poder verle la cara. Lo único que se oye es el agua al caer. Sólo pienso en Miller. Pero cuando llego a su cuello y empiezo a enjuagarlo veo que tiene los ojos cerrados y me pregunto si él sólo piensa en mí. No quiero creer que tal vez esté pensando en la noche que le espera, en cómo va a ejecutar su plan, en hasta dónde tendrá que llegar con la rusa, en cómo va a librar al mundo de Charlie. Sé que si estuviera pensando en mí, me estaría mirando. Como si me leyera el pensamiento, abre los ojos y parpadea como a mí me gusta. No consigo disimular lo triste que estoy suficientemente rápido.

—Te quiero —dice en voz baja, así, de repente. Lo ve. No hay manera de engañarlo—. Te quiero, te quiero, te quiero.

Empieza a andar hacia adelante y retrocedo hasta que estoy pegada a la pared de azulejos y rodeada de piel mojada y caliente.

—Dime que lo entiendes.

—Lo entiendo —digo en voz baja, y aunque estoy segura, sé que no lo parece—. Lo entiendo —repito intentando inyectarles un poco de convicción a mis palabras. Fracaso total.

—No le daré la oportunidad de saborearme.

Me da un escalofrío. No quiero ni pensarlo. Asiento y tomo el shampoo. Intento no pensar en su mirada de preocupación y sé que me está estudiando con detenimiento mientras me preparo para lavarle el pelo. Sigo cuidándolo con paciencia y esmero pero detrás de mi ternura me repito palabras de ánimo para darme seguridad. Mi mente es un remolino silencioso de frases de aliento y voy a asegurarme de que sigan sonando de fondo hasta que Miller vuelva.

Miller parece una estatua. Se mueve sólo cuando se lo pido y me mira con el rabillo del ojo. Sé que puede leerme el pensamiento sólo con una mirada porque me contesta en voz alta. Le pertenezco en cuerpo y alma y nada podrá cambiar eso.

Cierro el grifo de la regadera y salgo por una toalla para secar a Miller, luego se la enrollo en la cintura. Sé lo mucho que le cuesta no tomar el control y ponerse a cuidarme él a mí.

Abro el armario que hay encima del lavabo, tomo el desodorante y se lo enseño. Sonríe y levanta un brazo para que pueda ponérselo. Luego voy por la otra axila y guardo el desodorante. Ahora al vestidor. Lo agarro de la mano y lo llevo al dormitorio sin dejar de repetir mentalmente mi mantra de pensamientos positivos.

Pero cuando entro pierdo el hilo y casi derrapo. Suelto la mano de Miller y recorro con la mirada las tres paredes cubiertas de rieles. Me ha dejado boquiabierta.

—¿Te has comprado todo un nuevo vestuario? —pregunto sin poder creérmelo.

No parece avergonzado.

—Por supuesto —dice como si fuera tonta por pensar que no iba a hacerlo. ¡Debe de haberle costado una fortuna!—. ¿Cuál quieres que me ponga?

Hace un gesto con la mano señalando todos los trajes y lo sigo hasta que me ahogo en un mar de tela cara.

—No lo sé —confieso, un poco sobrepasada. Empiezo a darle vueltas a mi anillo mientras inspecciono los rieles en busca de algo que ponerle. Me decido en cuanto veo un traje azul marino de raya diplomática. Toco la tela. Es muy suave, un lujo. Se le iluminan los ojos—. Éste. —Saco la percha del riel y me vuelvo para enseñárselo—. Éste me encanta.

Tiene que estar perfecto cuando lo deje salir de casa para ir a matar a alguien. Meneo la cabeza intentando eliminar esa clase de pensamientos.

—No me extraña. —Se acerca y coge el traje—. Cuesta tres mil libras.

—¿Cuánto? —pregunto horrorizada—. ¿Tres mil libras?

—Correcto —dice como si nada—. Lo bueno se paga.

Le quito el traje y lo cuelgo en la puerta del vestidor. Voy a buscar un bóxer y me arrodillo para ponérselo. Primero un pie, luego el otro.

Se lo subo por los muslos y me aseguro de rozarlo en mi ascenso. No son imaginaciones mías: cierra los ojos con cada roce y se le altera la respiración. Quiero dejar mi huella por todo su cuerpo.

—Ya está —le digo arreglándole el elástico de la cintura. Retrocedo para verlo mejor. No debería, pero el cuerpazo de Miller vestido sólo con un bóxer blanco es digno de ver. Es imposible no quedarse embobada. Es imposible no tocarlo. Nadie se resistiría a tocarlo.

Pero ella no podrá saborearlo. Tengo dos frentes abiertos y mi mente va de uno a otro, ambos son de pesadilla y no quiero pensar en ninguno. Contemplo su torso musculado, impresionante, tentador, fuerte y poderoso. En el video parecía letal. No estaba tan macizo como ahora, no parecía peligroso a simple vista, pero sus ojos vacíos lo decían todo. Ahora a su temperamento mortífero hay que sumarle la fortaleza de su cuerpo.

«¡Para!»

Tomo los pantalones. Cómo me gustaría poder arrancarme todos esos pensamientos de la cabeza.

—Ahora el pantalón —digo a trompicones, desabrochándolo de un tirón y arrodillándome de nuevo a sus pies.

No comenta mis movimientos nerviosos. Sabe lo que estoy pensando. Cierro los ojos y sólo los abro cuando lo oigo revolverse al verme con sus pantalones en la mano. No va a decir nada y se lo agradezco.

«Concéntrate. Concéntrate. Concéntrate.»

Tardo una eternidad en subirle las perneras y se los dejo sin abrochar en la cintura, sujetos por sus caderas. El corazón me late con fuerza en el pecho pero tantas emociones lo tienen agotado. No tardará en fallar. Se me está rompiendo, literalmente.

—La camisa —digo en voz baja, como si estuviera repasando la lista.—. Necesitamos una camisa.

De mala gana le quito las manos de encima y busco entre los rieles de camisas caras. No me molesto en examinarlas todas, tomo una de las muchas camisas blancas y la desabrocho con cuidado para no arrugarla. Su aliento me besa las mejillas mientras la sostengo y se la meto por los brazos. Está callado y colabora. Me deja hacer a mi ritmo. La abrocho, despacio, ocultando la perfección de su pecho. Levanta la barbilla para que me sea más fácil abrocharle el cuello. Y ahí está: el chupetón más escandaloso del mundo. Paso a los puños sin hacer caso a mi mente, que se pregunta cómo va a lavar la sangre de este paño tan fino. ¿Correrá la sangre?

Cierro los ojos un momento para dejar de pensar esas cosas.

Corbata. Hay muchísimas, un arcoíris al completo. Al final me decanto por una gris plateado, a juego con la raya del traje. Me acerco a él y caigo en lo difícil que va a ser. Nunca conseguiré hacerle el nudo a su gusto. Empiezo a jugar con la tela, alzo la vista y unos ojos azules perezosos me observan. Imagino que así es como me ha estado mirando desde que me he metido en mi mundo y he empezado a vestirlo.

—Será mejor que lo hagas tú. —Acepto mi derrota y le ofrezco la corbata pero aparta mi mano, me coge por las caderas y me sienta en la cómoda.

Me da un beso casto en los labios y se levanta el cuello de la camisa.

—No, hazlo tú.

—¿Yo? —No me fío y se nota—. No lo voy a hacer bien.

—Me da igual. —Se lleva mis manos al cuello—. Quiero que me hagas el nudo de la corbata.

Nerviosa y sorprendida, le paso la suave tira de seda por el cuello y dejo caer los dos extremos por su pecho. Mis manos tiemblan y titubean. Respiro hondo un par de veces, me tranquilizo y me concentro en hacerle el nudo de la corbata a Miller Hart. Estoy segura de que nadie ha tenido nunca el privilegio.

Le doy mil vueltas y pierdo el tiempo pero lo mismo da. Siento una presión tremenda, todo tontería mía. No parezco capaz de ser racional y no darle más importancia de la que tiene. Para mí es importante. Aplasto el nudo cien veces, ladeando la cabeza, repasándolo desde todos los ángulos. Me da la impresión de que está bastante perfecto. Seguro que a Miller le parece una tragedia griega.

—Hecho —proclamo colocándome las manos en el regazo pero sin apartar la vista del nudo más o menos perfecto. No quiero verle la cara de disgusto.

—Perfecto —susurra llevándose mis manos a los labios. Que utilice ese adjetivo para describir el trabajo de otro me deja patidifusa.

Me atrevo a mirarlo a la cara, tiene el aliento en mis nudillos.

—Ni lo has visto.

—Ni falta que me hace.

Frunzo el ceño y miro otra vez la corbata.

—Pero no está perfecto al estilo Miller —digo perpleja. ¿Y el temblor de las manos que se mueren por arreglarlo?

—No. —Miller me besa una y otra mano y vuelve a dejarlas pulcramente en mi regazo. Luego se baja el cuello de la camisa, con poco cuidado—. Está perfecto al estilo Olivia.

Levanto la vista como un rayo. Le brillan un poco los ojos.

—Pero perfecto al estilo Olivia no es perfecto de verdad.

Una hermosa sonrisa se une al brillo de sus ojos y pone orden en el caos de mi mundo.

—Te equivocas. —Retrocedo al oír su respuesta pero no le discuto—. ¿El chaleco?

—Cierto. —Pronuncio la palabra despacio, me bajo de la cómoda y vuelvo a los rieles.

Mantiene la sonrisa.

—Date prisa.

Con el ceño fruncido me voy a buscar el chaleco. No puedo dejar de mirarlo, muerta de curiosidad.

—Aquí tienes. —Lo sostengo para que lo coja.

—Vamos a hacerlo a tu manera —me recuerda acercándose y extendiendo un brazo para que lo vista—. Me gusta que me cuides.

Resoplo burlona, y me echo a reír. Descuelgo el chaleco del gancho y me dispongo a ponérselo. Pronto lo tengo frente a frente y me toma las manos para que se lo abroche. Sólo puedo obedecer, abrocharle todos los botones y tomar los calcetines y los zapatos cuando he terminado. Me arrodillo, con el culo en los talones, para ponérselos y atarle los cordones antes de estirarle el bajo del pantalón. Por último, la chaqueta. Con eso está todo. Está espectacular y tiene el pelo mojado y superrizado.

Está divino.

Guapísimo.

Arrollador.

—Listo —suspiro y doy un paso atrás para verlo mejor mientras me arreglo la toalla—. ¡Ah! —Corro a coger el frasco de Tom Ford. No me resisto a oler la botella antes de echarle unas gotas a Miller en el cuello. Levanta la barbilla para ayudarme y me clava la mirada mientras lo perfumo—. Ahora sí que estás perfecto.

—Gracias —susurra.

Retiro el frasco, evitando mirarlo a los ojos.

—No tienes que dármelas.

—Es cierto —contesta con suavidad—. Tengo que dárselas al ángel que te puso en mi camino.

—Nadie me puso en tu camino, Miller. —Delante de mí hay una belleza inimaginable y entorno los ojos para que no me queme las pupilas—. Tú me encontraste.

—Dame lo que más me gusta.

—Te llenaré de arrugas.

No sé por qué busco excusas cuando me muero por abrazarlo. Bueno, sí lo sé: no seré capaz de soltarlo.

—Te lo he pedido una vez. —Avanza hacia mí, con delicadeza pero amenazador—. No hagas que me repita, Olivia.

Aprieto los labios y niego con la cabeza.

—No podría soportar tener que soltarte. No seré capaz de dejarte marchar.

Tuerce el gesto y los ojos azules se le ponen vidriosos.

—Te lo suplico, por favor.

—Y yo te suplico que no me obligues a hacerlo. —Me mantengo firme, sé que es lo correcto—. Te quiero. Vete.

No he sido tan desafiante en mi vida. No ceder me está matando y ver a Miller sin saber qué hacer tampoco me ayuda. Sus zapatos caros no se mueven del sitio y sus ojos no se apartan de los míos, como si estuviera intentando ver qué hay más allá de mi forzado y duro exterior. Este hombre me lee el pensamiento. Sabe lo que estoy haciendo y le grito en silencio que me deje hacerlo. A mi manera. Hay que hacerlo a mi manera.

Siento un gran alivio cuando da media vuelta y me agarro a la cómoda para no caerme. Camina despacio, sus pasos lentos reflejan su dolor, y todavía no ha salido de la habitación. Siento el impulso irrefrenable de gritarle que no se vaya y mis pies amenazan con echar a correr detrás de él.

«Sé fuerte, Olivia.»

Las lágrimas me arden en los ojos y el corazón se me va a salir por la garganta. Esto es una agonía.

Se detiene en la puerta.

Contengo la respiración.

Le oigo tomar aire.

—Olivia Taylor, nunca dejes de amarme.

Desaparece.

Me quedo sin fuerzas y me desplomo en el suelo. Pero no lloro. No hasta que oigo cerrarse la puerta principal. Entonces me sale todo a borbotones, como una cascada. Apoyo la espalda en la cómoda y pego las rodillas a mi pecho. Hundo la cabeza en ellas y las rodeo con mis brazos. Me hago todo lo pequeña que puedo.

Lloro.

Durante una eternidad.

Esta va a ser la noche más larga de mi vida.

CAPÍTULO 23

Una hora después estoy en el sofá chirriante de Miller. Primero me he metido en su cama, luego he probado suerte con el salón y la cocina. He memorizado los detalles de la moldura redonda del techo y he revivido cada momento desde que lo conocí. Todo. Sonrío cada vez que recuerdo uno de los cautivadores rasgos de Miller pero maldigo cuando la cara de Gracie Taylor se cuela en mis intentos por distraerme. No tiene cabida ni en mis pensamientos ni en mi vida. El mero hecho de que se cuele en mi mente a la primera de cambio me encabrona sobremanera. No tengo tiempo ni energía para revolcarme en toda la mierda que puede traer consigo. No se merece la pena que pueda sentir por ella. Es una egoísta. La odio y ahora además le pongo cara, una cara que se me ha quedado grabada en la mente.

Me tiro en el sofá y contemplo Londres de noche. Me pregunto si mi mente me está haciendo pensar en esto a propósito. ¿Lo hace para que no piense en lo que está ocurriendo en este momento? Supongo que la ira es mejor que la pena. Estoy segura de que eso es lo que sentiría si me pusiera a pensar qué estará haciendo Miller.

Cierro los ojos y me grito a mí misma cuando Gracie desaparece de repente y la perfección de Miller justo antes de que se marchara ocupa su lugar. No puedo. No puedo quedarme aquí sentada toda la noche esperando que vuelva. Acabaré con camisa de fuerza antes de que termine la noche.

Salto del sofá como si estuviera en llamas y salgo corriendo del estudio de Miller. Procuro no mirar la mesa porque sé que recordarme allí abierta de piernas no me ayudará. Tampoco quiero ver el sofá del salón, ni la cama, ni la regadera, ni el refrigerador, ni el suelo de la cocina...

—¡Por Dios!

Me tiro del pelo de la frustración y ando en círculo por el salón, pensando en dónde podría esconderme de todo. El dolor que siento en el cuero cabelludo me recuerda los dedos de Miller enredados en mi pelo. No hay escapatoria.

Me entra el pánico. Cierro los ojos y respiro hondo para intentar que me lata más despacio mi loco corazón. Cuento hasta diez.

Uno.

«Todo lo que puedo ofrecerte es una noche.»

Dos.

«Y rezo para que me la des.»

Tres.

«Te lo he dicho, Livy. Me fascinas.»

Cuatro.

«¿Lista para dejar que te adore, Olivia Taylor?»

Cinco.

«Porque nunca me conformaría con menos que con adorarte. Nunca seré una noche de borrachera, Livy. Te acordarás de cada una de las veces que hayas sido mía. Cada instante quedará grabado en tu mente para siempre. Cada beso, cada caricia, cada palabra.»

Seis.

«Mi niña dulce y bonita se ha enamorado del lobo feroz.»

Siete.

«Nunca dejes de amarme.»

Ocho.

«Acéptame tal y como soy, mi dulce niña. Porque soy mucho mejor de lo que era.»

Nueve.

«Para mí eres perfecta, Olivia Taylor.»

Diez.

«¡La amo! La amo. Amo todo lo que representa, y amo lo mucho que ella me ama a mí. Y mataré a cualquier hijo de puta que intente arrebatármela. Lentamente.»

«¡Para!»

Corro al dormitorio por mi ropa, me la pongo sin orden ni concierto, tomo el bolso y salgo zumbando por la puerta. Empiezo a marcar el número de Sylvie pero el celular comienza a sonar en mi mano antes de que pueda llamar a mi amiga.

Mi intuición me dice que rechace la llamada. En la pantalla sólo aparece un número, sin nombre. Pero lo reconozco. Me detengo en la puerta del departamento, con la mano en el picaporte. Contesto.

—Sophia —suspiro al aparato, ni siquiera intento parecer cautelosa.

—Estoy de camino al aeropuerto —dice con tono de mujer de negocios.

—¿Y eso a mí qué me importa? —La verdad es que me importa. ¡Se va del país! ¡Hurra!

—Te importa, dulce niña, porque Charlie ha cambiado de planes. Tengo que desaparecer antes de que descubra que he destruido el video y me dé tal paliza que ni el forense pueda identificarme.

Jugueteo con el picaporte. Esto me interesa pero tengo miedo. Puede que el resentimiento se le note en la voz pero se nota que está aterrorizada.

—¿Qué cambio de planes? —El corazón me zumba en los oídos.

—Le he oído antes de marcharme. No va a jugársela con Miller. No puede arriesgarse a que el trato no vaya bien.

—¿Qué quieres decir?

—Olivia... —Hace una pausa, como si no quisiera darme la información. Me da un vuelco el estómago y tengo náuseas al instante—. Tiene planeado drogar a Miller y entregárselo a esa rusa diabólica.

—¿Qué?

Suelto el picaporte y me tambaleo.

—Dios mío...

Me echo a temblar. No podrá matar a Charlie. Me entra el pánico sólo de pensarlo, pero como además sé lo que esa mujer sería capaz de hacerle paso directamente al terror más absoluto. Destrozará todo lo que tanto le ha costado arreglar. Será otra vez como en el video. Se me cierra la garganta. No puedo respirar.

—¡Livy! —grita Sophia sacándome de mi ataque de pánico—. Dos, cero, uno, cinco. Recuerda ese número. También tienes que saber que he destruido la pistola. Tengo un vuelo a ninguna parte. Llama a William. Tienes que detener a Miller antes de que lo pierdas para siempre.

Cuelga.

Suelto el celular y me quedo mirando la pantalla. Sin pararme a pensar en qué debo hacer a continuación, salgo por la puerta, impulsada por el pánico.

Necesito a William. Tengo que averiguar dónde está el Templo. Pero primero intento llamar a Miller y grito de desesperación cuando salta el buzón de voz. Cuelgo y lo intento de nuevo. Otra vez. Y otra.

—¡Contesta el teléfono! —grito apretando el botón del elevador. No lo contesta. Salta el buzón de voz una vez más y trato de jalar aire para hablar, rezando para que escuche el mensaje antes de aceptar una copa en el Templo.

—Miller —jadeo mientras se abren las puertas—. Llámame, por favor. He... —Tengo la lengua de trapo y mi cuerpo se niega a moverse cuando veo el interior del elevador—. No —susurro retrocediendo, huyendo de lo que me da tanto miedo. Debería dar media vuelta y echar a correr pero mis músculos se han vuelto de piedra y no hacen caso de los gritos de mi cerebro—. No. —Meneo la cabeza.

Es como si me estuviera mirando a un espejo.

—Olivia. —Los ojos azul marino de mi madre se dilatan un poco—. Olivia, cielo, ¿qué te ocurre?

No sé por qué cree que mi estado se debe a algo más que a habérmela encontrado en el elevador. Doy un paso atrás.

—Olivia, por favor. No huyas de mí.

—Vete —susurro—. Vete, por favor.

Esto es lo último que necesito. A ella no. Tengo cosas más importantes que requieren mi atención, que se merecen mi atención, que necesitan mi atención. Mi resentimiento aumenta cuando pienso que va a retrasarme aún más. Si no fuera porque el tiempo apremia, la atacaría con esa insolencia que he heredado de ella. Pero no tengo ni un minuto que perder. Miller me necesita. Doy media vuelta y corro a la escalera.

—¡Olivia!

No hago caso de sus gritos desesperados, atravieso la puerta y bajo los escalones de cemento de dos en dos. El claqueteo de sus tacones indica que me está pisando los talones pero los Converse corren más que los tacones, sobre todo cuando una tiene prisa. Bajo un piso tras otro mientras intento marcar el número de William con dedos torpes al tiempo que huyo de mi madre.

—¡Olivia! —grita sin aliento. Corro aún más deprisa—. ¡Sé que estás embarazada!

—¡No tenía derecho a contártelo! —le espeto escaleras abajo. El miedo y la preocupación se convierten en furia imparable. Me devora por dentro y aunque me asusta lo rápido que se apodera de mi cuerpo, sé que me será de ayuda cuando haya conseguido escapar de esta ramera de tres al cuarto y esté junto a Miller. Necesito el fuego en mis entrañas y ella le está echando leña.

—Me lo ha contado todo. Adónde ha ido Miller, lo que va a hacer y por qué va a hacerlo.

Freno en seco y me vuelvo. Se derrumba contra una pared, agotada, aunque su traje pantalón blanco está inmaculado, igual que sus rizos brillantes y perfectos. Me pongo a la defensiva y maldigo al traidor de William y a toda su estirpe.

—¿Dónde está el Templo? —exijo saber—. ¡Dímelo!

—No voy a decírtelo para que te metas en esa carnicería —me dice inflexible.

Me muerdo la lengua, rezando para mantener la calma.

—¡Dímelo! —le grito, estoy perdiendo la poca cordura que me queda—. ¡Me lo debes! ¡Dímelo!

Hace una mueca, dolida, pero no siento la menor compasión.

—No me odies. No tuve elección, Olivia.

—¡Todo el mundo tiene elección!

—¿La tuvo Miller?

Retrocedo asqueada.

Da un paso hacia mí, dubitativa.

—¿La tiene ahora?

—Cállate.

No lo hace.

—¿Está dispuesto a hacer cualquier cosa con tal de que tú estés a salvo?

—¡Cállate!

—¿Daría su vida por ti?

Me agarro a la barandilla con tanta fuerza que no siento la mano.

—Por favor.

—Yo lo haría. —Se acerca un poco más—. Y lo hice.

Me quedo helada en el sitio.

—Mi vida se acabó el día en que te abandoné, Olivia. Desaparecí de la faz de la tierra para protegerte, cariño.

Tiende la mano hacia mí y observo horrorizada y en silencio cómo se acerca.

—Sacrifiqué mi vida para que tú pudieras tener la tuya. Nunca habrías estado a salvo si yo me hubiera quedado contigo. —Su suave caricia aterriza en mi brazo, la miro sin poder apartar la vista hasta que me toma de la mano y me la estrecha con ternura—. Y volvería a hacerlo, te lo prometo.

No puedo moverme. Busco desesperadamente la falsedad en sus palabras pero no la encuentro. Sólo oigo que habla de corazón, con la voz quebrada por el dolor. Entrelaza los dedos con los míos. Permanecemos en silencio. El cemento de la escalera está frío pero siento un calor en la piel que me tranquiliza en lo más hondo y sé que emana de ella, la mujer a la que he odiado casi toda mi vida.

Juguetea con el zafiro que llevo en el dedo, luego levanta mi mano para que el brillo de la piedra se refleje en las dos.

—Llevas mi anillo —susurra, con un toque de orgullo. Frunzo el ceño pero no aparto la mano. Estoy confundida por la sensación de paz que me provoca su caricia.

—El anillo de la abuela —la corrijo.

Gracie me mira con una sonrisa triste en los labios.

—Este anillo me lo regaló William.

Trago saliva y meneo la cabeza pensando en todas las veces que William ha jugueteado con el anillo que llevo en el dedo.

—No. El abuelo se lo regaló a la abuela y la abuela me lo regaló a mí cuando cumplí veintiún años.

—Ese anillo me lo regaló William, tesoro. Lo dejé aquí para ti.

Ahora sí que aparto la mano y rápido.

—¿Qué?

Le tiembla la barbilla y se revuelve incómoda. Reacciona igual que William cuando me habló de ella.

—Dijo que le recordaba a mis ojos.

Miro la escalera vacía. La cabeza me da vueltas.

—Me abandonaste —masculo. Gracie cierra los ojos, despacio, como si estuviera intentando luchar contra los espantosos recuerdos, y ahora creo que es posible que así sea.

—De verdad que no tuve elección, Olivia. Todas las personas a las que quería, tú, William, la abuela y el abuelo, corrían peligro.

374

No fue culpa de William. —Me da un apretón en la mano—. De haberme quedado, el daño habría sido mucho peor. Estaban todos mejor sin mí.

—Eso no es verdad —discuto débilmente, con un nudo en la garganta. Intento encontrar el odio que he sentido por Gracie toda la vida para cargar mis palabras con él, pero ha desaparecido. Se ha ido. No tengo tiempo para pensarlo—. Dime dónde está —exijo saber.

Su cuerpo bien vestido se desinfla cuando ve lo que hay detrás de mí. Algo le ha llamado la atención y me vuelvo para ver qué es.

William nos observa al pie de la escalera.

—Tenemos que encontrar a Miller —digo preparándome para la oposición a la que sé que tendré que enfrentarme—. Dime dónde está el Templo.

William niega con la cabeza.

—Todo habrá terminado antes de que te des cuenta —dice con total seguridad, pero no cuela.

—Will —dice Gracie con dulzura.

Le lanza una mirada de advertencia y niega con la cabeza. Se lo está advirtiendo. Le está advirtiendo que no me lo diga.

Gracie no le quita los ojos de encima. No tengo tiempo de volver a preguntarlo.

—El número ocho de Park Piazza —susurra.

William maldice en voz alta pero paso de todo y pongo pies en polvorosa. Empujo a William para que me deje pasar.

—¡Olivia! —dice tomándome del brazo e inmovilizándome.

—Sophia me ha llamado —digo entre dientes—. Charlie va a drogar a Miller. Si se lo entrega a esa mujer, lo perderemos para siempre.

—¿Qué?

—¡Va a drogarlo! ¡No va a poder librarse de Charlie porque estará comatoso! ¡Esa mujer volverá a violarlo! ¡Lo destrozará para siempre!

Se yergue, mira a mis espaldas, a Gracie. Se dicen algo sin palabras y yo los miro a uno y a otra intentando averiguar de qué se trata.

Puede que no esté en mis cabales pero sé lo que he oído y no tengo tiempo para convencer a William. Bajo volando el último tramo de escalera y corro hacia la salida. Me siguen dos pares de pies, pero ninguno conseguirá detenerme. Busco un taxi y chillo de frustración al no ver ninguno.

—¡Olivia! —grita William mientras cruzo la calle a toda prisa.

Doblo la esquina y suspiro aliviada al ver que un taxi se para junto a la acera. Apenas le doy tiempo al pasajero a pagar antes de sentarme y cerrar la puerta.

—A Park Piazza, por favor.

Me derrumbo en el asiento y me paso el viaje rezando para que no sea demasiado tarde. Maldigo a gritos cada vez que no contesta a mis llamadas.

El enorme edificio blanco que se alza tras tres hileras de árboles es imponente. Tengo mariposas en el estómago y me cuesta respirar. Me da miedo ver aparecer el Lexus de William por la esquina. No intento convencerme de que no sabe dónde está Miller. Parte de su trabajo consiste en estar al tanto de todo.

Subo la escalera hasta las puertas de doble hoja. A medida que me acerco los sonidos del interior se distinguen con más claridad. Hay risa, conversaciones y suena música clásica de fondo, pero la felicidad que se respira entre esas cuatro paredes no elimina mi aprensión. Noto las barreras invisibles que intentan impedirme que siga avanzando, es como si la casa me hablara.

«¡Este no es tu sitio!»

«¡Vete!»

Ni caso.

Veo un timbre y un llamador pero lo que me llama la atención es el teclado. Cuatro dígitos.

Dos, cero, uno, cinco.

Los tecleo, oigo cómo se descorre el cerrojo y empujo la puerta con cautela. Los ruidos se intensifican, saturan mis oídos y me ponen la piel de gallina.

—Tú no sabes lo que te conviene, ¿verdad?

Me vuelvo con un grito quedo. Tony está detrás de mí. Él también va a intentar detenerme. El instinto toma el control, le pego una patada a la puerta y entro en un vestíbulo gigantesco con escaleras de caracol a ambos lados y un descansillo enorme. Es ostentoso a más no poder y por un instante me quedo pasmada. Entonces me doy cuenta de que no sé qué hacer. Lo único en lo que pensaba era en encontrar a Miller, en impedir que lo destruyeran para siempre sin que yo pudiera arreglarlo.

—Por aquí. —Tony me toma del brazo y tira de mí a la derecha, sin miramientos—. Eres un puto grano en el culo, Livy. —Me mete en un estudio de lo más extravagante y cierra la puerta de un portazo. Me suelta y me empuja contra la pared—. ¡Vas a conseguir que lo maten!

No tengo tiempo para contarle a Tony las novedades porque la puerta se abre de sopetón y me quedo sin aliento al ver a Charlie.

—Me alegro de volver a verte, dulce niña.

—Mierda —maldice Tony pasándose una mano temblorosa por la calva sudorosa—. Charlie.

Miro a uno y a otro. El corazón me late tan fuerte que creo que pueden oírlo. La sonrisa malévola de Charlie me dice que huele mi miedo. Se acerca como si tal cosa sin dejar de mirarme y le da a Tony una palmadita en el hombro. Es un gesto amigable pero sé que de cordial no tiene nada y me basta con una mirada para comprender que Tony también lo sabe. Está nervioso.

—Sólo tenías que encargarte de una cosa —masculla Charlie mientras Tony retrocede receloso—: mantener lejos a la chica.

La mirada acusadora de Tony me cae como un jarro de agua fría y pierdo el valor.

—Te pido disculpas —murmura meneando la cabeza, desesperado—. La chica no sabe lo que le conviene, ni a ella ni al muchacho.

Si pudiera encontrar mi insolencia, se la dispararía a Tony como si fueran las balas de una ametralladora.

—Ah. —Charlie se echa a reír. Es una risa siniestra para meterme miedo.

Lo consigue. Este hombre es el mal en persona.

—El chico especial. —Da un paso hacia mí—. O más bien, mi chico especial. —Da otro paso—. Pero tú querías que fuera tuyo. —Lo tengo frente a frente, echándome el aliento en la cara. Estoy temblando—. Cuando la gente intenta quitarme lo que es mío, lo paga.

Cierro los ojos tratando de olvidar lo cerca que lo tengo pero no surte efecto. Lo huelo y lo siento. El chico especial. Quiero vomitar, se me revuelve el estómago y la cabeza me va a cien por hora y me dice que estaba loca por creer que iba a poder arreglar esto yo sola. Sólo he pasado unos segundos en compañía de Charlie y de Tony, los suficientes para saber que no voy a salir de esta habitación.

—Sólo una persona ha intentado quitarme algo que era mío y ha vivido para contarlo.

Abro los ojos. Tiene la cara a un milímetro de la mía. Quiere que le pregunte quién y qué pero mi cerebro no consigue enviarle a mi boca las palabras necesarias para obedecer su orden silenciosa.

—Tu madre era mía.

—Ay, Dios —musito. No siento las rodillas y me tambaleo. La pared es lo único que me sostiene—. No. —Meneo la cabeza.

—Sí —contesta—. Me pertenecía y la única razón por la que no le arranqué las tripas a William Anderson fue por la satisfacción que me producía saber que sin ella el resto de su vida iba a ser un infierno.

Me acorrala como un perro de presa y me roba el aire de los pulmones. No puedo hablar. No puedo pensar. Me he quedado en blanco.

—Matarlo habría sido demasiado caritativo. —Me acaricia la mejilla, pero ni siquiera parpadeo. Soy una estatua. Una estatua atontada—. ¿Qué se siente al saber que te abandonó para salvarle la vida?

Todo encaja. Todo. William no se deshizo de ella. Ella no me abandonó porque no me quería. Charlie la obligó a marcharse.

—Apártate, Charlie.

No muevo un músculo. Su cuerpo me tiene atrapada contra la pared. Apenas puedo respirar pero esa voz es el sonido más maravilloso del mundo.

—Puedes irte, Tony. —La orden de William no admite réplica.

Oigo cómo se cierra la puerta y pasos. Aunque no puedo ver a William, su presencia es como el cuchillo que corta la tensión en el aire.

—He dicho que te apartes —repite.

Lo veo con el rabillo del ojo, imponente, pero no puedo apartar la vista de los ojos vacíos de Charlie.

Son grises.

Me voy a desmayar.

Me lanza una sonrisa amenazadora de superioridad, como si pudiera ver que acabo de comprenderlo.

—Hola, mi querido hermano —dice lentamente, volviéndose hacia él.

La mandíbula me llega al suelo y tengo un millón de palabras en la punta de la lengua. ¿Hermano? Los ojos. ¿Cómo es que no me he dado cuenta antes? Los ojos de Charlie son idénticos a los de William, excepto que William los tiene dulces y brillantes y los de Charlie son duros y fríos. Son hermanos. También son enemigos. No puedo contener el bombardeo de información fragmentada que cae sobre mi mente, datos que cobran sentido y conforman una realidad complicada a más no poder.

Gracie, William y Charlie.

Carnicería.

Los ojos grises de William se han endurecido tanto como los de su hermano y sus palabras rozan la amenaza. Son rasgos de William que conozco, sólo que corregidos y aumentados. Da tanto miedo como Charlie.

—No significas nada para mí, sólo eres una vergüenza.

—Yo también te quiero, hermano. —Charlie se acerca tranquilamente a William y abre los brazos en un gesto condescendiente—. ¿No vas a darme un abrazo?

—No. —William aprieta los labios y retrocede, lejos de la imponente presencia de Charlie—. He venido a llevarme a Olivia.

—Los dos sabemos que eso no va a pasar. —Me mira por encima del hombro de su hermano—. No pudiste controlar a Gracie, Will. ¿Qué te hace pensar que podrás controlar a su hija?

Desvío los ojos, me incomoda su intensa mirada. Él sabe quién soy.

William empieza a temblar.

—Eres un desgraciado.

Charlie arquea las cejas. Parece que le interesa.

—¿Un desgraciado?

No me gusta la preocupación que cruza la cara de William cuando parpadea hacia mí antes de volver a sostenerle la mirada gélida a su hermano. Pero no dice nada.

—Un desgraciado... —musita Charlie pensativo—. ¿Qué clase de desgraciado pondría a esta preciosa muchacha a trabajar?

Frunzo el ceño sin quitarle los ojos de encima a William. Sé que le está costando estarse quieto. Está incómodo. Ya lo he visto antes así y, cuando me mira, se me cae el alma al suelo.

—¿Tú qué opinas? —Parece una pregunta inocente pero sé por dónde van los tiros.

—No sigas —le advierte William.

—No tienes nada que decir —suspira Charlie con una amenazadora sonrisa de satisfacción—. Dime, ¿qué clase de desgraciado pondría a su sobrina a trabajar?

—¡Charlie! —ruge William pero el feroz bramido no me asusta. Me acabo de morir.

—No —susurro negando con la cabeza como una loca. No es posible. Miro en todas direcciones y me tiembla todo el cuerpo.

—Perdóname, Olivia —dice William abatido—. No sabes cuánto lo siento. Te lo dije: en cuanto me enteré de quién eras te mandé de vuelta a casa. No lo sabía.

Voy a vomitar. Miro a William pero sólo veo dolor.

—Entonces ¿no disfrutaste permitiendo que mi hija vendiera su cuerpo?

—Tú y yo no estamos hechos de la misma pasta, Charlie. —La desaprobación distorsiona el rostro de William.

—Somos de la misma sangre, Will.

—No nos parecemos en nada.

—Intentaste quitarme a Gracie —dice Charlie apretando los dientes, pero la rabia que bulle en su interior no es el resultado de haber perdido a la mujer a la que amaba. Es una cuestión de principios. No deseaba ser el perdedor.

—¡No quería verla en este mundo putrefacto! Y tú, maldita sanguijuela, ¡la obligaste a permanecer en él!

—Era una mina de oro —resopla Charlie con insolencia—. Teníamos un negocio que mantener, hermano.

—No podías soportar la idea de que me quisiera a mí. ¡No podías soportar el hecho de que te detestaba! —William da un paso hacia él, todo agresividad. El traje tiembla sobre su cuerpo gigantesco—. ¡Debería haber sido mía!

—¡Pero no luchaste lo suficiente por ella! —ruge Charlie.

Esas palabras. Me estremezco ante la complejidad de la historia de mi madre, que se repite ante mí. Dos hermanos amargados. Una dinastía dividida. William dejó al bastardo sin moral para poder ser amoral en solitario.

William prácticamente brama:

—Intenté luchar con todas mis fuerzas contra lo que sentía por ella. No quería verla en este mundo enfermo en el que vivimos tú y yo. Tú la metiste hasta el fondo. ¡Y la compartías con tus putos clientes!

—Ella no protestaba. Le encantaba la atención... Lo disfrutaba.

Hago una mueca y William pone cara de asco antes de perder la calma. Está lívido. Va a explotar. Salta a la vista.

—Le gustaba hacerme daño y tú te aprovechaste. La empujaste a la bebida y le lavaste el cerebro. Disfrutabas viendo cómo me mataba poco a poco.

Empiezo a rezar. Que esto no sea real. Que la sangre de este demonio no sea la que corre por mis venas.

Charlie sonríe satisfecho y me dan escalofríos.

—Tuvo a mi hija, Will. Eso la hizo mía.

—No.

La voz melodiosa de Gracie flota en la habitación y todos nos volvemos hacia la puerta. Está de pie, erguida, con la barbilla bien alta. Entra en la habitación y sé que está luchando por hacerse la valiente en presencia de Charlie. Todavía le tiene miedo.

—Olivia no es tuya y lo sabes.

Abro los ojos como platos. William observa a mi madre, quiere más datos.

—¿Gracie?

Ella lo mira pero da un paso atrás cuando Charlie se le acerca, amenazador.

—¡Ni se te ocurra! —le ruge.

Ella se sobresalta pero William y yo nos hemos quedado de piedra.

—Amenazó con ir por ella si lo contaba.

—¡Maldita zorra! —Se abalanza sobre ella pero William lo intercepta y lo envía varios metros hacia atrás con un puñetazo en plena cara. William ruge furibundo. Charlie recupera el equilibrio y mi madre grita.

—¡No te atrevas a tocarla! —aúlla apretando los puños, echando chispas por los ojos.

Intento concentrarme en mitad de esta locura. ¿Charlie no es mi padre? Estoy demasiado consternada para poder alegrarme ante la noticia de que no lo sea. Es demasiado. Demasiada información a una velocidad que mi frágil mente no puede procesar.

Gracie contiene a William pero no tarda en apartarse de él, como si también le tuviera miedo.

—Me prometió que dejaría en paz a mi bebé si desaparecía —le dice desolada. Parece avergonzada. William la mira como si estuviera viendo un fantasma—. Me prometió que no te mataría a ti...

Respira hondo para armarse de valor.

—No —musita William. Le tiembla la mandíbula—. Por favor, Gracie, no.

—Me prometió que no mataría al padre de mi niña si yo desaparecía.

—¡No!

Echa la cabeza hacia atrás, grita al cielo y se lleva las manos a la cabeza.

Mi mundo se hace añicos. La pared me recoge cuando me tambaleo hacia atrás, desorientada, y me pego a ella, como si pudiera tragarme y evitarme los horrores a los que me estoy enfrentando. William deja caer la cabeza y un millón de emociones invaden su rostro, una detrás de otra: sorpresa, dolor, rabia... Y la culpa cuando levanta la vista hacia mí. No puedo ofrecerle nada. Soy una estatua. Lo único que le queda son mis ojos como platos y mi cuerpo petrificado, pero no necesita más que eso.

Estamos alucinando los dos.

Charlie le lanza a mi madre una mirada que mata.

—Puta. No te bastaba con diez hombres a la semana. Encima querías que mi hermano fuera tuyo.

—¡Me obligaste a aceptarlos y a escribirlo con pelos y señales! —grita mi madre.

—¡Me mentiste! —Charlie echa humo. Por primera vez desde que he entrado por esa puerta veo su cara desfigurada por una ira peligrosa—. ¡Me tomaste por imbécil, Gracie!

Se le acerca a mi madre y se me acelera el pulso cuando la veo retroceder y William rápidamente se interpone entre ellos para protegerla.

—No me obligues a matarte, Charlie.

—No podías meterte las manos en los bolsillos —le espeta estirándose los puños de la chaqueta. Es un gesto que me recuerda a Miller y de repente vuelvo a la vida y me alejo de la pared a la que he permanecido pegada todo este tiempo. Tengo que encontrarlo.

Salgo disparada hacia la puerta.

—¿Adónde crees que vas, mi querida sobrina?

Vacilo al sentir su aliento en la nuca. Pero no me detengo.

—Voy a buscar a Miller.

—Creo que no —afirma muy seguro de sí mismo. Ahora sí que me paro—. No te lo recomiendo.

Me doy la vuelta muy despacio. No me gusta tenerlo tan cerca. Pero por poco tiempo. William me toma del brazo y me aparta de él.

—Ni la mires —le dice William cogiendo a Gracie con la otra mano y estrechándonos a las dos contra su pecho—. Son mías. Las dos.

Charlie se echa a reír.

—Es una reunión familiar de lo más conmovedora, mi querido hermano, pero creo que se te olvida una cosa. —Se inclina hacia adelante—: Puedo meterlos a la cárcel de por vida a ti y al muchacho de la cara bonita con una sola llamada a un repartidor. —Sonríe muy pagado de sí mismo—. La pistola que mató a nuestro tío, Will, la tengo yo. Está llena de huellas; ¿a que no adivinas de quién son?

—¡Eres un cabrón!

—No tiene la pistola —tartamudeo. De repente pienso con claridad. Me separo de William y no hago caso de Gracie, que me dice que vuelva, preocupada. William intenta tomarme del brazo pero me zafo—. Déjame.

—Olivia —me advierte William intentando tomarme otra vez.

—No.

Doy un paso al frente. El desprecio con el que me mira Charlie me infunde valor. Este hijo del mal es mi tío. Prefiero tenerlo de tío que de padre, pero sólo el que sea familia hace que sienta ganas de darme un baño con papel de lija.

—Tu mujer te ha dejado.

Compone un gesto de burla. La noticia le hace mucha gracia.

—No se atrevería a hacerlo.

—Está en un avión.

—Tonterías.

—Para escapar de ti.

—Jamás.

—Pero antes de embarcar le contó un secreto a Miller —continúo. Me está gustando ver que su sonrisa malévola no es tan grande como antes—. Ya no hay ningún video de Miller matando a uno de tus hombres —digo con calma, serena. Ahora oigo con diáfana claridad la voz de Sophia antes de que colgara—. Porque Sophia lo ha destruido.

Adiós sonrisa.

El cabrón sin moral se ha arrastrado por la vida como un reptil a base de chantajear y manipular. El resentimiento lo ha devorado durante años. Es un malvado que va a ir de cabeza al infierno y espero que uno de los dos hombres a los que amo lo ayude a tener un buen viaje.

—Gracie no te quería y Sophia tampoco.

—¡He dicho que te calles! —Está temblando pero mi miedo ha desaparecido en cuanto se me han aclarado las ideas.

—También se ha deshecho de la pistola. ¡No tienes nada!

De repente estoy volando y empotrada contra la pared, con la mano de Charlie en el cuello.

Oigo gritos pero no son míos. Es Gracie.

—¡No la toques!

Charlie pega la cara a la mía y su cuerpo me acorrala contra la pared. Trago saliva varias veces, intentando tomar aire.

—Eres una pequeña ramera patética —ruge—. Igual que tu madre. —Su aliento sube por mi cara de asombro.

Pero sólo durante una fracción de segundo, porque su cuerpo sale disparado hacia atrás y William lo tira al suelo con un solo movimiento. Los observo horrorizada mientras arman la de Dios.

No necesito quedarme a ver cómo acaba. Me lo imagino y mi misión es encontrar a Miller. Toda esta depravación, la trama de engaños y mentiras, ha desempeñado un papel demasiado importante en la vida de ambos. Se acabó.

Me abro paso y oigo una serie de golpes, que deben de ser los puñetazos que William le está propinando a Charlie en la cara, seguidos de un torrente de gritos e improperios. Que se las apañen. No pienso perder ni un segundo más en el infierno de sus vidas destrozadas. Ya he tenido que soportar bastante y estoy a punto de arrancar a Miller de las garras corruptas de Charlie. Salgo del estudio y dejo atrás una conmoción de proporciones épicas. Corro hacia las risas y las conversaciones. Creía que tenía todos los datos. Creía que sabía lo que había pasado. He estado intentando procesarlo todo para nada. Ahora tengo una nueva versión actualizada y la detesto aún más que la anterior.

Sigo hasta un salón colosal. Estoy perdida en un mar de trajes de noche y esmóquines. Las mujeres tienen copas de champán en la mano y los hombres beben vasos de whisky. La de dinero que hay aquí dentro. Pero sólo puedo pensar en Miller. Miro a todas partes, todas las caras, buscándolo desesperadamente. No lo veo. Mis piernas echan a andar entre la multitud. Algunos me miran, otros fruncen el ceño, pero la mayoría se limita a disfrutar de la compañía y de la bebida. Un camarero pasa junto a mí con una bandeja de copas de champán y aunque se detiene y frunce el ceño, me ofrece una.

—No —le digo de mala manera sin dejar de inspeccionar la sala, y grito de frustración cuando no logro encontrarlo.

—Olivia, cielo... —Una mano cálida me roza el brazo y me vuelvo rápidamente. Mi madre me mira preocupada.

—¡¿Dónde está?! —grito atrayendo un millón de miradas—. ¡Tengo que encontrarlo!

El pánico acaba con mi determinación y mis emociones se desbordan. Tiemblo y se me llenan los ojos de lágrimas de terror. Me he entretenido mucho. Puede que sea demasiado tarde.

—Calla... —me dice como si intentara calmar a un bebé. Tira de mi cuerpo inerte hasta que me tiene a su lado y me acaricia el pelo.

Sólo una diminuta parte de mí me permite sentir el inmenso consuelo de notar su calor a mi alrededor. Es raro y me confunde, pero me hace mucha falta. Va en contra de todo pero es lo mejor del mundo. Desde mi escondite en el hueco de su cuello noto que mueve la cabeza. Ella también está buscando a Miller.

—Ayúdame —susurro lastimera, desmoronándome—. Ayúdame, mamá. Por favor.

Deja de moverse y bajo la palma de mi mano se le acelera el corazón. Me aparta un poco y durante unos instantes estudia cada rasgo de mi rostro, hasta llegar a mis ojos. Miro unos zafiros iguales a los míos y me seca las lágrimas que ruedan por mis mejillas.

—Lo encontraremos, cielo —me promete cerrando los ojos y dándome un beso en la frente—. Encontraremos a tu amado.

Me conduce entre la multitud sin intentar ser ni educada ni considerada.

—Aparta —ordena y la gente retrocede recelosa. Me cuesta seguirle el paso y no se me escapa cómo muchos pronuncian sorprendidos el nombre de mi madre. No soy la única que siente que ha regresado de entre los muertos.

Llegamos al enorme vestíbulo y Gracie se detiene. Mira a un lado y a otro. No sabe hacia dónde ir.

—Está en la suite Dolby —dice Tony saliendo de la nada. Me vuelvo y me ofrece una llave. Se me cae el alma a los pies. No puedo respirar. Está en un dormitorio.

Tomo la llave y vuelo escaleras arriba como una bala, frenética y gritando su nombre.

—¡Miller! —chillo al llegar al descansillo—. ¡Miller!

Veo una placa dorada en una puerta. Suite Dolby. Meto la llave en la cerradura con dedos torpes y la abro de par en par, como una bola de demolición. El choque de la madera contra la pared retumba en toda la casa y me sobresalta. La suite es muy grande y miro en todas direcciones con los ojos como platos, presa del pánico; no puedo ni pensar ni moverme.

Entonces lo veo.

Y el corazón se me rompe en mil pedazos.

Está desnudo, con los ojos vendados y colgando de unos grilletes dorados que sobresalen del lujoso papel pintado. Me he quedado helada. Tiene la barbilla hundida en el pecho. Respiro con dificultad y no consigo moverme por más que me grite a mí misma que corra a su lado. No ha movido un músculo. Me trago un sollozo ahogado al darme cuenta de que he llegado demasiado tarde y chillo de frustración. Sólo entonces veo a la rubia alta que se acerca hacia mí con un látigo en la mano.

—¡¿Cómo te atreves a interrumpirnos?! —me grita azotando el látigo. La punta me roza la mejilla y retrocedo. De inmediato noto que empieza a salirme sangre de la cara. Me llevo la mano a la herida y casi me caigo del susto. Se me van a salir los ojos de las órbitas: quieren ver a Miller, pero la maldad que emana esa mujer me lo impide. Es potente y aplastante, como un maremoto.

—Nos estás molestando —ruge con un marcado acento ruso—. ¡Vete!

Ni de broma voy a dejar a Miller así. Me hierve la sangre.

—¡No es tuyo! —grito enloquecida y retrocedo cuando vuelve a azotar el látigo. La rabia es más fuerte que yo y reduce a cenizas mi miedo.

Busco en la habitación cualquier objeto con el que pueda defenderme y veo algo de metal en la cama. El cinturón de Miller. Corro a arrancarlo de los pantalones. Tengo el cuerpo en tensión y me ciega la ira. Me preparo para atacar.

—Pequeña zorra, ¿qué crees que vas a conseguir? —Se acerca silenciosa como un depredador, retorciendo el látigo. Sin inmutarse.

—Él me pertenece —mascullo entre dientes, mientras lucho desesperadamente por mantenerme firme. No estaré completa hasta que salga de aquí con Miller sano y salvo en mis brazos.

Sus labios dibujan una sonrisa feroz que no hace ni un rasguño al muro de furia que me rodea. Yo también sonrío y la reto a que venga a buscarme con la mirada. Lo veo con el rabillo del ojo, colgando inerte de la pared. Me enfado todavía más. Me arde la piel del calor que desprende la sangre que hierve en mis venas y antes de darme cuenta estoy azotando con el cinturón y la hebilla chasquea en el aire. No espero a ver dónde aterriza pero grita y sé que le he dado. Corro hacia Miller y le acaricio la mejilla y la barba. Musita algo ininteligible y entorna los ojos en mi mano. Tengo un polvorín bajo la piel y mis manos buscan sus ataduras. Empiezo a quitarle con calma los grilletes.

—¡Apártate de él! —De repente la tengo al lado, tirando del brazo de Miller, marcando territorio. Él hace una mueca y lloriquea. Es desgarrador.

No puedo soportarlo.

Me vuelvo, lívida, pegando manotazos sin pararme a pensar.

—¡No lo toques! —grito y le doy un bofetón bien sonoro con el dorso de la mano. Se tambalea desorientada, y aprovecho para empujarla lejos de Miller. Mi Miller.

No tengo miedo. Ni el más mínimo. Me concentro de nuevo en Miller pero ahogo un grito cuando algo me agarra la muñeca y no es una mano. El dolor es intenso y el cuero de su látigo de pervertida constriñe la piel castigada de mi muñeca.

—Apártate —repite tirando del látigo y acercándome a ella. Grito de dolor. Me he metido en una buena. No va a renunciar a él.

—Apártate tú, Ekaterina.

Giro la cabeza al oír la voz de mi madre. Está jadeante en la puerta, evaluando la situación. Parece enfadada. Tiene las piernas abiertas y nos mira a Miller y a mí antes de concentrarse en la pervertida que me tiene sujeta con un látigo. Mi madre la mira con desprecio.

Lleva una pistola.

Me quedo pasmada sin poder quitar los ojos del arma que apunta directamente a la rusa.

Sólo tengo que esperar unos segundos antes de que el cuero se deslice de mi muñeca y me la froto para aliviar el dolor.

—Gracie Taylor —musita sonriente—. Voy a hacer como que no me estás apuntando con una pistola. —Su acento es hipnótico y está muy tranquila.

—Me parece bien. —Mi madre no se amilana—. Luego vas a llamar a tu hermano y le vas a decir que Charlie no ha cumplido su parte.

Unas cejas perfectamente depiladas se arquean sorprendidas.

—¿Por qué iba a hacer eso?

—Porque el acuerdo al que habían llegado Charlie y tu hermano es nulo. Miller ya no es propiedad de Charlie, Ekaterina. Charlie no tiene derecho a entregártelo. Míralo, ¿te parece a ti que ha consentido a esto? Ha sido cosa de Charlie. Estoy segura de que no es lo que esperabas después de todo lo que te han contado del chico especial. —Mi madre sonríe con una frialdad y una dureza que no había visto antes—. Tienes una reputación excelente, sé que no quieres arruinarla ni que digan que eres una violadora, Ekaterina.

Suelta el látigo y mira a Miller con un mohín. Luego mira a mi madre.

—Me gusta que me supliquen que pare. —Se la ve muy indignada. Lentamente se acerca a Gracie, que baja la pistola con cautela—. ¿Y dices que Charlie Anderson lo ha drogado y me lo ha entregado completamente inservible?

—¿Lo quieres escrito en sangre?

—Sí —dice desdeñosa mirando a mi madre de arriba abajo—. Con la sangre de Charlie. —Lo dice en serio—. Creo que voy a llamar a mi hermano. No le gusta verme enfadada.

—A nadie le gusta verte enfadada, Ekaterina.

—Cierto. —Casi se echa a reír y vuelve sus sucios ojos hacia mí—. Se parece a ti, Gracie. Deberías enseñarle buenos modales.

—Sus modales son perfectos cuando está con la compañía adecuada —replica y Ekaterina le sonríe con frialdad—. Charlie está en el salón. William te lo ha dejado con vida. Considéralo una tarjeta de agradecimiento de parte de mi hija.

Sonríe y asiente complacida.

—Tienes una hija valiente, Gracie. Puede que incluso demasiado. —Se estremece de placer sólo de pensar en la venganza—. Gracias por el regalo.

Tiene un acento precioso a pesar del dejo violento de sus palabras.

—Adiós, Gracie. —Se marcha contoneándose de la habitación, sus caderas ondean seductoras mientras arrastra el látigo como si fuera la cola de un vestido.

Gracie deja escapar un suspiro de alivio. La pistola cae al suelo en cuanto la rusa desaparece. Voy derecha por Miller. Por el camino tomo una toalla de la cama. Se me parte el corazón mientras se la enrollo en la cintura y le quito los grilletes. Se me cae encima y lo único que puedo hacer es ponerme debajo para amortiguar la caída.

Incluso drogado se abraza a mí y nos quedamos en el suelo una eternidad. Él balbucea cosas ininteligibles y yo le tarareo suavemente al oído.

Sé que no puede hablar pero le entiendo perfectamente cuando arrastra la mano a mi vientre. La mueve en círculos con ternura hasta que estoy segura de que nuestro bebé responde a sus caricias. Tengo mariposas en el estómago.

—Mi bebé —susurra.

Mi madre me pone la mano en el hombro y me baja de mi nube de felicidad. Su calor se extiende por mi piel y va directo a mi corazón. Me aparto de Miller, confusa porque sé que no es él lo que tanto me reconforta. Es un consuelo extra. Abro los ojos. Gracie está arrodillada junto a nosotros, sonriendo un poco.

—¿Lista para llevarlo a casa, cielo? —me pregunta mientras me acaricia el brazo con ternura.

Asiento. Detesto tener que molestar a Miller, que yace feliz en mis brazos, pero me muero por sacarlo de aquí.

—Miller —susurro dándole un pequeño codazo. No responde. Miro a mi madre en busca de ayuda.

William entra dando grandes zancadas. No puedo ocultar la sorpresa. Está hecho un desastre: con el pelo gris alborotado y el traje lleno de arrugas. Flexiona los dedos y se nota que sigue enfadado. Sólo tiene una magulladura en la mandíbula pero tengo la impresión de que Charlie no ha salido tan bien parado.

—Hemos de salir de aquí —dice después de procesar el cuadro que ve ante él.

—Miller no puede andar. —Me da tanta pena que casi no puedo decirlo.

Con movimientos tranquilos y eficientes, William atraviesa la suite y coge a Miller en brazos. Le indica a Gracie que me ayude y ella se apresura a obedecer porque sabe que, pese a la calma aparente, todavía corremos peligro.

—Estoy bien. —La voz ronca de Miller me saca de mi ensimismamiento. Intenta que William lo suelte—. Puedo andar, demonios.

Qué alivio. Se endereza y se pasa la mano por los rizos, que están mucho más despeinados que de costumbre, para dejarlos sólo medio despeinados. Se arregla la toalla y me mira con sus ojos azules. Tiene las pupilas tan dilatadas que parecen negros. Me quedo inmóvil, dejo que me disfrute, que me recuerde, hasta que asiente muy despacio y cierra los ojos como a mí me gusta.

—¿Qué ocurre?

Le va a dar un ataque. Es el centro de atención, medio desnudo y vulnerable.

—Te han drogado. Dejemos las explicaciones para más tarde —le dice William, no tan calmado—. Tenemos que salir de aquí.

Me ahogo en esta suite tan lujosa. A Miller se le van a salir los ojos de las órbitas. No dice nada, se queda ahí de pie asimilando la noticia. La mandíbula le tiembla con violencia. Creo que soy una sádica porque me gustaría saber en qué está pensando.

—¿Dónde está Charlie? —Por su tono de voz, tiene intención de asesinarlo.

William se adelanta y le devuelve una fría mirada gris.

—Se acabó, Miller. Eres un hombre libre, sin las manos manchadas de sangre y sin que te pese la conciencia.

—No me pesaría la conciencia —se mofa—. Ni un poquito.

—Por Olivia.

Le lanza una mirada asesina a William y hace un gesto.

—O porque es tu hermano.

—No, porque somos mejores que él.

William ladea la cabeza y Miller se lo queda mirando, pensativo, unos instantes.

—¿Dónde está mi ropa? —Recorre la habitación con la mirada, la ve encima de la cama y va a buscarla—. Un poco de intimidad, por favor.

—Hart, no tenemos tiempo para que te pongas tiquismiquis.

—¡Dos minutos! —grita echándose los pantalones sobre los hombros.

Hago una mueca al ver que William se muerde la lengua para no contestar.

—Un minuto. —Toma a Gracie del brazo y la saca de la habitación. Cierra la puerta de un golpe.

El Miller Hart que conozco va reapareciendo con cada exquisita prenda de vestir que se pone. Tira de los puños de la camisa, se arregla la corbata y el cuello. Nunca lo había visto hacerlo tan rápido. Ha vuelto a ser el de siempre, aunque no del todo. La mirada ausente sigue ahí y sospecho que tardará en irse.

Cuando ha terminado, su nuez sube y baja y me mira.

—¿Estás bien? —pregunta mirando mi vientre—. Dime que los dos están bien.

Me llevo la mano a la barriga sin pensar.

—Estamos bien —le aseguro y asiente.

—Excelente —suspira aliviado pese a lo formal de su respuesta. Sé lo que está haciendo, se está distanciando y lo entiendo. Va a salir por la puerta, fuerte y distante como siempre. No está preparado para mostrarles a esos cabrones viciosos ni una gota de debilidad. Por mí perfecto.

Se acerca a mí y cuando estamos frente a frente me coge de la nuca y me masajea el cuello.

—Estoy locamente enamorado de ti, Olivia Taylor —susurra con la voz ronca y apoya la frente en la mía con delicadeza—. Voy a dejar esta casa a mi manera pero cuando hayamos salido de aquí soy tuyo para que hagas conmigo lo que quieras.

Me da un beso en la frente y un apretón en la nuca.

Sé lo que intenta decirme pero no quiero hacer lo que me dé la gana con él. Simplemente lo quiero a él. Nunca lo obligaré a nada, no después de todo lo que ha pasado. Es libre y no voy a ponerle condiciones, exigencias ni restricciones. Puede hacer lo que le plazca conmigo. Me aparto y sonrío al ver que su mechón rebelde hace de las suyas. Lo dejo donde está.

—Soy tuya, sin condiciones.

—Me alegro, señorita Taylor. —Asiente complacido y me besa, esta vez en los labios—. Aunque tampoco tienes elección.

Sonrío y me guiña el ojo. Es precioso a pesar de la oscuridad inusual de sus ojos.

—Vamos —le digo, empujándolo hacia la puerta.

Aprieta los labios y echa a andar hacia atrás, agarrándose las solapas de la chaqueta hasta que estamos fuera. Dejamos la puerta abierta. Gracie y William nos están esperando. Los dos miran a Miller como si hubiera resucitado. Lo ha hecho. Sonrío un poco por dentro mientras William sigue la silueta perfecta de Miller por el descansillo, meneando la cabeza y riéndose burlón antes de alcanzarlo y flanquearlo justo cuando empieza a bajar la escalera.

Los sigo y ni siquiera parpadeo o protesto al notar que me pasan un brazo por los hombros. Gracie me mira fijamente.

—Se pondrá bien, Olivia.

—Claro que sí.

Sonrío y bajamos juntas la escalera, detrás de William, que acompaña al chico especial lejos de este infierno. Pero cuando llegamos al vestíbulo me entran dudas: Charlie está apoyándose en la pared de su despacho. Le han dado una paliza de muerte. Uno de sus hombres se vuelve hacia nosotros con gesto despectivo. Mi gozo en un pozo.

Esto no ha acabado. Ni de lejos.

William y Miller parecen impertérritos.

—Buenas noches. —No es la voz de William, ni tampoco la de Miller ni la de ninguno de los esbirros de Charlie.

Todas las miradas se vuelven hacia la entrada y la tensión se puede cortar con un cuchillo. Hay una bestia parda que casi no cabe por la puerta. Es un gigante de pelo cano con la cara llena de marcas de viruela.

—Has roto el trato, Charlie.

El ruso.

Gracie me pone una mano temblorosa en el brazo con la mirada fija en el mal bicho que tiene la atención de todos.

Charlie y sus hombres ya no están tan tranquilos. Lo noto.

—Estoy seguro de que podremos renegociarlo, Vladimir.

Charlie intenta reírse pero le sale una especie de resoplido.

—Un trato es un trato.

Sonríe y un ejército se une a él, todos vestidos con traje, todos tan grandes como Vladimir y todos pendientes de Charlie.

Silencio.

Los hombres de Charlie se alejan de su jefe, lo dejan desprotegido, ahora es presa fácil.

Y se arma la de Dios.

William intenta tomar a Miller del brazo, que se lanza a la carga contra Charlie con expresión asesina. Nadie podrá detenerlo. Los hombres de Charlie no mueven un dedo y Miller tiene vía libre hacia el cabrón sin moral.

No muestro ni sorpresa ni preocupación. Ni siquiera cuando Miller agarra a Charlie del cuello, lo levanta del suelo y lo estampa contra la pared tan fuerte que creo que ha roto la escayola. Charlie tampoco demuestra ni miedo ni sorpresa. Está impasible pero el aura de maldad ha desaparecido. Se lo esperaba.

—¿Ves esto? —pregunta Miller en voz baja, de pura amenaza, recorriendo con el dedo la cicatriz de la mejilla de Charlie, hasta la comisura de los labios—. Voy a pedirles que completen la sonrisa de payaso antes de matarte.

Vuelve a empujar a Charlie contra la pared, esta vez más fuerte. El golpe retumba por el vestíbulo y los cuadros de la pared caen al suelo a causa de la vibración. No muevo un músculo y Charlie sigue impertérrito, aceptando el castigo de Miller. No le queda nada. Está derrotado.

—Lentamente —susurra Miller.

—Te veré en el infierno, Hart —bromea Charlie con desdén.

—Ya he estado allí. —Miller lo empotra contra la pared, aún más fuerte, para rematarlo antes de soltarlo. El hijo del mal se desliza pared abajo, débil y patético, mientras Miller se toma su tiempo para alisarse el traje con esmero—. Me encantaría matarte con mis propias manos, pero aquí nuestro amigo ruso es todo un experto. —Da un paso al frente, se yergue alto y amenazador sobre el cuerpo tirado de Charlie. Se aclara la garganta con un sonido sucio que se hace eterno. Lo mira fijamente y le escupe en la cara—. Y se asegurará de que no quede nada que sirva para identificarte. Adiós, Charlie.

Se da la vuelta y entonces echa a andar sin echar la vista atrás, ignorando a todos los que contemplan la escena en silencio e impertinencias, incluso a mí.

—Que sea doloroso —dice al pasar junto a Vladirmir.

El ruso esboza una sonrisa aterradora.

—Será un placer.

De repente estoy en movimiento, cortesía de Gracie, que tira de mí y por encima de mi hombro ve a Charlie resbalándose en el suelo, intentando levantarse. No siento nada... Hasta que veo cómo William observa atentamente al patético de Charlie. Se miran a los ojos durante un siglo, en silencio. William es quien rompe la conexión para mirar a Vladimir. Asiente débilmente. Triste.

Y nos sigue al exterior.

Me cuesta un esfuerzo sobrehumano no quedarme a mirar.

El chofer de William se levanta la gorra para saludarme, me sonríe y me abre la puerta.

—Gracias.

Asiento y me meto en el coche. William y Miller están hablando. Bueno, William es el que habla. Miller se limita a escuchar con la cabeza baja, asintiendo de vez en cuando. Quiero bajar la ventanilla y ver qué es lo que dicen pero mi curiosidad se transforma en pánico cuando empiezo a asimilar lo ocurrido. De repente, en el transcurso de un solo día, tengo madre y padre. Miller no lo sabe. No sabe que William Anderson es mi padre y algo me dice que la noticia lo va a sorprender aún más que a mí.

Salgo del coche en un nanosegundo. Se me quedan mirando: Miller con el ceño fruncido y William con casi una sonrisa de satisfacción. Lo está disfrutando, lo sé. Podría pasarme años buscando las palabras adecuadas sin encontrarlas. No hay nada que pueda decir que mitigue el golpe. Miller me mira fijamente, sigo sin decir nada. Jalo todo el aire que puedo y señalo a... mi padre.

—Miller, te presento a mi padre.

Nada. Pone cara de póquer. Está impasible. Impertérrito. Nunca lo había visto tan inescrutable. Me he pasado todo este tiempo aprendiendo a interpretar sus expresiones faciales y ahora no tengo ni idea. Empiezo a preocuparme y a darle vueltas a mi anillo, nerviosa bajo su atenta mirada en blanco. Miro a William, a ver qué cara ha puesto. Está pasándosela bien.

Meneo la cabeza, esto no tiene arreglo. A Miller parece que le va a dar algo.

—¿Miller? —pregunto preocupada. Este silencio se está alargando más de la cuenta.

—¿Hart? —William intenta ayudarme a sacar a Miller de su estado catatónico.

Tras unos segundos incomodísimos, da señales de vida. Nos mira a uno y a otro y respira hondo. Muy hondo. Y lentamente, dice:

—Justo lo que me faltaba.

William se echa a reír. Una carcajada en toda regla.

—¡Ahora sí que vas a tener que respetarme! —dice entre risas. Está disfrutando con la reacción de Miller.

—Hay que chingarse.

—Me alegro de que te guste.

—Puta madre.

—Menos tacos delante de mi hija.

Miller se atraganta y me mira con unos ojos como platos.

—Cómo... —Hace una pausa, aprieta los labios... Y no tarda en esbozar una sonrisa traviesa dedicada a William. Se alisa las mangas de la chaqueta.

¿Qué estará pensando?

Termina de arreglarse el traje y extiende los brazos hacia William.

—Encantado de conocerte. —Sonríe de oreja a oreja—. Papá.

—¡Vete a la mierda! —le espeta William rechazando el abrazo de Miller—. ¡Por encima de mi cadáver, Hart! Tienes suerte de que te permita formar parte de la vida de mi hija. —Cierra la boca avergonzado, se acaba de dar cuenta de que eso no le corresponde a él decidirlo—. Cuídala mucho —termina de decir nervioso—. Por favor.

Miller me coge de la nuca y me susurra al oído:

—¿Nos das un minuto? —Me gira la muñeca para colocarme en dirección al coche—. Sube.

No protesto, más que nada porque por mucho que quiera retrasar la conversación que van a mantener estos dos, tarde o temprano tendré que dejarlos hablar. Cuanto antes se la quiten de encima, mejor.

Me meto en el coche y me pongo cómoda. Cierro la puerta y resisto la tentación de pegar la oreja a la ventanilla. Se abre la otra puerta del coche y aparece Gracie. Se agacha para quedar a mi altura. Me revuelvo incómoda. Sus ojos azul marino me miran con mucho cariño.

—Sé que no tengo derecho —afirma en voz baja, casi como si no quisiera decirlo—, pero estoy muy orgullosa de ti por haber luchado por tu amor.

Le tiembla la mano. Se muere por tocarme pero no sabe si hacerlo, puede que porque Miller ha vuelto a la normalidad y yo parezco más estable. Al menos me siento más estable. Pero mentiría si dijera que no la necesito. Mi madre. Ha estado a mi lado cuando me ha hecho falta, puede que lo haya hecho porque se siente culpable, pero allí estaba. Le tomo la mano temblorosa y le doy un apretón, diciéndole sin palabras que no pasa nada.

—Gracias —susurro intentando sostenerle la mirada, simplemente porque creo que voy a echarme a llorar si no la aparto. No quiero llorar más.

Se lleva mi mano a los labios y la besa con los ojos cerrados.

—Te quiero —dice con la voz rota.

Saco fuerzas de flaqueza para no desmoronarme delante de ella. Sé que a ella también le cuesta.

—No seas muy dura con tu padre. Todo lo que pasó fue culpa mía, cielo.

Meneo la cabeza, enfadada.

—No. Fue culpa de Charlie. —Se lo tengo que preguntar porque hay una cosa que sigo sin tener muy clara—. ¿Conociste a William antes que a Charlie?

Ella asiente frunciendo el ceño.

—Sí.

—¿Y William rompió contigo?

Asiente y se nota que le duele recordarlo.

—Yo ignoraba la existencia del mundo de William. Él quería mantenerme alejada de aquello pero me acosté con Charlie para castigarlo. No sabía dónde me metía, no lo supe hasta que fue demasiado tarde. No estoy orgullosa de lo que hice, Olivia.

Ahora la que asiente soy yo. Lo entiendo. Todo. Y a pesar de los horrores que mis padres han tenido que soportar, no puedo evitar pensar que yo no tendría a mi alguien si nuestro pasado hubiera sido diferente.

—¿Por qué no acudiste a William? —pregunto—. ¿Por qué no le contaste que yo era su hija, lo que te hizo Charlie...?

Me sonríe con ternura.

—Era joven y tonta. Y tenía mucho miedo. Me lavó el cerebro. Tenía que tomar una decisión muy sencilla: o sufría yo, o sufrían todas las personas a las que quería.

—Sufrimos de todas maneras.

Asiente y traga saliva.

—No puedo cambiar el pasado y las decisiones que tomé. Ojalá pudiera. —Me aprieta la mano—. Sólo espero que puedas perdonarme por no haberlo hecho mejor.

Ni lo dudo. No tengo ni que pensarlo. Salgo del coche y abrazo a mi madre. Hundo la cara en su cuello y ella solloza sin parar. No la suelto. No pienso soltarla.

Hasta que William toma a Gracie de las caderas e intenta quitármela.

—Vamos, cariño —le dice. Gracie me da más besos en la cara antes de que consiga separarla de mí.

Sonrío al ver a William completo con mi madre.

—No quería que odiaras a tu madre —dice sin que tenga que preguntarle por qué me mintió y me dijo que fue él quien la echó. Él no sabía que la coaccionaron para que desapareciera. Pensaba que nos había abandonado a los dos—. No quería que supieras quién era tu padre. —Gracie le da un apretón en el antebrazo—. Bueno, yo creía que ése era tu padre.

—Pero mi padre eres tú —digo sonriente. Me devuelve la sonrisa.

—¿Decepcionada?

Niego con la cabeza y vuelvo a sentarme en el coche, sonriendo como una tonta. Se abre la otra puerta y Miller entra, se acomoda y dice:

—Te vienes a mi casa. William ha hablado con Gregory. Está todo arreglado.

De repente me siento muy culpable. Con todo el follón me había olvidado de la abuela.

—Tengo que ir a verla.

Estará muerta de preocupación. Recuerdo todo lo que me ha dicho. Sabe que Gracie ha vuelto y no me creo ni por un segundo que no quiera verla. Tengo que ir a casa y prepararla para el reencuentro.

—No es necesario.

Miller me mira con las cejas en alto y me encanta que vuelva a sacarme de quicio, pero no me emociona que insista en mantenerme lejos de mi abuela.

—Sí que lo es —replico con mirada desafiante. Le ruego a Dios que no insista. Acabo de recuperarlo y no quiero empezar a discutir.

—Necesitamos estar a solas —dice en voz baja, apelando a mi corazón.

Sé que me estoy dando por vencida. ¿Cómo voy a negarme después de lo que ha pasado?

—Te necesito entre mis brazos, Olivia. Solos tú y yo. Te lo suplico. —Me acaricia la rodilla con la mano—. Quiero lo que más me gusta, mi dulce niña.

Suspiro con los hombros caídos. Las dos personas a las que más quiero en el mundo me necesitan y no sé por cuál decidirme. ¿Por qué no puedo tenerlos a los dos?

—Ven a casa conmigo —sugiero resolviendo el dilema en un tris, pero la alegría me dura poco. Miller menea la cabeza.

—Necesito mi casa, mis cosas... a ti.

Quiere decir que necesita su mundo perfecto. Ese que está patas arriba y en el que tiene que poner un poco de orden. No estará tranquilo hasta que lo haga. Lo entiendo.

—Miller, yo...

William entra en el coche.

—Voy a llevar a tu madre a casa de Josephine.

Me entra el pánico e intento salir del coche.

—Pero...

—Nada de peros —me advierte William.

Cierro el pico y lo miro indignada, aunque no por eso se muestra menos inflexible o autoritario.

—Por una vez vas a hacer lo que te digo y a confiar en que es por el bien de tu abuela.

—Está delicada —protesto saliendo del coche. No sé por qué, no voy a ir a ninguna parte.

—Entra. —William casi se ríe y vuelve a sentarme en el coche. Miller aprovecha y me aprisiona entre sus brazos.

—Suelta —refunfuño, revolviéndome en un intento inútil de escapar.

—¿Lo dices en serio, Olivia? —mascula cansado—. ¿Después de todo lo que hemos pasado hoy, de verdad vas a ponerte insolente? —Me estrecha con decisión—. No tienes elección. Te vienes conmigo y fin de la cuestión, mi dulce niña. Cierra la puerta, Anderson.

Miro a William con cara de pena. Se encoge de hombros y va a cerrar la puerta cuando una mano con la manicura perfecta le toca el antebrazo. Gracie lo mira suplicante. Suspira y le pone la misma cara de pena a Miller. Me uno a la fiesta. Mi pobre hombre tiene tres pares de ojos suplicantes fijos en él. Ni siquiera me siento culpable por la expresión de derrota que empaña su rostro. Con lo decidido que estaba a tenerme toda para él...

—Justo lo que me faltaba —suspira.

—Tengo que verla, Miller. —interviene Gracie. William no la detiene—. Y necesito a Olivia a mi lado. Te prometo que nunca más te pediré nada. Concédeme sólo esto.

Me trago mi dolor y Miller asiente.

—Pues yo también voy —añade tajante para asegurarse de que no es negociable—. Nos vemos allí. Arranca, Ted. —Miller ni me mira.

—Sí, señor —confirma Ted mirándome sonriente por el retrovisor—. Será todo un placer.

La puerta se cierra y nos ponemos en marcha. William acompaña a mi madre, que parece muy frágil, al Audi de Tony. No pierdo el tiempo intentando mentalizarme de lo que nos espera al llegar a casa de la abuela. No serviría de nada.

No quiero entrar. Sé que William y Gracie aún no han llegado. Ni siquiera un piloto de carreras se las apañaría mejor con el tráfico de Londres. Me quedo de pie en la acera, mirando la puerta, deseando que Miller me anime a entrar. Aunque sé que no lo hará. Me dará todo el tiempo del mundo si eso es lo que necesito, no va a meterme prisa. Sabe que es una situación muy delicada a la que nunca pensé que tendría que enfrentarme. Pero aquí estamos y no tengo ni idea de cómo enfocarlo. ¿Entro y la preparo, le digo que Gracie viene de camino? ¿O me espero y entro directamente con mi madre? No lo sé, pero cuando se abre la puerta principal y aparece Gregory parece que la decisión está tomada. Tardo un instante en darme cuenta de que no está solo. No está con la abuela ni con George. Está con Ben.

—¡Nena! —exclama suspirando de alivio y rápidamente me da un gran abrazo, sin pedirle permiso a Miller. Ya no hace falta. Me estrecha con fuerza y Ben sonríe con afecto. Ni siquiera el hecho de ver a Miller le borra la sonrisa de la cara.

»¿Estás bien? —me pregunta Greg cuando me suelta. Examina mis facciones y tuerce el gesto al ver el corte del cuello.

Intento asentir porque sé que ahora mismo soy incapaz de articular una palabra, pero ni para eso sirve mi cuerpo. Gregory se dirige a Miller.

—¿Está bien?

—Perfecta —dice y oigo que sus zapatos de cuero se acercan.

—¿Y tú? —le pregunta Gregory, preocupado de verdad—. ¿Tú estás bien?

Miller responde con la misma palabra.

—Perfecto.

—Me alegro. —Me da un beso en la frente—. William me ha llamado.

Ni pestañeo. William ha puesto a mi mejor amigo al corriente de... todo y este me lo confirma cuando me baja la vista a mi vientre. Sonríe pero consigue no comentar nada al respecto.

—Te está esperando.

Ben y él me ceden el paso para que vaya a ver a mi abuela pero no llego a tener que andarme con pies de plomo porque un coche aparca en la acera.

Me vuelvo aunque sé quién es. Sale del coche, sujetándose a la puerta, vacilante. Está haciendo lo mismo que estaba haciendo yo, quedarse mirando la casa, un poco perdida y abrumada. William acude a su lado y le rodea la cintura con el brazo. Ella lo mira y fuerza una pequeña sonrisa. Él no dice nada, sólo asiente animándola, y observo fascinada cómo saca fuerzas de la conexión que comparten, igual que Miller y yo. Respira hondo y suelta la puerta del coche.

Nadie dice nada. Es un asunto delicado y todos estamos nerviosos, no sólo yo. Aquí todo el mundo quiere mucho a mi abuela, incluso Ben, que obviamente ha estado visitándola con frecuencia. Todo el mundo es consciente de lo importante que es lo que va a pasar. Pero nadie da el primer paso. Estamos todos en la acera, esperando que uno de nosotros tome la iniciativa, hable, ponga las cosas en marcha.

Pero no es ninguno de los presentes.

—¡Déjenme pasar! —Todos giramos la cabeza al oír a la abuela—. ¡Apártense de mi camino! —De un empellón quita de en medio a Ben y a Gregory e irrumpe en escena.

Va en camisón pero lleva el pelo perfecto. Es perfecta.

Se detiene en el escalón de la entrada y se sujeta a la pared para no caerse. Quiero correr a darle un abrazo y decirle que todo está bien pero algo me lo impide. Da un paso adelante, sus ancianos ojos azul marino miran más allá de mí, al final del sendero.

—¿Gracie? —susurra, intentando enfocar la vista, como si no pudiera creer lo que ven sus ojos—. Gracie, cariño, ¿eres tú?

Da otro paso vacilante y se tapa la boca con la mano.

Aprieto los dientes con fuerza y las lágrimas me nublan la vista. Sollozo sin parar, sin que me consuele que Miller me rodee la cintura con el brazo. Miro a mi madre. William la sostiene y ella está agarrada a él como si le fuera la vida en ello.

—Mamá... —solloza y las lágrimas le bañan el rostro.

Un llanto que es puro dolor hace que me vuelva hacia la abuela y me asusto al ver que se tambalea. Está atónita y feliz.

—Mi preciosa niña.

Empieza a doblarse hacia adelante, su cuerpo no es capaz de mantenerla en pie por más tiempo.

—¡Abuela!

El corazón se me sale del pecho y corro hacia ella pero se me adelantan. Gracie llega primero, coge a la abuela y las dos caen suavemente al suelo.

—Gracias, Dios mío, por habérmela devuelto —solloza la abuela arrojándole a mi madre los brazos al cuello y estrechándola con todas sus fuerzas. Abrazadas, lloran la una en el cuello de la otra. Nadie interviene, las dejamos tal cual, reunidas al fin después de tantos años perdidos. Miro a todos los presentes, a todos se les han humedecido los ojos. Todos tienen un nudo en la garganta. Es un reencuentro cargado de emoción. Es como si la última pieza de mi mundo, que estaba hecho pedazos, encajara en su sitio.

Al rato miro a Miller. Me entiende sin necesidad de decirle nada y me coge del cuello con cuidado. Necesitan estar juntas, a solas las dos. Y en mi corazón sé que mi valiente abuela podrá apañárselas sin mí un poco más.

Y en mi corazón sé que Miller no.

CAPÍTULO 24

—Ven. —Miller me coge en brazos al pie de la escalera pero insisto en apartarlo.

—Estás agotado —protesto y me da igual si se enfada—. Puedo subir andando.

Subo despacio para que su cuerpo cansado pueda seguirme el ritmo, pero no tarda en abrazarme.

—¡Miller!

—Vas a dejar que te adore, Olivia —salta—. Eso hará que me encuentre mejor.

Me rindo con facilidad. Lo que haga falta.

Sus pasos regulares retumban sobre el cemento. Le paso los brazos por los hombros y estudio su cara mientras subimos las diez plantas. No parece estar cansado, respira con normalidad y está tan guapo e impasible como siempre. No puedo quitarle los ojos de encima. Estoy recordando el momento en que me subió por primera vez por la escalera, cuando no sabía nada de este hombre misterioso pero estaba tan fascinada con él que me obsesionaba por completo. Nada ha cambiado. Siempre me tendrá fascinada y todas sus manías me alegran la vida.

Para siempre.

Hasta el fin de los tiempos.

Y más allá.

Una vez Miller me dijo que iba derecho al infierno. Que sólo yo podía salvarlo.

Los dos hemos estado allí.

Y hemos vuelto juntos.

Sonrío para mis adentros cuando me mira de reojo y me atrapa embobada con él.

—¿En qué piensas? —pregunta mientras se concentra de nuevo en llegar a su departamento.

Me deja en el suelo con sumo cuidado, abre la puerta y me invita a pasar. Entro muy despacio y contemplo el interior. No me cuestiono que éste es mi sitio.

—Estoy pensando en que me alegro de estar en casa. —Sonrío cuando oigo una exclamación silenciosa de sorpresa, pero no me muevo del sitio. Su departamento es perfecto y palaciego.

—Tampoco es que tengas elección —me contesta fingiendo indiferencia. Sé lo mucho que significa para él.

—El bebé necesitará una habitación —lo molesto.

Me lo voy a pasar bomba cuando por fin comprenda que los bebés vienen con mucho desorden bajo el brazo. Ahora que ya no tiene que pensar en cosas horribles y deprimentes, no creo que tarde en darse cuenta.

—Estoy de acuerdo —se limita a contestar. Sonrío.

—Y todo estará siempre lleno de trastos.

Esta vez tarda en responder.

—Explícate.

Me vuelvo para saborear el pánico que le va a entrar sólo de imaginárselo. No puedo ocultar lo mucho que me divierte.

—Pañales, piyamas, biberones, leche en polvo, todo en la encimera de tu cocina. —Me muerdo el labio cuando el pánico se intensifica. Se mete las manos en los bolsillos y se relaja para intentar disimularlo. Fracasa miserablemente—. La lista es interminable —añado.

Se encoge de hombros con una mueca.

—Pero será todo en pequeñito, no creo que cause mucho trastorno.

Podría seguir achuchándolo hasta la muerte. Está claro que lo necesita.

—¿Estás seguro, Miller?

—Bueno, no habrá leche en polvo porque vas a darle el pecho. Y tendremos sitio para guardar todo lo demás. Estás ahogándote en un vaso de agua.

—Tu mundo perfecto está a punto de saltar por los aires.

Me regala una de sus sonrisas con hoyuelos, se le iluminan los ojos y todo. Le sonrío y se me echa encima, me levanta del suelo y me lleva por el salón pegada a su pecho.

—Mi mundo perfecto nunca ha sido tan perfecto y luminoso como ahora, Olivia Taylor. —Me da un beso de película y me río en su boca—. Y todavía va a ser mejor, mi dulce niña.

—Estoy de acuerdo. —Me lleva al dormitorio y suelto un gritito cuando me tira en la cama y sus almohadones decorativos salen volando en todas direcciones. Me ha sorprendido, y aún me sorprende más cuando se lanza encima de mí, vestido y todo—. ¿Qué haces? —pregunto entre risas, abriéndome de piernas para que pueda ponerse cómodo.

Empieza a tirar de las sábanas de la cama, a sacarlas, a arrugarlas en una bola sin el menor cuidado. Yo grito y me río, asombrada y feliz en cuanto rodamos por la cama y nos enredamos con el algodón blanco.

—¡Miller! —Me río y lo pierdo de vista, igual que a la habitación, cuando me quedo enterrada bajo una montaña de tela. Estoy atrapada. Las sábanas se tensan porque intento moverme. Miller se ríe y maldice al tratar de desenredarnos pero sólo consigue liarla más.

No sé cuántas vueltas me ha dado. Estoy debajo de él, encima de él, unidos por el lío de sábanas, sin ver nada y muertos de la risa.

—¡No puedo salir! —digo haciendo un esfuerzo por liberarme las piernas a patadas—. ¡No puedo moverme!

—Chinga —maldice dándonos otra vez la vuelta, pero se equivoca de lado y de repente no hay cama debajo de nosotros.

409

—¡Ay! —grito cuando caemos al suelo con un estrépito. Me río a mandíbula batiente y Miller tira y rebusca entre las sábanas intentando localizarme.

—¿Dónde diablos estás? —gruñe.

Lo único que veo es algodón. Algodón blanco por todas partes, pero puedo olerlo y sentirlo y cuando me aparta la sábana de la cama con un último taco, también puedo verlo. Me deja sin aliento.

—Lo de caerse de la cama empieza a convertirse en una costumbre —susurra dándome un beso de esquimal antes de dejarme tonta con un beso que vale toda una vida de amor y toneladas de exquisito deseo—. Sabes a gloria.

Nuestras lenguas bailan con lentitud y nuestras manos exploran sin límites. Tenemos los ojos abiertos, ardientes de pasión. Volvemos a estar solos, Miller y yo, en nuestra pequeña burbuja de felicidad, igual que otras muchas veces antes. Sólo que ahora ya no hay un mundo cruel acechándonos ahí fuera.

Se ha acabado.

Una noche que se ha convertido en una vida. Bueno, también en mucho más que eso.

—Me muero por tus huesos, Miller Hart —musito en su boca y sonrío cuando noto que sus labios se estiran.

—Eso me hace muy feliz.

Se aparta y realiza una secuencia de movimientos: parpadea despacio, entreabre un poco los labios y me mira con los ojos entornados, intensamente. Es como si supiera que todas y cada una de esas cosas contribuyeron a que me quedara fascinada con él desde el principio y quisiera recordármelas. No hace falta. Cierro los ojos y las veo. Abro los ojos y las veo. Mis sueños y mi realidad se confunden pero ahora todo está bien. Ya no me escondo. Es mío de día, de noche, en sueños y de verdad. Me pertenece.

—Me estás arrugando el traje, mi dulce niña. —Lo dice muy serio y suelto una señora carcajada. Resulta que ahora sólo le preocupa el paño fino—. ¿Qué te hace tanta gracia?

—¡Tú! —me parto de risa—. ¡Tú y tú!

—Excelente —concluye tajante. Se levanta—. Eso también me hace feliz. —Me toma las manos y me sienta—. Quiero hacer una cosa.

—¿Qué?

—Calla —me dice ayudándome a que me ponga de pie—. Ven conmigo.

Me toma de la nuca y cierro los ojos, saboreando su caricia; el calor que emana de su piel se extiende por mi piel. Desde el cuello hasta la punta de los pies. Estoy inmersa en el calor y la tranquilidad de sus caricias.

—Tierra llamando a Olivia —me susurra al oído. Abro los ojos.

Sonrío con los ojos entornados y dejo que me conduzca a su estudio. La sensación de paz se multiplica por mil cuando entramos.

—¿Qué hacemos aquí?

—Una vez alguien me dijo que me resultaría mucho más satisfactorio pintar algo de carne y hueso que me pareciera bello. —Me lleva hasta el sofá, me sienta y me levanta las piernas y las coloca en el sofá a su gusto—. Quiero contrastar esa teoría.

—¿Vas a pintarme? —No me lo esperaba. Pinta paisajes y edificios.

—Sí —contesta con decisión. Alucino. Toma un caballete y lo pone en el centro del estudio—. Quítate la ropa.

—¿Desnuda?

—Correcto. —No me mira.

Me encojo de hombros.

—¿Alguna vez has pintado algo vivo? —pregunto sentándome y quitándome los *jeans*. Lo que quiero saber es si alguna vez ha pintado a alguien. Cuando me mira con ojos sonrientes sé que ha decodificado la pregunta y que sabe exactamente a qué me refiero.

—Nunca he pintado a una persona, Olivia.

Intento que no se note que es un gran alivio pero mi cara no coopera y sonrío de oreja a oreja sin querer.

—¿Está mal que eso me complazca enormemente?

—No. —Se echa a reír. Toma un lienzo en blanco que estaba apoyado en la pared y lo coloca en el caballete.

Estoy hablando con él por encima del respaldo del sofá, que está de cara a la ventana, lejos de lo demás. ¿Cómo va a pintarme si no puede verme?

Cuando viene me estoy quitando la camiseta, esperando a que le dé la vuelta al sofá para tenerlo de cara, pero no. Me ayuda a sacarme la ropa interior, despacio, y se pelea con mi cuerpo hasta que me quedo sentada en el respaldo de este mamotreto y los pies en el asiento. Estoy de espaldas a la habitación, mirando el espectacular cielo de Londres. Sólo las luces de los edificios lo iluminan.

—¿No sería mejor hacerlo de día? —pregunto. Dejo caer el pelo por los hombros y coloco las manos en el sofá, junto a mis caderas—. Así verás mejor los edificios.

Me estremezco cuando el calor de su aliento me roza la piel, seguido de sus labios. Me besa en la espalda, un hombro, la columna, y el hueco de detrás de la oreja.

—Si hubiera luz tú no serías el tema principal.

Me toma la cabeza y la vuelve hasta que veo sus ojos azules.

—Tú eres lo único que veo. —Me besa con ternura y me relajo con los atentos movimientos de sus labios—. De día o de noche, tú eres lo único que veo.

No digo nada. Permito que me colme de besos. Me vuelve la cara hacia el ventanal y me deja sentada en el respaldo del sofá, desnuda y sin una pizca de vergüenza. Intento admirar el paisaje de Londres de noche, en el que normalmente me pierdo con facilidad, pero me distrae demasiado el oírlo trabajar detrás de mí. Echo un vistazo por encima del hombro. Está tomando pinceles y pintura, un poco agachado, con el mechón rebelde haciendo de las suyas. Sonrío cuando sopla para apartárselo de la frente; no puede hacerlo con las manos porque las tiene llenas de utensilios. Ordena todo lo que necesita, se quita la chaqueta y se sube las mangas de la camisa. Pero todo lo demás sigue en su sitio: el chaleco, la corbata...

—¿Vas a ponerte a pintar con el traje nuevo puesto? —pregunto mientras arregla botes y pinturas. Eso sí que sería una novedad.

—Tampoco es para tanto. —No me presta atención, sigue preparándose para la sesión de pintura—. Mírate el hombro izquierdo.

Frunzo el ceño.

—¿Que me mire el hombro izquierdo?

—Sí.

Se acerca y moja el pincel en pintura roja. Lo sigo con la mirada hasta que lo tengo justo detrás. Coge el pincel de punta fina y lo lleva a mi hombro. Escribe dos palabras.

TE QUIERO.

—Aún no te lo he escrito en el izquierdo. No pierdas de vista esas palabras.

Me besa la cara sonriente y se va otra vez. Pero no lo miro porque no pierdo de vista esas palabras. Son aún más bonitas que el paisaje de Londres.

No me muevo más que para pestañear. Veo cómo se mueve con el rabillo del ojo pero no le veo la cara y eso me molesta un poco. Lo que está haciendo lo relaja y me alegro de serle de ayuda. Los segundos se convierten en minutos y los minutos en horas. Soy una estatua y aprovecho este momento de quietud para pensar en todo por lo que hemos pasado y en lo que nos deparará el futuro.

Un futuro que incluye a nuestro bebé, a mi madre y a mi padre. No hay lugar para el resentimiento. Empezaremos nuestra nueva vida sin problemas. Impoluta y perfecta. Mi mente está libre de cosas malas y así será nuestra vida. Ahora mismo sólo siento una paz absoluta. Respiro hondo, tranquila, serena y sonrío para mis adentros.

—Tierra llamando a Olivia. —Su tono fluido atraviesa mi felicidad y me excita.

Siento el cosquilleo de su proximidad en la piel desnuda. Levanto la vista y lo veo detrás de mí, sigue inmaculado. No le ha caído ni una gota de pintura.

—¿Estabas pensando en mí? —Apoya las manos limpias en mis caderas y mi espalda contra su pecho, envolviéndome en tela cara.

—Sí. —Le tomo las manos, estoy un poco entumecida—. ¿Cuánto tiempo llevo así?

—Un par de horas.

—Se me ha dormido el trasero. —Del todo, e imagino que las piernas también. Me va a doler cuando me levante.

—Ven. —Me levanta y me deja en el suelo, sin soltarme, por si no me tengo en pie—. ¿Te duele? —Me masajea el culo para intentar devolverle la vida.

—Sólo se me ha dormido.

Me sujeto a sus hombros mientras se toma su tiempo masajeándome, hasta que llega a mi vientre y cesan los movimientos circulares. Mira hacia abajo pero no dice nada durante mucho mucho tiempo. Lo dejo tranquilo, feliz de que me esté mirando.

—¿Crees que nuestro hijo será perfecto? —pregunta muy preocupado. Me hace sonreír.

—En todos los sentidos —le digo, porque sé que será... igualito a Miller—. ¿Hijo?

Me mira, le brillan los ojos de felicidad.

—Presiento que será niño.

—¿Cómo es que estás tan seguro?

Menea un poco la cabeza, no muy dispuesto a satisfacer mi curiosidad.

—Simplemente lo sé.

Está mintiendo. Lo tomo de la barbilla y lo obligo a mirarme a la cara.

—Explícate.

Intenta cerrar los ojos pero le brillan demasiado.

—Lo he soñado —dice acariciándome el pelo. Juega con él, recoloca algunos mechones aquí y allá—. Me he permitido soñar con lo imposible, como hice contigo. Y ahora te tengo a ti.

Relajo los hombros. Estoy tranquila, contenta. Me cubre la boca con la suya.

Va a adorarme.

Lentamente, con ternura, al estilo perfecto de Miller.

—Necesito hacerte el amor, Olivia —masculla en mi boca. Desliza los labios por mi mejilla, mi oído y mi pelo—. Agáchate. —Me coge de la cintura y da un par de pasos atrás, tirando de mis caderas—. Pon las manos en el sofá.

Asiento y me sujeto al respaldo del viejo sofá. Se desabrocha los pantalones. No está preparado para perder el tiempo desnudándose y me parece bien. Yo estoy como mi madre me trajo al mundo y Miller está completamente vestido, pero siento que así es mucho más poderoso y ahora mismo necesita sentirse poderoso.

—¿Estás lista para mí? —pregunta metiendo los dedos entre mis muslos y sumergiéndolos en mis jugos calientes. Lo invito a entrar, se lo suplico. Gruño mi respuesta, que la verdad es que sobra. Estoy chorreando—. Siempre estás lista para mí —susurra besándome la columna antes de lamerme el cuello. Sabe cómo me siento cuando no me deja verle la cara.

Respiro sumida en el placer y hago lo que me pide. Vuelvo la cara para que me vea de perfil y así poder perderme en él. No me preocupa no verle el pecho desnudo, me basta con su cara.

—Mejor. —Saca los dedos y me siento vacía y estafada, pero no por mucho tiempo. Los reemplaza con la punta de su verga jugando con mi entrada, humedeciéndome toda. Gimoteo y meneo la cabeza, suplicante. Sabe lo que quiero—. No deseo hacerte esperar, mi dulce niña.

Me la mete con un profundo gemido y echa la cabeza hacia atrás sin dejar de mirarme a los ojos.

Clavo las uñas al sofá y tenso los brazos. Irrumpe en mí sin tener en consideración el daño que puede hacerme.

—¡Mierda!

—Calla —dice con voz gutural, le tiemblan las caderas—. Esto es una gozada.

Sale de mi interior, temblando, y de inmediato se mete y con las caderas dibuja círculos contra mi culo.

Me falla la respiración.

—Me encanta ese sonido. —La saca otra vez y me embiste de nuevo. No paro de gemir y de jadear—. No sabes lo mucho que me gusta.

—Miller —resoplo intentando no moverme por él. Me abro de piernas para darle mejor acceso—. ¡Dios, Miller!

—Te gusta, ¿verdad?

—Sí.

—¿El mejor?

—¡Dios, sí!

—Estoy de acuerdo, dulce niña. —Está en racha, ha encontrado el ritmo perfecto. Entra, sale, meneo y otra vez igual—. Me voy a tomar mi tiempo contigo —me promete—. Toda... la... noche.

Me parece bien. Quiero estar pegada a él para siempre.

—Empezamos aquí. —Me la mete hasta el fondo, grito y me echo hacia adelante para disfrutar de la sensación—. Luego voy a hacértelo contra el refrigerador. —La saca, toma aire. Su pecho se expande bajo la camisa y el chaleco—. En la regadera. —Adentro otra vez—. En la mesa del estudio. —Mueve las caderas contra mi culo, me pongo de puntillas y gimo—. En mi cama.

—Por favor —le suplico.

—En el sofá.

—¡Miller!

—En la mesa de la cocina.

—¡Me vengo!

—En el suelo.

—¡Dios!

—Vas a ser mía en todas partes.

«¡Bang!»

—¡Aaaaah!

—¿Quieres venirte?

—¡Sí! —Y cuanto antes. Estoy sudando y temblando. Jalo aire a grandes bocanadas y tenso todos los músculos de mi cuerpo. Quiero ese orgasmo que está a punto de estallar en mi interior. Va a ser de los gordos. Va a hacer que me cedan las piernas y me quede afónica de tanto gritar—. ¡Me vengo! —grito a sabiendas de que no hay forma de pararlo.

—Quiero verte los ojos —me avisa, sabe que me tiene enloquecida—. No los escondas de mí, Olivia.

Rota las caderas sin parar, cada vez con más precisión. Es imposible comprender lo bien que se mueve y lleva el ritmo a menos que te someta a sus habilidades. Y a mí me tiene bien sometida. Lo comprendo del todo. Va a hacerme sentir eufórica y feliz, a dejarme la mente en blanco. Si pudiera, gritaría. Trago saliva cuando noto que palpita y se agranda en mi interior. Maldice. Él también está a punto.

—Necesito que nos vengamos juntos. —Jadea aumentando el ritmo, chocando contra mi culo, clavándome los dedos en la cintura—. ¿De acuerdo?

Asiento. Entorna los ojos y me atrae hacia sí con fuerza.

Se me nubla la mente, una oleada de placer inunda mi cuerpo como un maremoto y casi me caigo al suelo.

—¡Miller! —grito. He recuperado la voz—. ¡Miller, Miller, Miller!

—¡Joder, joder, joder! —brama estremeciéndose mientras tira de mí y me baja la espalda. Está temblando y tiene los ojos cerrados. Dejo caer la cabeza, agotada, sintiendo cómo me chorrea por las piernas y me calienta. Me completa—. Dios, Olivia. Eres una diosa.

Se desploma; la tela de su traje caro se empapa con el sudor de mi espalda. Respira entrecortadamente en mi cuello.

Estamos molidos, intentando recobrar el aliento. Me pesan los párpados pero sé que no va a dejarme dormir.

—Voy a adorarte toda la noche. —Se despega de mi espalda desnuda y me vuelve en sus brazos. Me seca el sudor de la cara y me colma de besos—. A el refrigerador —susurra.

CAPÍTULO 25

Me duele todo. Estoy escocida y espatarrada en la cama de Miller, con las sábanas enrolladas en la cintura. Siento el aire frío de la habitación en la espalda. Estoy pegajosa y seguro que tengo el pelo revuelto y enredado. No quiero abrir los ojos. Revivo cada segundo de anoche. Me lo hizo en todas partes. Dos veces. Podría pasarme un año durmiendo pero me doy cuenta de que Miller no está a mi lado y palpo la cama por si mi radar ha fallado. Pues no. Me peleo con las mantas hasta que me quedo sentada en la cama, apartándome la maraña rubia de la cara somnolienta. No está.

—¿Miller? —Miro hacia el baño. La puerta está abierta pero no oigo nada. Con el ceño fruncido, me acerco al borde de la cama y algo me tira de la muñeca.

—Pero ¿qué...?

Tengo un cordel blanco de algodón atado a la muñeca. Lo tomo con la otra mano y veo que uno de los extremos es muy largo, llega hasta la puerta del dormitorio. Con una sonrisa a medias y algo extrañada me levanto de la cama.

—¿Qué estará tramando? —pregunto al vacío. Me enrollo una sábana alrededor del cuerpo y agarro el cordel con ambas manos. Sin soltarlo, empiezo a andar hacia la puerta, la abro, echo un vistazo al pasillo y agudizo el oído.

Nada.

Hago una mueca. Sigo el cordel blanco por el pasillo, sonrío. Llego al salón de Miller pero el cordel no acaba ahí y se me borra

419

la sonrisa de la cara al ver que me dirige a uno de los cuadros de Miller.

No es un paisaje de Londres.

Es un cuadro nuevo.

Soy yo.

Me llevo la mano a la boca, alucinada por lo que estoy viendo.

Mi espalda desnuda.

Con la mirada recorro las curvas de mi cintura diminuta y mi culo, sentado en el sofá. Luego asciendo hasta que veo mi perfil.

Se me ve serena.

Con claridad.

Perfecta.

No hay nada abstracto. Ahí están todos los detalles de mi piel, de mi perfil, y mi pelo está impecable. Soy yo. No ha utilizado su estilo habitual y no ha emborronado la imagen o la ha afeado.

Excepto el fondo. Más allá de mi cuerpo desnudo las luces y los edificios son manchas de color, casi todas negras con toques de gris para acentuar las luces brillantes. Ha capturado el cristal de la ventana a la perfección y aunque parezca imposible, mi reflejo se ve claro como el día: mi cara, mi pecho desnudo, mi pelo...

Meneo la cabeza lentamente y me doy cuenta de que estaba conteniendo la respiración. Me quito la mano de la boca y doy un paso al frente. El oleo brilla, no está seco del todo. No lo toco aunque las yemas de mis dedos se mueren por dibujar mi contorno.

—Miller... —susurro, asombrada por la belleza de lo que tengo ante mí. No porque me haya pintado a mí, sino por la imagen tan bella que ha creado mi hombre, tan apuesto y con tantos defectos. Nunca dejará de sorprenderme. Su mente compleja, su fuerza, su ternura... Su increíble talento.

Me ha pintado a la perfección, casi parece que estoy viva, pero me rodea un caos de pintura. Empiezo a comprender una cosa justo cuando me fijo en un pedazo de papel que hay en la esquina inferior izquierda del cuadro. Lo tomo con una pizca de recelo porque Miller Hart tiene tendencia a partirme el corazón por escrito. Lo desdoblo y me muerdo el labio inferior.

Son sólo cinco palabras.

Y me dejan sin habla.

«Sólo te veo a ti.»

Su mensaje se torna borroso porque se me llenan los ojos de lágrimas. Me las seco furiosa en cuanto caen por mis mejillas. Lo leo otra vez, entre sollozos, y miro el cuadro para recordar su magnificencia. No sé por qué. Ya me sé la imagen y la nota de memoria. Quiero sentir fuegos artificiales bajo la piel, necesito sentirlo, verlo. Me paso un momento suplicándole que venga a mí pero aquí sigo, sola con el cuadro.

Entonces recuerdo el cordel atado a mi muñeca. Lo tomo, sale otro de detrás del cuadro. Corto el que me une al cuadro y sigo el segundo a la cocina, de donde sale un nuevo cabo. Mi caza del tesoro no ha terminado y Miller no está en la cocina. La mesa está hecha un asco y huele a quemado. No es propio de Miller. Me acerco rápidamente: hay unas tijeras, restos de papel por todas partes y una olla. Miro en el interior, no puedo evitarlo, soy demasiado curiosa. Tengo que contener un grito cuando veo los restos calcinados.

En la mesa hay páginas sueltas, rotas y cortadas. Son las páginas de una agenda. Tomo unas cuantas y las examino en busca de algo que me confirme mis sospechas.

Y lo encuentro.

La letra de Miller.

—Ha quemado la agenda de las citas —susurro y dejo que los restos de papel caigan sobre la mesa. ¿Y no los ha recogido? No sé qué me sorprende más. Me pararía a pensar en este dilema si no fuera porque estoy viendo una foto. Vuelvo a sentir todo lo que sentí la primera vez que la vi: la pena, la desolación, la rabia y, aunque se me llenan los ojos de lágrimas, tomo la foto de cuando Miller era pequeño y la miro un buen rato. No sé por qué, pero algo me empuja a darle la vuelta a pesar de que sé que no hay nada escrito al dorso.

O no lo había.

Ahí está la caligrafía de Miller y yo vuelvo a estar hecha un mar de lágrimas.

Sólo tú, en la luz o en la oscuridad.
Ven a buscarme, mi dulce niña.

Me repongo y me entra el pánico pero por otro motivo. Dejo atrás el papel chamuscado y tomo el cordel. Lo sigo deprisa, sin pararme a pensar ni siquiera cuando me conduce a la puerta del departamento. Salgo, tapándome con la sábana, sigo el cordel... Y me paro porque de repente desaparece.

Entre las puertas del elevador.

—Ay, Dios mío —exclamo apretando el botón de apertura como una loca. El corazón se me va a salir del pecho, late a ritmo de *staccato* contra mis costillas—. Dios mío, Dios mío, Dios mío.

Los segundos me parecen siglos mientras espero impaciente que se abran las puertas del elevador. Aprieto el botón sin parar, sé que no sirve para nada, sólo para desahogarme.

—¡Ábrete de una vez! —grito.

¡Ding!

—¡Gracias a Dios!

El cordel que estaba suspendido en el aire cae a mis pies cuando las puertas empiezan a abrirse.

Los fuegos artificiales estallan. Es como un festival de pequeñas explosiones que me marea y me atonta. Ni siquiera veo bien.

Pero ahí está.

Me agarro a la pared para no caerme del susto. ¿O es de alivio?

Está sentado en el suelo del elevador, con la espalda pegada a la pared, la cabeza gacha y la otra punta del cordel atada a su muñeca.

¿Qué demonios hace aquí dentro?

—¿Miller? —Me acerco, vacilante, preguntándome cómo me lo voy a encontrar y cómo voy a lidiar con esto—. ¿Miller?

Levanta la cabeza. Abre los ojos muy despacio y cuando sus penetrantes ojos azules se clavan en los míos se me corta la respiración.

—No hay nada que no haría por ti, mi dulce niña —suspira alargando la mano hacia mí—. Nada.

Ladea la cabeza para que me meta en el elevador y obedezco sin pensármelo dos veces, lista para reconfortarlo. ¿Por qué está en el elevador? Misterio. ¿Por qué se tortura así? Quién sabe.

Le tomo la mano e intento levantarlo pero me sienta en su regazo sin darme tiempo a reaccionar y a sacarlo de este agujero.

—¿Qué haces? —le pregunto, conteniéndome para no discutir con él.

Me coloca como quiere.

—Vas a darme lo que más me gusta.

—¿Qué? —pregunto sin entender nada. ¿Quiere lo que más le gusta en un maldito elevador? ¿Con el miedo que les tiene?

—Te lo he pedido una vez —salta impaciente. Lo dice en serio. ¿Por qué está haciendo esto?

Como no tengo nada más que decir y no me deja que lo saque de este agujero infernal, lo envuelvo entre mis brazos y lo estrecho contra mi pecho. Nos pasamos varios minutos así, hasta que noto que deja de temblar. Y lo comprendo todo.

—¿Te has metido aquí por voluntad propia? —pregunto, porque no creo que uno tropiece y acabe por accidente en el elevador.

No contesta. Respira pegado a mi cuello, el corazón le late a un ritmo estable contra mi pecho y no veo signos de pánico. ¿Cuánto tiempo lleva aquí dentro? Ya me enteraré. De momento, dejo que me abrace hasta la saciedad. Las puertas se cierran y ahora sí que se le acelera el pulso.

—Cásate conmigo.

—¡¿Qué?! —grito saltando de su regazo. No le he entendido bien. Imposible. No quiere casarse. Lo miro a la cara. Aunque estoy anonadada, veo que la tiene bañada en sudor.

—Ya me has oído —contesta sin mover un pelo. Sólo mueve los labios, que se abren muy despacio cuando habla. Sus enormes ojos azules ni parpadean y se me clavan en la cara de pasmada.

—Cre... Creía...

—No hagas que me repita —me advierte y cierro la boca, sigo más que sorprendida. Intento decir algo coherente. No me sale. Mi mente no responde.

Me quedo mirando su rostro impasible, esperando una pista que me aclare lo que acabo de oír.

—Olivia...

—¡Dilo otra vez! —exclamo a toda prisa, con excesiva brusquedad, pero me niego a disculparme. Estoy demasiado aturdida. Normalmente me pongo necia en cuanto él se pone necio pero hoy no. Hoy no valgo para nada.

Miller respira hondo, extiende los brazos y tira de la sábana que me cubre el pecho para atraerme hacia él. Estamos frente a frente, unos ojos azules resplandecientes y unos ojos de color zafiro inseguros.

—Cásate conmigo, mi dulce niña. Sé mía para siempre.

Llevo tanto tiempo conteniendo el aliento que me arden los pulmones. No quería hacer el menor ruido mientras él repetía lo que yo creía que había dicho.

—Uuuuuf. —Suelto el aire acumulado en mis pulmones—. Creía que no querías casarte de manera oficial.

Me había hecho a la idea. Su palabra por escrito y su promesa me bastan. Al igual que Miller, no necesito testigos ni una religión que valide lo que tenemos.

Aprieta los labios carnosos.

—He cambiado de opinión y no hay más que hablar.

La mandíbula me llega al suelo. ¿Así, de pronto? Le preguntaría qué ha cambiado pero creo que es evidente y no voy a cuestionarlo. Me dije que Miller tenía razón y realmente así lo creía. Tal vez porque tenía sentido, tal vez porque parecía inflexible.

—Pero ¿por qué estás en el elevador? —Pienso en voz alta. Estoy intentando entender lo que pasa.

Pensativo, mira alrededor como si estuviera en peligro. Pero se concentra en mí.

—Soy capaz de hacer cualquier cosa por ti —dice con total seguridad.

Lo entiendo.

Si puede hacer esto, puede hacer cualquier cosa.

—En mi vida hay orden y concierto, Olivia Taylor. Ahora soy quien debo ser. Tu amante. Tu amigo. Tu marido. —Baja la vista a mi vientre, maravillado, y de sus ojos desaparece el miedo. Ahora están sonrientes—. El padre de nuestro bebé.

Dejo que me mire la barriga durante una eternidad. Me da tiempo a asimilar que se me ha declarado. Miller Hart no es un hombre corriente. Es un hombre al que es imposible describir. Creo que soy la única que puede hacerlo. Porque yo lo conozco. Todo el mundo, incluso yo hace mucho, utilizó adjetivos que creían adecuados para describir a Miller.

Distante. Frío. Incapaz de amar. Imposible de amar.

Nunca ha sido ninguna de esas cosas, aunque lo ha intentado con todas sus fuerzas. Y con bastante éxito. Repelía lo positivo y recibía con brazos abiertos todo lo malo. Como en sus pinturas, afeaba su belleza natural. Las barreras de Miller Hart eran tan altas que corría el riesgo de que nunca nadie pudiera saltarlas. Porque así era como las quería. Yo no he derribado sola esas barreras. Él las ha desmantelado conmigo, ladrillo a ladrillo. Deseaba enseñarme el hombre que de verdad quería ser. Por mí. Nada en el mundo me produce más placer o satisfacción que verlo sonreír. Parece muy poca cosa, lo sé, pero en nuestro mundo no lo es. Cada sonrisa que me regala es una señal de verdadera felicidad y a pesar de su apariencia fría e impasible, siempre sabré lo que piensa. Sus ojos son un mar de emociones y soy la única que sabe interpretarlas. He terminado el curso de iniciación a Miller Hart y he sacado matrícula de honor. Pero no me engaño, no lo he hecho sola. Nuestros mundos chocaron y explotaron. Yo lo descifré a él y él me descifró a mí.

Antes éramos él y yo.

Ahora somos nosotros.

—Puedes ser quien tú quieras —le susurro acercándome. Necesito tenerlo más cerca.

Una paz inimaginable se refleja en su rostro cuando volvemos a mirarnos a los ojos.

—Quiero ser tu marido —dice con ternura, en voz baja—. Cásate conmigo, Olivia Taylor. Te lo suplico.

Me deja sin aliento.

—Por favor, no hagas que me repita.

—Pero...

—No he terminado. —Me tapa la boca con un dedo—. Quiero que seas mía de todas las maneras posibles, incluso ante Dios.

—Pero no eres un hombre religioso. —Le recuerdo lo evidente.

—Si él acepta que eres mía, seré lo que haga falta. Cásate conmigo.

Me derrito de felicidad y me lanzo a sus brazos. Lo que siento por mi perfecto caballero no me cabe en el pecho.

Me toma al vuelo. Me abraza. Me llena de seguridad.

—Como quieras —susurro.

Sonríe contra mi cuello y me constriñe con su abrazo de oso.

—Voy a tomármelo como un sí —dice en voz baja.

—Correcto —susurro, sonriendo contra su cuello.

—Bien. Ahora sácame de este maldito elevador.

EPÍLOGO

Seis años después

Está torcido, por lo menos cinco milímetros.

Y me está poniendo malo. Me tiemblan las manos y tamborileo con los dedos cada vez más rápido.

«Está bien. Está bien. Está bien.»

«¡No está nada bien!», bramo para mis adentros y muevo la laptop un pelín a la izquierda. Sé que la sensación de alivio que me produce no tiene sentido, lo sé, pero no entiendo por qué debo dejarlo tan horriblemente torcido cuando con un segundo de mi tiempo puedo colocarlo como tiene que estar. Frunzo el ceño y me pongo cómodo en mi sillón, me siento mucho mejor. La terapia está haciendo maravillas.

Unos golpecitos hacen que me olvide del ordenador. Me invade una mezcla de felicidad y un sinfín de emociones que hacen explotar los fuegos artificiales que siento bajo la piel cuando la tengo cerca.

Mi dulce niña. Está aquí.

Sonrío, tomo el control remoto y presiono el botón que hace aparecer las pantallas. Tardan una eternidad pero no me preocupa que se presente sin avisar. Tiene el código, pero me esperará. Como hace siempre.

Las pantallas se encienden y suspiro cuando la veo en el monitor central. Su cuerpo minúsculo vestido con unos pantalones capri negros y una camisa blanca. El pelo le cae como una cascada

427

por los hombros. Podría poner los pies encima de la mesa, recostarme en el sillón y pasarme todo el día observándola. Pero no voy a manchar la mesa con la mugre de mis zapatos y no hay terapia en el mundo que vaya a cambiar eso. Apoyo la cabeza en el respaldo del sillón, doy golpecitos con el mando en el reposabrazos y sonrío al verle los pies. El color del día: coral. La verdad es que hacen que su elegante ropa de trabajo parezca menos formal, pero no importa. Mi niña tiene por lo menos cincuenta pares y voy a añadir muchos más a la colección. No puedo evitarlo. Cada vez que veo un color nuevo, entro en la tienda y salgo con una caja o dos bajo el brazo... A veces tres. Se le ilumina la cara cada vez que le compro unos Converse nuevas. De hecho, creo que estoy un poco obsesionado con encontrar todos los colores habidos y por haber. Arrugo la frente. ¿Sólo un poco? Vale, sí, de vez en cuando busco en Google y me reservo un día o dos para la busca y captura de zapatillas Converse. Pero eso no significa que esté obsesionado. Lo que pasa es que me entusiasma. Sí, me entusiasma. Me quedo con eso y que le den al psicoterapeuta.

Asiento dándome la razón y vuelvo a concentrarme en la pantalla. Un mechón rebelde me hace cosquillas en la frente y me lo peino con la mano. Suspiro. Mi esposa es la viva imagen de la perfección. Me acaricio el labio superior con el índice pensando en todo el tiempo que me he reservado esta noche para adorarla. Y mañana por la noche. Y pasado mañana. Sonrío preguntándome en qué planeta viví todos esos años. Sabía que una noche no iba a ser suficiente. Y estoy seguro de que ella también lo sabía.

Lo estoy esperando.

Ya llega.

No tardará.

—Allá vamos. —Sonrío cuando mira a la cámara y deja caer el peso sobre la cadera. Ya está harta. Pero yo no. Ni me muevo, la voy a hacer esperar—. Un minuto, mi dulce niña —musito—. Dame lo que más me gusta.

La verga me palpita en los pantalones cuando pone los ojos en blanco y cambio de postura para que deje de empujar contra mi bragueta. Le da la espalda a la cámara. Suelto el aire que se me había quedado atascado en los pulmones e intento recobrar el aliento. No funciona.

—Señor, ayúdame.

Extiende las piernas y flexiona el torso muy despacio. Pone el culo en pompa y la tela de sus pantalones se tensa sobre sus nalgas. Mi entrepierna se vuelve loca cuando mi mujer echa la vista atrás con una minúscula sonrisa.

—¡Dios santo!

Me levanto de un salto y corro hacia la puerta. Derrapo y freno antes de que con las prisas se me olvide una cosa muy seria. Empiezo a alisarme el traje. Me resisto a mirarlo. Me arreglo el cuello de la camisa y la corbata, estiro las mangas. No funciona.

—¡Mierda!

Echo la cabeza hacia atrás y la dejo caer sobre el hombro. El control remoto no está en su sitio. Tengo que volver a mi sillón, que tampoco está como tiene que estar porque me he levantado demasiado deprisa.

«Déjalos así. Déjalos así. Déjalos así.»

No puedo. Mi despacho es el único lugar sagrado que me queda.

Tomo el control y lo guardo en el cajón superior de la mesa de escritorio.

—Perfecto —exclamo, listo para arreglar el sillón.

Toc, toc.

Giro la cabeza hacia la puerta y por alguna razón me siento muy culpable.

Hasta que oigo su voz sedosa al otro lado.

—¡Sé lo que estás haciendo! —canturrea, está a punto de echarse a reír—. No te olvides del sillón, cielo.

Cierro los ojos como si pudiera esconderme de mis crímenes.

—No hace falta que te pongas impertinente —mascullo. La amo y la odio, me conoce demasiado bien.

—Contigo nunca está de más, Miller Hart. Abre la puerta o la abro yo.

—¡No! —grito empujando el sillón contra la mesa—. Sabes que me gusta abrirte la puerta.

—Pues date prisa. Tengo que estudiar e irme a trabajar.

Me acerco a la puerta. Me arreglo el traje y me paso la mano por el pelo, enfadado. Tomo el picaporte pero no abro.

—Dime que no vas a chivarte.

Tengo que contenerme para no abrir la puerta antes de que diga que sí. Es como un imán y sólo la puerta se interpone entre nosotros.

—¿A tu psicoterapeuta? —pregunta muerta de risa. Mi verga se revuelve en mi entrepierna.

—Sí. Prométeme que no se lo vas a contar.

—Te lo prometo. —Ha sido fácil—. Quiero saborearte.

Abro la puerta y me preparo para su ataque. Me río cuando su cuerpo choca contra el mío a toda velocidad. Lo que más me gusta dura poco, me besa la sombra de la cara y me hunde la lengua en la boca.

—Es posible que se me escape por accidente —susurra mordisqueándome y lamiéndome los labios.

Le sigo el juego. Sonrío.

—¿Cuánto va a costarme tu silencio?

—Toda una noche de adoración —afirma sin tardanza.

—Tampoco es que tengas elección.

Rodeo su estrecha cintura, me la llevo al sofá, me siento y la coloco en mi regazo sin que ella suelte mi boca ni un segundo. Es un beso maravilloso.

—No quiero tener elección. Estoy de acuerdo, esta discusión no tiene sentido.

—Chica lista. —Parezco un arrogante. Lo mismo da—. Gracias por venir a saludar.

Interrumpe nuestro beso. Protesto con un gruñido pero se me pasa el disgusto en cuanto veo su preciosa cara. Enrosco los dedos en los mechones rubios de su pelo.

—Me das las gracias todos los días, como si viniera por gusto —susurra.

Arqueo las cejas.

—Nunca te hago hacer nada que sepa que no quieres hacer —le recuerdo. Me encanta cuando me mira indignada—. ¿O sí?

—No —dice alargando la palabra, al límite de su paciencia—. Pero éste es uno de esos hábitos obsesivos tuyos que interfiere con mi jornada laboral. Hablaré con tu terapeuta para que se encargue de corregirlo.

Resoplo.

—Si lo intenta, prescindiré de sus servicios.

No puedo negar que he adquirido manías nuevas pero también me he librado de unas cuantas. No debería castigarme sino recompensarme.

Esta vez no se pone chula, aunque sé que se muere por soltarme una de sus perlas. Pero incluso mi mujer se ha dado cuenta de que por mucho que me envíe a eso que ella llama terapia no voy a cambiar ninguno de mis hábitos relacionados con ella. Además, sé que disfruta con la mayoría de ellos. No sé por qué finge que le molestan, que son un estorbo en su vida.

Como no dice nada tengo tiempo para comérmela con los ojos. Es un placer. No he visto nada tan perfecto en mi vida. Bueno, hasta que me acuerdo del niño más adorable del mundo.

—¿En qué estás pensando? —pregunta ladeando la cabeza. No puede ser más guapa.

—Estoy pensando que mi hombrecito y tú son absolutamente perfectos.

Los zafiros resplandecientes me miran mal.

—Hablando de tu hombrecito...

Se acabó lo bueno.

—¿Qué ha hecho ahora?

Se me ocurren mil cosas y rezo para que no haya dado muestras de comportamiento obsesivo.

—Le ha robado los calcetines a Missy.

Qué alivio. ¿Otra vez? Estoy intentando no reírme. De verdad.

—¿Por qué?

Yo sé por qué.

Olivia me mira como si fuera tonto.

—Porque no combinaban. —A ella no le hace ninguna gracia.

—Le comprendo.

Me pega un manotazo en el hombro y me lanza puñales con la mirada. Pongo cara de que me ha hecho mucho daño y me froto el hombro.

—No tiene gracia.

Suspiro hondo. ¿Cuántas veces vamos a tener esta conversación?

—Ya se lo he dicho. Basta con que les digan a todos los niños que tienen que llevar los calcetines iguales. Es muy sencillo.

De verdad, tampoco es tan difícil.

—Miller, se planta en la puerta y hace que los demás niños le enseñen los calcetines.

Asiento.

—Es muy concienzudo.

—O muy molesto. Los pellizco si los calcetines no combinan. ¿Quieres ir a explicarles a los padres por qué sus hijos vuelven del colegio sin calcetines?

—Sí y también les diré cómo solucionar el problema.

Suspira, harta. No sé por qué. Como siempre, le da mil vueltas a todo y no voy a tolerar que los padres de los compañeros de colegio de mi hijo la convenzan de que a nuestro hombrecito le pasa algo raro.

—Ya me encargo yo —le aseguro mirando sus mechones rubios entre mis dedos. Frunzo el ceño y la miro a los ojos—. Hoy estás distinta. —No sé cómo no me he dado cuenta antes.

Me preocupo cuando el sentimiento de culpa brilla en sus ojos de color zafiro, se levanta y se pasa una eternidad arreglándose la ropa.

Me levanto y entorno los ojos.

—Conozco a mi dulce niña a la perfección y sé que eres culpable como el pecado.

Su famoso brío entra en acción y me lanza una mirada asesina de las que asustan.

—¡Sólo han sido dos dedos!

¡Lo sabía!

—¡Te has cortado el pelo!

—¡Tenía las puntas abiertas! —me discute—. ¡Parecía pelo de rata!

—¡De eso nada! —protesto, mordiéndome el labio—. ¿Por qué me has hecho eso?

—¡No te he hecho nada! ¡Es mi pelo!

—¡Ah! —Me río, ultrajado—. ¿Conque ésas tenemos?

Arranco hacia el cuarto de baño. Sé que vendrá detrás de mí.

—¡No te atrevas a hacerlo, Miller!

—Te hice una promesa y yo siempre cumplo mis promesas.

Abro el armario y saco la maquinilla de cortar el pelo. La enchufo de mala manera. ¡Se ha cortado el pelo!

—¡Dos dedos! ¡Sólo han sido dos dedos! ¡Todavía me llega al culo!

—¡Mi propiedad! —bramo llevándome la maquinilla a la cabeza con intención de cumplir mi promesa.

—De acuerdo —dice muy tranquila. No me lo esperaba—. Aféitate la cabeza. Te seguiré queriendo igual.

La miro con el rabillo del ojo. Está apoyada en el marco de la puerta, la mar de chula.

—Voy a hacerlo —la amenazo acercando la maquinilla a mi cabeza.

—Sí, eso has dicho. —Me está provocando.

—Ok. —Echo la cabeza hacia atrás. Acerco la maquinilla y me miro al espejo. Las cuchillas rozan mis rizos oscuros, que tanto me gustan. Me estoy poniendo nervioso—. Joder —digo más tranquilo. No puedo hacerlo. Contemplo mi reflejo, vencido, intentando convencerme de que he de hacerlo hasta que veo su imagen detrás de la mía.

—Todavía me fascinas, Miller Hart. —Me acaricia el lóbulo de la oreja sin darle importancia a su victoria—. Sólo han sido las puntas.

Suspiro. Sé que estoy exagerando pero me cuesta ser racional.

—Yo también te quiero. Déjame saborearte.

Obedece. Se coloca entre el lavabo y yo y deja que la disfrute todo el tiempo del mundo.

—Tengo que irme a trabajar —dice perturbando mi felicidad y dándome un beso en la nariz.

—Tomo nota. —La dejo marchar—. Mi hombrecito y yo iremos a ver a la abuela después del colegio.

—Estupendo.

—Y luego iremos a ver a esa dichosa terapeuta.

Sonríe de oreja a oreja y me abraza con fuerza.

—Gracias.

No discuto. Por mucho que proteste, no puedo negar que me lo paso bien allí con mi hombrecito.

—¿Bailas conmigo antes de irte?

—¿Aquí?

—No. —La tomo de la mano. Me encanta cuando se muere de curiosidad. La llevo al club.

—Miller, tengo que irme a trabajar —insiste con una sonrisa. Sé que no tiene prisa. Poco importa. No tiene elección. Ya debería saberlo. No hago caso de sus protestas y la pongo exactamente en el centro de la pista de baile, le arreglo el pelo y me acerco a la tarima del DJ. Hay un montón de botones y de interruptores.

—¡Mierda! —maldigo por lo bajo y los toco todos hasta que se encienden los altavoces—. ¿Qué te apetece? —le pregunto buscando entre la lista interminable de canciones que aparece en la pantalla del ordenador.

—Algo animado. Me espera un día muy largo.

—Como quieras —contesto y encuentro la canción perfecta. Sonrío, la pongo y *Electric Field* de MGMT suena en el club. Está sonriente. Es lo más bonito del mundo. Pero sólo mueve la boca. Sabe que no debe mover nada más hasta que yo llegue.

Miro sus arrolladores ojos de color zafiro, bajo de la tarima y camino hacia ella. Que Dios la bendiga. Se nota que se muere por empezar a moverse al ritmo de la música. No lo hará. Me tomo mi tiempo, como siempre. Baja la barbilla y entreabre la boca, con los ojos entornados y las pestañas largas como abanicos.

Quiere decirme que me dé prisa pero no lo hará. Saboréalo. Despacio, siempre. Saboreo cada nanosegundo que tardo en llegar a su lado, disfrutando de su belleza natural y exquisita.

—Miller —suspira con la voz cargada de sexo, deseo, lujuria e impaciencia.

—Quiero tomarme mi tiempo contigo, mi dulce niña.

Me pego a su cuerpo, siento los latidos fuertes y constantes de su corazón.

Le rodeo la cintura con el brazo, tiro y la aprieto contra mí. Exploto de felicidad cuando me dedica una sonrisa traviesa.

—¿Lista para que te adore en la pista de baile?

—Lista.

Le devuelvo la sonrisa y la sostengo con una mano. Ella me echa los brazos al cuello y me acerca la cara a la suya mientras restriega el vientre contra mi entrepierna al ritmo de la música. Para cuando la canción haya terminado estará desnuda en el suelo. Mi verga palpita, gritándome que me dé prisa.

Abro las piernas y flexiono un poco las rodillas para que nuestras caras estén a la misma altura. Ella sigue el ritmo de mis caderas y se asegura de que nuestras entrepiernas no se separan.

Sonrío y la miro a los ojos. No nos movemos del sitio hasta que doy un paso atrás y ella me sigue mientras balancea el cuerpo de un lado a otro.

—Dime que vale la pena llegar tarde por esto —susurro restregándole el paquete cuando tarda en responder—. Dímelo.

Aprieta los labios y entorna los ojos.

—¿Vas a añadirlo a tu lista de costumbres obsesivas?

Sonrío.

—Tal vez.

—Eso es que sí.

Me echo a reír y damos vueltas. Nuestros cuerpos se separan y le tomo la mano. Suelta un gritito y se ríe cuando la atraigo hacia mí hasta que estamos nariz con nariz, sin movernos, con la música de fondo.

—Correcto.

Le planto un beso en la boca que nos deja a los dos sin aliento. Le doy una vuelta, su pelo rubio se abre como un abanico en el aire. Se ríe, sonríe y sus ojos de color zafiro brillan como estrellas. Tengo una suerte que no me la creo. En mi mundo ya no hay oscuridad, sólo luz. Y todo gracias a esta hermosa criatura.

Estoy tan sumido en mis pensamientos que pierdo la capacidad de bailar. La atraigo de nuevo hacia mí, la abrazo. Necesito lo que más nos gusta. No la suelto en un buen rato y ella no protesta. Mi realidad a veces me golpea como un martillo y tengo que comprobar que todo a mi alrededor es de verdad y es mío. Lo que más me gusta es la mejor manera de hacerlo. El problema es que nunca me canso de tenerla a salvo en mis brazos. Ni aunque estuviéramos así toda la eternidad.

La música se acaba pero yo sigo abrazándola con fuerza, balanceándonos a un lado y a otro. No protesta y sé que no va a pedirme que la suelte. Me armo de valor y me separo de ella.

—Vete a trabajar, mi dulce niña —le susurro al oído y le doy una palmada en el culo a modo de despedida. Me cuesta un mundo quedarme donde estoy y no irme con ella. Todos los días igual. Intento no hacer caso del dolor que siento en el corazón cada vez que se aleja de mí. Lo intento. Nunca lo consigo. No volveré a estar completo hasta que vuelva a verla y me dé lo que me gusta.

Miro todos los pies que desfilan ante mí en busca de tobillos desnudos. Meneo la cabeza. Es intolerable la cantidad de niños que salen a la calle con calcetines desparejados. ¿Qué tiene de malo que mi hombrecito quiera solucionarlo? Les está haciendo un favor.

Estoy de pie junto a la puerta, con las manos en los bolsillos. Ni me molesto en devolverles la sonrisa a todas las mujeres que pasan junto a mí con sus hijos de la mano. Si les sonriera establecería contacto con esas extrañas, les daría pie a hablar, a hacerme preguntas, a conocerme. No, gracias. Así que mantengo mi expresión de estoicismo y sólo permito que mis músculos faciales se muevan cuando lo veo. Sonrío al verlo salir con la mochila en la espalda, la camisa de Ralph Lauren metida en los pantalones cortos grises sin cuidado y los calcetines marinos de rayas subidos hasta la rodilla. Lleva unos Converse grises tobilleras con los cordones desatados y los rizos negros enmarañados le caen hasta las orejas. Mi hombrecito.

—Buenas tardes, caballero —lo saludo agachándome para atarle las agujetas—. ¿Has pasado un buen día?

Ha heredado los ojos de las chicas Taylor: son azul marino, resplandecientes. Indignados.

—Cinco pares, papá —me dice—. Es inaceptable.

—¿Cinco? —Sueno sorprendido porque lo estoy. Tiene que haberse metido en un buen lío. Lo miro con los ojos entornados y termino con sus agujetas—. ¿Y qué has hecho al respecto, Harry?

—Les he dicho que pidan calcetines como regalo de Navidad.

Me río y lo tomo de la mano.

—Tenemos una cita con la bisabuela.

Grita de emoción. Me hace reír.

—Vamos. —Le tomo la manita y echo a andar pero oigo que me llaman.

—¡Señor Hart!

Miro a mi niño con la cabeza ladeada pero pone cara de póquer y se encoge de hombros.

—No he podido concentrarme en clase de dibujo.

—¿Les has dicho que pidieran calcetines como regalo de Navidad y has hecho que se quitaran los calcetines desparejados?

—Correcto.

No puedo evitarlo. Sonrío y la luz blanca y brillante explota a mi alrededor cuando mi hombrecito me devuelve la sonrisa.

—¡Señor Hart!

Me vuelvo con mi niño de la mano. Su maestra camina apresuradamente hacia nosotros. Lleva una falda de flores que le llega a los tobillos. Está llena de arrugas de la cabeza a los pies.

—Señorita Phillips —suspiro para que vea que estoy cansado antes de que empiece con el sermón.

—Señor Hart, sé que es usted un hombre ocupado...

—Correcto —la interrumpo, para que le quede claro.

Se revuelve nerviosa. ¿Se ha ruborizado? La observo con curiosidad un instante. Sí, se ha ruborizado y está hecha un manojo de nervios.

—Sí, verá... —Extiende la mano para mostrarme una pelota de trozos de punto. Calcetines—. Los he encontrado en el baño de los chicos. En la papelera.

Con el rabillo del ojo veo que mi hombrecito los mira con cara de asco.

—Ya veo... —musito.

—Señor Hart, esto empieza a ser un problema.

—A ver si la he entendido —empiezo a decir, pensativo, apartando la vista del gesto de repugnancia de Harry—. Creo que lo que ha querido decir es que empieza a ser una molestia.

—Sí. —Asiente con decisión, mirando a mi hijo. No me sorprende cuando le cambia la cara: la frustración desaparece y le de-

438

dica a mi niño una tierna sonrisa—. Harry, tesoro, no está bien robarles los calcetines a tus compañeros.

Harry está a punto de hacer un berrinche pero intervengo antes de que tenga que explicarse... otra vez. Tiene una compulsión. Sólo una: emparejar calcetines. Me alegro de que no tenga ninguna más pero no quiero quitarle ésa. Forma parte de él. No tengo nada que temer. El alma de Olivia ha eclipsado toda mi oscuridad.

—Señorita Phillips, a Harry le gustan los calcetines emparejados. Ya se lo he dicho otras veces. Odio repetirme pero haré una excepción. Pídales a los padres que hagan lo correcto y les pongan a sus hijos calcetines del mismo par. No es tan difícil. Además, no entiendo cómo los dejan salir de casa con los calcetines desparejados. Problema resuelto.

—Señor Hart, no me corresponde a mí decirles a los padres de mis alumnos cómo deben vestir a sus hijos.

—No, pero parece que sí que le corresponde venir a decirme lo que mi hijo va a tener que aguantar en el colegio.

—Pero...

—No he terminado —la interrumpo con brusquedad y levanto un dedo para que guarde silencio—. Todo el mundo le está dando demasiadas vueltas a este asunto. Calcetines iguales. Es así de sencillo. —Rodeo los hombros de Harry con el brazo y me lo llevo—. Y será mejor que no volvamos a hablar del tema.

—Estoy de acuerdo —añade Harry. Me pasa el bracito por el muslo y se abraza a mi pierna—. Gracias, papá.

—No me des las gracias, muchachote.

Le digo en voz baja y me pregunto si se me está pegando la obsesión de Harry. A menudo me pongo a mirar los tobillos de la gente sin darme cuenta, incluso cuando mi hijo no está conmigo. El mundo necesita librarse de los calcetines desparejados.

—¿Dónde está mi niño? —Nos recibe la voz jovial de Josephine desde la cocina. Entramos en el recibidor y Harry se quita las Converse y las deja con pulcritud bajo el perchero.

—¡Aquí, bisabuela! —contesta colocando la mochila junto a sus zapatos.

Josephine aparece secándose las manos en un paño de cocina. Da gusto verla.

—Buenas tardes, Josephine.

Me quito la chaqueta y la cuelgo del perchero. La aliso antes de volverme hacia la extraordinaria abuela de Olivia. Me toma de las mejillas y me planta dos sonoros besos mientras Harry espera su turno.

—¿Hoy cuántos? —pregunta.

—Cinco.

—¡Cinco! —exclama y asiento. Murmura algo sobre que es una vergüenza. Tiene razón—. Me encanta que vengan a verme.

Me deja la cara llena de babas y mira con sus ojos azul marino a Harry. Siempre le dedica una enorme sonrisa a su bisabuela.

—¿Y cómo está mi niño guapo?

—De maravilla, gracias. —Se lanza a sus brazos abiertos y se deja apapachar encantado—. Estás guapísima hoy, bisabuela.

—¡Mi chicarrón! —Se echa a reír y le pellizca las mejillas—. Eres más guapo que un sol.

Harry sigue sonriéndole a Josephine, que lo coge de la mano y se lo lleva a la cocina.

—He hecho tu tarta favorita —le dice.

—¿Tatín de piña? —Harry no cabe en sí de gozo. Se nota por la ilusión con la que lo ha dicho.

—Sí, cariño. Pero también es la tarta preferida del tío George. Tendrán que compartirla.

Los sigo sonriendo como un loco por dentro. Le dice a Harry que se siente.

—Hola, George —saluda Harry metiendo el dedo en un lateral de la tarta. No soy el único que tuerce el gesto. George está horrorizado.

El anciano deja el periódico en la mesa y mira a Josephine, que se encoge de hombros sin darle importancia. Se lo consiente todo. Me toca a mí.

—Harry, eso es de mala educación —lo riño pero me cuesta porque se está chupando los deditos con la lengua.

—Lo siento, papá. —Agacha la cabeza, avergonzado.

—Llevo veinte minutos mirando la tarta. —George coge el cuchillo de servir y se dispone a cortar un trozo para cada uno—. La bisabuela Josephine también me riñe siempre que meto el dedo.

—¡Es que está muy rica! ¿Te apetece un poco, papá? —me pregunta Harry y acepto el plato que me pone delante. Luego se coloca la servilleta en el regazo y me mira con sus preciosos ojos azules. Sonríe.

Me siento a su lado y le alboroto el pelo.

—Me encantaría.

—George, papá también quiere un trozo.

—Oído, muchachote.

George me sirve un trozo de la famosa tarta tatín de Josephine. Reajusto la posición de mi plato sólo un poco a pesar de que no quería hacerlo. Es una costumbre. No puedo evitarlo. Miro a mi niño, y sonríe al ver que yo también me pongo la servilleta en el regazo.

Es perfecto.

Mi niño va adelantado en todo. Es listo y no da muestras de padecer un trastorno obsesivo-compulsivo. Todo el mundo tiene derecho a tener una peculiaridad. La de Harry son los calcetines. No podría estar más orgulloso de él. Se me cae la baba. Le guiño el ojo y me muero de felicidad cuando se echa a reír la mar de contento e intenta devolverme el guiño, aunque cierra los dos ojos en vez de sólo uno. Vale, puede que no vaya tan adelantado en todo.

—Adelante, apuesto caballero...

Josephine se sienta al otro lado de Harry y empuja la cuchara para invitarlo a que se lance a por la tarta. Inmediatamente ella misma se pega un manotazo y vuelve a colocar la cucharilla donde estaba.

—¡Bisabuela Josie! —exclama escandalizado—. ¡A papá no le gusta que cambies la cucharilla de sitio!

—¡Huy, perdón! —Josephine me mira con cara de culpabilidad y me encojo de hombros. A estas alturas ya debería saberlo—. ¡Con lo bien que iba!

—No pasa nada, Harry. —Aplaco la ira de mi niño—. A papá no le importa.

—¿Seguro?

—Segurísimo.

Cambio el tenedor de sitio y se echa a reír. Es música para mis oídos y alivia las ganas que tengo de ponerlo donde estaba. Me contengo. No puede ver lo mucho que me incapacita mi obsesión. Creo que mi hijo es el niño más desordenado del mundo. Me parece que Dios está intentando encontrar el equilibrio.

George también se ríe, se lleva las manos al regazo y mira a Josephine muy serio.

—Bisabuela Josephine —dice meneando la cabeza—, estás perdiendo la memoria.

—¡Y tú estás chocho! —dice por lo bajo y se disculpa en cuanto Harry yo empezamos a toser—. Perdón, muchachos.

Se levanta de la mesa y se sienta al lado de George, que parece aterrado. Hace bien.

—¡Mira, Harry! —grita entusiasmada señalando un rincón de la cocina. Harry sonríe y mira hacia donde señala la abuela. Yo también sonrío cuando la muy pícara le da una cachetada al bueno de George.

—¡Ay! —Se frota la cabeza con un mohín—. Te has pasado un poco.

No digo ni mu. No soy tan tonto como George.

—¿Ya has terminado de reñir a George, bisabuela? —pregunta Harry. Es una pregunta tan mona que todos sonreímos, incluso el pobre George—. Porque tengo hambre.

—Ya he terminado, Harry.

Masajea el hombro de George con afecto, es su forma de hacer las paces, y toma asiento.

—Qué alivio —suspira George, que se muere por tomar la cucharilla—. ¿Podemos empezar ya?

—¡No! —grita Harry, que ya puede volver a mirar a los comensales—. Tenemos que cerrar todos los ojos para bendecir la mesa.

Obedecemos al instante y hace los honores.

—Gracias, Señor, por las tartas de la bisabuela Josephine. Gracias por darme los mejores papás del mundo, y por la abuela Gracie, el abuelo William, la bisabuela Josie, el tío Gregory, el tío Ben y el bueno de George. Amén.

Sonrío y abro los ojos pero vuelvo a cerrarlos al instante porque grita:

—¡Esperen!

Frunzo el ceño y me pregunto por quién más quiere dar las gracias. No se me ocurre nadie. Espero a que continúe.

—Y por favor, haz que las mamás y los papás de todos los niños de la tierra lleven los calcetines iguales.

Sonrío y abro los ojos.

—Amén —exclamamos todos al unísono. Todo el mundo toma su cubierto y empezamos a comer, sólo que Harry tiene mucha más hambre que yo.

—Bisabuela, ¿puedo preguntarte una cosa? —dice con la boca llena.

—¡Pues claro! ¿Qué quieres saber?

—¿Por qué papá dice que eres un diamante de veinticuatro quilates?

Josephine se echa a reír, igual que George y yo. Es una pregunta curiosa.

—Porque soy especial —dice Josephine mirándome con cariño un instante antes de volver a terminar de contestarle a mi hijo—. Eso te convierte a ti en un diamante de treinta y seis quilates.

—Mamá dice que soy muy especial.

—Mamá tiene razón —confirma Josephine—. Eres muy muy especial.

—Estoy de acuerdo —añadó. George se termina su primera ración. No contribuirá a la conversación mientras esté comiendo.

Se hace el silencio mientras todos saboreamos la deliciosa tarta de Josephine. Ha conseguido que a mi Harry no se le borre la sonrisa de la cara. Su madre tiene un efecto extraño en mí pero este hombrecito ha cogido el mundo que ella llenó de luz y lo ha convertido en una belleza cegadora. Con él todo es perfecto sin necesidad de hacer que lo sea. Más o menos. Vale, en nuestra casa parece que ha caído una bomba de piezas de Lego. Dejamos atrás los pañales, los biberones y los malditos juguetes ruidosos y empezamos con el lego, los platos de plástico y los cubiertos romos. Sobreviviré. Creo.

—¿Llegamos tarde?

Aparece Greg, seguido de Ben. Los dos están más contentos que de costumbre. Algo pasa.

—¡Tío Gregory! ¡Tío Ben! —Harry se levanta como un rayo y corre a saludar a sus tíos postizos.

—¡Harry! —Greg lo carga y se lo echa al hombro con elegancia—. Tenemos un notición —le dice Gregory entusiasmado y mirando a su pareja, que le guiña el ojo antes de robarle a Harry.

Ya no cabe la menor duda: ¿un notición? Me reclino en el respaldo con los brazos cruzados.

No tengo que preguntar porque ya lo hace mi hijo. Siente tanta curiosidad como yo.

—¿Qué notición?

—El tío Ben y yo vamos a tener un bebé.

Me contengo para no atragantarme. George se ha atragantado de verdad.

—¡Que me aspen! —farfulla con la boca llena de tarta mientras Josephine se apresura a darle golpecitos en la espalda.

Me siento muy erguido. Mi sorpresa se transforma en asombro cuando veo dar un paso atrás a Harry y un mechón rebelde le cae sobre la frente. Menea la cabeza y Ben lo deja en el suelo.

—¿Y quién será la mamá, tío George?

Casi escupo la comida, igual que Josephine y George. Pero Greg y Ben sonríen con cariño al pequeño tocapelotas.

—No tendrá mamá —dice Greg acuclillándose para estar a la misma altura que mi hombrecito.

Harry frunce el ceño.

—¿El bebé crecerá en tu barriga?

—¡Harry Hart, qué cosas se te ocurren! —Greg se ríe—. Los bebés no pueden crecer en las barrigas de los hombres. Ahora te explicará el tío Ben cómo vamos a tener un bebé.

—¿Perdona? —farfulla Ben rojo como un tomate. Me duele la barriga de tanto reír.

Greg me lanza una mirada asesina. Me encojo de hombros a modo de disculpa.

—Eso, Ben. —Me uno a la fiesta. Me meto un pedazo de tarta en la boca y mastico despacio—. ¿Cómo tienen dos hombres un bebé?

Pone los ojos en blanco, mira a Greg y él también se acuclilla junto a Harry.

—Va a ayudarnos una señorita.

—¿Qué señorita?

—Una señorita muy amable.

—¿Lleva los calcetines iguales?

Nos morimos todos de la risa, Greg y Ben inclusive.

—Sí —dice Greg —. En efecto, Harry, lleva los calcetines del mismo par.

Me río sin parar. Debería decirle que no fuera tan chulito pero no puedo hacerlo porque me paso el día diciéndole que es perfecto. Cuando se llena de barro hasta las orejas en el parque, es perfecto. Cuando se mancha las orejas de salsa de tomate, es perfecto. Cuando parece que ha pasado un tornado por su habitación, es perfecto.

—¡Hola!

El saludo me devuelve al mundo real. Harry sale corriendo de la cocina, ya no le interesa el notición de Greg y Ben.

—¡Bien! ¡Han llegado los abuelos! —grita desapareciendo por el pasillo.

—Felicidades —les digo a Gregory y a Ben, que se levantan del suelo—. Me alegro mucho por ustedes.

—¡Es una noticia maravillosa! —canturrea Josephine y les da un abrazo de oso—. ¡Qué maravilla!

El pobre George refunfuña y sigue con la tarta que lleva esperando comerse todo el día.

—¡Ya estoy aquí, tesoro! —dice Gracie con una sonrisa. Oigo cuerpos que chocan y sé que Harry ha hecho lo de siempre: lanzarse a los brazos de su abuela—. ¡Te he echado mucho de menos!

—Yo a ti también, abuela.

Pongo los ojos en blanco. Anoche estuvo cenando con Gracie y William. Pero sabiendo lo mucho que quiere a mi hijo, la comprendo. La semana se pasa muy despacio.

—¡El tío Gregory y el tío Ben van a tener un bebé!

—Lo sé —contesta Gracie sonriendo afectuosamente a los futuros padres cuando entra en la cocina con mi niño en brazos. No me sorprende que lo sepa. Estos últimos años han estado muy unidos.

—Hola, Gracie —la saludo.

—Miller. —Sonríe y se sienta a la mesa—. Hola, mamá.

—Hola, cariño. ¿Te apetece un poco de tarta?

—¡No, por favor! Se me están poniendo unos muslos enormes por culpa de tus tartas.

—Tus muslos están bien —dice William entrando en la cocina y mirando a Gracie como si estuviera mal de la cabeza.

—¿Y tú qué sabes? —responde ella.

—Yo lo sé todo —contraataca William con convicción. Sonrío y Gracie resopla. William saluda a todos con un gesto y se acerca a Harry con una bolsa de Harrods—. Mira lo que tengo —dice para despertar su interés—. Mamá me ha dicho que la maestra te dio un premio la semana pasada por ayudar a tus compañeros. ¡Bien hecho!

Me río para mis adentros. Sí, eso fue antes de que les robara los calcetines.

—¡Sí! —Harry está tan emocionado que es contagioso. Ya sé lo que hay en la bolsa—. ¿Es para mí?

—Sí, es para ti. —Gracie aparta la bolsa y le lanza a William una mirada de advertencia. Él obedece de inmediato—. Pero primero cuéntame qué tal te ha ido en el colegio.

—¡No preguntes! —grita Josephine recogiendo algunos platos de la mesa—. ¡Calcetines desparejados por todas partes!

Gracie suspira y Harry sube y baja la cabecita, indignadísimo.

—¡Cinco pares, abuela!

—¿Cinco? —Gracie parece sorprendida. Normal. Hemos tenido uno o dos pares pero cinco es todo un récord y ha perturbado el equilibrio del mundo de mi pequeño.

—Sí, cinco.

Harry se baja del regazo de su abuela y suspira exasperado, pero no dice nada más. Ni falta que hace. Ahora que estamos todos aquí quiere pruebas de que la cosa no va a ir a más. George y yo nos ponemos de pie. William, Greg y Ben aún no se han sentado. Nos levantamos los pantalones para que inspeccione nuestros calcetines. Los míos no necesita verlos, mi hijo sabe que su padre es de fiar, pero me apunto igualmente.

William me mira de reojo y me arriesgo a mirarlo, aunque sé que no me va a gustar lo que voy a encontrarme. Seguro que ha puesto cara de aburrimiento.

—Es un niño, síguele la corriente —susurro sin darle importancia a la risotada sardónica. Sé lo que está pensando. Cree que esta manía no se debe a que Harry sea un niño, sino a que es mi hijo—. Sólo son los calcetines —le aseguro.

Mi hombrecito avanza despacio, con los labios apretados, como si se estuviera preparando para lo peor. Sé que William, Greg, Ben y yo siempre estaremos a la altura de sus expectativas. Con George nunca se sabe.

—¡Buena elección, George! —exclama Harry muy contento, arrodillándose para verlos mejor.

George tiene el pecho henchido de orgullo.

—Gracias, Harry. Son un regalo de la bisabuela.

William y yo respiramos aliviados y miramos los tobillos de George. Lleva un par de calcetines gordos azul marino de lana. Son feos a rabiar pero iguales, así que pasan la inspección. Josephine sonríe satisfecha. Le doy las gracias en silencio por llevar firme al anciano porque tener que verle los pies cuando Harry lo obliga a quitarse los calcetines no es nada agradable. Me estremezco.

—¿Buena elección? —pregunta William por lo bajo, dándome un codazo—. ¿Nosotros los llevamos de seda y las monstruosidades de George se llevan todos los cumplidos?

Me río y me suelto las perneras del pantalón. Ahora que la inspección ha terminado, Harry va a por su abuelo.

—Abuelo, ¿me das mi regalo?

William mira a Gracie, pidiéndole permiso. Ella asiente. William se sienta al lado de Harry, quien inmediatamente intenta arrebatarle la bolsa de las manos.

—¡Oye! —lo regaña apartando la bolsa y lanzándole una mirada de advertencia—. ¿Dónde están tus modales?

—Perdona, abuelo —se disculpa Harry con el rabo entre las piernas.

—Mucho mejor. ¿Sabes qué? Sólo hay un hombre en este mundo al que consiento que la abuela quiera más que a mí.

—¡A mí! —dice Harry al instante—. Pero tampoco tienes elección.

No puedo evitarlo. Me echo a reír a carcajadas, para desesperación de William. Me agarro la tripa y me seco las lágrimas.

—Perdona. —Me río y sé que tengo que controlar la risa antes de que me pegue un puñetazo.

—Te juro que a veces me asusta —gruñe William meneando la cabeza y esquivando el manotazo que Gracie intenta darle en el hombro.

—¡Oye!

—No, lo digo en serio —dice pellizcándole la mejilla a Harry con mucho cariño—. ¿Cómo es posible?

—Es perfecto —intervengo y con una servilleta le limpio a Harry los restos de tarta de los dedos.

—Gracias, papá.

—De nada. —Quiero cargarlo y darle lo que más me gusta pero me contengo—. Vamos a tener que irnos.

—Espera a que abra mi regalo —dice rebuscando en la bolsa y sacando lo que todos sabemos que hay dentro—. ¡Mira!

Es increíble la alegría que se lleva con un par de calcetines. Lo sé pero no creo que encuentre la manera de arreglarlo.

—¡Guau! —exclamo admirado. Me los enseña y los tomo—. Son muy elegantes.

—¡Y tienen caballos! —Me los quita y se los lleva al pecho—. Van a juego con mi camisa. ¡Padrísimo!

Estoy radiante. Gracie está radiante. Todos los presentes están radiantes de felicidad. Que nadie venga a decirme que mi niño no es perfecto.

Elevadores. Hay tres elevadores mirándome. Como yo lo veo, están peleándose entre ellos por ver cuál de los tres va a tener el gusto de verme temblar de miedo, como si fuera lo mejor de su miserable día. Gana el del centro. Las puertas se abren y se me acelera el pulso. Pero no quiero que mi hijo lo vea. No quiero que tenga que cargar nunca con esta parte de mí. Todo el mundo sabe que no puedes dejar que tu hijo vea que tienes miedo.

¿Por qué tiene que estar el despacho de la terapeuta en la octava planta? Las piernecitas de Harry no pueden subir tantos escalones y su ego no consentiría que lo llevase en brazos. Me toca aguantarme y subir en el maldito elevador porque Olivia insiste en que vengamos aquí. Me pongo de mal humor.

Una manita se flexiona dentro de la mía y me saca de mi trance. Mierda, le estoy haciendo daño.

—¿Estás bien, papá? —Sus ojos azul marino ascienden por mi cuerpo hasta que encuentran los míos. Están muy preocupados y me odio por hacerlo sufrir así.

—De maravilla, hombrecito. —Me obligo a ser valiente y me repito un mantra de palabras de aliento mientras entramos en la caja de los horrores.

«Piensa en Harry. Piensa en Harry. Piensa en tu hijo.»

—¿Quieres que subamos por la escalera?

La pregunta me deja patidifuso. Nunca antes me lo había preguntado.

—¿Y por qué iba a querer hacer eso?

Se encoge de hombros.

—No lo sé. A lo mejor hoy no te gustan los elevadores.

Me siento como un idiota. Mi hijo de cinco años está intentando ayudarme. ¿Se ha acabado el tener que esconder este miedo espantoso? ¿Me habrá descubierto?

—No, vamos a tomar el elevador —afirmo apretando el botón de la octava planta, puede que con más fuerza de la necesaria. Voy a vencer este miedo.

Las puertas se cierran y Harry me aprieta la mano. Bajo la vista, me está observando detenidamente.

—¿En qué piensas? —pregunto, aunque no me apetece nada saberlo.

Me sonríe.

—En lo guapo que vas hoy, papá. A mamá le gustará este traje.

—A mamá le gusta la ropa de estar por casa —le recuerdo y me río cuando chasquea la lengua para expresar su desaprobación. Detesto pensar en la de trajes que me he comprado durante estos años, todos exquisitos, total para que ella siempre me vea más guapo con unos *jeans* andrajosos.

Ding.

Se abren las puertas en la recepción de la consulta de la terapeuta.

—¡Ya estamos aquí!

Echa a correr y tira de mí. El corazón vuelve a latirme con normalidad y me arrastra hacia la mesa de la recepcionista.

—¡Hola! —saluda Harry alegremente.

Mi niño podría arrancarle una sonrisa a la persona más triste del mundo, estoy seguro, y la recepcionista es la persona más triste del mundo. Es temible, pero se deshace en sonrisas con mi pequeño como si no hubiera un mañana.

—¡Harry Hart! ¡Qué alegría!

—¿Cómo estás, Anne?

—Muy contenta de verte. ¿Quieren tomar asiento?

—Por supuesto. Vamos, papá.

Me conduce a dos asientos vacíos pero a mí Anne no me sonríe con adoración, como a mi hijo. Su alegría desaparece en cuanto sus ojos se posan en mí.

—Señor Hart —dice casi con un gruñido. No da pie a más conversación, se concentra en su teclado. Parece una levantadora de pesas y se comporta como un bulldog. No me gusta.

Me tiro de lo alto de las perneras y tomo asiento junto a Harry; me tomo mi tiempo mirando alrededor. Está todo bastante tranquilo, como siempre que venimos a esta hora. Nuestra única compañía es una mujer, Wendy, que se niega a mirar a nadie a los ojos, ni siquiera a Harry, cuando le hablan. Harry ha dejado de intentarlo con ella y la llama Wendy *la Rara*.

—Vuelvo ahora mismo —me dice Harry acercándose al rincón infantil, donde hay un montón de piezas de Lego pulcramente guardadas. No estarán así mucho tiempo. Me relajo en mi silla y veo cómo coloca la caja boca abajo y las esparce por todas partes. Miro de reojo a Wendy la Rara cuando Anne le ladra que ya puede pasar a ver a la doctora.

Desaparece apresuradamente. Mi hombrecito y yo somos los únicos en la sala de espera, aparte de Anne.

Cierro los ojos y veo zafiros por todas partes; brillantes, luminosos, preciosos zafiros y mechones rubios salvajes. Es una belleza pura y natural que incluso se rebela a ser mía. Pero lo es. Y cada pequeña parte de mi defectuoso ser le pertenece a ella. Lo acepto de todo corazón. Sonrío y oigo el ruido de las piezas de Lego que llega desde la otra punta de la sala. Y él también es mío.

—¿Señor Hart?

Pego un brinco al oír una voz impaciente. Abro los ojos, tengo a Anne encima. Me pongo rápidamente de pie, no me gusta sentirme tan vulnerable con ella.

—¿Sí?

—Ya puede pasar —me informa y se va. Toma su bolso de detrás de su mesa y desaparece en uno de los ascensores.

Me estremezco y busco a Harry. Está en la puerta con la mano en el picaporte, esperándome para entrar.

—¡Corre, papá! ¡Vamos a llegar tarde!

Me pongo en acción y entro con Harry en el despacho. Hago una mueca cuando los problemas de un millón de personas me golpean en la cara. Siguen en el aire y me dan un escalofrío. No comprendo por qué siempre me pasa esto. La habitación está decorada con gusto, es cálida y acogedora. Odio venir aquí. Pero hay un problema: a Harry le encanta y esta mujer no para de invitarlo. Personalmente creo que disfruta estando sentada detrás de su enorme escritorio lujoso y viéndome pasarlo mal.

Gruño y me siento en la silla que hay delante de su mesa, igual que Harry, sólo que yo estoy enfadado y pongo mala cara y él sonríe la mar de contento. Me hace sentir un poco mejor y las comisuras de mis labios esbozan una pequeña sonrisa.

—Hola, Harry —dice. Su voz es como la miel, suave y sedosa. No la veo, sólo oigo su voz, pero cuando le da la vuelta al sillón y aparece, su belleza me deja tonto por un instante. Y la verga me baila en los pantalones.

—¡Hola, mamá! —exclama Harry encantado.

Sus ojos azules, idénticos a los de mi hijo, brillan como diamantes.

—He tenido un día maravilloso y ahora que están aquí es aún mejor. —Me mira con esos deliciosos ojos. Tiene las mejillas sonrosadas. Quiero abalanzarme sobre ella y adorarla aquí mismo. Su amplia sonrisa se vuelve coqueta y cruza las piernas—. Buenas tardes, señor Hart.

Aprieto los labios y me revuelvo en mi asiento, intentando comportarme como un ser racional y no perder la cabeza delante de mi hijo.

—Buenas noches, señora Hart.

Cada bendito rayo de luz que baña nuestras vidas desde que nos conocimos choca por encima de la mesa y explota. Enderezo la espalda y se me acelera el pulso. La belleza pura, natural e inocente de esta mujer me ha dado más placer del que creía posible. No sólo en la intimidad, sino simplemente por ser el objeto de su amor. Soy su mundo y ella es el mío.

Harry salta de su silla y se acerca a los estantes llenos de libros.

—¿Qué tal el día? —le pregunto.

—Agotador. Y tengo que estudiar cuando lleguemos a casa.

Debo controlarme para no poner los ojos en blanco, sé que me toparé con su insolencia como se me ocurra expresar que no me hace ninguna gracia. Es sólo un trabajo a media jornada; aunque no necesita trabajar, insiste en que es bueno para sus estudios, que le da una idea de cómo será cuando esté cualificada para ejercer de psicoterapeuta. Yo lo único que veo es que está agotada pero no puedo negarle el gusto. Quiere ayudar a la gente.

—¿Tendrás un despacho como este? —Miro el despacho de su socio. Se lo robamos todos los miércoles a las seis.

—Tal vez.

Vuelvo a mirarla a los ojos con una sonrisa traviesa.

—¿Podré referirme a ti como mi terapeuta cuando ejerzas de verdad?

—No. Sería un conflicto de intereses.

Frunzo el ceño.

—Pero me ayudas a desestresarme.

—¡De un modo muy poco profesional! —Se echa a reír, baja la voz y se inclina sobre el escritorio—. ¿O acaso sugieres que deje a todos mis pacientes adorarme?

Me deja de piedra.

—Nadie más puede saborearte —rujo. La sola idea me lleva a un lugar que llevo mucho tiempo evitando.

Pero me recupero cuando Harry vuelve a sentarse de un salto en su silla y me mira con curiosidad:

—¿Todo bien, papá?

Le alboroto el pelo y paso de Olivia, que se ríe de mí en su sillón.

—Todo estupendo.

—Mamá, ¿nos vamos a casa?

—Aún no. —Toma el control remoto y me temo lo peor—. ¿Preparados? —pregunta con una sonrisa burlona.

Me quedo mirando fijamente a mi mujer pero noto que mi hijo tiene los ojos clavados en mi perfil y me vuelvo hacia él. Su carita es la viva imagen de la exasperación.

—No creo que tengamos elección —le recuerdo, aunque él ya lo sabe.

—Está loca —suspira.

—Estoy de acuerdo. —No puedo hacer otra cosa porque tiene razón. Me tiende la mano y se la tomo—. ¿Listo?

Asiente y los dos nos ponemos de pie cuando Olivia pulsa el botón que hace que el despacho cobre vida. No nos movemos pese a que *Happy* de Pharrell Williams suena a todo volumen. Contemplamos cómo la mujer de nuestra vida salta, feliz y contenta, y se quita los Converse de un puntapié.

—¡Vamos! —canturrea. Rodea la mesa y nos coge de la mano—. ¡Hora de desestresarse!

La de cosas que podría contestarle, pero me lanza una mirada de advertencia de las que no admiten réplica. Pongo cara de pena.

—Se me ocurren... —No puedo evitarlo pero no acabo la frase porque me tapa la boca con la mano.

Se acerca, sin mover la mano.

—He comprado chocolate Green & Blacks.

Se me dilatan las pupilas y la sangre se me sube a la cabeza.

—¿Fresas? —masculло contra su mano, intentando no temblar de anticipación cuando asiente. Sonrío igual que ella y trazo mentalmente mi plan para esta noche. Voy a adorarla. Voy a adorarla en abundancia.

—¿Vamos a bailar o qué? —pregunta Harry reclamando nuestra atención, impaciente—. Contrólense un poco —murmura.

Nos echamos a reír y nos tomamos de la mano, en corro.

—A bailar —digo preparándome para lo que tengo que aguantar, para lo que voy a hacer.

Nos miramos de reojo unos instantes, sonrientes, hasta que Harry da el primer paso. Mi hijo se pone a cantar a viva voz y parece que a su cuerpecito le esté dando un ataque. Nos suelta, levanta los brazos, cierra los ojos y echa a correr y a saltar por el despacho como si estuviera loco de atar. Es lo más maravilloso del mundo.

—¡Venga, papá! —grita, corre hacia el sofá y se pone a saltar entre los cojines. No puedo evitar ponerme nervioso por el caos que arma sin darse cuenta pero empiezo a disimularlo mejor. Además, siempre lo recogemos todo antes de irnos.

—Eso. —Olivia me da un codazo—. Desmelénese un poco, señor Hart.

Me encojo de hombros.

—Como quieras.

Me quito la chaqueta en un santiamén y me planto una sonrisa falsa en la cara. La chaqueta cae al suelo pero ahí se queda y corro junto a mi hombrecito, arrastrando a Livy conmigo.

—¡Alla voy! —chillo lanzándome al sofá con él. Su risa y el brillo de felicidad en sus ojos me anima a seguir. Me he vuelto loco. Muevo la cabeza, desde lo alto del sofá le doy vueltas a Livy como si fuera una peonza y canto con mi hijo a pleno pulmón. A saber cómo llevo el pelo.

—¡Yupiiiiiiiiiiii! —grita Harry saltando del sofá—. ¡Al escritorio, papá!

Lo agarro, echo a correr y subimos de un salto a la imponente mesa de trabajo.

—¡Tú puedes, Harry!

—¡Sí!

Sus piernas lo dan todo y los papeles salen volando de la mesa.

Y me importa un pepino.

Están lloviendo hojas de papel, estamos bailando a lo tonto y nos reímos y cantamos las estrofas que nos sabemos. Estamos en el cielo.

Mis ángeles y yo nos encontramos en nuestra burbuja de felicidad, sólo que ahora nuestra burbuja es gigantesca. Y nada puede estropearla.

La canción se acaba pero a nosotros nos queda mucha energía. Parecemos demonios de Tasmania y empieza a sonar *Happiness* de Goldfrapp.

—¡Anda! —grita emocionado apartándose los rizos de la frente—. ¡Mi favorita!

Me bajan de la mesa de un tirón y nos ponemos los tres otra vez en corro. Ya sé lo que viene ahora. Me voy a marear. Sólo puedo hacer una cosa para evitar lo inevitable: mirar fijamente a Olivia mientras Harry empieza a mover los pies para que demos vueltas. Está otra vez en su mundo, así que no se da cuenta de que sólo tengo ojos para su madre. Y ella sólo tiene ojos para mí.

Damos vueltas y más vueltas. Harry canta y Olivia y yo nos miramos intensamente.

—Te quiero —pronuncian mis labios con una media sonrisa sin emitir ningún sonido.

—Me muero por tus huesos, Miller Hart —me contesta en voz baja con una sonrisa radiante.

Gracias, Dios mío. No sé qué he hecho para merecerla.

Para cuando deja de sonar la música estoy sudando. Seguimos con nuestra tradición y nos tiramos al suelo, agotados, jadeantes e intentando recobrar el aliento. Harry aún se ríe con su madre.

Yo sonrío mirando el techo.

—Tengo que pedirles una cosa —digo sin aliento, resistiéndome a ver la carita que pone mi hombrecito al oír esas palabras—. Y sólo hay una respuesta correcta.

—Nunca dejaremos de quererte, papá —contesta a toda prisa dándome la mano.

Ladeo la cabeza para mirarlo.

—Gracias.

—Nosotros también tenemos que pedirte una cosa.

Respiro hondo y me trago el nudo que tengo en la garganta, un nudo de pura y absoluta felicidad.

—Hasta que no me quede aire en los pulmones, mi niño.

Mi mundo está en su sitio y todo vuelve a ser perfecto.

Olivia Taylor sembró el caos en mi mundo de orden y meticulosidad. Pero era real. Ella era real. Lo que yo sentía era real. Cada vez que la adoraba sentía que purificaba un poco más mi alma. Era precioso. Significaba algo. A excepción de una noche lamentable, cuando hacíamos el amor nunca era sólo un choque violento de cuerpos con un único objetivo.

Placer.

Alivio.

Nuestra intimidad tampoco ha sido nunca un automatismo, no en el sentido de que mi cuerpo tomaba el mando y se limitaba a... cumplir. Aunque era automático porque nos salía solo. Era natural, no teníamos que esforzarnos.

Así era como tenía que suceder.

Una noche se convirtió en una vida.

Y ni siquiera con eso me basta. Nunca tendré suficiente Harry ni suficiente Olivia.

Me llamo Miller Hart.

Soy el chico especial.

Pero soy especial porque nunca habrá en este mundo un hombre más feliz que yo.

No hace falta que me explique.

Soy libre.

No te pierdas los títulos de la Trilogía

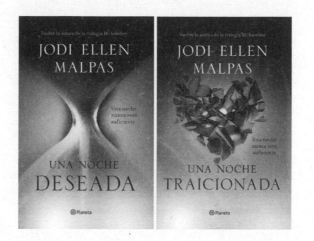

Una noche nunca será suficiente